Vita Y La Pared

Vita Y La Pared

Darcia Moretti

Rushmore Press LLC
www.rushmorepress.com
1 888 733 9607

La alegría es la piedra filosofal que lo convierte todo en oro.

Benjamín Franklin

El único mandato de la vida es la felicidad. Donde la felicidad no entra, la existencia se queda en un loco y lamentable experimento.

George Santayana

1

Cenaban en silencio, como tantos matrimonios sin hijos que después de veinte años de casados conocen todos los matices de un gran tedio, precisamente porque transcurrían los días sin Vita hablar o escuchar a su marido, el Juez Alfonso Vidal.

Para Alfonso el silencio era un estado armónico en la disciplina matrimonial, y para Vita no era otra cosa que una tortura y un problema que la ponía a reflexionar demasiado. Se consideraba una mujer sensible, de disposición alegre, cuya comunicación con los demás le ofrecía una enorme dicha.

Veía en su marido un dique deteniendo la corriente de las emociones, pasando a ser ella una observadora del dique con una plegaria en los labios de que se rompiera y comenzara un oleaje tremebundo. Sus plegarias, válgame Dios, no eran respondidas. ¿Y qué hacer? ¿Resignarse? Sí, de los labios para afuera. Por dentro todo seguía igual, persistiendo en mirarlo furtivamente para no alterarlo con una observación inquisitiva, que le dijera. "Bueno, ¿no tienes lengua? Estás al lado de tu mujer, no de un títere. Dí algo, por amor a Dios"

En esta ocasión, el juez Vidal pareció escucharla telepáticamente. Vita lo vio mover el tenedor en el aire, examinarlo formalmente, fruncir los labios y luego estirarlos y lanzar un ¡Ah! que no paró ahí, y clavándole sus ojos de mirar severo, dijo.

-Bueno, ¿quién entiende a la humanidad? Una solución no basta, quieren muchas a gusto y conveniencia y sentarse orondos a escoger. No, esa no es la vida. ¿Escuchas, Vita? La vida es mantenerse firme en un lugar, y si quieres cambiarlo, sé sensato, ve a pasos prudentes bien reflexionados, nada de arrebatos, pero en este país imperan los arrebatos, ¿y de qué clase? De odio y venganza, que van juntos, naturalmente.

Vita, sorprendida y medio trastornada por lo que escuchaba sin tener idea a qué se refería, se preguntó si había incurrido en alguna falta o cualquier error, aun pasajeros, que provocara en Alfonso esas palabras. Cuando abría la boca, en contadas ocasiones, enseguida se sentía culpable de haber hecho algo que lo enfadaba. Tuvo valor para preguntarle.

-¿A qué asunto te refieres? Yo no veo nada que me diga de la conveniencia de sentarse a escoger.

-¡Por favor, mujer, estoy hablando en otro sentido! No te precipites en dar una opinión tan rápida.

-¿Y qué debo de hacer si no entiendo?

-Si escucharas con atención entenderías.

Vita pensó que era cruel. No deseaba otra cosa que escucharlo. Alfonso apenas tomaba en cuenta que el silencio iba en contra de su naturaleza, mientras que en él era algo grato, y esas dos corrientes opuestas trabajaban contra su felicidad. Tenía miedo defenderse, miedo a molestarlo. ¿Por qué siempre pensaba en él y luego en sí misma? ¿Qué sucedería si actuase de otra manera? No quería imaginárselo. Tal situación la pondría al borde de un abismo. Aceptaba la pasividad morbosa en lugar de exponerse a un reto entre ambos.

-Bueno, quiero escuchar- dijo finalmente.

-Menos mal, menos mal- respondió él, y después de una pausa, comenzó a hablar de nuevo- Es asunto del trabajo- dijo, y esto hizo a Vita respirar aliviada- Hace unos días tuve entre mis manos un dictamen del divorcio más escandaloso que puede darse. En resumen: la pareja se divorció, pero volvieron a los tribunales en una contra demanda, a luchar por la propiedad que compartían. El juez había dictado la orden que vendieran la casa y se dividieran el dinero. Pues bien, no lo aceptaron. No querían vender la casa. Uno de los dos tenía que salir, y él deseaba sacarla de ella, y ella, por su parte, quería sacarlo a él. La mujer vino a mí histérica, adoraba su casa y si salía de allí se suicidaría. El decía otro tanto. ¿Entiendes? ¿Y a cuál de los dos pertenecía individualmente?

A ninguno. Llegaban a un acuerdo o...Tienes que comprender, Vita, que yo decidí resolver el asunto que ellos se negaban a aceptar bajo el dictamen de la ley. Los abogados, de parte y parte, peleaban como gallitos. Tuve que imponer el orden.

-¿Y resolviste el problema?

-¿Acaso no es mi trabajo?- respondió él con un gesto airado- No me llevó ni cinco segundos comprender que la única solución era levantar una pared en la casa, dividirla, y esa pared sería la demarcación del territorio de cada uno.

-¿Qué tipo de pared?

-Vi un plano de la casa. Es una residencia enorme, plantas alta y baja, varios salones, pues bien, en medio de uno de esos salones se levantaría la pared. Así ni uno ni otro tendría que verse y compartirían la misma casa.

-¿Lo aceptaron?

-¡Vita, en qué mundo vives!- le reprochó él disgustado- Un juez dicta una orden y obedeces o vas a la cárcel.

Ella comprendió que había dicho una estupidez, no obstante, cualquiera podía en un momento determinado decir una tontería, aun las personas inteligentes, cultas. La reacción de Alfonso le demostró su inclemencia por un temporal desvío de la razón, y aun más en la mesa, cenando con su mujer.

-Perdóname- dijo - Me emocioné con la historia.

-Ése, ése es el problema de media humanidad. "Me emocioné, no supe lo que hacía." Escucho esas palabras a menudo. El que vive de las emociones y pasiones echa a un lado el sentido común, demuestra que no es capaz de dirigir su vida con sensatez. Matan y no saben lo que hacen. A veces alegan que fueron hipnotizados por el diablo quien le dio la orden de asesinar a dos niños. ¡Justificar la falta de responsabilidad! Te digo que esto es lo que el hombre debe de obedecer- y se frotó la sien - no este otro- y bajó la mano al corazón - Cerebro y mente, ¿entiendes?

Vita se dijo que el trabajo de juez estaba afectándolo. Cuando lo conoció era un simple abogado, comedido, afectuoso. Ahora no sonreía, tenía el porte de inaccesibilidad y arrogancia que le mete miedo hasta a los muertos. Un hombre que señalaba el corazón como el culpable de todos los males del mundo, ¿qué tenía que ver con ella?

-Sí, tienes razón- respondió- ¿Y qué clase de pared van a construir? ¿Con que material?

-El material de la pared puede ser de cualquier clase. Hasta una división de sólido cartón de construcción. Lo importante es la división física para que no se maten. ¿No te das cuenta que la gente tiene la cabeza llena de aserrín?

¿Estaba ella incluida en esa gente? Frunció el ceño. La ofendía sin darse cuenta, o tal vez, deliberadamente, para echarle en cara que sus preguntas y respuestas apenas valían la pena de prestarles atención. A pesar de eso, volvió a preguntarle.

-¿Y salen por la misma puerta? Entonces tienen que verse de vez en cuando.

-Ah, bien- la sorprendió contestándole en un tono diferente, casi agradable-Ese asunto lo aclaré. Hay dos salidas, una por el frente y otra por el jardín. La mujer saldrá por el jardín y el hombre por la puerta principal. Esto dio pie para que el abogado de ellos se jactara con una amenaza de contra demanda, pues había discriminación femenina con negarle la salida principial. Hablaron de la Federación de la Defensa de la Mujeres Liberadas. ¿Liberadas de qué? ¿Sabes por qué nosotros tenemos un matrimonio pleno de paz?

La pregunta la tomó desprevenida. Alfonso pronunció esas últimas palabras en voz grave, como si quisiera que el mundo entero supiera porqué ellos habían alcanzado la dicha, la que ella había buscado a su alrededor sin encontrarla. La dicha, según la veía él, estaba frente a ellos, mientras que para Vita la tal felicidad era falsa, una creación del juez en su mente fría y autoritaria.

-Así pues, tienen sus salidas individuales y no tropezarán nunca- continuó él diciendo- No puse el ejemplo perfecto entre nosotros. Asunto privado. Tú duermes en el lado izquerdo y yo en el derecho. La cama es nuestra, pero cada uno tiene su lugar. ¿De acuerdo? Nunca reñimos ni envidiamos el lugar en que nos hemos ubicados. Eso es armonía familiar.

Su sentencia fue clara, indiscutible.

-¿Y dónde vive esa pareja?- preguntó ella.

-En El Prado.

-La gente que vive en El Prado es de clase alta.

-La estupidez y la infelicidad reinan en cualquier parte, aun llevando capas de oro en los hombros.

-¿Cuál es el nombre de esa familia?

-¿Para qué quieres saberlo?

-Si me contaste la historia, ¿por qué no saber el nombre?

-En mi profesión, no se debe de hablar...

-¡Por amor a Dios, Alfonso!-le imploró - Soy tu mujer, no me trates como a una extraña.

El no reaccionó como cualquier otro hombre con un corazón tierno. Jamás aceptaría un error. Su boca se crispó, hizo una mueca, pero no se negó a responderle.

-Los Domínguez. Ulises y Eugenia Domínguez. ¿Satisfecha?

-Sí, muchas gracias.

Esa noche él no quiso ver el noticiero televisivo. Tenía trabajo atrasado y deseaba ponerlo al día. Se retiró a su oficina que estaba instalada al lado del llamado saloncito de reposo, muy pequeño y agradable, con las paredes pintadas de palo rosa, el color, que según se decía, calmaba los nervios.

Vita fue a su dormitorio con un vaso de jugo para él, colocándolo en el lado derecho de la mesita de noche. Allí, a solas, la asaltó un impertinente ataque de risa que trató de contener tapándose la boca, temerosa de que él entrara en la habitación súbitamente. Estalló de risa al mirar el lado derecho de la cama. En caso de que ella quisiera dar un salto y colocarse allí provocaría un tremendo caos en la paz del dulce hogar. Obediente a la órden del juez, abolló las almohadas, coloco su pijama en el lado derecho, la suya en el izquierdo, cuidadosamente, y con el sarcástico júbilo del que arregla una ceremonia de gran importancia para sobrevivencia de la pareja perfecta.

Usualmente veían las noticias después de cenar, aunque en ocasiones él no lo hacía, tenía muchos asuntos pendientes a solucionar. Vita decidió ir al salón y buscar algún programa entretenido en la televisión, había muchos canales, pero los programas eran vulgares, insulsos, y algunos importados de novelonas románticas o crimenes, a tutiplén. Se levantó de su poltrona, la izquierda, y bruscamente fue a sentarse en la poltrona de la derecha, la de su marido, y al ocuparla se estremeció sintiéndose usurpadora del derecho ajeno y dando un brinco se dejó caer en la suya. Enseguida cambió de canal en la tv y pudo conectar otro de algún interés. Una mujer hablaba de la supervivencia del espíritu. Sí, sí, los matrimonios se reunían en el más allá. Vita, pensando como un ser humano cuya única experiencia era la terrenal, se asustó lo suficiente para preguntarse si, suponiendo que su marido muriera primero que ella, ¿la esperaría en más allá para indicarle el lugar del paraíso dónde debía de sentarse, vivir, callar y obedecer? ¿Eso quería decir que aún después de muerto lo iba a tener encima? ¿No había liberación posible? La acució la ansiedad. Si entrando en el otro mundo el hombre se conducía exactamente como en la tierra, entonces no tendría salvación, recibiría la misma condena. ¡Y qué contenta se casó, locamente enamorada y sin dudas de vivir eternamente feliz! ¿Hasta dónde podía un ser humano ser idiota?

Su marido insinuaba que ella pertenecía al grupo de los ingenuos. ¿Qué notaba en ella para llegar a tal conclusión? La comunicación entre ellos no existía, de modo que no podía interrogarlo sobre nada, se hallaba incluida, sin quererlo, en el grupo de los viajeros que nunca preguntaban, se perdían en los lugares extraños y eran los peregrinos más tristes del mundo.

El programa concluyó dejándola plenamente confusa. Estaba más desorientada que antes. "Si yo fuera una mujer silenciosa, sin curiosidad, más bien lánguida, haríamos una excelente pareja, Alfonso me quiere bajo un silencio forzado, mientras yo me retuerzo las entrañas. Sólo podría entrar en silencio poniéndome esparadrapo en la boca, ¿y no es una tontería, para darle el silencio que un hombre necesita, ponerse fea?"

Sus pensamientos le oprimían el corazón. Se fue a la cama cavilando y preocupada. Recordó la historia de la pared que le había contado un momento antes, y metiéndose en el lecho con los ojos abiertos, extendiendo la mano para apagar la luz de la mesita de noche, cruzó los brazos bajo su nuca sin poder conciliar el sueño. Luego el sueño llegó como siempre, a hurtadillas, sin hacerse anunciar. Entonces soñó cosas terribles: muchas, muchísimas paredes se cruzaban, se desplomaban, volvían a erguirse, formaban montañas del cal, desaparecían y volvían a erigirse intactas, mientras gente muy rara transitaba entre las ruinas de las paredes, gente salida de algún circo de alucinantes adefesios, con narices en el pecho, ojos en los muslos, bocas en las espaldas y piernas en lugar de brazos. El horror que experimentó fue sofocante y llegó a otro más excruciante cuando una pared comenzó a caerle encima. Gritó desesperada, despertando.

Todo estaba en paz a su alrededor. Prendió la luz. Alfonso todavía se hallaba trabajando en su oficina. Un perro ladraba en la distancia, y luego se escuchó el claxón de un auto con un ruido suave que venía de muy lejos. Vita se incorporó en el lecho restregándose los ojos. Su corazón palpitaba desaforado y nada había sucedido. Un matrimonio llamado Domínguez, en una próspera zona de la ciudad, dormiría a estas horas sin preocuparse por la pared, enfrescados en la otra batalla de cambiar de puerta. "Oh, si las pesadillas tuvieran vigencia en la vida matarían a la humanidad porque en unos minutos se viven miles de años de tortura y horror," se dijo haciendo un esfuerzo por calmarse. A ella le gustaba la zona de El Prado, la conocía bien, allí iban a un famoso Café, muy antiguo, Alfonso y ella cuando eran más jovenes y estaban de novios y luego de recién casados. Ahora ya no iban por ese barrio porque él estaba en su trono de juez puliendo su ego con un lubricante que daba mucho brillo.

Hizo un esfuerzo por calmarse. No tenía idea por qué la historia del matrimonio y la pared la habían impresionado hasta el punto de provocarle la horrible pesadilla. En el fondo de su alma un cosquilleo raro le susurraba con total vehemencia que esos personajes absurdos, con el símbolo de la pared, le traían un mensaje que no podía descifrar

Fue poco a poco que cayó en un estado de completo relajamiento, proponiéndose no pensar en las paredes ni en los monstruos humanos. Culpó a su imaginación desbordada por revolcarse en las extravagancias fuera de lo común y normal. No apagó la luz, como una medida de precaución y fue así que se durmió, como duermen los humanos, sin darse cuenta.

2

Adoraba los amaneceres. En cuanto saltaba de la cama corría a la ventana, suspendía la cortina, se extasiaba en el sutil nacimiento del sol y aun en invierno cuando los días se presentaban grises, envueltos en una capa húmeda del rocío empañando la visibilidad, sin llegar a ser una espesa bruma, su alma se llenaba de gozo.

A las siete su marido partía para el trabajo. Vita le preparaba el desayuno. No se sentaba a la mesa con él. Adivinaba su deseo de estar solo a esa hora, circunstancia que ella apovechaba para regar las plantas.

Al quedarse sola en la casa experimentaba una total y alegre libertad. Le daba por pensar que su amor por Alfonso, estando atado a las reglas que él imponía, disminuía la espontaneidad, su valor, y merecía otro nombre. A menudo divagaba con la energía mental bien enfocada del que tiene mucho tiempo a su disposición, sobre lo qué realmente era el amor. ¿Una mirada cómplice? ¿Un acto de ternura? ¿Un gesto de cariño con una caricia y un beso? Eso le parecía parte del amor e iba bien con ella. La ternura se consideraba un elemento vital en la expresión amorosa. Alfonso no la tenía, ella sí, no la expresaba, y entonces, si caducía lo bueno y tierno, ¿por qué iba a ser sustituido? Parte del descalabro en que vivía era su culpa por doblegarse a él, por falta de coraje o la aborrecible aceptación de la desidia. Era como ver la vida pasar con un aire resignado y soñador sin extender la mano para atrapar un trocito de las ilusiones perdidas.

Esos pesares que le producía su mente no aniquilaban su ánimo.

Cada día hacía un plan de exploración (palabra pretensiosa que le gustaba mucho para describir sus salidas al exterior y ver otras cosas que las habituales en su vida doméstica) y consistía en disfrutar en cualquier lugar que se hallara, atravesando un parque, contemplando el rostro poco adorable de un niño impertinente que le sacaba la lengua a su paso, medir con un metro personal la altura de los árboles que demostraba cuán pobre era su matématica, detenerse en el arbusto de magnolias, tocarlas, mientras veía entrar y salir de la iglesia El Carmen, donde estaba el árbol en cuestión, a muchos hombres de aspecto peculiar, alcoholicos reformados, nunca seguros en el adiós definitivo al aguardiente.

Tenía la ventaja de que Alfonso no la interrogara sobre sus salidas. Era una buena cualidad, además de su total confianza en ella en su respeto hacia él y su propia dignidad. A él nunca se le había ocurrido preguntarle. "¿Qué hiciste hoy?" Lo contrario a ella que deseaba preguntarle: "¿Tuviste muchos casos? ¿Algunos interesantes?" Ni siquiera tenía noción ni idea de lo que su marido consideraba interesante en los seres humanos. Muchos jueces parecían dormirse mientras escuchaban, ella los había visto entrecerrar los ojos con aire ausente, pero era una táctica para hacer creer que estaban distraídos, cuando seguían el caso al dedillo.

Esa mañana fue directamente al almacén de víveres ubicado bastante lejos de su casa, pero allí encontraba todo lo que deseaba a un precio módico. Tenía un desarrollado sentido del valor del dinero. Alfonso no era tacaño, todos los meses le entregaba un sobre con la cantidad de dinero para los gastos de la casa y también le pagaba la tarjeta de crédito y cualquier compra que ella hiciera fuera de su presupuesto mensual.

Abandonó la casa temprano y llegó al almacén diez minutos después de abiertas las puertas. Se trataba de una nave espaciosa, bien iluminada, dividida en secciones con diversas mercancías.

Era temprano, el almacén estaba casi vacío. Comenzó a llenarse un rato después. Deteniéndose frente al estante de frutas, vio melocotones espléndidos, los tocó para saber si estaban maduros, y enseguida escuchó la voz alterada de un hombre; por lo tanto, se alejó del estante, echó a andar el carrito de carga hacia la dirección de donde provenía la voz, y enseguida vio al sujeto que no paraba de hablar con indignación, llamando la atención de todos los concurrentes, quienes comenzaron a aglomerarse por lo alrededores. Se trataba de un hombre de seis pies y cuatro pulgadas, sobresalía por encima de todos, su voz tenía la misma agresividad llamativa de su cuerpo fornido, Su rostro moreno no tenía arrugas en sus cincuenta largos años, su calva brillaba, vestía un pantalón blanco, chaqueta azul, y una gorra que se había quitado para pasarse la mano por la calva y volvérsela a poner. En su gorra llevaba orgulloso la insignia de un velero bordada en hilos dorados. Su cuerpo y movimientos ocupaban mucho espacio. Era obvio que el hombre estaba fuera de sí. Le hablaba a la empleada en un tono frenético y autoritario. Su mirada era fría y cortante. Estaba acostumbrado a mandar y meter miedo.

El asunto se reducía a lo siguiente: la mercancía que había llevado al mostrador de la caja registradora, alcanzó un precio que él se negó a pagar alegando que tenía derecho a un descuento de un cincuenta por ciento. La muchacha le decía que estaba equivocado. No había tal descuento.

-¿Qué no? ¿Me lo niega? ¿Por órden de quién? No me puede tratar como trata a cualquiera- decía- Soy el Capitán Estévez, Presidente del Club "La Ola Marina", ganador de diez regatas consecutivas, cinco trofeos de platino, conocido en todas partes, y cuando compro tengo derecho a una rebaja especial porque mi vida es útil y produzco en una sociedad de zánganos y mentecatos.

- Pero, señor, yo soy la empleada y no puedo darle la mercancía rebajada. Me expongo a perder mi trabajo- alegó la chica con una voz tímida- y por lo tanto...

El la interrumpió para seguir dando lata. Sin haberlo percibido, Vita vio de pronto a una mujer a su lado, que como la empleada, negaba con la cabeza. Ella también se había detenido para escuchar la trifulca. Ahora, acercando su cabeza a la de Vita, susurró.

-Ese hombre es un atorrante, un zafio.

Vita asintió y las dos se quedaron donde estaban, esperando por el desenlace de la disputa. La empleada se había dado cuenta que no podía manejar a un cliente arrogante, pesado. Había gente que no entraba en razones.

-Vaya a ver al administrador - le dijo- El le dirá lo mismo que yo.

-Mira, muñecona, no tengo que ver a ningún administrador- y la palabra muñecona, de por sí desagradable, sonaba en su tono de voz tan derogatoria que la empleada dio un paso hacia atrás y lo acribilló con una mirada fulminante de odio- Tomo mis paquetes y me voy.

Por fortuna, el administrador, avisado por otro empleado de lo que estaba ocurriendo, ya se acercaba a ellos. Tenía la desventaja de ser un hombre bajito y de aspecto frágil, con la actitud bondadosa de pacificador inmutable, siempre dispuesto a escuchar las dos partes con igual expresión de inalterable candor.

El hombre continuaba vituperando a la empleada. La muchacha, con el rostro encarnado, protestaba.

-Señor, no use la palabra estafa. Hable con el administrador. Usted no puede llevarse la mercancía.

-¡Demonios! ¿Quién te crees que eres?

-Mi nombre es Clara, señor.

-Clara-oscura, no seas fastidiosa. ¿No te he presentado mi identificación? Innumerables premios en regatas, bah, deja de jugar con el lapicito.

La empleada miró a su entorno desesperada.

Vita le dijo a su vecina.

-Ese hombre se pasa de la raya. La pobre empleada no tiene la culpa y él la maltrata a su gusto.

La mujer respondió.

-Eso demuestra que no somos un país civilizado.

Ya el administrador, el señor Gómez, estaba frente a ellos.

-¿Qué ocurre?- preguntó.

La empleada explicó en pocas palabras, señalando al hombre.

-No quiere pagar la mercancía.

El altivo deportista la atacó mientras le echaba una ojeada despectiva al administrador, comprendiendo que era un contrincante blando. Le otorgaba a su estatura y corpulencia un poder especial. Los hombres pequeñitos, como el administrador le sacaban el apetito de un lobo feroz. Se podían devorar con tres gritos.

-¿Qué no quiero pagar la mercancía?- exclamó con una voz de trueno- Reclamo un descuento al que tengo derecho y esta muñecona me lo niega. ¿Qué me dice, eh? Conmigo no hay engaños ni jueguitos sucios,

-Vamos con calma, amigo mío. Aquí hay un mal entendido- dijo el señor Gómez mientras examinaba la lista de su compra- El salmón ha aumentado de precio, las frutas también, y el bistec de lomo...

-¡Esto es un robo!- gritó el hombre a todo pulmón.

El administrador, con una rápida mirada de soslayo, se dio cuenta que el problema estaba yendo demasiado lejos. La gente se detenía para presenciar abiertamente el lío entre ellos y no se podía negar que estaban entretenidos y también asustados.

-Bien, bien- dijo el señor Gómez- Venga conmigo a la oficina. Hablaremos con calma. Clara, ten listo los paquetes, déjalos ahí hasta que regresemos. Venga, amigo mío, tomaremos un café y conversaremos.

No pudo ser más gentil. Por un instante, el hombre vaciló. No esperaba la actitud conciliadora del administrador.

-Todo se arreglará- persistía en decir el señor Gómez con una suave sonrisa- Venga, hablaremos con calma. Venga.

Estuvo tentado a tomarlo por el brazo, y lo hubiera hecho con un hombre más razonable y con menos fuerza física, pero este ejemplar era de cuidado, y a él le sobraba en astucia lo que al deportista le sobraba en altanería y músculos.

A regañadientes el hombre lo siguió, envanecido por la escena que había dado en público. Los muchos testigos los siguieron con mirada dura. El hombre se hizo odioso con todos.

La vecina de Vita suspiró diciendo.

-Ese hombre es un payaso, no le creo nada de lo que dice, y aunque fuese cierto, tiene una actitud impertinente. Denigra con su presencia a lo que se llama humanidad. ¿Ve, señora? Cuando se sale de la casa o del círculo de familiares y amigos, se encuentra esto, y yo llevo una vida apacible, honesta, y no puede comprender que para reclamar lo que no le pertenece, porque no tiene derecho al descuento, tenga que ennumerar trofeos de platino y esa idioteces. ¿Se es grande por títulos y premios, navegar y ganar regatas? No, caramba, se es grande por respetar el prójimo y la vida que vivimos. De otra manera...

Vita, exaltada, la interrmpió.

-Sí, sí, usted tiene razón. ¿No ha observado que fea se ve la gente cuando se altera, grita y se enrabia? Ese señor está muy bien para su edad, puede pasar por atractivo, y en cuanto abre la boca y comienza berrear, ah, se convierte en un monstruo. Yo creo, señora, que el rostro alegre es sublime y el rostro enfadado y lleno de odio asusta hasta a los animales de la selva.

- Correcto. Soy católica, y Tomás de Aquino lo expresó muy claro: "Un solo hombre puede hacer más daño que los animales en la selva". Este es uno de ellos, señora, basta con un ego desorbitado para llegar a devorarnos.

Hablaba en un tono suave, era una mujer delicada, de finos rasgos y buen gusto. Vita hubiera deseado seguir conversando con ella y saber cuál era su profesión, si la tenía, y si guiaba su vida por lo que predicaba la iglesia, pero sucedió que apenas caminaron lentamente, un joven bastante desaliñado y con cara de pillo, les salió al paso.

-Tía, no puedo esperarte más. ¿Crees que tengo todo el tiempo para ti?- le dijo malhumorado.

-Bien, bien-exclamó ella, hundiendo los hombros a manera de despedida con Vita.

Así funcionaban las cosas en la vida. Una mujer religiosa y decente, tenía un sobrino que en el otro extremo, se asemejaba al insolente capitán, y ella había insinuado que lo terrible llegaba cuando se salía del círculo familiar y de amistades. Con este ejemplar en la casa, sus palabras no tenían mucho sentido.

Permaneció en el almacén de víveres más de media hora, No pudo saber nada del resultado de la entrevista del administrador con el latoso egoísta. Así concluyó su exploración del día.

Dos horas más tarde, se hallaba en el cobertizo de madera, al que usualmente llamaba pabellón. Era su lugar de recreo. Tenía techo alto, una vista preciosa, rodeado de plantas y flores, frente a un cerro que cambiaba de color de acuerdo con el tiempo. A la derecha había un muro bastante bajo por el cual se comunicaba con sus vecinos, y al final del mismo había una puerta también de madera, pequeña, con candado, que separaba una vivienda de otra.

Después de terminar de tomar un jugo de naranja, con la idea de sentarse en uno de los mullidos butacones, disfrutar del tiempo fresco, pasó cerca del muro para poner el vaso vacío en una mesa, y enseguida echó una mirada distraída al patio de los vecinos. Vio a Gustavo en el tinglado de su casa. Se acababa de levantar, tenía todas las señas de estar todavía soñoliento, con el cuerpo envuelto en un batín de seda corto que dejaba al desnudo sus muslos y pecho. Vita alzó la mano para saludarlo, él no la vio y estirándose y bostezando alzó la cabeza para mirar el sol, luego se llevó la mano a la frente, y girando sobre sus pasos, entró en la casa.

Lamentó mucho verlo entrar en la casa, a pesar de no tener una facha presentable. Era un chico guapo y los chicos guapos están ahí para ser admirados. De todas manera, aun viéndola, Gustavo no se hubiera acercado a ella medio desnudo. El territorio de Vita estaba prohibido para él y Oscar, y solo por la simpatía de la esposa del juez, se atrevían a saludarla y hablarle. Ya tenían entre ellos una amistad sabrosa, como la describía Oscar, contentos de contar con su simpatía.

El juez los detestaba, le había dado la orden a Vita no tratar con ellos, y ésta era una de las pocas reglas en que sin remordimientos desobedecía a su marido.

Por el corto tiempo en que vio a Gustavo, sin ser vista, gozó de su semi-desnudez. Lo encontraba hermoso, poseedor de un atractivo peculiar que correspondía a la gente joven en cuyas vidas se intuían conflictos, ingenuidades, timidez y una modesta y enigmática necesidad de hacerse querer, evadiendo cualquier confesión personal. A veces, cuando conversaban y Gustavo la miraba fijamente, deteniéndose en el contorno de sus labios y la forma de sus orejas, Vita sentía una corriente extraña de inquietante brote emocional que no sabía si provenía de él o ella, pero en general la sorprendía, le agradaba y flirteaba con él.

Se sentía a sus anchas con sus vecinos, eran diferentes, vivían la vida que les gustaba, ambos sumamente cariñosos con ella, conociendo que se iba por encima de las severas instrucciones del odioso magistrado.

En el amor, aun irracional como es la mayoría de las veces, impera una regla aplicable a la más perfecta lógica: una madre sencilla, amorosa con sus hijos, cuidándolos con infinito amor, no recibe palos ni desprecio de ellos. Y entre vecinos, una mujer encantadora, simpática, rompía el tabú, la estricta orden del marido, para charlar con ellos, interesarse en sus vidas, reír, hacer chistes y contemplar juntos en ocasiones las diversas luces que emanaban del cerro según se presentaba el día luminoso o gris. ¿Cómo no amarla?

Llevaban cuatro años de vecinos, y como chicos escolares haciendo travesuras, se deslizaban los dos hombres a saludarla con entusiasmo cuando sabían que el juez no estaba por los alrededores. Por nada del mundo hubieran puesto a Vita en un aprieto.

Ambos veían al juez como lo que era: un hombre serio, de aspecto digno, sin ningún encanto ni flexibilidad, con la mente encasquetada en tiempos de las abuelas. Tal vez hubieran sido cordiales con él si su actitud hubiese sido discreta, tolerable. Pero no fue así.

En una ocasión coincidieron en salir juntos de la casa y encontrarse en la acera cerca de los autos de cada uno. Vita los miró elusivamente sobrecogida y una expresión afligida, bajando la cabeza, mientras el maldito juez Vidal se erguía. El tonto no podía imaginarse que su mujer y ellos gozaban de una adorable excitación con el fruto torpedeado de la amistad.

Vita, frustada, se dejó caer en la butaca, cerró los ojos con deseos de dormir, soñar, y en efecto tuvo un sueño con la mujer del mercado. Se hallaba caminado por calles polvorientas, entre paredes, diciendo que iba a envenenar a su marido, era un déspota, había que eliminarlo. Tomás de Aquino había dicho que un solo hombre hacía más daño que los animales de la selva. Ahí despertó. El sueño había sido brevísimo, una estampa, y creyó que su mente lo había creado estando despierta y como no le encontró sentido se levantó agitada exclamando en voz alta. "Mi Dios, conozco a una persona, intercambio dos palabras con ella en el mercado y ya la veo de asesina. Algo no muy hermoso debe de estar rondando mi alma."

3

Eso había ocurrido hacía ya mucho tiempo.

De acuerdo con lo que le contaron Oscar y Gustavo, una tarde visitaron la Feria de Libros y Grabados. Andaban distraídos sin saber muy bien lo que iban a comprar. Hojeaban libros, se comunicaban algo curioso que leían en una página y después lo colocaban en el montón correspondiente al autor y seguían de largo. En una mesa encontraron catálogos antiguos de muebles y un hermoso diario con las páginas en blanco, forrado en tela brocada al rojo vivo, y en la primera página, en letras romanas, se leía. "Un diario para hacer confesiones del alma" Oscar, cuya tendencia a gruñir y encontrar absurdo todo lo que le salía al paso, le dijo a su compañero. "¿Y quién tiene alma en estos tiempos?" Gustavo lo miró irónico. Oscar lo desafió enojado. "¿Quién?" Sin vacilar ni perder su mirada sarcástica, Gustavo le espetó. "!Vita!"

Así fue como el diario llegó a sus manos. Se lo entregó Gustavo a través del muro y ella corrió a esconderlo en una gaveta de la cómoda donde guardaba sus ropas íntimas bajo llave, pues para las confesiones del alma la llavecita era indispensable. No se animó a escribir en el durante largos meses. Un día en que estaba aburrida decidió estrenarlo, contando la historia de una mujer que estaba relacionada con el diario. Era una historia de otros tiempos, de esas que salían de la memoria y volvían cuando acontecía algo que las acercaba a una experiencia más o menos parecida, aunque había que salvar la enorme distancia en que los diarios fueron sumamente populares, mucho más para las mujeres que para los hombres, pues sólo la mujeres volcaban en las páginas todo lo que la sociedad le prohibía pensar y decir.

Vita nunca había tenido un diario en sus manos, pero sabía que existían a través de una familia de muchos miembros, vecinos muy queridos de su madrina, Laura Biló.

Un día, visitando a su madrina cuando no tendría más de quince años, escuchó una larga conversación entre ella y un miembro de la tribu de vecinos. Esta, mujer casada y con cuatro hijos, de temperamento dulce y una mirada reflexiva, de esas que indican la seriedad con que se piensa en los asuntos que tocan muy de cerca, se quejaba con Laura Biló sobre la frustración de su familia, cuando su primo, que era de complexión sanguínea y dado a estallar en coléra por todo lo que encontraba incomprensible y fuera de su balanza moral, declaró que Elsa, la esposa de su hermano, mantenía a escondidas un diario en el que escribía todos los días a una hora determinada, tres de la tarde, hora que siempre lo hacía sospechar de un malévolo complot. Sus preguntas alarmaron a la familia. "¿Qué tiene que escribir una mujer casada y con dos hijos que al parecer no rompe un plato, siempre aisladita y reservada? Díganme, ¿que tiene que escribir, confesar? Nada bueno, ¿eh? Se escurre para escibrir en el diario. Cierra la puerta con llave. ¿Qué secreto esconde? Porque un diario es un secreto. Entonces, ¿en qué quedamos?"

El marido de Elsa fue avisado de la extraña costumbre del diario. Sucedió que él se echó a reír sin manifestar ningún fastidio, alegando que su mujer tenía derecho a sus propios secretos y no encontraba nada dañino ni ofensivo en que se entretuviera soltando sus intimidades. La familia, desconcertada, lo atacó por negligencia, falta de carácter y ya no se hablaba de otra cosa, de manera que esta vecina, así se lo contó a Laura, temía que Elsa y el marido se fueran a vivir a otra parte, pues todos les hacían la vida imposible con alusiones, indirectas, mezquinas, por el maldito diario. "¿Y qué dice Elsa?" le preguntó Laura. La mujer alzó las manos y se frotó la frente con aire perplejo. "Elsa no dice nada, intercambia una mirada con el marido, suspira, hunde los hombros y se aleja del hervidero de la conversación. Eso quiere decir que le importa un bledo lo que piensen de ella los demás. Una sola vez, que recuerdo, hizo una declaración egoísta, altanera. "Es mi diario, mi vida, y no se comparte con nadie" Su actitud, Laura, no ayuda nada, y estamos en medio de un volcán por una buena mujer, porque Elsa lo es, que se encierra a escribir en su diario."

Reviviendo la historia en su memoria, Vita abrió el diario sobresaltada. Las dos primeras palabras que escribió fueron. "¿Soy feliz?" De ahí partió sin vacilación al examen de su vida actual en respuesta a su propia pregunta. Llamó a su diario, "querido amigo"... Así le otorgaba a la amistad, la franca libertad que ni siquiera se le daba a un marido. Era otro tipo de afecto.

Comenzó a ennumerar las cosas materiales que la hacían feliz: su casa, la prosperidad económica, la satisfacción de sus deseos moderados, porque no era ambiciosa, la libertad para su exploración, y la salud que nunca le había fallado. Terminada la suma de sus contentamientos, se horrorizó de no haber incluido en ellas a su marido. Hizo una pausa en la escritura. "¿Y dónde está Alfonso en todo esto?" se preguntó. Su olvido o descuido tenía un significado grave. Se asustó creyendo que su mala intención relegaba a Alfonso a ser una sombra y enseguida un sentimiento de culpablidad le presentó la posibilidad de que el diario constituía un peligro para sus emociones y se dijo con un total desasosiego. "Oscar es negativo," así lo dijo Gustavo, "pero cuando te mencioné, Vita, respondió "Sí, sí, hay que llevárselo. Sabe Dios lo que encierra su pobre alma." A lo que Gustavo le preguntó intrigado. "¿Por que la llamas pobre alma" "Porque todas las almas son pobres, infelices. ¿Crees que se escribe en un diario para contar diversiones y gritos de alegría. Bah, no conoces nada de la vida."

Vita continuó escribiendo apurada, sin pensar en la opresión de su alma, como la juzgaba Oscar. El diario no era una obra pública, pertenecía sólamente a su ejecutor y moriría con él, por lo tanto, sus olvidos, fatigas, desilusiones y arrebatos le indicaban que era la creadora y única lectora. El juicio implacable o benigno caía sobre sí misma.

El tema de la felicidad no se le escapó de las manos y se le ocurrió dejar asentado que muy pocas personas conocían la felicidad. ¿Cuántas hay realmente felices? ¿Era la felicidad temporal? No debía de serlo, pero las dos veces en que salió embarazada, le decía a la gente. "Quiero que mi hijo sea feliz" Pero he aquí que la felicidad era un asunto personal, no se podía comprar, vender ni negociar con zalamería y argucia. Tampoco había una receta oficial o no para alcanzarla. ¿Podían las personas colérica como ese tal capitán Estévez, ser felices? ¿Se le podía creer a una persona cuando se vanagloriaba de ser feliz?

Ahí detuvo el bolígrafo en el aire. Recordó algo que la impresionó mucho, quedó grabado en su memoria para siempre y le demostró que la felicidad también se prestaba a camuflajes.

Mucho años atrás cuando todavía estaba soltera sin la menor idea de que iba a conocer a Alfonso y unir su vida a él, se creía bella, inmortal, como todos los jóvenes, viviendo la mágica fantasía de la vida con gran exaltación, curiosidad y charlatanería. Como ahora, le gustaban las personas sinceras, alegres, y entre ellas encajaba una amiga de su madre, contadora en una fábrica de zapatos, donde hacía buen dinero. Se había divorciado dos veces, no tenía hijos, y era la mujer de más vibrante alegría que se ponía encontrar en este mundo. Reía con gusto y su risa resultaba inolvidable. Tomaba todo a chacota, las carcajadas brotaban de su garganta como luminosos rayos de sol, su entusiasmo llenaba el espacio en que se movía y como si fuera poco acumulaba en su memoria gran cantidad de chistes deliciosos, algunos delicados, otros indecentes, que desternillaban de risa a cualquiera. Cuando Adelita llegaba a la casa, su mamá la recibía contenta, dejando todo lo que estaba haciendo, pidiéndole que la pusiera al día de la felicidad universal que ella encarnaba.

Un día, Adelita llegó a visitar a su mamá, que a su vez estaba ausente, visitando a una vecina que acababa de regresar del hospital después de haber sido sometida a una operación de la vesícula. Vita la recibió con una toalla en la mano, se acababa de lavar la cabeza, pero aún secándose el pelo no la dejó ir y le ofreció tomar un café mientras esperaban por su mamá.

Se sentaron a charlar. Vita no recordaba de qué hablaron, la observaba absorta. Adelita tenía un tipo chabacano, un porte deplorable, pero desplegando su alegría se convertía en una mujer bonita, adorable, deseable de tenerla al lado. Se olvidaba que sus rasgos ordinarios presenban un conjunto de total desarmonía, con la boca grandota, la nariz fea, el pelo salvaje, el cuello cortísimo y los ojos muy unidos. Todo eso desaparecía con su risa. Fue tal su entusiasmo contemplándola que exclamó. "Oh, Adelita, eres la persona más feliz y alegre que pone los pies en esta casa." ¿Y qué sucedió? Adelita, que había abierto la boca para decir algo, posiblemente un chiste, hizo una fea mueca, bajó la cabeza con una actitud de agobio, derrota, y cuando la levantó tenía los ojos llenos de lágrimas y fue súbitamente que dando un furioso golpe encima de la mesa, exclamó. "¡No soy feliz" ¡Soy la mujer más desgraciada que pisa la tierra! ¿Por qué hablas de la felicidad? ¿Qué sabes tú? ¿En qué mundo vives?" Comenzó a llorar sin control. Vita no podía creer lo que veía, saltó del asiento llena de pánico, tambaleante, en el momento en que su madre abría la puerta y al ver a Adelita desgarrada en llanto, reaccionó encarándose a Vita, preguntándole que le había hecho a Adelita, en qué la había ofendido para ponerla en ese estado. Vita, balbuciando, le respondió que le había dicho que la admiraba por ser feliz. Su mamá no le creyó. Nadie lloraba así por un halago, no, había cometido una falta imperdonable con Adelita, quien todavía lloraba sin hacer una pausa. "¡Veta a tu habitación", le ordenó su mamá, "nunca pensé que fueras tan cruel".

Y jamás creyó la verdad.

Ese recuerdo la enfrentó a un dilema mayor, ¿la felicidad podía imitarse? ¿Con qué modelo? ¿Era Adelita una farsante de la felicidad por miedo de que con sus pocos encantos físicos no atraería a nadie y usaba la alegría como un instrumento para hacerse agraciada y bienvenida? ¿Por qué llegaba al colmo de ponerse una máscara ebullente de furiosa alegría?

Desde ese día, Vita evadía su presencia, aunque pasado su momento de histerismo, Adelita continuó siendo el alegre cascabel de siempre.

¿Era la felicidad amar al prójimo? Bueno, ella amaba a sus vecinos, y los admiraba precisamente por lo que Alfonso detestaba, la verguenza de dos hombres viviendo juntos, con uno jovencito haciendo su papel de mantenida damita. ¡Borchornoso! ¡Intolerable! Vita no lo veía así. Los asuntos de amor pertenecían a la pareja, el comportamiento correcto, a todos. Oscar y Gustavo eran personas decentes, de carácter opuestos y orígenes opuestos, como la mayoría de las parejas. Por lo demás, eran tan normales como cualquier otros vecinos. Alfonso no veía normalidad en ellos. Su prohibición de amistad con el tal par fue definitiva, dura y con las decisiones de Alfonso nadie jugaba, pero ella había entrado en el juego clandestino y eso le proporcionó un gran entusiasmo. Así pues la felicidad se componía de desobediencia y la manera de mirar la vida, aceptar y continuar hacia adelante con el mismo ánimo de siempre.

"querido amigo: soy cobarde. No quiero empezar ni terminar nada. Alfonso, mi marido, es un hombre bueno, responsable y odioso. Cada día está más insufrible, y por ende, hace todo lo posible para ejercer su influencia sobre mí y transformarme en una de esas mujeres secas, pálidas, cultas y reservadas que embroman mucho a la familia y extraños por la falta de calor humano. Me contradigo, lo sé, soy totalmente imperfecta y me gustaría ser ligera como el viento, andar por todas partes, ver, escuchar y divertirme. No creo que Alfonso sospeche mis deseos. ¿Cómo me ve? Oh, no hay ningún misterio: me ama a su manera y ese es otro asunto tan confuso como la felicidad. "Ama a su manera". Lo he escuchado decir muchas veces de boca de madres, esposas, hijos, como si un gran repertorio humano hubiese experimentado el "amar a su manera", que tiene componentes tan fastidiosos y falsos.

Pienso, querido amigo, que amar a su manera se ajusta a un sentimiento personal, egoísta, limitado, no se ensancha ni crece y se estanca en la frontera de los caprichos y necesidades, "sí, yo te amo, pero puedo darte esto y aquello, no más, entiéndelo así, y que no se hable más de esto porque mi amor no acepta hacer un esfuerzo, dar lo que te gustaría, oh, no, eso disminuiría mi estatura moral que sigue sus propias reglas, en otras palabras, quédate tranquila y no me embromes."

Ay, ay, ay, Alfonso piensa que se debilita si ama de otra manera. Entonces no conoce nada del amor. ¿Se ama a sí mismo? Oh, sí, en eso no estoy equivocada. El egoísta tiene sus propias leyes en todo, y particularmente en el amor.

Cualquiera puede preguntarme por qué estoy con él.

Me avergonzaría decir la verdad: Alfonso es un hombre honorable en su profesión y en la vida. No entiende de chanchullos, mentiras, hipocresía, y entre nosotros hay un engranaje emocional que quizás ninguno de los dos sabe de dónde viene, pero él ama la armonía y la paz, tanto como yo, y en esta hermosa residencia que vivimos, la tenemos. ¿Quién, con sus cincos sentidos ajustados se arriesgaría a perder tanto placer? Lo que me molesta es que él se considera el único creador de la susodicha armonía hogareña, cuando yo también aporto bastante para hacerla funcionar. El aporta la responsabilidad económica y yo me ocupo del resto. Nunca reñimos. A veces pienso que si fuera una mujer derrochadora tendríamos problemas, pero no es así. Un día me dijo de los escritores: "Usan tantos adjetivos que aturden y resultan odiosos. Digamos que en nuestro dulce hogar los adjetivos brillan por su ausencia."

¿Pueden los rostros humanos, los movimientos faciales, la estructura del cuerpo, la voz, dar pie para conocer un carácter? Yo tengo propensión a observar a las personas, llegar a mis conclusiones, y aunque soy imperfecta, volátil, impulsiva, acierto la mayoría de las veces. Nunca sería amiga de personas que se toman muy en serio, y en particular de las mujeres sobrias que levantan el dedo índice, miran a los ojos con un fogoso vigor y aconsejan diciendo al mismo tiempo que nunca aconsejan.

Bien, el rostro de Alfonso es sereno, grave, y hermoso. Un rostro con carácter, soberbia masculinidad y exento de toda gracia. Inspira un gran respeto, lo obtiene y en su seriedad parece decir: "Ve derecho, conmigo no puede haber trucos ni duplicidad." Como juez, lo sé, tiene fama de ser endemoniadamente severo y justo. Mi desgracia es que esos buenos atributos para su profesión y el mundo de afuera, siempre peligroso, los emplee también en el hogar. Por mi parte, soy moralmente sensata, tengo muy claro en mi mente la diferencia entre el bien y el mal, aunque en estos tiempos la mayoría de la gente desatinada por el placer no vea diferencia entre uno y otro. Lo pagaremos muy caro. Alfonso y yo tan opuestos en temperamentos, tenemos puntos de afinidad. Yo no podría vivir con un hombre abusador, inmoral, y poco responsable con sus deberes.

Estoy agotada, he escrito demasiado, no me atrevo a leer lo que te he dicho porque habrá muchos disparates, ideas sin terminar, etcétera, pero tienes que saber que mi mente va más rápida que mis dedos, y por eso me enredo y sigo adelante sin pausa. Alfonso escribe con aire reflexivo, medita cada palabra, es hombre de ley, naturalmente, y yo voy deprisa, no medito nada, digo lo que siento y sé que vivo con el peligro que un día me den una bofetada por imprudente. Hasta ahora no ha ocurrido y espero que no ocurra nunca, pero como te dije, soy imperfecta.

Final. Hasta la próxima."

4

Esa noche, ambos sentados en el trono de derecha e izquierda, monarcas sin vasallos, veían la televisión, las noticias con informaciones internacionales de catástrofes naturales, las ejecutadas por el hombre, y así la miseria universal llenaba la sala de los reyes.

Alfonso era un observador atento. Daba la impresión de que cada noticia, aun sin terminar, pasaba por su mente, la digería y esperaba las próximas. Las noticias locales, políticas y económicas, siempre lo hacían inclinarse en la poltrona, acomodarse mejor, colgar su barbilla en una mano y absorber lo que decían y lo que no decían. En ocasiones sacudía la cabeza con disgusto. No hacía ningún comentario, mientras Vita lo miraba de soslayo pensando que el mundo, como lo presentaban, estaba a punto de acabarse, todo era trágicamente triste y feo, sin embargo, la gente continuaba en sus trabajos, los niños asistían a la escuela, se servía la comida en la mesa, se reñía y se reía. ¿Qué cambiaba?

En este día, ella había salido a hacer sus diligencias. El mal tiempo le permitió sólamente llegarse hasta la tintorería del turco Alí, con un paquete de ropa de Alfonso. Alí estaba como siempre al frente de su negocio, afable, obsequioso y sumamente simpático. Era el tipo de hombre que se había propuesto ser feliz en su emigración y ganarse el cariño de la gente. Lo había logrado con gran facilidad. Llevaba su pequeño y modesto negocio con el orgullo de que no había ningún cliente que no saliera satisfecho por su trabajo y trato personal. Su fantástico bigote negro expresaba, al moverse cuando hablaba, su personal deleite en tratar a sus clientes como amigos y gente que merecía lo mejor. Su mujer era otro cantar. Si Alí era altísimo, fornido y peludo como un oso, ella era esquelética, seca, pálida, con una piel amarillenta. Nadie sabía su nombre. Nunca se había levantado de su maquina de coser para saludar a alguien. Su rostro tenía una marcada expresión de enfado y repulsiva tacañería. Cuando un cliente pagaba y sonaban las monedas hacía un gesto de levantarse atraída por el dinero que entraba, pero no iba más allá de un ademán. Su labios delgadísimos se oprimían, mientras la aguja iba dando puntadas, y esa era otra marca de su codicia y animosidad contra el prójimo.

En una ocasión, Alí le había dicho a Vita que durante la guerra (no especificó si participó en una guerra local o donde fuese) detuvo una columna de enemigos y con su ametralladora y astucia para huir y dejar huellas falsas los exterminó a todos. El bravo guerrero había perdido la batalla doméstica porque cuando Alí miraba a su mujer por cualquir razón se sobrecogía, callaba por un momento, por algunos segundos su torpeza sorprendía, y eso indicaba que ella lo controlaba aun con su amargura.

Vita abandonó la tintorería apurada, a pesar de que Alí estaba de un buen humor excepcional e insistió en charlar con ella. Pero he aquí que el tiempo amenazaba con una gran tormenta. En cuestión de quince minutos el cielo bastante despejado se convirtió en nubarrones negros, una capa de oscuridad cubrió la ciudad y todo se tornó lento y melancólico. Y no había escampado en ningún momento. Todavía azotaba una lluvia intensa. Vita había cerrado la puerta del zaguán que daba acceso a la entrada de la sala, y cubierto los muebles con nailóns, preparando todo, para sobrevivir al mal tiempo.

En el momento en que el Ministro de Finanzas anunciaba que la situación económica estaba boyante, lo que no era verdad para los pobre obreros asalariados, se comprendía que sus palabras no valían nada porque ni siquiera le echaba mano a un trocito de la verdad, Vita pensaba en sus vecino que habían partido dos semanas de vacaciones, como hacían al final de Agosto, a un "resort" del Sur donde no habría lluvia y las agua cálidas serían el deleite de los turistas. La asaltó una sana envidia por la libertad y el placer con que gobernaban sus vidas y eso la hizo volver a mirar a su marido furtivamente. A él jamás se le ocurría buscar un lugar de recreo. ¿Qué iba a hacer entre gente alegre que bailaba y reía? Tuvo la respuesta inmediata cuando él se levantó y dijo que iba a trabajar en la oficina.

-Sí, sí, ve- respondió Vita en un tono perentorio.

Su compañía no le hacía falta siendo esclavo de su trabajo y deber. Hombres así aburrían a las mujeres hasta el infinito y ella estaba con la bandera del tedio al frente de la parada, pero no, tan pronto la lluvia cesara volvería a sus andadas exploratorias. El mundo de afuera tenía colores, variedad, le ofrecía encuentros simpáticos, otros no tan agradables, pero regresaba a la casa con la ebullición emocional de no haberse quedado frustada, sin actividad, en el estrecho mundo que le ofrecía su marido. No pocas veces sentía deseos de sacudirlo por los hombros y decirle. "Vamos a ver, Alfonso Vidal, ¿no puedes cambiar de cara? ¿No puedes dejar la maldita oficina y mirarme? ¿Qué hacemos los dos comiendo y viviendo en silencio?" Esos impulsos morían al nacer. La suya era una causa perdida, lo reconocía así y cuando la asaltaban pensamientos agresivos les daba un cauce libre, sabiendo que se evaporarían enseguida. Nunca llegaba su malestar a manifestarse con brusquedad o rudeza. Un botón de emergencia la detenía. Los pensamientos de comprensión y rabia se sucedían fragmentados, veloces, y volvía a recogerse en su poltrona y echarle mano a la llavecita mágica que apaciguaba el instinto vengativo y le susurraba. "Tienes un hogar hermoso y lleno de paz," Así, por reacción lógica se quedaba inmóvil, sin tristeza. Esa era su vida.

La lluvia persistió tres días, tres días interminables en que Vita sin poder salir, se entretenía cosiendo, limpiando sobre lo limpio, botezando, durmiendo y leyendo un libro sobre la vida de las abejas.

La luz se hizo al cuarto día, luminosa y radiante con los rayos cálidos del sol. El cobertizo estaba en pésimas condiciones. Algunas plantas cayeron marchitas, había multitud de hojas que recoger, agua que sacar de las losetas y llevar a su lugar varios tiestos con flores.

A las once y media de la mañana, con su agilidad y concentración, el pabellón ya estaba como nuevo y listo para ser estrenado. Terminando su tarea allí se sorprendió al ver a Gustavo caminar por el patio con sus viejos chanclos y un pantalón bombache de corduroy, muy usado, color verde olivo, inspeccionando los destrozos de la lluvia. Enseguida se comunicaron por el muro. El asombro de Vita fue genuino. Si su cálculo no fallaba, apenas habían estado una semana de vacaciones. Se lo preguntó con su típica expresión de azoro que la hacía alzar las cejas y mantener la boca entreabierta mientras esperaba por la respuesta.

Gustavo le aportó las noticias que deseaba.

-Sí, sí, regresamos antes de tiempo. Todo iba bien y todo se echó a perder. Ya sabes, una rabieta de Oscar por los espaguettis. Oh, claro, no puedes comprender, pero es una historia para contarla con tiempo si quieres ver la comedia, porque la tiene, Vita, la tiene. Pero ya ves, miro el patio y está horroroso y estoy haciendo buñuelos y no tengo tiempo de limpiarlo hoy.

Una vez, Vita había probado uno de sus buñuelos, le gustaron mucho, y ahora, en un tono de nostalgia, exclamó.

-Ah, los ricos buñuelos...

-Te puedo traer algunos cuando estén listos. Por supuesto, preferiría verte en mi mesa comiéndolos y....

Se calló un poco asustado. Había ido demasiado lejos, y buscando sus manos le dio dos golpecitos cariñosos, agregando.

-Olvida, es un atrevimiento mío. Olvídalo.

-¿Y qué voy a olvidar, Gustavo? Dime, ¿qué voy a olvidar?

Se lo preguntaba adrede. El no respondía, sacudía la cabeza, una explicación sobre su imprudencia no le saldría muy bien. Cuando se proponía callar no había Dios que le hiciera abrir la boca. No sólo se hacía el desentendido, sino que enfocaba la mirada en el cerro, asintiendo, como si ese trozo inerte de la naturaleza estuviese aprobando su decisión de no decir una palabra más sobre el asunto. Le irritaba que Vita mostrara interés en escuchar lo que estaba prohibido entre ellos.

-Oh, ya sé- dijo Vita de pronto- No quieres contarme la historia del viaje hasta que me siente en tu mesa a comer los buñuelos.

Gustavo enrojeció. La verdad entre ellos se disfrazaba con todo lo sutil a que podían echarle mano. Vita siempre había actuado de esa manera, no de otra, y ahora lo desconcertaba. Sólamente atinó a mirarla con gran ternura y melancolía.

-Bueno, si es así, me invito hoy a ir a tu casa a comer buñuelos a cambio de la historia. Ah, eres muy astuto, Gustavo, muy astuto -dijo ella.

Su acusación le gustó porque no era verdad, pero al invitarse sin vacilación rompía el molde de lo que por tantos años constituyó para ellos un modelo de conducta. ¿Qué la llevaba a esta acción? ¿Se iba a divorciar del marido? ¿Quizás el ogro de juez se había dulcificado y le permitía una total libertad? Sus pensamientos aglomerados y confusos hicieron que Gustavo la mirara con una expresión dudosa. No entendía lo que estaba ocurriendo con Vita y de un modo irrevocable se dijo que no valía la pena preguntarse por qué estaba tan dispuesta a entrar en su casa. Cosas más inverosímiles que esas ocurrían, aunque no encontraba las palabras para darle la bienvenida y demostrar su entusiasmo. Bueno, era mejor comportarse con aplomo y aceptar la visita como algo muy natural.

-No olvides la llave que abre el candado de la puertecita- dijo- ¿Va bien si comemos a la una?

-Perfecto- respondió ella.

Tan pronto llegó a la casa, Gustavo soltó los chanclos y corrió hacia el teléfono. Estaba agitado, sintiendo el sudor corriéndole por la espalda. Ansiaba, como el ganador de un codiciado trofeo, compartir su gloria con alguien que reaccionara tan ofuscado y feliz como él. Llamó a Oscar y le comunicó la noticia de que Vita se había invitado para venir a comer buñuelos en su casa.

Oscar gruñó en el teléfono. No le creyó. Se sintió molesto de que Gustavo lo llamara para tal tontería.

-¿Y para eso me llamas? Estás delirando, ¿no conoces bien la situación? ¡Comer tus buñuelos! ¡Puñetero, no me fastidies con tus fantasías!

Cuando Alfonso compró la casa, los vecinos eran un par de ancianos cascarrabias, poco sociables. Solían sentarse en el cobertizo tomando té frío en los días calurosos, meciéndose en balancines uno frente al otro sin hablar, con rostros enjutos, toses alarmantes, gruñidos, escupiendo en el suelo.

Con el transcurso del tiempo no se dejaron ver. Sus ventanas permanecían herméticamente cerradas y sólo entraba en la casa una mujer gruesa con nalgas como palanganas y pechos como cocos, que al parecer los atendía y les limpiaba la casa. Un día, Vita vio que se abrían las ventanas y un camión sacaba y entraba muebles, y según se enteró más tarde, los viejos habían muerto en un hogar de ancianos y la casa pasó a ser ocupada por Oscar y Gustavo, con quienes Alfonso se encontró un día, ambos lo saludaron risueños, gentiles. Alfonso no sonrió. Cuando quería poner cara de palo nadie lo ganaba. Ambos comprendieron su repudio y desde ese momento eludían mirarlo al encontrarse con él saliendo o entrando en la casa.

Vita recordaba su desaire, sus palabras ofensivas, su intolerancia con ese tipo de gente. Mucha agua había corrido desde los años en que gente como Oscar y Gustavo no se veían bien, pero Alfonso pertenecía a la legión de los que no cambiaban su manera de pensar, que no intervendría en sus juicios en caso de que le tocara uno de ellos. Respetaría el orden de sus vidas privadas, simplemente no le gustaban ni se sentía bien con ellos. El problema era que le imponía sus limitaciones y eso no estaba bien. Vita lo había obedecido, y con lo que ocurrió hoy, después que Gustavo partió, se quedó alelada. Cayó en un estado pusilánime, reflexionó en su impetuosa rapidez verbal que traicionaba en ocasiones sus propósitos, y el remordimiento la acució y se sintió tentada a romper su compromiso. El asunto era grave, había dado el primer paso de una traición a su marido comportándose con total deslealtad. ¿Y por qué no lo hizo antes y lo hacía ahora? ¿Eran los buñuelos un faisán para lanzarse a esto que estaba haciendo? Se intimidaba ella misma con su acción, le parecía totalmente opuesta a sus principios de respetar las reglas de su matrimonio, y así era, porque más le valía enfrentarse a Alfonso, que su decisión de traicionarlo a sus espaldas. Alfonso podía indignarse, suspenderle la palabra para siempre, quitarle el poco respeto que le tenía por su lucidez mental aunque sería condescendiente en el punto de perdonarla por su ignorancia.

¿Y era en efecto tan ignorante? Su desenfado en invitarse a comer los buñuelos, porque ni siquiera Gustavo se atrevió a hacerlo, ¿le demostraba la profundidad de su hastío solitario, la falta de conexión social con la gente, agravada por el carácter de su marido y no el suyo? Estaba a punto de dar un paso de alarmante gravedad que bien podía cambiar su vida. Se dijo y juró que suspendería la visita, pero a medida que pensaba y recorría la casa con pasos precipitados estrujándose las manos haciendo una mueca de desaprobación y disgusto por sí misma, experimentando la sensación de que pronto le caería encima una hecatombe. Se preocupaba también, especulando sobre el dolor que le proporcionaría a sus dos vecinos, ellos, que estaban contentos y orgullosos con su amistad. La amaban precisamente por sentirse acogidos sin el repugnante prejuicio del que ve en una inclinación sexual una perversión absoluta, y reaccionaban así porque no eran tontos y calibraban la honestidad de una vecina que se separaba completamente del punto de vista retrógado de su marido para quererlos bien a través del muro. Si era el caso de que ella había cometido un desatino, pagaría por él, nunca contradeciría su manera de pensar que había que ser responsable de las acciones. Tal precepto le abrió los ojos. No daría un paso atrás. No castigaría a Gustavo con la mezquina insolencia de repudiar sus buñuelos y convertirse en una hipócrita tratando de justificar su falta. Alfonso nunca le ofrecía una oportunidad de explayar sus sentimientos sobre tantas cosas en las que un matrimonio tenía el deber de dilucidar juntos. Si las puertas estaban cerradas para ella en ese sentido, y él vivía bajo el embellecimiento imaginario de una armonía entre ambos como no había otra igual, era bueno que se quedara pensando así, mientras ella tomaba un derrotero más realista al comprender que su matrimonio caminaba sobre arena movediza y la tal armonía, como todo en la vida, podía desaparecer algún día. ¿Contribuía a anticipar la disolución? No quiso pensar más, se detuvo en medio del saloncito de lectura, sonrió, iba a casa de Gustavo, la suerte estaba echada y no daría un paso atrás.

Su valentía sucumbió a un total atolondramiento al abrir la puerta enrejada de madera que conducía a la residencia de los vecinos, incluso tropezó con una piedra, su cuerpo se tambaleó en el aire y ganó milagrosamente el equilibrio, pero ya Gustavo venía hacia ella sonriendo como un bendito ángel, pulcro, cubierto su torax por un "pull-over" de rojo vivo, haciendo estallar sus mejillas sonrosadas en un remolino sanguinario, con el aspecto de un joven de extravagante gusto y estudiada afectación.

5

Gustavo la condujo al pequeño comedor ubicado a un paso del jardín. Para llegar a el atravesaron pasillos con muchas puertas cerradas y una en particular entreabierta, a la que Gustavo se apresuró en cerrar diciendo.

-Lugar mío sólamente. Ahí trabajo.

Era pintor. Nunca mostraba a nadie lo que llamaba trabajo. Su reserva sobre ese asunto era encomiable si finalmente conduciría a alguna parte, pero Vita pensaba que él tenía una vena hogareña que complacía a Oscar, teniéndolo en la casa, dejándole su placer de amateur en el arte, adecuado para el temperamento un tanto misterioso de Gustavo, que no ponía las relaciones de ambos en peligro.

A simple vista, notó que la casa era mucho más pequeña que la suya, sin decoración atractiva, con pocos muebles colocados a la buena de Dios, una fenomenal televisión empotrada en la pared, una guitarra y bongó atrapados en un rincón, y el resto con un colorido alucinante de cortinas y pinturas surrealistas. No era comfortable del todo, no obstante, tenía el encanto de lo improvisado, y tal parecía que estaban allí a punto de mudarse y no se ocupaban de darle un carácter más permanente y acogedor.

El comedor, a pesar de su pequeñez, bien podía sentar a la mesa a cuatro personas, no dejaba de tener cierto encanto. Estaba decorado con plantas y la mesa con un mantel rojo y platos amarillos, con las copas de vino de azul oscuro de pies larguísimos, demostraba el gusto estrafalario por los colores que le era tan querido a Gustavo. La avalancha de fuertes tonos resultaba pasmosa, pero debía de estimular el apetito porque ambos comieron los deliciosos buñuelos en una cantidad que se pasaba de la normal.

Comiendo y tomando sorbitos de cerveza, Gustavo habló de un viejo poeta a quien había encontrado en la playa y recitaba sus poemas al mar, hasta que entró de lleno en la historia del suspenso con Oscar, la que ella ansiaba escuchar.

-Por supuesto que cumplo mi promesa. No te mentí, Vita, cuando te hablé del rápido regreso y la comedia y que Oscar no me oiga hablar así, ¿sabes? me mandaría al diablo, y a veces yo creo que tiene un pacto con el diablo- rió de manera encantadora, porque no era la verdad, y sin duda él estaba copiando el vocabulario de Oscar con sus adjetivos portentosos- La noche que llegamos la pasamos requetebien. Nos fuimos al bar donde las parejas bailaban, nos conectamos con algunas personas y charlamos hasta tarde en la noche. Todo iba bien, nos divertíamos yo tomaba un baño muy temprano en la mañana o entrada la tarde. Entonces sucedió que nos fuimos a almorzar, el comedor estaba lleno y había muchos niños. Oscar no puede tolerar a los críos, le atacan los nervios, ¿y qué podíamos hacer? El hambre nos mataba. No íbamos a buscar otro lugar, así que entramos en el comedor para encontrarnos casi todas las mesas ocupadas. Oscar se enojó. Pasamos por una mesa donde había una pareja con un chico de seis o siete años, muy moreno, de mirada aviesa y bastante feo, por cierto. Creo que adrede dejó caer un tenedor a los pies de Oscar. Oscar vio el tenedor en el suelo y se apuró a recogerlo, entregárselo, y delante de los padres lo reprendió diciéndole que no tirara el tenedor porque era falta de educación. El chico le lanzó una patada en la pierna, Oscar gritó, alzó la mano amenazadora y entonces el renacuajo levantó su plato de espaguetti y se lo lanzó a la cara. La pasta se regó por la camisa que se acababa de estrenar. ¡Que lío se formó, padre mío! Vinieron los camareros, los padres se levantaron de la mesa diciendo que no habían visto nada, y Oscar, con los espaguettis encima parecía un demonio. ¿Te imaginas su furia? Corrimos por los pasillos, por dondequiera que caminábamos la gente mirabe a Oscar. Cuando llegamos a la habitación, imagínate sus alaridos. Se fue a la ventana para lanzarse por ahí mientras gritaba. "!Zeus, Zeus, venganza!" Yo no sé de dónde sacó ese Zeus.

-¿Se iba a tirar por la ventana?

-Eso mismo.

-¡Dios bendito! ¿Fuiste a detenerlo?

-Oh, no, yo lo conozco. Me senté a ver el drama que ya llegaba a comedia. Si le digo algo se sulfura más. Yo me siento y lo veo despotricar, correr. Aunque tú creas lo contrario, ama demasiado la vida para matarse, pero necesita gritar y llegar al borde de la ventana, y entonces recapacita y dice fuera de sí. "No, no voy atentar con mi vida. Al que hay que matar es a ese mequetrefe de niño-asesino." Para terminar, comenzó a hacer las maletas con la orden de "!Vámosos!" Y nos fuimos y llegamos aquí muertos de hambre, bajo una lluvia de mil diablos. Tan pronto comimos y tomamos un baño, se calmó. Ay del que abra la herida y le hable de espaguettis. Se encuentra con un trueno. Es así como su plato favorito se ha convertido en un enemigo.

Vita exhaló un profundo suspiro y él echándose hacia atrás en el asiento la miró atentamente, sus labios se plegaron y su mirada cobró la expresión sarcástica que le quitaba al ángel de encima para transformarlo en un ser terrenal de sentimientos sutilmente, arrogantes y maliciosos.

-¿Qué piensas de la historia? ¿La ves como yo terminando en comedia? ¿Cómo puede perder los estribos una persona para hacer tal drama?

-Bueno, lo que le ocurrió fue muy desagadable y tuvo razón en pensar que ese muchachito será mala gente. Pero los padres son los culpables. ¿No dijeron que no vieron nada? Pues yo creo que sí vieron y mintieron. Eso es malo porque los padres están consintiendo las groserías y las malas acciones. ¿Puedo preguntarte algo? - él asintió. Vita continuó hablando- Me gustaría preguntarte simplemente como tú hubieras reaccionado ante la acción del chico, que tuvo tres partes: tirar el tenedor al suelo, golpearle las piernas y lanzarle a la cara el plato de espaguetti. Sería un niño, pero no un santo. ¿Cómo hubieras reaccionado?

Fue obvio que Gustavo nunca había pensado que tal cosa le ocurriera a él. Todos los ataques iban a Oscar, eso pensaba, como si Oscar fuese un imán para atraerlos. El ocupaba un lugar de sombra benigna. Había leído una vez que una actriz famosa era dada a ataques compulsivos de exhibicionismos histéricos. Su marido, que también era su agente y administrador, se quedaba rezagado contemplando el espectáculo con total paciencia y una sonrisa tolerante. Se pensaba que su amor por ella era esclavo y ciego, la consentía y malcriaba, y por eso, en momentos dados, ella se comportaba con una furia indomable. Pero la verdad era otra. El marido era fuerte como el acero, la dominaba, era una sombra magnética en su poder, le permitía esos arrebatos porque intuía que aumentaban su fama, (¿no era acaso una actriz trágica?) y le traían más dinero a los bolsillos. Por parte de él todo era calculado. Gustavo se identificó con el hombre, lo admiró y terminó viendo entre los dos una gran similitud. Naturalmente, no podía decirle nada de eso a Vita y el silencio que hubo entre ellos se debió a esa invasión de sus pensamientos. Ella esperaba por su respuesta. Gustavo, dispuesto ya a hablar, cambió de posición en el asiento. Se sentía feliz teniéndola en su casa, frente a él, prestándole una atención que aumentaba su vanidad, una vanidad secreta y bien alimentada por sí mismo.

-Bien, te respondo. Yo no hubiera hecho nada, no me hubiera enfadado, pero da por seguro que buscaría el momento de vengarme de ese mocoso. Lo vigilaría en la distancia y cuando estuviera metido en el mar, allá iría yo y le hundiría la cabeza en el agua cinco o seis veces, a punto de ahogarlo, para que sufriera.

-¿Y si los padres te ven o el muchachito les cuenta lo sucedido? ¿No te verías en peligro?

Gustavo volvió a sonreír con sarcasmo, frotándose la punta de la nariz, no porque lo molestara una mosca, no, ese ademán significaba para él la protección bien pensada.

-No tendría peligro. Les explicaría que intentaba salvarlo porque se estaba ahogando y hablaba de mí así porque en su desesperación me veía, no como su salvador, sino otra cosa, y yo no podía imaginarme lo que era.

La serenidad y dulzura de su rostro, borrada ya la expresión sarcástica, lo hacía un chico inocente y adorable. Vita se quedó un tanto confusa con su venganza, aunque despejó su mente de lo que no le resultaba agradable. Hablaban de posibilidades y después de la histeria de Oscar, saber lo que este otro planeaba todo con mente fría, se recibía un pasmoso choque de contradicción al ver andar y vivir juntos a dos personas de tan opuestos temperamentos. Tenía una pregunta en la punta de la lengua, dudaba de que fuese sensata hacerla, y conociéndose, unió las manos, giró la cabeza como buscando aire y cuando volvió a mirarlo el control que había ejercido sobre sí misma unos segundos antes, voló hacia el infinito.

-Ah, Gustavo, me pregunto si no te será difícil vivir con una persona como Oscar, por cuestión de carácter. Tú eres tímido, calmado y él es fuego...

-Un fuego ambulante...-le rectificó él sin pizca de enojo por ver hacia donde iba su pregunta.

-Bueno, será así... pero como tú reaccionas serenamente me pregunto si eres así o aprendiste a lidiar con él y qué atractivo puede tener una persona para otra cuando se comportan como dos polos opuestos...

Se calló, no agregó nada más.

Gustavo sonrió. De todas las mujeres que conocía, Vita era su favorita, le gustaba de pies a cabeza por razones que comenzaban desde su lozanía en una edad en que la mayoría de las mujeres estaban chamuscadas (al menos para él que tenía veinte y tres años) hasta el amor espontáneo y vital que expresaba por todas las cosas, incluyendo el cariño, hacia él, que le producía un efecto raro, pero delicioso, de ser algo tan excitante como para estimular su líbido y aumentar la añoranza por las cosas perdidas en el atropello insano de la vida que desviaba los destinos sin poder agarrarse a una cuerda y protegerse, tomando en cuenta la libertad, el descuido económico, la buena ropa, comida y erradicar completamente la lucha de la vida diaria, para convertirse en éste otro. Si eso fuera poco, él veía en el rostro de Vita un alma plena de compasión. Muchas veces había pensado. "Si un día tengo que llorar, por verme por dentro o por cualquier otra razón terrible, la buscaría, me apoyaría en su hombro y sé que no me repudiaría y me contentaría con sus palabras francas, optimistas, y sus gestos, que son incomparablemente genuinos y bellos" Así sentía, pero con su pregunta también salió del sueño para ver la realidad: él no creía, ni Oscar tampoco, que ella pudiera ser feliz con el tronco de imbécil del juez. Era demasiado buena para él, pero la dominaba, aunque hoy había entrado en su casa y lo había hecho sospechar si la careta de amor se estaba desintegrando. Veía muy claro que su situación no se distanciaba mucho de la suya, aunque habían matices diferentes en las relaciones que no valían ahora la pena de explorar, pero no intentaba ser hipócrita con ella. Por otra parte, estaba convencido que le era fácil ver la verdad con pocas palabra y gestos que indicaran el fondo de una cosa, mateniéndola astutamente en la superficie.

-Difícil, pero no imposible, querida amiga. Vamos por parte; se tiene que aceptar por amor al arte. Porque la pintura es mi vida, por lo tanto, tener al lado a un fuego ambulante, ay, ay, mantiene una situación extraña, absurda, pero hay muchas horas de reposo, y esas horas de tranquilidad se disfrutan a plenitud con el trabajo de la creación. ¿Me entiendes?

-Nunca te había oído hablar así, Gustavo. ¿Sabes que me sorprendes?

-¿Por qué?

-Porque antes te veía como un chico hermoso, ahora te veo como una persona que piensa, inteligente, y sabe lo que quiere.

-Ah, eso sucede cuando se comen mis buñuelos.

Cerró el tema con una broma y una sonrisa tan adorable que ella lo amó irremediablemente por ser bello, joven, y sacarle a la vida lo que se proponía. A pesar de eso, se quedó pensativa mirándolo y con su rostro expresivo dejó ver de pronto una gran inquietud. Su mente se embrollaba pensando que habían hablado demasiado de Oscar, criticando su temperamento en su ausencia, cuando en el fondo de su alma ella le tenía tanto afecto como a Gustavo. Un afecto basado precisamente en su vehemente sensibilidad emotiva, por ser buena persona, generoso hasta el despilfarro, no le faltaba sentido del humor, y a menudo, pasada la borrasca de ira, comenzaba a reírse de sí mismo. Siempre la miraba de la misma manera, pero con Gustavo se sentía en un laberinto de tenues secretos y deseos contenidos que estaban latentes, al borde de expresarse, y una reserva imperiosa los retenía, como si él mismo se llamase a capítulo y se aleccionara diciendo. "No vayas más lejos", y todo eso pasaba por su rostro y la consternaba y se preguntaba de dónde él venía y era imposible escucharlo hablar de sí mismo. Aun sus pinturas, su arte, del que hablaba con tanto cariño, no se lo dejaba ver a nadie.

Interrumpiendo la pausa que había hecho, dijo.

-A pesar de los pesares considero a Oscar un hombre simpático, muy buen ser humano, y qué caramba, me divierto con sus salidas y arrebatos. Al menos es sincero, no se despinta.

No hubo ironía en sus palabras, y al escucharla, Gustavo asintió repetidamente. Su sonrisa de aprobación fue gloriosa.

-Pienso igual que tú- dijo con un acento sincero.

Lo inusual se dio sorpresivamente, asustando a Vita en los primeros momentos. Alfonso llegó a la casa sin hacerse sentir. Vita estaba en el muro tomando un refresco de tamarindo, cuando vio una sombra y se dio cuenta, en un abrir y cerrar de ojos, que su marido estaba frente a ella.

-Vengo a decirte algo muy importante- fueron sus primeras palabras.

En lugar de erguirse se hundió en el asiento con la morbosa idea de que Alfonso había descubierto su visita a los vecinos esa misma tarde, y por una reacción de temor abrió la boca, alzó las cejas, y sin valor para defenderse pensó que la crisis entre ellos había llegado y sería quizás el final. No dijo una palabra. No tuvo que decirla. Alfonso no se sentó. De pie, deshaciéndose la corbata, exclamó.

-Hace una semana Soler nos invitó a la celebración de sus sesenta y cinco años de matrimonio. Olvidé decírtelo entonces, y ahora me doy cuenta que no hay mucho tiempo. Cómprale un regalo a su esposa Enma. Si no hoy, mañana mismo. Todo comienza mañana a las siete de la tarde.

Aliviada por no haber sido descubierta, Vita razonó en voz alta.

-¿Y qué le compro? He hablado con la señora Soler, con Enma, dos o tres veces en reuniones con mucha gente. Es maravillosa, lo sé, pero a su edad es difícil comprarle algo. No conozco sus gusto, Alfonso.

-¿Y los conozco yo? Vaya, no hagas una historia de algo tan simple. Compra lo que le gusta a las mujeres.

No iba a arguir sobre un tema anodino. Dio unos pasos hacia la puerta, cuando Vita, mirándolo de espalda, exclamó.

-¡Y Dios bendiga nuestro paraíso!

El, escuchándola, se volvió para mirarla.

-¿Qué has dicho?

Ella sonrió haciendo el gesto de hundir y levantar los hombros.

-He dicho una bobada. Es mi estilo.

6

A las siete y quince minutos entraron en el salón de recepciones donde la vieja pareja abrió las puertas a sus amigos más íntimos, aunque otros se colaron, y de esa manera llegaron más concurrentes que los estrictamente invitados

La pareja Soler era un caso peculiar. Ambos habían nacido en el mismo día del mismo año, en el mismo hospital, se conocieron a los veinte años al ingresar en la universidad para estudiar leyes, se hicieron amigos superficiales, se separaron después de graduados, no se vieron durante cuatro años, cada uno trabajando en su propio bufete, hasta que un día en una fiesta de amigos comunes reanudaron la amistad, que se tornó seria, constante, al descubrir que se atraín intensamente desde los dos puntos de vistas elementales para hacer una buena unión: el físico y el intelectual. Seis meses más tarde se casaban, y dos años después de Enma Crillón convertirse en la señora Soler, cerró su bufete. Desde ese momento fue la sombra luminosa detrás de su marido. Renunciar a su carrera le fue muy fácil al comprender que su marido era mil veces más brillante que ella. Ya desplegaba su conocimiento enciclopédico de la estructura judicial de su país y de los países que pueblan la tierra. Entre los dos, uno tenía que ser la estrella, eso fue obvio para Enma, quien escuchó su intuición al susurrarle su rol de sostener al genio en sus momentos de esplendor, dudas, dolorosas caídas. Una mujer de tal visión fue la compañera ideal para Bienvenido Soler, que la amó con una fidelidad indiscutible. La lealtad de ambos era asunto de comentarios ricos en anécdotas, y lo más curioso fue que en la selva política y deshonestamente competitiva de los abogados, Soler mantuvo una posición y prestigio sin mácula. A los noventa años se les consideraba a ambos patriarcas de una época desaparecida por el desparpajo social y la técnica que avanzaba con una fuerza casi perturbadora.

No todos los que estaban allí admiraban a la vieja pareja. Algunos venían a celebrar el último suspiro de Bienvenido Soler, al que consideraban con su fama de honorable una piedra en el camino, resintiendo también su influencia en sectores que ellos deseaban penetrar y dominar. En susurros malévolos intercalados con risitas comentaban que Soler era un dinosauro y su deceso sería una satisfacción y un alivio para los liberales. Estaban allí celebrando con anticipación una muerte, bebían mucho con un placer inexhaustivo, alzando las copas, murmurando una sola frase. "Y que el asunto del adiós llegue muy pronto."

Alfonso Vidal estaba en la primera línea de los que reverenciaban a Bievenido Soler y su esposa. Por una de esas jugadas dichosas del destino, Soler había dictado un curso en la universidad al que asistió Alfonso, y entre el profesor y alumno se estableció una gran simpatía. Bienvenico vio en él solidez, seriedad, estudiosa dedicación, y poco a poco lo fue atrayendo a su mundo con el afecto de un padre. Muchos años habían transcurrido desde que formaron una alianza impenetrable en la que intercambian ideas, discutían asuntos de actualidad, y todos los sábados se iban a cenar solos a un club privado del que Soler era miembro.

Ninguna tormenta interfirió en la amistad de ambos. Si a Soler le hubieran preguntando qué hombre consideraba intachable y con condiciones excepcionales, hubiera respondido que había uno solo: Alfonso Vidal. Así lo veía y así Enma y él lo necesitaban en sus viejas vidas que ya estaban a punto de terminar.

El salón donde celebraban el aniversario matrimonial tenía una dimensión de salón de baile antiguo, lo que era natural. Vivían en una mansión, que como ellos, tenía casi un siglo de existencia. Los muebles pesados y elaborados en una imitación del estilo barroco se habían acumulado en una pieza de la residencia para despejar por completo el salón, servir el buffet, las bebidas y permitir a los convidados circular a su gusto. No iba a durar mucho la celebración por la edad de los Soler, por lo tanto, casi todo el mundo estaba de pie formando pequeños grupos.

Cuando Alfonso y Vita llegaron, la pareja estaba de pie en un largo vestíbulo recibiendo a los invitados. Ambos parecían de muy buen humor y contentos con saludar a los que llegaban, incluso a los que no habían sido invitados. La cortesía social era una característica de la vieja pareja. Pero el rostro de ambos se iluminó cuando vieron a los Vidal. Soler le dio un fuerte abrazo a Alfonso, murmurando en sus oídos; "Debo de estar loco para formar este jelengue. El nudo de la corbata me ahoga", y como en ese momento esperaba turno para ser saludado por uno de los asaltantes indeseables, se volvió hacia él dándole una cordial acogida, "bienvenido, bienvenido". Con el saludo amable, porque era menester para todos, pronunciaba su propio nombre.

Enma Soler se prendó del brazo de Vita.

-¡Qué linda estás, criatura mía!- exclamó.

Alfonso, que se había alejado algunos pasos de Soler y todavía no había saludado a Enma, se quedó fijo donde estaba para ver el encuentro de las dos mujeres. Para no haber tenido un trato íntimo, sólamente en ocasiones sociales, se notaba una franca simpatía entre las dos.

Vita le extendió el regalo, el que no tocó Enma, pues Dorina estaba detrás de ella y se ocupó de recibirlo.

-¿Por qué?- preguntó Enma- ¿Por qué te molestaste?

-No es molestia, señora Enma. No sabía que regalarle, pero vi una estola bordada en blanco y me dije, "se parece a Enma." Es una tontería decir eso, ¿pero no es cierto, señora Soler, que algunas ropas y objetos recuerdan a determinada persona? Usted es tan suave y dulce que este bordado delicado...

No terminó la frase. La señora Soler se echó a reír. Su sentido del humor nunca le había fallado, era lo único que los años no le habían quitado.

-Es una apariencia nada más, una apariencia. En el fondo, si me miras bien, no dejo de ser un esperpento. Nos veremos luego, ¿eh?

Tuvo que cortar la broma, otros esperaban el turno para saludarla. Alfonso se unió a Vita y con una voz irritante le preguntó qué le había dicho a Enma para que estallara en risa.

-No dije nada. Fue ella la que me dijo que era un esperpento.

Alfonso hizo una mueca de disgusto que cambió enseguida cuando algunos colegas de la Corte se acercaron para saludarlo, y quienes después de saludar también a Vita con las palabras floridas típicas de los embelecos sociales, se lo llevaron a otro grupo de caballeros que fumaban puros y hablaban con la gravedad de los grandes que van a salvar al mundo.

Vita odiaba estas veladas con los colegas de su marido. Había asistido a muchas de ellas, siempre se aburría, se sentía sobrecogida, y aunque Alfonso no era la compañía ideal, lo prefería a estar sola o en el grupo de mujeres que siguiendo la costumbre se aislaban de los hombres formando un cotorreo que la hacían sentirse como un pez fuera del agua. Esa imagen tan usada y vieja era la apropiada. Un pez fuera del agua, se asfixia, y Vita se sentía asfixiada. La razón era obvia. Todas ellas eran más o menos amigas, en el orden íntimo e hipócrita. Chismeaban mucho, tenían entre sí un comportamiento del que ella estaba ajena, y se veía sonriendo y aprobando los chismes con expresión desencajada, forzándose para reír. No se atrevía a hablar. No tenía nada interesante que decir a estas mujeres, y además, temía caer en el ridículo, se asustaba de que Alfonso le reprochara su conducta. Antes de salir de la casa, con una mirada inquieta y rápida, él examinaba su atuendo, pocas veces le disgustaba, y tan pronto llegaban a cualquier velada, aunque estuviera lejos de ella volvía la cabeza, presentaba cualquier disculpa para ausentarse y buscarla con la mirada, asegurándose de que se comportaba correctamente. Una vez llegó al colmo de deslizarse como una sombra entre el grupo de mujeres mientras Vita hablaba. Pasó inadvertido, pero ya de regreso a la casa la reprendió por decir que usualmente buscaba las rebajas y cupones en los periódicos para pagar menos por la mercancía. "¿Es ese un tema de conversación interesante? ¿Qué te ennoblece y me ennoblece a mí el comportarnos como avaros? ¿No te das cuenta de mi posición?" Sus palabras la hirieron, no respondió, y desde ese día se juró ser una muda en las horribles veladas.

Las mujeres hablaban por turno o se interrumpían saltando de un tema a otro con una brusquedad que no tenía, al parecer, nada de impertinente, pues la conversación se llevaba a retazos. Julia Carvajal, en sus bien entrados sesenta y cinco años, con pestañas postizas que la obligaban a parpadear continuamente, comenzó a hablar de su hijo, el hermoso Felipe, el inteligente Felipe, el industrioso Felipe. Tenía tres hijos, pero Felipe era su joya, condecorado por su lengua con todas las virtudes del mundo terrenal y divino. Su amiga Sara Pimienta la interrumpió con un gesto de desagrado, pasando a hablar de su hermano que estaba trabajando con el emirato árabe en Dubai como ingeniero eléctrico. "El dinero corre como la arena- dijo- Todo lo artificial se convierte en real. Sueñas con una cascada de oro cayendo del infinito, y las luces te las traen y puedes contar monedas falsas." Todas rieron. Emilia Alvarez, era la más graciosa de todas, la más joven, y la que Vita se sospechaba que tenía sentido común y sus amigas la divertían con sus vanidosas estupideces, intervino preguntando. "Y dime, querida Sara, ¿qué avances hay en la cirugía plástica allá en Dubai? ¿Es también un artificio hecho realidad? Con un hermano metido allí te será accesible darte un toquecito." "Y tu madre también" le espetó Sara con cara seria. Nombrar la madre de esa manera era un insulto que pasó muy pronto, cuando Gisela Castaño, con una mirada que todas siguieron, detectó la presencia de una mujer muy vistosa con un porte majestuoso que ninguna de ellas tenía, bajó la voz para informar que en la vida social su marido era importante, pero en la cama su joven amante lo era todo. Las carcajadas entre ellas retumbaron como deliciosos acordes de violín. Se dio el caso que la mencionada señora Mestre se alejara un momento de su marido para venir a saludarlas, y todas, con rostros de encantadoras damas le piropearon el vestido, el peinado, y la más cínica de todas ellas, imitando a Judas, le besó la mejillas susurrando. "Ninguna mujer es más bella que tú" Se hubiera dicho por sus palabras que estaba enamorada de ella. Al alejarse la señora Mestre, se volvió hacia sus amigas para decir en un tonito de desprecio. "No he dicho nada más que parte de la verdad. No tiene un solo amante joven, hay dos o tres en turno. Mi prima la llama como llamaban a María Felix, ¿se acuerdan? "la devoradora de hombres". Hombres con sus partes privadas bien medidas y aprobadas, porque ese es el juego de lo que ella llama el amor" Y fue entonces que Bertila López, la que sonreía y hablaba poco se dirigió a Vita preguntándole. "Y no hablas, querida? No he escuchado el tono de tu voz" Vita se atragantó, estaba desconcertada por todo lo que escuchaba, ni siquiera sabía porqué se hallaba entre estas mujeres de lenguas viperinas. "Es que no terminé mis estudios y aquí todas saben mucho" La mujer la miró con sorna y una sonrisa cínica. "Sí, somos un dechado de cultura," exclamó.

Súbitamente, hubo un movimiento extraño en el salón, Se debió al hecho de que Bienvenido Soler, al lado de su esposa Enma, iba a pronunciar algunas palabra de acogida y gratitud a los amigos que estaban presente.

El grupo de mujeres se dispersó, los hombres formaron una masa compacta próximo al lugar donde Soler, tomando de la mano de su mujer, se disponía hablar.

- Gracias, amigos mío- dijo- Me es excepcionalmente grato ver rostros queridos que me han acompañado toda la vida en las buenas y en las malas, porque hemos compartido grandes batallas en el terreno judicial, y si hemos perdido algunas, hemos ganado muchas. Hoy mi esposa Enma y yo cumplimos sesenta años de casados. Enma, que es modesta y juguetona, me engatusa a diario diciendo que todavía somos jóvenes. ¿Qué piensan? (se escucharon carcajadas, aplausos) Yo le sigo la corriente porque un caballero nunca desmiente las palabras de su amada, pero la verdad es que hemos vivido mucho, y el que ha vivido mucho ha visto mucho, ¿y qué más queda por ver? A todos ustedes, que son mucho más jovenes que nosotros, mi mujer y yo le deseamos una larga vida con mucha salud y buena conducta, porque creo que una cosa va ligada con la otra. Ahora sigan bebiendo y comiendo. Las puertas, ah, se cierran a las nueve. Aunque Enma persiste en creer que somos pimpollos, bueno, algunos pimpollos se retiran temprano.

Terminado su discurso, sus amigos lo rodearon, estrechando sus manos, bromeando, mientras varias damas se apresuraban a besar a Enma, quien las recibía con su encantadora sonrisa.

Después de los primeros alborotos, Soler, sin querer llamar la atención caminó por el salón buscando a Alfonso. Lo encontró departiendo con su colega, el juez Valentino Cremosa. Los saludó a ambos, y luego tomando a Alfonso por el brazo se alejó de los grupos y fueron a parar cerca de la mesa del buffet, y haciendo ver que levantaba algo de la mesa, Soler le susurró.

-Es necesario que llames mañana por teléfono. Tengo que hablarte de algo muy importante, y voy a aprovechar un corto viaje para que me acompañes y así podremos hablar ampliamente. Mañana te diré la hora de la salida. ¿Podrás escaparte de tu trabajo? Es importante, Alfonso.

-Para mí no hay nada más importante que tú, Soler.

-Entonces cerramos el trato. ¿Ves lo que pasado aquí esta noche?

-¿Qué?

-El desbarajuste. Yo tenía planeado algo íntimo, pero esto se ha convertido en una pesadilla. Con razon Enma decía que no me metiera en estos líos, pero lo hice por ella y porque de alguna manera tenía que despedirme...

Aunque el rincón donde se hallaban estaba mal iluminado, Alfonso podía ver el rostro de Bienvenido cercenado de arrugas, ceniciento, con las huellas de una salud endeble. Su respiración entrecortada lo hacía tragarse el aire por la boca y llevarlo a los pulmones, pero durante su breve discurso no pareció vacilar ni aspirar el aire para fortalecerse. Ese era Soler, un hombre con infinitos recursos, pero no podía engañar a Alfonso que conocía y amaba cada uno de sus rasgos. Si bien era cierto que jamás había tenido un físico robusto y saludable, lo que empeoraba su apariencia por su enorme estatura, el hecho de ser más alto que el resto de los hombres que lo rodearan y tuviera un gran parecido con los dibujos que muestran El Quijote, acentuaba su debilidad física. Tenía la espalda bastante doblada y aunque oía bien y siempre había mirado a los hombres directamente a los ojos, ahora su mirada era oblicua, y sus manos secas, huesudas, gesticulaban poco.

-¿Qué te pasa, Soler?- inquirió Alfonso muy preocupado- ¿Qué has querido decir con eso de despedida?

Soler alzó las manos en el aire, sus dedos flacos con el índice hacia arriba fueron una elocuente respuesta de dejar las cosas pasar.

-Durante el viaje hablaremos. Es importante para ti lo que voy a comunicarte. Ah, vayamos con los demás. Gracias a Dios que se van.

Mi pobre Enma debe de estar agotada- y volvió el rostro para buscarla con la mirada.

En ese momento, Enma, extenuada, sintiendo que ya no podía hacer un esfuerzo para sonreír, se apoyó en el brazo de Dorina y comenzaron a caminar, pero al ver a Vita que venía hacia ella, extendió la mano para sujetar su brazo.

-Ven, descansaremos un momento- dijo, y volviéndose hacia Dorina, agregó - Vamos, Dorina. No hay problemas con Vita.

Dorina gruñó. Las condujo a un salón enorme con muchos butacones y una mesa de billar, juego al que era muy aficionado su marido. Había allí dos butacas, muy lejos una de la otra, butacas pesadas. Antes de sentarse, Enma le preguntó.

-¿Te tomas un té?

-Oh, no, he bebido mucho champán.

-Pues una copita de champán para Vita y un té para mí, Dorina.

Dorina salió mientras Enma, con una señal, le decía a Vita que trajera el otro butacón a su lado. Quería estar cerca de ella.

Vita luchó con todas sus fuerzas para mover el mueble. Era tan pesado que luego de hacer un tremendo esfuerzo repetido, pudo colocarlo frente a la señora Enma, cuando ya sus brazos adoloridos no podían dar más. Enma no se dió cuenta de su sufrimiento. Había visto una mancha en su blusa y con la mano derecha intentaba eliminarla y no podía. Pronunció "En fin..." y se volvió para mirar a Vita, quien ya se había dejado caer desfallecida en la butaca.

Dorina entró con el servicio de té. Su eficiencia era asombrosa.

-Les doy diez minutos- dijo, y volviéndose hacia Vita, añadió- Enma está extenuada, lleva muchos días agitada y ha estado de pie demasiado tiempo. Sus piernas no resisten. Tiene que ir a la cama enseguida.

-Bien, bien, Dorina, pero vamos a tomarnos quince minutos. No menos.

Dorina abandonó el salón contrariada.

-Ahora, mi querida Vita, bebe tu champán. Oh, qué noche de alboroto, es demasiado, demasiado.

Vita alzó la copita de champán.

-A su salud, Enma.

-No, por la mía no. Por la tuya. Dime, ¿te has sentido bien esta noche? ¿No te has aburrido?

-¿Qué la hace pensar que me he aburrido, señora Enma?

-¿La verdad?

-Sí, la verdad.

La anciana bajó la cabeza exhalando un suspiro.

7

-Bueno, no puedo asegurar que te aburrieras, pero echando una mirada por el salón sentada en una silla al lado de Dorina, descansando por un rato, pude verte con un grupo de nuestras amigas - dijo la anciana, y al prounuciar "nuestras amigas," su voz tomó un dejo casi burlón- Parecían muy divertidas, hablaban mucho, y tú, hijita, estabas con los brazos cruzados, escuchabas, no podía ver tu expresión de lejos, pero tuve la impresión de que te encontrabas como un pez fuera del agua...

Esa frase bastó para que Vita se agitara en el asiento exclamando.

-Oh, señora Enma, usted es muy observadora.

-En mi tiempo lo fui, ya no tanto, pero todavía, gracias a Dios, me quedan los ojos para percibir cosas que quizás no son importantes para los demás. Siempre he creído que en las observaciones pequeñas, simples, se descubre mucho. Viéndote mirándolas a una y otra y escuchando, me dije. "Vita no está hecha para ese grupo". Entre nosotras, son pretensiosas, levantan la nariz, y a mis años levantar la nariz con orgullo y aire de superioridad es como un atentado a lo mejor de la vida, que es la sencillez y la humildad, y como tú la tienes, por eso pensé así.

-Señora Enma, usted me sorprende, y como me ha dicho la verdad, su verdad, yo le digo la mía. Acertó. No estaba tan aburrida como asombrada por lo que hablaban. No piensan dos veces en tirarle del pellejo a cualquiera y yo no entro en eso. ¿Qué podía decir? Si abría la boca temía que se rieran de mí, porque hasta el tono en que hablaban ...Tengo limitaciones, señora Enma. ¿Y sabe? Hubiera preferido pasarme la noche a su lado conversando con usted.

-¡A mis noventa años!

-Oh, la edad no importa. Cuando converso con usted me siento yo misma, me lleno de alegría y lo mismo no me ocurre con mucha gente. ¿Por qué será que algunas personas nos atraen y otras no? Yo trato de explicarme eso de la simpatía y antipatía. Recuerdo que una vez conocí a una mujer muy impresionante físicamente, famosa también por su inteligencia, y créame que despertó mi curiosidad y me dije. "Ésta sabe mucho, voy a aprender algo de ella" Pues verá, señora, Enma, a medida que hablaba y gesticulaba yo iba sintiendo una gran desilusión, no la escuchaba con la atención que le había dado al principio, no era que me aburriera, no, simplemente que no encontraba en ella el calor, ¿pero qué tipo de calor? No lo sé, me perturbaba la ansiedad que sentía por alejarme de su lado. ¿Qué fallaba en mí? Los demás la escuchaban embobados y yo me decía: "No es real, hay algo..." Y ese algo no lo encontraba y me volví un lío, y hasta el presente, cuando la recuerdo, me viene encima el mismo sentimiento de repudio, de que algo en ella no era real.

- Ah, eso pasa a menudo. En el contacto humano las reacciones son muy misteriosas, y sin embargo, algo dicen. Bien, estamos ahora juntas. ¿Por qué no nos vemos más a menudo? Ahora te confieso, Vita, que esta noche ha sido demasiado para mí. Cedí en complacer a Bienvenido. Se empeñó en celebrar el aniversario de bodas con nuestros amigos, ¿y qué ha resultado? Se ha formado un jelenque absurdo para nuestros años. Ni él ni yo tenemos energía para andar de fiesta. Menos mal que su discursito no fue sentimenal y duró muy poco.

Vita rio.

-El señor Soler no me parece sentimental. Es demasiado inteligente.

-Pues te equivocas. La inteligencia ocupa un lugar y los sentimientos otro. ¿Te sorprendería saber que Bienvenido tiene sentido del humor? También su sentido del humor ocupa un lugar. No lo es con nadie más que conmigo, y por eso he sido su desahogo y no hay nada mejor que tener el desahogo en el hogar, con la mujer.

-Oh, señora Enma, a simple vista se ve que él la adora y ustedes han sido muy felices.

La anciana suspiró bajando la cabeza, como lo había hecho antes.

-Sí, somos muy felices, y fíjate que hablo en el presente, pero toma en cuenta, que la felicidad no es carecer de problemas. Vivir es muy difícil, hijita, muy difícil. Bienvenido ha tenido una larga carrera y no todo ha sido color de rosa en nuestra vida, no obstante, hemos decidido ser feliz. Es una meta, un principio y un fin. La felicidad hay que desearla, trabajarla y saber que como todo en la vida necesita cuidados y saber adónde se va, porque la felicidad se debilita si no se riega y está aquí adentro o debe de estar. No tiene nada que ver con el mundo de afuera.

Terminando de decir eso, entró Dorina con un pequeño reloj en la mano anunciando que ya habían transcurrido los quince minutos. Dorina, en su posición de cuidar de Enma, su salud, calmar sus achaques y llevar la casa con manos firmes, un poco de acero, tenía el aspecto intimidante de las mujeres apasionadas con sus tareas. Pocas veces sonreía, pocas veces escuchaba, y su seriedad era un parapeto de protección para la familia.

-Ah, aquí esta mi sombra- dijo Enma de buen humor.

Vita se apresuró en ponerse de pie para ayudar a Dorina a conducir a Enma a su dormitorio. Caminando juntas no hablaron. Notó el paso cansado y vacilante de la anciana. Le agradó mucho que Enma apretara su mano, le sonriera, y se despidiera de ella pidiéndole que volviera a la casa para visitarla. Vita lo prometió.

Alfonso las había visto juntas por el pasillo. En realidad la estaba buscando para partir. Ya no quedaba gente en el salón, los camareros comenzaban a recoger el buffet, las luces, algunas, se apagaron y Soler también había desparecido.

Alfonso estaba preocupado. Su breve charla con Soler, su petición y aspecto enfermizo lo asustaron. No tenía la menor idea de lo que su mentor deseaba comunicarle, y por eso se mortificaba. También la idea de perderlo lo angustiaba y presentía que un desenlace fatal no estaba muy lejos. Esta noche, con la velada, Bienvenido y Enma se habían agitado demasiado y dos horas de saludos, charlas fragmentadas, ruidos y estar de pie, había sido extenuantes para los dos ancianos. Y ahora al ver a su mujer junto a Dorina y Enma, sabiendo ya que Vita y la anciana se habían retirado a charlar en cualquier parte, su angustia aumentó, a pesar de conocer el criterio que tenían los ancianos de que Vita era una

mujercita encantadora, vivaz, sensata, y como se equivocaban porque
el trato con ella había sido más bien breve y superfluo, su terror crecía
ante la posibilidad de que Vita con sus salidas curiosas, tontas, y su
charlatanería, dejara ver lo que en realidad era: una criatura ingenua y
desprovista de habilidad en el roce social, bastante tonta para aburrir
con sus temas insistentes de sabe Dios cuantas majaderías pasaban por
su cabeza, no podía callarlas, revelando así lo que era en su estructura
intelectual, porque su físico lozano y atractivo tenía el gancho para
mistificar su propio valor social.

Vita ya lo había visto y regresó a él tan pronto se despidió de
Enma. Alfonso no le preguntó nada esa noche. Tenía demasiada cosas
en su cabeza, importantes y también tristes, para perder el tiempo en
escucharla pero al día siguiente, mientras cenaban, le preguntó qué
habían hablado ella y Enma.

-Oh, cosas de mujer- respondió Vita.

Alfonso movió impaciente la mano empuñada. ¿Cómo interpretar
esa respuesta? No pudo por menos que darle una lección de la civiliad
en responder con palabras precisas y los detalles más importantes de una
conversación con cualquiera, y mucho más con una mujer del calibre
de Enma.

-Escucha, Vita, tienes que aprender a responder cuando te pregunten
algo concreto. ¿Qué significa cosas de mujer? Yo no soy mujer, no hablo
como las mujeres, por lo tanto, no me dices nada. Siempre hablas mucho
y en otras ocasiones tiras una frases inentendible y eso es todo. Estuviste
un buen rato charlando con Enma, y Enma no es una mujer que habla
tonterías, al contrario, sus palabras pesan, aunque últimamente vive
retirada.

Vita controló su enojo con él. No lo miró.

-Cuando te dije cosas de mujer, sé muy bien lo que decía. No puedo
darte una repetición de la charla porque se saltó de un tema a otro. Me
preguntó si me aburría y después habló de su Bienvenido y la felicidad
y del sentido del humor de Soler, porque lo tiene.

-Vita, Soler es un hombre de una seriedad...

-Oh, no me vengas con eso. Se puede ser serio con una persona y
un payaso con otra.

-¿Es así como tú lo ves todo? ¿Ofendes a Soler llamándolo payaso?

-Ahora has tomado mis palabras por otro camino, he dicho que una persona tiene a muchas personas diferentes por dentro y como...

Alfonso no podía escucharla más. Soltó la servilleta y se puso de pie.

-¿Por qué te incómodas? -exclamó Vita.

El no le contestó ella, desolada por su actitud, le hizo una pregunta que lo obligó a mirarla, y su mirada no mostraba ningún afecto.

Ella le había preguntado si la amaba. El respondió.

-¿Y no estoy aquí?

Después le dio la espalda.

Vita se quedó sobrecogida. Había dicho algo que era una mala imitación de sus propias respuestas. ¿Infería esa respuesta que el hecho de vivir en la casa demostraba su amor? ¿Qué tipo de amor? ¿Era el amor vacío sustituido por el deber el que hablaba por su boca? ¿Por qué temía tanto que ella se desfigurara como una cretina delante de los Soler?

Sus preguntas la agobiaron, bajó la cabeza, apenas pudo contener los deseos de llorar y lloró en silencio durante un largo rato.

Alfonso se encerró en su oficina y cerró la puerta con llave, a pesar de que Vita siempre había respetado sus horas de trabajo en la casa, pero estaba enojado con ella y perdió los estribos al levantarse de la mesa, sin comer el postre, airado por sus respuestas que le confirmaban su vaguedad mental y lo difícil que era sacar de ella algo substancioso, bien pensado, que la equilibrara para penetrar en su mundo. Su mundo actual era de pesares y exceso de trabajo. No podía hacer nada a medias ni ligeramente, su meta era la perfección, y cada caso lo estudiaba profundamente antes de dirigirse al podio a escuchar las ponencias del fiscal y el abogado defensor. Tenía fama de ser fuerte y justo como "juez," lo que constituía una amenaza para los chanchulleros de la Corte. Por trabajar más que sus colegas, su cabeza estaba metida siempre en el atolladero de un cansancio que aumentaba cada día, pero todo eso era soportable, comparado con el temor que lo azotaba de perder a Soler.

Soler tenía noventa años y él y Enma sumaban 180 años de vida, una enormidad de años que a Alfonso le parecían muy pocos porque el amor exigía demasiado de los hombres y la vida, y su amor por ellos sobrepasaba cualquier otro. Soler había nacido con la proclamación de la república. Fue uno de esos hombres que estuvo al frente de todos los problemas legales de gravedad, convirtiéndose en consultor, consejero de presidentes, llegó dos veces a cargos ministeriales y era profesor emérito de la universidad en Derecho Internacional. Toda una vida de encumbramiento y grandeza que aceptó humildemente. Los liberales lo odiaban y mucho más los que no eran liberales ni conservadores, sino las ratas en los sótanos, ansiosas por el momento de salir, vencer, y robar del tesoro público.

La guía y los consejos de Soler le enseñaron mucho. Su sagacidad y astucia para conocer el ser humano asombraba a Alfonso, y de cierta manera lo imitaba al escuchar atentamente, mirar de frente y captar más allá de lo que las palabras expresaban. Soler le había dicho: "Cuídate del que maneja las palabras con la verbosidad, encanto y convicción que magnetiza. Son los grandes prometedores, pero nunca cumplen. No pueden. La magia que ejercen en la vida pública se limita a arrastrar las masas, no a beneficiarlas. Si escuchas y observas sus gestos, por cada palabra gloriosa hay una traición. Es lo más común en la vida prometer, dar gusto a los que están ávidos por la justicia, el propio progreso, y esos charlatanes saben alimentar tales deseos. Un hombre honesto hace mucho sin zumbidos ni estruendo, y cuando menos te lo imaginas, después de haber estado marginado, sale de las sombras para darle cierto valor perdido al bullanguero. Todo depende, Alfonso, del lugar que se quiera en la vida. El poder o la honestidad. Esto último es raro y muy difícil para el hombre rodeado de tentaciones, pero yo no he conocido otro camino y me ha ido bien."

Esas conversaciones no eran un plato diario, más bien un postre exquisito, disfrutado en pocas, raras ocasiones. Soler prefería que le viera trabajar, y llegando más lejos en su afecto, desde que era su alumno, lo retó a analizar y solucionar problemas con la intención de comprender hasta donde llegaba su capacidad.

Con el transcurso del tiempo, el amor filial entre ellos incrementó de una manera que Alfonso pasó a convertirse en el aliado, el secretario, el hijo perfecto para la familia Soler depender de él cuando las fuerzas de ambos comenzaron a declinar.

Con el paso de los años, Enma aumentó de peso y comenzó a padecer de dolores en las piernas y otros achaques menores. Soler con su estatura de sies pies y cinco pulgadas, delgado como un hilo, fue encorvándose y palideciendo, pero ambos conservaban la lucidez mental, más lenta, es cierto, pero todavía vivísima. Soler ya estaba semi-retirado. Pasaba la mayor parte del tiempo en la casa. Dorina, su prima, se ocupaba del bienestar de ambos, y con las nuevas técnicas disfrutaban todas la tardes viendo películas en DVD, se retiraban temprano y conducían una vida tranquila y honorable en sus últimos años de vida.

El que Soler hubiera abierto las puertas de su casa para celebrar los sesenta años de matrimonio, sosprendió a Alfonso.

Soler detestaba cualquier despliegue de exhibición. La velada no fue otra cosa que una fiesta para sus amigos, que bien pudieron participar en una cena con ellos y no abrir la puerta de su residencia para que se filtraran los indeseables. Pero Alfonso recordaba, en el breve momento de su charla, que Soler había dicho la palabra despedida, y le sonaba amenazadora, tenía un significado nefasto, se estremeció de pies a cabeza y pasó una noche desvelado.

Y hoy, al llamarlo, tal y como se lo había pedido Soler, éste lo confabuló en un proyecto de silencio, bastante críptico, porque Enma no debía de saber la verdad. El que Soler hiciera algo detrás de la espalda de su amada, era por sí muy grave. Le pedía que al día siguiente, a las ocho de la mañana, se presentara en su casa para oficialmente acompañarlo a una conferencia en una ciudad del Sur, no muy lejos de la capital, en la que iban a participar varios ex-ministros y gente prominente. Se llevaría a cabo en un hotel. Alfonso y él viajarían allá, y todo el asunto no se llevaría más que uno o dos días. Como es natural, Soler lo instigaba a mentirle a Enma, y para que un amante a la verdad, aunque fuera hiriente, le echara mano a la falsedad, destrozaba el molde de su carácter, por lo tanto, algo estaba ocurriendo con él de una trascedencia que lo forzaba a mantener un secreto.

Alfonso se preguntó la naturaleza de tal misterio, y no pudo encontrar otro que su estado de salud. No era que Soler se hubiese quejado de sentirse mal, al contrario, siempre trataba de estar animoso y alerta, pero la noche de la velada en su casa, Alfonso fue golpeado por un rayo al tenerlo tan cerca, sentir su respiración entrecortada y ver el resto de su físico con un deterioro sin esperanza de mejorar. Esa decadencia no pudo ocurrir en un día, ¿por qué no la había visto antes si estaba en perenne contacto con él? ¿Por qué con esta salida misteriosa no le había dicho exactamente el propósito del viaje? Una sola cosa calculó sobre esta situación inaudita en la que Soler echaba abajo su conducta habitual, y se trataría nada menos que de su salud. Alfonso lo había visto muy mal, tan mal que no se atrevió a interrogarlo porque no era la ocasión, y también porque cuando habló con él por teléfono, Soler esquivó dar explicaciones. La idea de perderlo lo entristeció. Tal evento terrible, pavoroso, no salía de su cabeza. Incluso llegó a pensar que cuando Enma se llevó a Vita a charlar con ella en privado, rozó ese tema, algo también nebuloso. Vita no era la mejor persona para mantener un secreto y comprender la proporción del desastre que se avecinaba.

Esta noche, Alfonso quiso indagar la posibilidad de que Enma le hubiese dicho algo al respecto, ¿y qué sucedió? Le salió con uno de sus disparates, hablando de la charla con la indiferencia y el tono más bien frío de que Enma y ella hablaron cosas de mujeres. ¿Qué respuesta indigna fue esa? Al tratar de aclararla, Vita terminó exasperándolo. Se levantó de la mesa enfadado y con deseos de estrangularla, preguntándose porqué la vida le había echado esta carga de lidiar con una mujer cuyo limitado cerebro y palabras lo tenían siempre en ascuas y mucho más cuando le preguntaba si la amaba. Ahora se lo preguntaba espaciadamente, pero durante un largo tiempo, poniendo cara inocente y cierto penar íntimo, hacía la misma pregunta. ¡Al diablo las mujeres con esas demandas de amor! Su rencor hacia ella fue intenso, trató de olvidarlo para concentrarse en su desasosiego con lo que le esperaba al día siguiente, y tal fue su tortura interna con el enigma, que durmió muy mal y se despertó cuando Vita dio un grito. Sin duda había tenido una pesadilla, pero su pesadilla era real, no un sueño, y después de darle a beber unos sorbos de agua para que se calmara, ella se durmió y ya él no puedo conciliar el sueño de nuevo.

8

Oscar tuvo un altercado con Gustavo, no fue violento, pero tampoco dejaba de tener el puntilloso disgusto de verlo sumergido en una fantasía, que trasmitiéndosela como una verdad llegaba al colmo de describir el vestido de Vita, el ornamento en forma de paloma que colgaba de la pechera de su blusa, sus sandalias con polvitos grises por haber atravesado el trillo que separaba la puerta interior de ambos, con bordes de tierra seca, y parte de la charla que habían tenido, aunque fue más parco en ese aspecto.

Si Oscar no le creía, tenía una buena razón: conocía la fama del juez Vidal de severo. Le bastó verlo cuando se encontraron por primera vez, con la barbilla elevada, una mirada de rigurosa dureza: por lo que se sospechaba de ellos, y su saludo de buenos días forzado, precipitado, en el que la antipatía reflejaba su intolerancia. En una pareja, cuando algún sujeto se detestaba, no podía entrar en la amistad, a menos que provocara una desarmonía total entre ellos. Vita, adorable y espontánea, conocía bien los prejuicios de su marido, que no eran los de ella, y los acogió a través del muro, pero poner los pies en la casa le estaba vedado, y tan cierto estaba Oscar de eso, que le espetó a Gustavo en su vocerrón de hombre ofendido.

-Entiendo lo que persigues, pero no acepto la extensión del lío imaginario. Te pasas el día en tu cuarto trabajando con la fantasía, con tus pinturas. Tienes talento y el arte es fantasía, pero no me vengas, diablos, con que una pintura y una novela se basan en la realidad, no, el arte se echaría entonces a perder y su gracia está en ser sin ser. ¿Ves cómo razono con calma y buen juicio, Gustavo? Pon los pies en la tierra, bueno, no me quejo de que seas un iluso, porque sabes ser listo cuando te conviene. Sé tu propósito...quieres alegrarme por el asunto de las vacaciones y me vienes con que Vita se invitó a comer tus buñuelos con cerveza. ¡Buñuelos con cerveza! Como broma, puñetero, la acepté por dos segundos, pero persistir en la fantasía...

Gustavo, quien usualmente callaba ante sus arrebatos, sintió la necesidad de defenderse. No perdía los estribos. Si los dos se exaltaban demasiado y discutían, uno u otro salía furioso de la casa con el deseo de finalizar la relación, y después, como conejitos tímidos se acercaban buscando la reconciliación. Era un juego estúpido y no deseaba caer en el, pero tampoco se iba a dejar aplastar por Oscar. Respondió con gran aplomo y en voz baja.

-No sé porqué traes a la mesa la palabra fantasía. Vita es tan real como tú y yo. Si obedece al marido, lo sabemos, ¿pero qué te hace pensar que en el fondo no tiene su propio cerebro y hoy lo utilizó, o está endemoniada con el marido y una manera de faltarle respeto es venir a nuestra casa a comer buñuelos? Dime, ¿qué tiene que ver la fantasía en todo esto? Oscar, no te ofusques, dale a la gente un márgen de acción y de cambios. Lo que no sucede nunca, sucede un día. Y Vita estuvo en esta mesa charlando y riendo conmigo y pasamos una tarde maravillosa, y eso no me lo quita nadie, y menos tú, invocando la fantasía.

Mientras lo escuchaba, Oscar se decía que iba a descubrir la verdad,

Si Gustavo estaba empeñado en contar su verdad y sonar convincente, él iba a intervenir, y ya estaba ansioso por tirarle en la cara su embuste, tan pronto la confirmara con la propia Vita.

Esa mañana aprovechó que Gustavo fue al gimnasio, y él no tenía que ver a un cliente hasta la una de la tarde, para desde temprano sentarse en el cobertizo bebiendo café con leche, con la mirada fija en el pabellón de Vita. Sabía que ella se asomaría por allí a regar las plantas, y habilídosamente le sacaría la verdad.

Su empeño en desenmascarar a Gustavo era importante, confirmaría su intuitivo poder de adivinar sus fantasías o falsedades, algo que en una pareja era importante de traer a la luz. Nada era fácil en la convivencia humana. Si Vita y el juez tenían sus problemas, ellos no se quedaban atrás, y el que fueran de otra índole y no tuvieran ningún parecido entre sí, no disminuía el poder de azotar las dos vidas que como todas venían de partes, ambientes diferentes y luchaban hasta la muerte por la adaptación.

Esperaba por Vita, consultaba su reloj, le parecía inaudito que a esa hora no estuviera regando las plantas, se puso de pie, caminó por el cobertizo con la cabeza gacha y después volvió a sentarse y a tomar un sorbo del café con leche frío, le repugnó, pero lo tragó. Todas las esperas producían ansiedad y esta seguía la regla de la paciencia obligatoria.

Vita se levantó tempranísimo como siempre. Estaba de un ánimo triste. Se agravó cuando Alfonso, que se había levantado antes que ella, salió del baño vestido, se dirigió al armario y sacó una muda de ropa interior y la puso en una pequeña bolsa de lana, y viendo que estaba despierta, le dijo.

-Hoy voy a salir a una conferencia en otra ciudad con Soler. No creo que estaré ausente más de dos días. Por favor, asegúrate de poner la alarma y cerrar las puertas.

Vita sintió deseos de replicar. "¿Y no lo hago todos los días?" Pero no dijo nada.

-Y no tengas más pesadillas- agregó él.

Le recordó la noche infame que pasó. Vita se había despertado gritando, llena de pánico: una pared le caía encima del hombro rompiéndole los brazos. Entre la pared desplomándose y los brazos con un lacerante dolor, flotaba en el aire, desesperada y se despertó gritando. Recordaba que Alfonso le dio a tomar agua, y después se acomodó durmiendo del lado izquierdo, porque se durmió enseguida, aunque el dolor la despertó varias veces.

Cuando Vita trataba de rodar la pesada butaca hacia Enma, echando toda su fuerza en el maldito mueble, sintió una dislocación, una súbita punzada en el hombro derecho que luego se extendió a lo largo de su brazo, y como se presentó, desapareció, y no pensó más en ella. Fue indudable que el daño estaba hecho y tranquilo por todo un día, a pesar de que por momentos le daba fuertes latigazos. Durante el largo rato que permaneció sola en la mesa llorando en silencio, volvió a molestarle, y después de recoger los platos y fregar, fue a su habitación a buscar el ungüento de árnica que muchas veces le había aliviado tremendamente los dolores musculares. Encontró el tubito vacío, se disgustó, se metió en la cama, despertó gritando con la pesadilla y ahora estaba trinando de dolor. No renunció a su deber. Le preparó el desayuno a su marido, se tomó una aspirina, finalmente Alfonso se despidió de ella buscando su rostro para darle un beso, sin mirarla, el beso oficioso del deber, el que Vita devolvió con el mismo deber, deseando que se fuera cuanto antes. Así actuaba Alfonso. Cada día estaba peor. Sabía que esta mañana saldría de viaje y no se lo dijo hasta el último momento. Su gloriosa independencia de ella lo estaba llevando a un extremo que podían ser dos extraños, respetuosos y con gran civilidad, viviendo juntos. Tal situación era bochornosa, pero pensando en su libertad total durante dos días, alivió temporalmente su amargura.

Una hora más tarde salió al pabellón en bata de casa, su favorita, color terracota con cuello alto. Ya el efecto de la aspirina la iba aliviando, pero no tenía fuerzas para regar las plantas. Miró el cerró envuelto en una bruma matinal que estaba a punto de desaparecer. En ese instante no comprendía porqué era un ser humano en lugar de un cerro o cualquier planta. Suponiendo que ella y Alfonso hubiesen sido árboles, la armonía verdadera reinaría entre ellos. Ese pensamiento loco como era le sacó la sonrisa y exclamó "Bah", con el desaliento que produce la fantasía cuando se le da tiempo para ver lo tonta que es con el auxilio insípido que aporta en momentos de desesperación, cuando nada de lo que se vivía tenía sentido.

No sintió ni vió a Oscar aproximándose al muro. Se llevó un gran susto al escuchar su voz potente, con un tono alegre.

-¡Vita, buenos días!- fue su saludo.

Volvió el rostro, se llevó las manos cruzadas al pecho por el susto que la estremeció. Oscar se dio cuenta y se desvivió en disculpas, ella negaba con la cabeza, y cuando pudo hablar, dijo.

-Oh, no es nada, Oscar, sólo un susto pasajero. Estaba pensando en las golondrinas viajeras, ¿ves? No tenía los pies en la tierra, gracias por despertarme.

Oscar se sintió culpable por haberla asustado. Su diplomacia con los asuntos fantasiosos de Gustavo no era encomiable, y después de esperar más de una hora por Vita, sintió el impulso de comenzar y terminar con su pesquisa en pocos minutos.

-Bueno, no me quitas la pena por haberte asustado, Vita. Pero si tuviera a la mano algunos de los buñuelos...

Al mencionar los buñuelos la vio sonreír, y se calló de plano, frunciendo el ceño al verla abrir la boca, la que cerró enseguida para volver a sonreír.

-Oh, no me los recuerdes. ¿Te dijo Gustavo que comimos más de cinco buñuelos? La primera vez que pongo los pies en tu casa y me paso de la raya. Es extraño, Oscar, porque no soy comilona, pero los buñuelos de Gustavo son deliciosos y él es tan encantador...

Oscar tragó en seco y con una voz moderada, mirándola con dulzura, le preguntó.

-¿Y qué te pareció nuestro hogar?

Enseguida le disgustó la manera feminoide en que formó la oración. Pudo haber dicho, "¿y qué te pareció la casa?" Era demasiado tarde para arreglar el orden gramatical. Vita se apresuró a responder.

-Bueno, me pareció diferente, con mucho colorido y un vivir espontáneo. Pero no la vi bien porque Gustavo y yo nos pusimos a conversar. Oh, el comedorcito es muy acogedor. ¿Dónde compraste esas sillas que me parecían sólidas, de hierro, y eran frágiles y cómodas?

A Oscar no le gustaba perder y con cada palabra que decía Vita, perdía más y más. Le iba a responder cuando la vio mover el hombro y hacer una mueca de dolor. Se olvidó lo que iba a decirle.

-¿Tienes dolor, Vita? ¿En el brazo?

Ella le explicó que había movido un mueble muy pesado en la casa de una amiga.

-Debe de ser un espasmo muscular-dijo Oscar.

-Eso mismo. Me he tomado una aspirina, me alivia, pero lo que siempre he usado es una crema gelatinosa de árnica y tengo el tubito vacío y no sé dónde la conseguiré, no es popular...

-Oh, yo sé donde las venden, esas y muchas otras. Es una tiendecita muy pequeña en la calle Virtudes, a dos manzanas de El Prado.

-¿El Prado? ¿No hay allí un Café?

-Si, un Café del tiempo de Matusalén. Tiene su público. Yo nunca he estado allí. Por curiosidad no estaría mal que Gustavo y yo le echaramos una ojeada.

-En la calle Virtudes...- repitió Vita dos veces, para no olvidarse- ¿Como se llama la tienda?

-Ah, eso no lo recuerdo. La puedes encontrar fácilmente en la esquina. Al lado hay una tienda de zapatos de niños. Oh, Vita, con gusto te la iría a comprar, pero tengo una cita importante con un cliente, de otra manera...

-No, no, yo puedo ir a buscarla.

Oscar notó que en verdad sufría y terminó la conversación deseándole un rápido alivio. Se dirigió a su casa, se detuvo en el cobertizo, se sentía muy mal. Gustavo no había mentido, le debía una disculpa y no le gustaba perder y dar disculpas, por eso pateó una pequeña piedra, enojado, diciéndose. "Lo pensaré, lo pensaré..."

A las nueve de la mañana, Vita tomó su auto para ir a buscar el ungüento. Necesitaba aspirar aire puro, olvidarse de la pesadilla, calmar su dolor, y no vaciló en ir en busca de la callecita Virtudes. La encontró sin ninguna dificultad, empleando su instinto y el conocimiento que tenía del barrio, el que visitaba a menudo cuando era joven. El local del que le habló Oscar era pequeño, oscuro, de aspecto desordenado con lo que parecía un mundo de potes, tarros y tubitos por aquí y por allá. La mujer que estaba al frente era obesa, y como todas las mujeres que disfrutan de comer y echar un volumen considerable de masas movibles, tenía un rostro hermoso y una sonrisa de esas que valen un millón. Vita le dijo lo que buscaba, ella fue directamente a un estante donde había al menos veinte tubitos, y sacó uno del fondo, echando los otros a un lado con total descuido. "!Eureka!" exclamó divertida. Su expresión sorprendió a Vita, quien le preguntó si tenía más tubitos de árnica. La mujer volvió a hacer su operación anterior y sacó otros dos. "Los últimos que quedan" y se los puso en la mano, cerrando la venta. Se ofreció a pasarle el ungüento en la parte afectada. Vita aceptó y la condujo a una puertecita que abrió a un espacio reducido, también abarrotado de cajas con mercancía. Vita se quitó la blusa, la mujer le dio suaves masajes con unas manos benditas, y enseguida Vita experimentó un calor delicioso. Sabía por experiencia que estaba en vía de un gran alivio. Terminada la tarea, le dio repetidas gracias a la mujer, quien respondió divertida. "Hoy por ti y mañana por mí, ese es mi lema, señora"

Vita abandonó el local contenta. Su tristeza de antes iba desapareciendo. Al echar el motor de su auto a funcionar de nuevo, con una rápida mirada a su entorno, vio no muy lejos el letrero del Café El Prado. Por allí estaba el elegante barrio de casas Tudor y la residencia de la pareja condenada a vivir con una pared de por medio. Sin pensarlo dos veces, apagó el motor, salió del auto y se fue caminando al Café. Tuvo la sensación de que este encuentro casual con el barrio le daría la oportunidad de ver al menos la fachada de la casa en que se desarrolló el drama de la pared. Sus sueños obsesivos merecían muy bien esa visita. ¿Porque, vamos a ver, qué le importaba a ella el asunto de la pared? Pero obviamente la había impresionado y se lo había tomado tan a pecho que su siquis estaba trastornada y se expresaba en sus sueños y pesadillas. Cualquiera que fuese el remolino de su subconsciente, iba a darle gusto con su pesquisa, y cómo no sabía cuáles de las tres mansiones correspondía a la pareja, sus pasos la llevaron a entrar en El Café. Allí encontraría la respuesta.

El Café cerraba a las once para abrir a la una. Era nuevo el horario. Vita tuvo el chance de llegar a la hora en que todavía no lo habían cerrado. Tan pronto entró la embriagó la atmósfera con su olor rico a café, al aserrín de la limpieza, al vaho magnético de un local cerrado y en penumbra. Nada había cambiado allí, excepto por el ordenador donde antes había estado la caja registradora. En la paredes colgaban los mismos cuadros de pinturas con escenas de la ciudad y alguna tertulia en el propio Café. Los pesados muebles no se habían cambiado con el transcurso del tiempo, aunque las mesas le parecieron más grandes. El Prado era una reliquia del pasado, un lugar de añoranza en la que pocos jóvenes se iban a incursionar. ¿Cuántas personas de la vieja generación vendrían a visitarlo?

La mujer que atendía las mesas (en esa hora había solamente dos ocupadas y bastante separadas entre sí,) era joven, delgadísima, con manos y pies demasiado grandes para su pequeña estatura. Su sonrisa tenía la falsificación de lo cotidiano, de lo que tenía que ser inevitablemente en el trato con los clientes. Vita ordenó un café expreso doble, y ese <u>doble</u> le salió sin darse cuenta, mientras observaba las cejas negras, bellamente arqueadas de la mujer.

Cuando regresó a su mesa con el café, Vita le preguntó.

-¿Dónde está la señora que se sentaba en la caja registradora y tejía todo el tiempo? Siempre estaba muy bien puesta y tejía hasta que llegaba un cliente a pagar una cuenta, y tejiendo echaba miradas al salón y a la gente, pero no hablaba mucho.

La mujer la miró asombrada.

-¿Se acuerda de ella?

-¿Y cómo iba a olvidarla? Eran tan hermosa con sus años, erguida, nada de hombros caídos, de ojos muy negros. No sonreía mucho, es verdad, pero aun con su seriedad se notaba su clase.

El rostro de la mujer, artificial en el trato, se iluminó de alegría.

-Increíble- exclamó- Usted es la única persona que me ha hablado de ella en esos términos, recordando sus ojos y su aspecto. Y tiene razón, no sonreía mucho, no era simpática con los extraños. Murió hace seis años, llegó a vivir ochenta y seis años- suspiró y añadió- Tuvo una vida muy interesante y frustante, así fue.

-Oh, no se puede decir de la mayoría de las personas que han llevado una vida interesante y han muerto a esa edad. Yo tuve la impresión de que que tenía un aire extranjero.

-Dios del cielo, usted es observadora y perspicaz- exclamó ahora con verdadero entusiasmo- Pero no era extranjera, lo que sucedió fue que vivió muchos años en el extranjero, fue bailarina, no hubo tierra que no conociera. Se casó con un millonario que se la llevó a vivir a Mónaco, y con el tiempo se descubrió que el millonario era un embustero, un estafador y le quitaron todo, y la abuela regresó casi desnuda a ésta, su tierra. No le dejaron ni una joya. Por amargura, porque amó locamente al truhán, vino y se casó con mi abuelo que era un comerciante menor hasta que abrió este negocio, y la mujer que usted vio tejiendo y poco sonriente, fue la que decoró este Café y luchó junto a mi abuelo para echarlo adelante. Tenía un gusto supremo, oh, sí señora, lo tenía, pero nunca pudo resignarse a su destino, vencer el recuerdo de su pasado y sus exitos y riqueza. Cuando alguien le decía que estaba muy bien, respondía, "Estuve" Sí, hay personas que no pueden desprenderse nunca del pasado, lo llevan a cuesta, pero no se figure que tenía mal carácter, un carácter triste, sí, pero no desagradable...Había en ella un poco de esa...¿cómo diría? Tengo la palabra en la punta de la lengua, bien, me transo por esa opacidad casi impuesta que limita en la vida y no quiere olvidar ni dar un paso alegre hacia adelante. Sin duda amó a mi abuelo, lo consideraba un buen hombre y muy luchador, pero fue un tipo de amor reposado, maduro, práctico, sin grandes vuelos, pero amor, de todas manera. Y mi abuelo la adoraba.

Vita la escuchaba arrobada. En pocos instantes la mujer había cambiado de actitud. Se había hecho más humana y jovial. Súbitamente la golpeó la escena de una niña que en ocasiones se sentaba al lado de la dama en cuestión, con un cuaderno de dibujo, y cuando la mujer terminó de hablar, le preguntó.

-¿Y quién era esa niña que se sentaba al lado de ella dibujando?

-Yo.

Vita se llevó las manos a las mejillas oprimiéndolas, en un ademán de azoro, examinando su rostro para ver si encontraba huellas de aquella criatura en esta otra, y terminó por exclamar emocionada.

-¡Virgen purísima! Usted es toda una mujer, y yo, míreme, la vi cuando tenía veinte años menos. Ah, me olvido que los años pasan y ya estoy vieja.

La mujer rió, sus dientes no eran hermosos, pero su sonrisa espontánea tenía un gran encanto.

-Si es vieja, por Dios que no lo parece, y eso es lo mejor cuando se trata de la edad, ser y no parecer. Además, usted es una linda mujer.

Vita sacudió la cabeza sinceramente avergonzada por su piropo. Iba a decir algo, cuando la mujer le preguntó.

-¿Se acuerda de mi abuelo?

-Simón? Naturalmente. El atendía las mesas, muy jovial y comunicativo. ¿Ha muerto?

-No. Tiene cien años. Vive en nuestra casa, pero su mente se perdió, es casi un vegetal. Triste, muy triste, señora, nos parte el alma...

-Ah, la vida nos quita y nos da- comentó Vita con aire reflexivo- Pero ha vivido mucho también.

La mujer asintió. En ese momento las dos mesas ocupadas se vieron vacías, los clientes habían partido sin ellas darse cuenta por estar absortas en la conversación. Vita comprendió que estaban a punto de cerrar y se apuró en pensar cómo entrar en el tema de los vecinos con la pared. No se iba a ir, como dicen los limosnero, con las manos vacías.

-Por cierto, ahora recuerdo que hace tiempo hubo un alboroto por aquí, cuando un juez le ordenó a una pareja divorciada levantar una pared para continuar conviviendo juntos y separados, y me pregunto si la pareja continua...

-Oh, ¿los Domínguez? - exclamó la mujer- Pues sí, todavía viven en la misma casa. El juez tuvo razón, señora. Se trataban como perro y gato, y se empeñaron en posesionarse de la casa, oh, qué lío. Sin embargo. tienen dos hijos preciosos: una hembra y un varón. Creo que ahora todo se ha calmado entre ellos. La señora Eugenia abrió un negocio que le va muy bien, cerquita de aquí.

-¿Cerca de aquí?

-Sí, a dos manzanas solamente de distancia.

-Yo vengo caminando de la calle Virtudes.

-Pues lo pasó sin darse cuenta. Está precisamente frente a la calle Virtudes, que define ya el lindero de esta zona más exclusiva.

-¿Y qué tipo de negocio tiene?

-Velas perfumadas, todo tipo de esas cosas que están tan de modas para perfumar el hogar. Es un lugar caro, pero tiene buena clientela, ya sabe, de la gente rica que en todas las situaciones continuan siendo ricas.

-Oh, a mí me gustan mucho las velas perfumadas.

-Pues está cerca del mejor lugar para adquirirlas, al menos, eso dicen...

Vita se despidió de ella con gratitud y gran simpatía, prometiendo volver a visitar el Café. La mujer dejó para último su nombre.

-Me llamo Carmen, como la chica perversa y traviesa de la ópera.

Las dos rieron con gusto.

-Y yo me llamo, Vita, sin ópera.

Ese fue el cierre del diálogo entre ellas.

9

Al principio, exaltada y feliz por el contacto que había tenido en el Café, la grata conversación con Carmen, y el ser informada que la mujer de la pared tenía un negocio a pocos pasos de donde ellas se encontraban, Vita caminó por las calles sin observar nada, concentrada en sus emociones internas; el dolor del brazo se fue de paseo durante el rato que estuvo en el Cáfe, y apenas percibió que el tiempo había cambiado. Cuando salió de su casa no veía ni pensaba en otra que en su malestar, pero el sol pálido, el típico sol de otoño que no era ofensivo ni fuerte, más bien dulce y melancólico como la estación en que entraba, la revivió lo suficiente para ir directamente a la tiendecita y llenar el cometido que se había impuesto de obtener el árnica. Y ahora, casi llegando al comercio de Eugenia Domínguez, se paró un instante para tocar su cartera, y la golpeó una ráfaga de viento que le alborotó los cabellos, miró el cielo y se dio cuenta que el sol fenecía y le daba paso a viajeras nubes negras. "¿Lluvia otra vez?" se preguntó.

Ya estaba subiendo los dos escalones que conducían a la puertecita gris del negocio, cuando se detuvo reflexionando sobre lo que iba hacer. ¿Por qué se lanzaba a ciegas a ver a la mujer de la pared? ¿Qué iba a sacar con eso? Suponiendo que fuese curiosidad, no dejaba de ser una curiosidad malsana que no podía conducir a ninguna situación honorable. Jamás se atrevería a interrogarla, preguntarle nada de su vida, y luego de verla sería tan extraña como antes de conocerla. Después de todo, la protagonista de la historia era la pared, y según Carmen todavía estaba entre ellos. Se habían adaptado a la absurda situación. "¿Y qué pretendo hacer?" se preguntó, al mismo tiempo que empujaba la la puerta para entrar en el establecimiento.

Sonó una campanita atrayendo la atención de dos mujeres que estaban charlando, una fuera y otra detrás de un mostrador. Ambas se volvieron para mirarla. Sin duda había interrumpido la conversación entre ellas. Tímidamente, Vita las miró, sonrió y dijo.

-¿Puedo ver las velas?

-Oh, sí- dijo la que tenía una blusa amarilla de seda muy fina- Por supuesto, tómese todo el tiempo que quiera.

Su acogida fue gentil. La otra mujer que llevaba un vestido negro, largo, tipo chemise, también sonrió asintiendo.

La tienda era encantadora, destiladora de fragancias deliciosas, con graciosos detalles en la decoración. La exhibición de la delicada mercancía estaba en pequeños anaqueles de cristal. Había muchos espejos. La colección de velas perfumadas, bambús, y ciertas hojas de ornamentos también aromáticas, formaban una variedad de colores y estilos con velas en todos los tamaños y formas.

Vita comenzó a caminar, a mirar sin tocar nada, deteniéndose a propósito ante cualquier vela, aproximándose con deliberada lentitud al lugar donde estaban las dos mujeres. Su confusión era enorme en esos momentos. ¿Cuál de las dos era Eugenia Domínguez? Se suponía que tenía que ser la que estaba detrás del mostrador, pero la otra, en un momento dado fue detrás del mostrador también y allí siguieron hablando. Sin duda eran amigas, tenían mucho que contarse, y la dejaron libre de inspeccionar la tienda. También le ofrecía mucha turbación el hecho de que las dos tuvieran más o menos la misma edad, aunque no notaba ningún parecido físico entre ellas.

Lentamente, Vita se fue deslizando hacia un anaquel en el que había un solo velón sostenido por una base con la forma de la Lámpara de Aladino, a pocos pasos de donde ellas se hallaban. Pudo escuchar trozos de la conversación.

"...no dudo de que se sienta tan mal. Quiere sentirse mal y lo logra. La familia ya no le hace caso, pero tiene tanto dinero..."

"Ahí está el punto. Si ocurriera lo mismo con la bolsa vacía, ya la hubieran puesto de patitas en la calle, pero es imposible. ¿No piensas que esperan que el deseo se haga realidad y se muera?"

"Por Dios, no. Todavía Floria tiene mucho que dar. Atraviesa por una crisis complicada y cae en las garras de todo ese absurdo, pero ya saldrá a flote. ¿No crees que depende de nosotras para ayudarla?"

"¿Y cómo sacudirla y decirle la verdad? Para mí que en su estado no quiere escuchar la verdad, y si tú y yo vamos con buena intención a ayudarla y le decimos que Mario no valía un comino y está mejor sin él, y su suicidio fue la mejor solución..."

"¡Qué horror! ¿Te atreverías a decir que el suicidio es la mejor solución? Para eso hay que tener el alma negra, sino, al menos, bastante gris."

"El que vive para pretender embaucar con sus pretensiones al prójimo, y más al que le da amor, ¿qué merece? Se mató porque la mafia lo iba a matar, eso es todo."

"Si hubiera ido al jardín..."

"Oh, no empieces, Eugenia, con el camino trillado. Te quiero mucho, pero mi paciencia..."

Vita volvió el rostro. La que llamó Eugenia no era otra que la que llevaba la linda blusa amarilla. No pudo resistir enfocar la mirada en ella. Tenía un aire mundano que se debía más bien a su encantador atuendo. Su expresión era inquisitiva, nerviosa, movía la cabeza al hablar, abría mucho la boca para pronunciar una palabra y su enunciación no podía competir con su elegancia visual, pues no terminaba las palabras, y era lo opuesto a su amiga, que hablaba sin gesticular, aunque lo que decía tenía una gran peso de juicio espontáneo. La tal Eugenia era más pequeña y menos esbelta que su amiga, quien vestida de negro daba la impresión de ser más delgada. Ambas eran mujeres bien cuidadas, alimentadas y modernas, hasta donde lo podían ser las que pertenecían a otra generación.

Súbitamente, Eugenia miró a Vita, quien tenía la boca abierta, y se atortojó tanto, que señalando el velón con la Lámpara de Aladino, murmuró.

-Esto es lo que quiero.

La dama vestida de negro se echó a un lado para que Eugenia fuera a atenderla, también salió después de detrás del mostrador, y mirándose en un espejo de refilón se retocó los cabellos.

Eugenia, al lado de Vita, dijo.

-Tiene usted buen gusto.

Vita, en su exaltación, no tenía idea del precio de la Lámpara y cuando la escuchó decir que la base era de pura plata, se estremeció de pies a cabeza, y enseguida inquirió con una vocecita opaca.

-¿Cuánto cuesta?

El precio que la mujer le dio con total indiferencia, dejó a Vita anonadada. Se subía de los cien. Vaciló en rechazarla y se escuchó decir.

-Bien, la llevo.

¿Castigaba Dios la malsana curiosidad? Abrió la cartera y sacó la tarjeta de crédito, y mientras la mujer la pasaba por la maquinita, el corazón le saltaba. Su apego al dinero era el de una parsimoniosa ama de casa. Vivía con un presupuesto, no sufría de embelecos impulsivos con la abundante mercancía de las tiendas, adquiría lo que necesitaba, desdeñaba la idea de aparentar la riqueza que no tenía, a pesar de que vivía con absoluto confort. Si esta Lámpara de Aladino ofrecía bonanzas mágicas (era la leyenda) también tenía otro aspecto de estafadora, porque había hecho el milagro de aturdirla y gastar un dinero que podía ser útil para tantas cosas imprescindibles y no un adorno y una vela que tan pronto se la llevó a la nariz para olerla, no tenía aroma ni nada.

Eugenia Domínguez, después de cobrar, le envolvió la compra en una hermosa cajita y un más hermoso todavía papel de regalo. Esos dos aditamentos también se incluían en el precio de la vela. En la tiendecita se pagaba hasta el aire que se respiraba.

Mientras Eugenia la atendía, Vita se olvidó de su amiga, pero de pronto la escuchó decir, desde la ventana donde estaba absorta mirando la calle.

-Me voy, Eugenia. Parece que va a llover muy pronto.

-Espera, mujer.

Eugenia se alejó de Vita por un momento, fue a abrazar a su amiga y de paso le susurró algo en los oídos que hizo a la otra asentir sonriendo, y enseguida salió de la tienda.

Cuando el paquete estuvo listo, Eugenia le preguntó a Vita.

-¿Volverá a visitarnos? Todas las semanas me llegan cosas nuevas y no hay nada que alegre más el hogar, señora, que las velas. Dan un no sé que de armonía espiritual.

Vita recordó lo que le había dicho Alfonso de la mujer histérica que insultaba a todo el mundo en la Corte. ¿Así variaban los seres humanos? Ésta, que echó abajo la armonía de su vida con un divorcio estruendoso y estaba viviendo con la división de una pared en su propia casa, empleaba la palabra armonía espiritual como si conociera los deleites divinos con que Dios premiaba a los justos.

-Sí, sí, volveré, seguro que volveré.

Pero ya Eugenia había sentido un ruido y había alzado la cabeza para mirar la calle.

-¡Increíble!- exclamó- El cielo esta negro y ya está cayendo un mundo de agua.

Al escucharla. Vita se apuró en partir. Eugenia le sugirió que esperara a que la lluvia disminuyera o cesara, pero Vita estaba impaciente por salir de la tienda. Le explicó que su auto estaba aparcado a unos veinte pasos.

No se había aprovisionado con una sombrilla, ya comenzaba a dolerle el brazo, y así se lanzó a la calle. Caminó apurada, sin ver nada por la neblina que levantaba la lluvia al golpear el pavimento, cuando tropezó con la mujer vestida de negro, la amiga de Eugenia.

-Oh, perdón.

La mujer estaba empapada de agua, como Vita. Pudo murmurar.

-Estoy esperando un taxi, pero...

No había lugar donde refugiarse.

-Venga, mi auto está ahí, mírelo.

La mujer la siguió y entraron juntas en el vehículo, destilando agua, sacudiendo las cabezas. Cuando la mujer se dio cuenta que había seguido a una extraña, aunque recordó que la vio en la tienda, pidió disculpas y hasta alegando que no deseaba molestarla, hizo un ademán de salir del auto. Vita se lo impidió con una ágil movimiento del brazo adolorido, lo que agravó más su malestar, pero el maldito tiempo obligaba a olvidarse del dolor para solucionar este problema del vendaval.

-Dígame adónde desea que la lleve- dijo Vita- Por supuesto, hay que ir guiando con lentitud. Oh, el parabrisa tiene un ruido terrible. Hace días que debí que haberlo llevado al garaje para que lo cambiaran.

-No, no, señora, por favor. Déjeme en alguna avenida donde pueda tomar un taxi.

Vita, poniendo en marcha el motor, dijo.

-Eso es una locura, y cuando llueve tanto no se debe de escuchar a los locos.

Tuvieron un tira y hala de sí y no por algunos segundos, hasta que la mujer se resignó a complacerla.

-Voy a la universidad Central. Le di el auto a mi hija porque tuvo que ir muy temprano a tomar los exámenes de fin de curso. A esta hora más o menos nos debemos de encontrar allá.

-Espero que llegaremos a tiempo.

No pudieron charlar mucho en el auto. El tráfico lento ocupaba la atención de ambas. Por suerte, la universidad no estaba muy lejos de la casa de Vita, y así se lo dijo a la mujer, cuyo nombre Natalia, ella, con su cuidadosa dicción, pronunció en voz muy alta porque la lluvia metía un ruido atroz. El trayecto que se podía hacer en veinte minutos se alargó a una hora. La lluvia no disminuía, pero estaban bien protegidas y cómodas en el auto. Vita le dijo que no tenía hijos, su marido era abogado y también era la primera vez en muchos años que vistaba el barrio El Prado.

-Allí vive mi amiga Eugenia, por eso vengo a menudo por aquí- dijo la mujer.

Cuando llegaron a la entrada de la universidad, Natalia señaló con alegría a su hija, quien estaba esperándola y deseaba hacerse bien visible para que la viera. Vita detuvo el auto. Natalia abrió su cartera, sacó una libretita de notas, pidiéndole que le diera su teléfono. Lo que había hecho por ella hoy era extraordinario y deseaba invitarla a comer en cualquier oportunidad. Intercambiaron teléfonos. Madre e hija se saludaron y mientras la hija corría hacia ella, Natalia corría hacia la hija. Vita se alegró del afectuoso encuentro y enseguida partió rumbo a su casa.

Al entrar en su dulce hogar soltó los zapatos, colocó en una mesa del pasillo la Lámpara de Aladino, cuya bella y costosa envoltura se había encogido y trozos del cartón se palpaban enblandecidos por la lluvia. Enseguida corrió a su habitación, se secó el pelo, el cuerpo, se cambió de ropa volviéndose a poner la misma bata de casa que había usado esa mañana, cuando se encontró con Oscar en el muro.El mediodía había llegado negro como la noche, el vendaval todavía continuaba azotando con furia, y el dolor del brazo brotó con una satánica alegría. Fue a prepararse un té, tomar una aspirina y aplicarse de nuevo el árnica. Antes de volver a la habitación puso la alarma y se tiró en la cama desfallecida por el dolor, la lluvia, la negrura y las emociones que había experimentado en un día que pintaba triste, se animó después, y terminó con una sensación de fracaso y menos dinero.

Se durmió. Cuando despertó el dolor ya no era tan lacerante. No cesaba de llover y tenía un hambre atroz. Se preparó un frugal plato de la comida que había quedado del día antes, y se sintió muy triste comiendo sola. Trataba de examinar el día, breve y demasiado largo, que había vivido y terminado en frustación. Lo que más la desconcertaba fue la serie de emociones que experimentó, y su lanzamiento loco a la aventura más tonta de su vida. ¿Porqué le llamaba aventura a encuentros superficiales? Se dijo, "¿Es que hay otros?" Cuando se vivía con pocas opciones, obedeciendo a un marido-juez, cualquier encuentro, intercambio de palabras, risas y observación, aun anodinas, cambiaba el ritmo de la vida monótona. ¿Se imaginó alguna vez cuando crecía vivaracha y alegre que la vida la pondría, sola, sin nadie, a buscarse el entretenimiento indispensable que necesita todo ser humano para sobrevivir en un mundo que ni viviendo doscientos años se acababa de conocer y dominar?

Su sociedad humana estaba constreñida a su marido, que no hablaba ni le prestaba atención, y a otros furtivos contactos, sin pasar por alto las charlas con los vecinos. La charla con Carmen fue estimulante, pero el resto, una tontería. La mujer de la pared no la impresionó ni la decepcionó, simplemente era una mujer como otra cualquiera, y eso era lo que ofrecía echarle un vistazo a una persona que le intrigó y con la cual cerró un negocio catastrófico. Nada se podía comprender con una visita al vuelo. En su negocio y adaptada a la pared, Eugenia no encajaba en el carácter que le dio Alfonso durante el juicio. Se comprendía que así tenía que ser. Se pasaba por etapas y lo que un día constituyó el símbolo y la realidad de la miseria, con el ajuste del tiempo se toleraba, olvidaba, y la vida continuaba. Y la mujer vestida de negro fue ese acto de bondad que cualquiera le hace a un extraño. Su galante gesto de pedirle el teléfono para invitarla a comer, lo tomó como una salida oportuna y agradable que concluyó en el momento en que la dejó con su hija. Adiós Natalia, adiós Eugenia. Resultado: estaba vacía por dentro, y lo confirmó cuando se retiró a dormir a las ocho de la noche.

Apenas cenó, y para colmo de su miseria, extrañó la presencia de Alfonso. La alegría que le produjo su partida se consumía ahora en la nostalgia por sus pasos, por una, dos preguntas, o comentarios tan reticentes y escuetos sobre la comida, que al escucharlos se olvidaban, Y llegó más lejos todavía cuando se metió en la cama. Estaba sola, podía saltar a la derecha, dormir allí, vengarse en ausencia de sus mandatos, y lo que en otro momento, de pensarlo la excitaba, ahora la postraba en la depresión, diciéndose que en ausencia debía de respetar las reglas de su marido. ¿Y de qué gozaría si su venganza era solitaria y no le enseñaba a él ninguna lección? No, no tenía sentido. Se quedó sobrecogida en la izquierda, acomodándose para sufrir menos de dolor, intentado ver las paredes luminosas en la oscuridad, deseando que su marido volviera pronto, sin atreverse a analizar su añoranza, porque podía descubrir que ella era un animal de costumbre, obediente, y con la cabeza de chorlito.

"¡Qué día, qué día!" exclamó en voz alta.

Un trueno de suculenta proporciones la hizo saltar en la cama y cubrirse la cabeza con la colcha. Tenía miedo de morir allí sola, miedo de todo lo que conocía y desconocía. El viaje misterioso de la muerte le pareció horroroso, y aun así, cuando se sentía feliz, no temía a la muerte. Oh, qué canallada, las personas que viven una vida completa, libre, sin un marido juez, no temen a la muerte. Sólo los que no saben vivir le temen, y ella estaba sometida, en silencio, a ser lo que no era, y añoró a su carcelero. Debía de estar loca, muy loca.

Dormirse con la palabra locura rastrillándole el cerebro en el maratón de ideas valiosas o absurdas, quién sabe, la condenó a un desvelo terrible, terminó levantándose, y como un duende fue al salón arrastrando la colcha y se dejó caer en la poltrona de la derecha. Entonces se calmó y pudo conciliar el sueño.

10

Dorina, detrás de Enma, asentía a todo lo que decía y hacía con sus manos, tratando de colocar la bufanda en el cuello de su marido, quien se encogía para que le fuera fácil la tarea, sin cesar de refunfuñar por el alboroto tan temprano de las mujeres. Miraba a Alfonso con la expresión de un chico desolado al que leen repetidamente la cartilla de lo que debe de ser su comportamiento fuera de la casa. Alfonso escuchaba en silencio, retrocediendo unos pasos para que las damas se sintieran cómodas y expresaran el disgusto de ver a Bienvenido Soler abandonar la casa sin ellas de vigilantes, y a esa hora, cuando todavía el sol estaba en pañales como un bebé.

-Hay cosas que no me explico, Bienvenido - dijo Enma muy seria- Y no me lo explico porque a tus años debías de haber comprendido que el reloj marcó la hora.

-¿Qué hora?- preguntó perplejo Soler.

-La hora de la actividad, de opinar, de querer salvar al mundo o sacrificarse por el. ¿Qué vas a decir y qué vas a escuchar en esa conferencia? ¿Vas a insistir que tu presencia tiene una ineludible importancia? Bien, eso funcionó en un tiempo, pero el tiempo es un tirano, tesoro mío, levanta y aplasta, y nosotros estamos en la carrilera de los aplastados. Mira a Dorina, todavía está fuerte. Mira a Alfonso, tiene la fortaleza y la energía de un atleta, un discreto atleta, naturalmente.

-¿Y tengo que oír esto, Enma? No soy importante, no soy un héroe, pero tampoco le doy la espalda a los que me necesitan y en esa conferencia se va a dilucidar algo de vida o muerte, ¿En qué quedamos? Y tengo a Alfonso a mí lado, ¿ya no es suficiente garantía?

-¡Pero viajar con el estómago vacío!

-Nunca lo he llenado lo suficiente.

-¡Qué manera de hablar! - exclamó Dorina horrorizada- Déjalos ir, Enma, déjalos ir. Rezaré por ambos, rezaremos por ambos, ¿qué más podemos hacer? ¡Asunto de vida o muerte!

-Tengo el motor prendido- intervino Alfonso.

La despedida se alargaba demasiado. Notaba que Soler estaba impaciente por tomar la calle y alejarse de ellas. Les quedaba por hacer el enigmático viaje que él mismo no comprendía, y se propuso persuadir a las dos mujeres que lo dejaran partir, y para eso tomó a Soler del brazo, dijo un "vamos" con energía y volviéndose hacia ellas, agregó.

-Tenemos un desayuno en el hotel, antes de que comience la conferencia, y si llegamos tarde, lo perderemos. Despreocúpense, Soler y yo estaremos uno a lado del otro todo el tiempo y creo que estaremos allá hasta mañana, no puedo afirmarlo, pero por la información que he obtenido hay esa posibilidad.

Mientras hablaba así, dirigía los pasos de Soler hacia la puerta. Enma, cuyas piernas durante la mañana le dolían demasiado para tener flexibilidad, cruzó sus manos encima del estómago, asintiendo, resignada a que ya nada había que hacer. Pero sucedió que Soler, volviéndose hacia ella, se zafó suavemente del brazo de Alfonso y dirigió sus débiles pasos, para ir a darle un beso en la mejilla.

-!Mi adorable carcelera!- le dijo quedamente en el oído.

Enma asintió emocionada. Lo era, y por ser su carcelera, vivía para él más que para sí misma.

Cuando la puerta se cerró tras ellos, Soler rezongó aliviado.

- Esta siempre resulta la parte más difícil, salir de la casa con dos mujeres pendientes de mí todo el tiempo. Me consideran un crío al que tienen que alimentar y dirigir. Pero yo sé, Alfonso, sé lo que piensan y sienten, sobre todo Enma. Dorina, con sus limitaciones responde a Enma, es el eco de Enma, pero mi mujer es sagaz, nos conocemos demasiado, ella intuye lo que sucede y no quiere aceptarlo y algo le dice que lo acepte, que no hay nada qué hacer. Eso es el amor, Alfonso. No deja independencia, no, no la deja. Me fastidia mucho en este momento, pero al mismo tiempo….

Calló. Estaba agotado y tan pálido por el esfuerzo de hablar que Alfonso se asustó, le cubrió el cuerpo hasta el cuello con la manta que Dorina había colocado en el auto, y echando a andar, le preguntó;

-¿Hacia dónde vamos?

-Al Hospital Central de Investigaciones. Por Ruta 36. En las afueras de la ciudad de Crillea.

-Conozco el camino.

Encogiéndose en el asiento, Soler se durmió enseguida. Hizo casi todo el viaje dormido. Alfonso se volvía para contemplarlo cada vez que hacía una parada por órden del tráfico. Confirmaba su temor. Soler estaba muy mal y le tocaba a él mentir en esta conspiración de conducirlo al hospital. Guiaba con sumo cuidado sintiendo que llevaba a un pasajero herido de muerte y tan querido para él, que proponiéndose hacer el viaje con sus sentidos en la misión impuesta, no quería, rechazaba siquiera pensar en el resultado de esta visita al hospital. No sabía lo que tenía, pero debía de ser algo terrible que había ocultado a todos, hasta hoy en que lo hizo co-piloto en la aventura del final de una vida. Soler engurruñado bajo la colcha, con sólo el rostro visible, hacía obvio que su fina nariz se había ensanchado, su barbilla se movía bajo un temblor acompasado y la frente amplia por donde de verlo se manifestaba la inteligencia, tenía un tinte amarillento con surcos de arrugas que casi le invadían los párpados. No era otra cosa que un viejo hecho papillas, respirando con dificultad, saliendo de la vida sin luchar por retenerla. Soler sabía más que perderse en cualquier lucha inútil. Alfonso recordó que era católico, tenía una gran fe en Dios, y quizás fue esa fe la que le había permitido vivir hasta ahora.

Recordó la demostración de su fe, cuando era estudiante y Soler ya había obtenido la cartera de Ministro de Justicia, al encontrárselo solo en su despacho, con los ojos cerrados, las manos cruzadas en el pecho, los labios entreabiertos en lo que parecía una plegaría. Alfonso se asustó, retrocedió, quiso abandonar su despacho, pero ya Soler lo había visto y abierto los ojos. "Oh, señor Soler, profesor, lamento haber interrumpido…" "¿Mis rezos? No le dejes saber a nadie de esto. Llevo mi fe privada, intensamente privada. Porque yo soy sólamente un hombre, Alfonso Vidal, un hombre. Mira mi brazo, lo puedo alargar con fuerza hasta aquí- levantó su interminablemente largo brazo hasta la mitad- Quiero erradicar la pena de muerte, mi propio gobierno se opone, la acepta o renuncio, y este brazo llega hasta la mitad, el resto del camino lo pongo en manos de Dios, se lo entrego."

Alfonso, ahora, presumió que ya Soler le había entregado su alma a Dios, y una gran tristeza lo invadió, y la carretera, el tráfico, los peatones le parecieron una alucinación, sin realidad, como si súbitamente hubiera entrado en una zona de fantasmas, y eran su mente y su pasión por su mentor lo que le hacía creer que ambos estaban vivos.

En el hospital tuvieron que recogerlo en una camilla. Alfonso lo perdió de vista cuando se lo llevaron. No sabía lo que iban a hacer con él. El poco de ánimo que Soler había tenido delante de Enma y Dorina, no pudo sostenerlo durante el viaje y su entrada en el hospital.

Alfonso, indagando por aquí y por allá, supo quién era el médico dirigía la investigación y trataba a Soler: el doctor Marcelo Díaz, una eminencia en su ramo.

Fue a las tres de la tarde que Alfonso pudo hablar con el médico, pidiéndole una completa información sobre su estado.

-Sí, ya Soler me dijo que le hablara claro. En pocas palabras, señor Vidal, le queda muy poco de vida. Los últimos análisis fueron alarmantes y por eso lo llamé. Las inyecciones que hasta ahora lo han mantenido de pie ya no van a ayudar mucho. Está invadido de pies a cabeza. Una metástasis que no responde al tratamiento. Ahora está más calmado. Puede reunirse con él en las piezas que le hemos adjudicado en el ala norte del hospital. Descansará hasta mañana, en que volveré a verlo de de nuevo y enviarlo a casa a morir. Perderemos a un gran hombre, señor Vidal, pero es la ley de la vida, y a los noventa años...

El tiempo definitivo de vida de Soler, no lo pudo dar con exactitud el doctor Díaz. Dejó un margen a...no agregó nada, bastó un movimiento de mano desolador.

-Puede ser tres semanas como tres días. El final puede alargarse o acortarse, pero eso está fuera de nuestras manos. Ya he hablado con su médico. Sabe lo que tiene que hacer.

A las seis de la tarde, después de transcurrir todo el día en el hospital sin haber probado un bocado, y tan pronto trasladaron a Soler a las piezas, del hospital, que consistía en un pequeño apartamento de impecable higiene, para la residencia temporal del enfermo y sus allegados, Alfonso ordenó un emparedado de jamón y queso con café con leche. Tenía que echar algo en su estómago, pero ligero, de otra manera, con su disgusto y tristeza podía caer en convulsiones. Todavía le costaba trabajo comprender la dimensión del desastre, pero delante de Soler se mostró animoso para distraerlo.

Lo que Alfonso no se sospechaba era que Soler no deseaba ser distraído. Había buscado la compañía de Alfonso por un propósito que le concernía estrictamente a Alfonso, no quería morir sin ponerlo al día de lo que había hecho por él hasta este momento, y consciente, por su conversación con el el doctor Díaz y por lo terriblemente mal que se sentía, que cada hora que transcurriera su estado físico empeoraría y ni qué hablar del mental, el tiempo que le quedaba de lucidez era tan poco que desdeñando con cierta rudeza inusual en él la charla que estaba iniciando Alfonso, una charla estimulante y llena de esperanza para su padecimiento, lo interrumpió ordenándole.

-Ven, siéntate aquí, al lado de mi cama y déjame hablar. No digas nada, porque nada con respecto a mí salud va a funcionar. Para cerrar el tema, ya conoces la primera parte de este viaje. He mantenido mi enfermedad oculta, y vengo a este hospital por la privacidad que ofrece y por el doctor Díaz. Un tumor maligno, mortal. Pido a Dios que todo termine rápido para sufrir menos y para que Enma no sufra. Total, un viejo menos en el mundo, eh. Una muerte justa, no como la de mi hijo, a sus dieciocho años. ¿Me escuchas bien, Alfonso? Siento mi voz hueca, opaca. Bien, escucha bien, escucha...Agua, dame agua, la boca se me seca.

Alfonso se levantó diligente y vació la jarra de agua en un vaso muy grande, fue a la cama y le levantó la cabeza para que bebiera dos o tres sorbos y se sentó con el vaso en la mano dándole a beber agua cada vez que Soler, apenas sin dejar de hablar, le señalaba el vaso para tomar otro sorbo.

-Bueno, te hablé más o menos la noche de la fiesta en mi casa.

Alfonso asintió. No se atrevía a interrumpirlo.

-Bien. Hay una vacante en el Tribunal Supremo y muchos aspiran a ella, luchan por ser nominados. El que se va, Fermín Valdéz, no se va por su gusto. ¿No has leído en la prensa los cargos sucios que le echan encima?

Alfonso asintió. El asunto había formado un gran revuelo, pero él no conocía el fondo del problema.

-Valdéz ha metido la mano donde no debía y ha sacado buen dinero. Ha participado en un asco de actividades, todo por debajo de la mesa. Un enemigo político muy malo, del partido de la oposición, lo ha acusado, parece que hay pruebas por ahí y hasta alguna foto indiscreta. El presidente es un amigo de Valdéz y se siente amenazado, y entre ellos han llegado al acuerdo de que Valdéz tiene que salir y ser sustituido por un hombre intachable, que quite la mala espina que deja en el gobierno. Oficialmente Valdéz renuncia por cuestiones de salud. Ahora vamos al segundo paso...Agua...gracias. ¿A quién nominar que limpie la imagen del Supremo? El Presidente me llamó para una consulta. Estaba interesado en mi opinión, en la posibilidad de nominar un candidato de expediente impecable. Le dije. "Tengo uno solo que puedo recomendarle como el mejor, el juez Alfonso Vidal" "¿Quién, quién?" me preguntó. No sabía quién eras. Yo iba preparado con tu resumé, que escribí yo mismo. Se lo entregué, prometió leerlo, dar una respuesta. Al despedirme de él, le dije. "Señor Presidente, cuando se trata de limpiar la casa para dar una imagen de higiene total, con inteligencia y total integridad, hay que ir con cuidado. Repito, para limpiar la imagen de la casa no hay que buscar relumbrón, pomposidad, sino lo simple, lo eficiente, el hombre de talento que tenga la riqueza de la honradez, y éste que le recomiendo tiene todo eso."

La emoción de Alfonso fue tan intensa que estuvo a punto de que se le saltaran las lágrimas. ¿Era ese hombre que Soler había descrito? ¿No comprometía Soler su prestigio al recomendarlo con tantos bombos y platillos? Cuando cobró el aliento, al mismo tiempo que Soler también lo hacía, sacudió la cabeza perplejo, tenía las mejillas enrojecidas, se sentía súbitamente febril.

-Soler, has ido demasiado lejos- dijo - Hay otros con más años de experiencia, con...

El índice del dedo del anciano se alzó con ímpetu, pero sin ninguna señal de impaciencia ni diplomacia.

-Bien, nómbralos y dime las cualidades de cada uno.

-No los conozco a todos. Sabes que no hago vida social, pero tú sí los conoces.

Soler sonrió con tristeza. Echó la cabeza hacia atrás, apoyándola en la almohada, tosió, se pasó la mano por el rostro y permaneció en un profundo y melancólico silencio durante largos segundos. Antes de volver a hablar tosió y le pidió agua.

-Bien, partiendo de que estamos jugando con las posibilidades, no hay nada seguro, pero también puede ocurrir- dijo- Yo hice una corta lista de esos hombres que tú consideras con más experiencia y merecimiento que tú. El primero que salió, y es tu rival más fuerte, fue Juan Malgesto. Es un picarón que se mete debajo de las patas de los caballos y sale siempre ileso. Tiene argucia, impresiona con sus palabras y le favorece la suerte. Nada profundo en el fondo, pero sobresale y tiene mucha simpatía. Promulgaría leyes que redundaran en su favor. ¿Qué te parece?

Alfonso ni asintió ni negó.

-El otro fuerte en la posición es Antonio Montaña. Menos listo que Malgesto, más serio, pero tan ambicioso como él para destacarse y hacer de las suyas con un aire de persona humilde. Tiene familia, hijos en los mejores colegios y esos hijos no son gran cosa. Y sé que tiene otra familia oculta, también con hijos. No soy puritano, Alfonso, que un hombre eche un día una canita al aire, va bien. Pero, qué diablos, si no mantenemos una conducta firme y moral, y somos los creadores de la ley, ¿qué le espera a este pueblo y al resto de la civilización? Alfonso, la historia la hacen un grupo, siempre hay un grupo que los domina a todos. El Presidente mismo no es gran cosa, pero está en peligro y para defender lo que tiene le sobran agallas. Lo cierto es que me atendió con gran cortesía y me escuchó con verdadero interés. ¿Por qué? Está en un atolladero y reacciona como te dije. A veces un hombre honrado, trabajando con integridad, pasado por todos en la rueda de la fortuna, surge para salvar a la crapulería. Si te nominaran tienes a tu favor la conducta intachable, un excelente matrimonio, porque Vita es una mujer de cualidades y gran encanto. Ustedes llevan una vida confortable, pero al mismo tiempo frugal. Dime, ¿quién es el mejor?

Alfonso se dio cuenta de que estaba agotado y a duras penas había hablado del testamento de un moribundo. Lo abrumó la tristeza, pero no pudo menos que preguntarle.

-Dime, Soler, ¿tú pusiste un grano de arena para que me nombraran juez?

-¿Y qué crees? Te iban a mandar a un distrito de criminales y metí la mano para otro distrito mejor. ¿Tengo de qué arrepentirme?- dijo guiñándole el ojo con cierta complicidad graciosa que le dio a su rostro seco y cadavérico un brillo particular.

Alfonso sintió deseos de besar la mano de su benefactor, pero no no lo hizo. Odiaba manifestar sus emociones.

-Bien. Ya no puedo más - dijo Soler, dando por terminada la conversación.

Engurruñó las piernas y se colocó del lado de la pared. Alfonso se levantó en puntillas de pies y apagó la luz. Enseguida salió al pequeño balcón, que le permitió ver la ciudad dormida, mal iluminada. Se sentó en una silla y meditó largamente. Se preguntaba qué hacer por Soler, qué hacer para mantenerlo vivo y a su lado. La parecía que sin él su mundo privado y profesional se desplomaría. ¿Llegar a ser un miembro del Supremo, él, que nunca había soñado ni aspirado a tal prestigio? Comprendió que nadie avanzaba en la vida sin un padrino que lo protegiera, que descubriendo cualidades se lanzara a conducirlo a la posición elevada que le creía merecer. Aun así, su suerte lo consternó. Entre muchos estudiantes y profesionales, Soler lo escogió a él para conducirlo por la vida y dejarlo ahora, en la víspera casi de su muerte, con la posibilidad de llegar más alto.

Porque la noche estaba muy oscura, las estrellas tintileando en un pueblo pobremente iluminado, solo consigo mismo y a pocos pasos de su mentor moribundo, Alfonso experimentó un vacío que nada tenía que ver con su cuerpo, aunque lo afectaba, le temblaban las manos, se le saltaban las lágrimas y sin poderse contener comenzó a llorar desesperado, aprisionando su cabeza entre las manos.

11

A los pocos días del regreso de un corto viaje, Vita notó un gran cambio en Alfonso. Estaba más distraído, las pocas veces que cenó con ella, apenas probó la comida, su mirada tenía un vacío extraño y su frente constantemente fruncida, la puso alerta sobre una situación anormal, un algo de profunda inquietud que se agravó cuando dos noches consecutivas permaneció en su oficina, no fue a dormir, y al amanecer ya estaba de pie paseándose cabizbajo por el pabellón, en pijama, cuando las mañanas eran bastante frías.

La mente de Vita, a fuerza de pensar, de querer adivinar lo que le sucedía, la hizo sospechar cosas horrorosas que iban de algo que lo afectaba en su trabajo, a un asunto amoroso que lo pusiera en la disyuntiva de destruir lo que él había considerado siempre la armonía de un matrimonio bien llevado. Esto último no la sorprendía tanto si le daba una seria atención al progresivo desprendimiento entre ellos. Alfonso era un hombre atractivo, buen mozo, y le sería muy fácil seducir a las mujeres si se dispusiera a debutar y experimentar las carreras locas de un Don Juan. Estaba en la media rueda de la vida, la edad, que según había escuchado decir a menudo, creaba una perturbación anímica y sexual en el hombre, sintiendo que ya iba de capa caída en el festín de su virilidad, y fuera de todo control se lanzaba a recuperar el tiempo perdido en las responsabilidades profesionales y hogareñas. Pensando así, Vita sentía celos, deseaba conocer a su rival, y al mismo tiempo, tratando de reflexionar con una cabeza fría, se decía. "¿Y por qué no? Todos estamos en peligro siempre de acabar con lo que hemos creado. Los tiempos fluctúan." Pero he aquí que el razonamiento lógico, ese discernimiento que proyectaba con total ecuanimidad, no siempre consolaba su estado intranquilo. Era natural, lo que afectaba en silencio a uno de la pareja humana, afectaba al otro, y cuando no se verbalizaba la angustia, pasaba como una pieza de plomo llevada por un aire intrépido sobre dos cabezas, que sin explicárselo, se consumían en una tortura secreta.

Aun así, Vita presentía que algo irracional estallaría en cualquier momento. ¿Y cómo prepararse para un avatar desconocido? Tal situación dio por resultado que disminuyera su entusiasmo. Salía menos, durante dos noches había cenado sola, masticando sin apetito, con la mente viajando por las nubes, volviendo a soñar con la pared que la aplastaba, y ese símbolo persistente de incapacidad para contener una estructura, una armazón de la que no podía huir, aumentaba su tristeza y perplejidad.

Fue en uno de esos días, que al salir se topó con Oscar, que también salía de su casa agitado. El no supo si saludarla, temiendo que el juez estuviera a pocos pasos de ella, pero en cuanto Vita lo llamó por su nombre y fue hacia él, Oscar, sabiendo que el panorama estaba libre de peligro, se explayó en explicarle que tenía una cita importante en cuestión de dos horas, y había salido de la casa para ir a tomar un desayuno y matar el tiempo hasta la hora de la cita. Le fastidiaba caminar, se había convertido en un animal pretensioso que necesitaba de un vehículo, y su auto estaba con el mecánico.

Vita se ofreció a llevarlo adonde fuese. Oscar la miró serio, alzando las cejas, lo que en él era una expresión de infinita zozobra o inquisisivo malestar, adivinando en la persona un estado y una actitud de exuberante locura que podía afectarlo. Tenía gran sagacidad para intuir esos estados de aparentes cambios que no eran genuinos y respondían a algo ignoto para él. Enfocó su perplejidad en pensar que Vita y el juez estaban atravesando una crisis, y ella, decepcionada y perdida en la madeja de los cambios violentos, desafiaba bajo la luz del día las órdenes del juez. Fue tan severa esa impresión, que le preguntó con una voz tierna.

-¿No te ocasionará ningún problema llevarme de pasajero, Vita? No tienes que hacerlo. ¿Sabes? Gustavo y yo te queremos mucho, sea como sea; a buen entendedor bastan pocas palabras, y cuando algo se acepta porque no puede ser de otra manera, se acepta y basta. ¡Qué diablos, la vida es corta!- terminó exclamando ya con la voz alta, como si esa mención común al diablo le diera al hombre la última carta maldita para meterse en un atolladero muerto de risa.

-Oscar, Oscar- le imploró ella- Mírame bien. Dudo de que me conozcas. Siempre he sabido algo muy importante, y no te dejes llevar por la apariencia, porque estoy consciente de que luzco más joven y frívola de lo que soy, pero yo, en mi interior, sé que tengo valor, un valor extraordinario para saber que hay que pagar por todo, y ese todo puede ser algunas veces aterrorizante. ¿Pero no lo es la vida en general? Cuando doy un paso, algo me dice: esto hay que pagarlo, y lo pago con gusto. La mayoría de la gente hace lo contrario. "Hago lo que me da la gana. Soy libre" Oh, Oscar, que delirio de libertad y que poca libertad tenemos. Somos esclavos del miedo y los sentimientos. Tú no estás libre, yo tampoco. ¡Vamos, adelante, pasajero!

Su respuesta le dio a entender a Oscar muchas cosas que analizó después con grave concentración. Al Vita decirle <u>tú no estás libre tampoco</u>, tocó la llaga sangrante de su dedicación a Gustavo, del conflicto entre el hombre maduro y el otro joven, bello y lozano, que secretamente aspiraba a tragarse la vida en aventuras inimaginables, que lo exponían a él, el viejo socarrón y triste con piel de lobo para consumo público, en una constante inquietud y temor. Por lo tanto, si Vita estaba atada al implacable juez, él no se quedaba atrás, y ambos en esa tasa de igualdad tenían que comprenderse mejor que nadie. La discreción, la diplomacia mutua era elemental en el trato de ambos, pero no eliminaba un entendimiento inteligente y afectuoso entre ellos.

La invitó a compartir su desayuno. Ella aceptó acompañarlo a tomarse un café, y así lo hicieron. Fue entonces que Oscar le contó el motivo de su cita, que lo tenía bastante nervioso aunque no lo pareciera, o calmado tal vez, ya que siempre daba la impresión de ser un tipo exaltado y abierto a la furia. Dijo eso en un tono melancólico, alusivo a su careta de lobo, estallando después en una risotada, ya que abrir la fuente sutil de su realidad le producía, con la risa, el absoluto placer de su bufonada, de su propia burla al fondo de su verdad, encubierta, naturalmente, pero intensa y honesta para oídos finos como los tenía Vita.

Le contó con una pausada actitud, como lo merecía la ocasión, pues entraban en un terreno serio y luminoso por la esperanza a la vista, que ese día, después que terminara con ella, iba a entrevistarse con la señora Roberta Castillo, una mujer a la que respetaba mucho. Roberta, (la trataba de tú) pertenecía a una vieja y noble familia que en los países viven una larga historia de prestigio, en la que toda la familia parece seguir el mismo molde de conducta. Roberta rompió la costumbre. Huyó con un hombre a los quince años, se fue a otro país, estuvo allí hasta que cumplió los veinte, en los que regresó soltera y con un mundo de experiencia encima, ya que pertenecía como mujer a la especie rara y muy capaz de aprender rápido e irse por encima de la edad física. Ahora estaba en sus treinta y cinco años, muy bien casada con un hombre que tenía negocios de importación de telas y la franquicia de zapatos de marca. Su vida era plácida, tenía dos hijos, pero su temperamento inventivo la llevó a crear la primera agencia de talentos que abarcaba la literatura, la pintura, y cuanto desplegara en el ingenio y la imaginación que pudiera obtener un mercado. No era un negocio que le hiciera ganar dinero para mantenerse en un tren de vida espléndido, no lo necesitaba, su propósito era invertir el tiempo, tener contactos y ayudar a gente inteligente y creativa a la que le era difícil darse a conocer. Devengaba un pequeño por ciento cuando vendía el trabajo de alguien, pero ese dinero constituía para ella tan grande placer, que lo guardaba celosamente.

Oscar la conocía desde hacía dos años, Roberta se presentó en su negocio para que le hiciera el diseño de algunos logos de su agencia. Llevaron desde ese tiempo una relación comercial muy cordial, y ahora que estaba por estrenarse la galería de pintura de la señora Valverde, muy amiga además de Roberta, se arriesgó a decirle que él tenía un compañero con quien compartía su vivienda, que pintaba mucho, con gran disciplina, él sabía que tenía un talento extraordinario, aunque no le dejaba ver su obra. Se sentía muy inseguro en ese aspecto. Roberta demostró interés por ver lo que hacía, anticipando que no prometía nada, pero quería verla. Y de eso iban a hablar hoy. Roberta estaba lista para visitarlos y ver lo que le interesaba. Gustavo había aceptado y era muy posible que al día siguiente viniera a verlos.

Para final, Oscar dejó caer la sugerencia de que le alegraría mucho que Vita la conociera y compartiera con ellos durante la visita de Roberta. Después de decir eso, se limpió los labios con una servilleta, se hizo el distraído mirando a un camarero que cuchicheaba con otro mientras se restregaba las manos en el delantal. A pesar de lo que le había dicho Vita al encontrarse esa mañana, su invitación le dejaba el mal sabor en la boca de haber ido demasiado lejos, por lo que no se atrevió a mirarla.

Vita no le respondió enseguida. ¿Iba de nuevo a serle desleal a Alfonso? Su impulso fue responder que lo pensaría, desanimando así a Oscar, pero al pensar en su situación actual con su marido, su recogimiento y preocupación, se dijo. "¿Y por qué serle fiel al infiel?"

Ahí fue cuando respondió.

-Sí, Oscar, me gustaría ir a tu casa y conocerla.

El rostro de Oscar era movible, expresivo hasta un punto de intimidar con su alegría y furia. No tenía como Gustavo esos resortes de socarrona habilidad que lo hacían mirar de un modo que dejaba al interlocutor confuso y debilitado, por presentir, sin saber, qué agua turbias navegaban en su alma o el juicio enigmático que hacía de la persona con quien se comunicaba.

-Oh, maravilloso, Vita- respondió tomándole la mano derecha, apretándola, pero enseguida se puso serio.

-¿Y cómo te voy a avisar si es mañana o pasado?

-En el muro.

-Pero no siempre coincidimos.

-Bueno, voy a poner allí el pequeño tiesto con las violetas imperiales. Me dejas una nota y eso es todo.

Oscar sonrió diciendo.

-El muro de Berlín todo el mundo sensato quería derribarlo, pero el nuestro no, y que siga firme para siempre.

Esa mismta tarde, ella colocó el tiesto con las violetas imperiales en el muro. Contempló por algunos segundos la casa de los vecinos, contenta de tenerlos como amigos. En estos momentos de zozobra, ellos, sin saberlo, venían a traerle un aire fresco a su vida, no importaba que fuese breve, hasta lo mendigos se conformaban con mendrugos de pan, y tal se consideraba ella en estos momentos.

Al día siguiente supo que Alfonso había partido muy temprano, sin desayunar, y la prueba estaba en que hizo café y lo tomó de pie en la cocina, lo que quería decir que estaba apurado por salir. Ella observaba cómo rompía las costumbres. No sólo llegaba tarde, muchos días no cenaba y ahora madrugaba y abandonaba la casa sin comer nada.

Lo inusual había llegado. Alfonso consideraba un buen desayuno la comida más importante del día. ¿Qué era importante para él ahora? Por más que intentaba descubrir el enigma, no podía, presintiendo. que lo que fuese estaba a punto de estallar. Ciertas situaciones, como un enfermo, dan señales de un rápido fin con el deterioramiento de la salud, y esa alegoría encajaba muy bien en su caso. No había manera de atar cabos para llegar al fondo de la verdad. La única prueba que tenía a mano era un cambio en la conducta de su marido y una hostilidad y preocupación que iban en aumento. Tuvo momentos de pánico pensando que estaba a punto de desmantelar su hogar. Tantos años viviendo con un hombre no se borraban en un instante, y su aprensión la hizo tomar un café de pie, como lo había hecho Alfonso, preocupada. Sentía lástima por sí misma y una ira secreta contra su pasividad, pero era su naturaleza optimista y dócil la que la doblegaba. No le gustaba discutir, se ofendía y sufría si le alzaban la voz, no entendía la guerra entre las familias ni las naciones. Esperaba algo terrible, y no obstante, se decía que exageraba, los hombres en sus negocios y profesiones atravesaban graves crisis y raramente se la comunicaban a la mujer, pero también se decía que Alfonso era un caso especial, y su desamor manifestado todos los días con su reticencia y reserva, como si su armonioso hogar fuese una estructura sólida levantada por él, en la que ella pasaba a ser la consorte útil para cocinar, prepararle la cama, y atenderlo en las necedidades que estaban prescriptas en su código matrimonial sobre el rol de cada uno. Mientras reflexionaba, la invadía un tremor intenso. ¿El final trágico que esperaba afectaría profundamente a los dos? Alfonso con sus terribles defectos, no era un hombre deliberadamente cruel, ejercía su poder sobre ella con el silencio y despegamiento físico, no obstante, era un hombre correcto, generoso, y altamente respetado por todos.

Y fue súbitamente, como un rayo alucinante golpeándola, que comprendió sus sueños obsesivos con la pared. Alfonso mandó a levantar la pared en un matrimonio con su poder de juez, que empleaba también en la casa con todo el rigor de la ley. La pared estaba levantada entre ellos, invisible, pero ahora cobraba la armazón física y estaba lista para caerle encima. De otra manera, ¿como se interpretarían sus sueños?

Frente a esa revelación, Vita se irguió y sonrió triste. Llegado el caso en que el sueño se hiciera realidad, ¿iba a bajar la cabeza y someterse? Entonces se declararía ella misma una imbécil. Los sueños avisaban algo, la habían prevenido, y esa sería su dicha para cualquier conflicto grave que le saliera al paso entre ella y Alfonso. Lo resolvería con honestidad y valor, no le faltaba acumen para defenderse, y cuando llegara el momento de cantar las verdades con voz clara y serena, se mantendría en la primera fila. Su subconsciente la guiaba, le susurraba: "Mira lo que viene, prepárate y sé fiel a ti misma". Y lo sería, sin vacilación.

Fue así como su pesar y ardua reflexión cedió a una calma maravillosa, y se dirigió al pabellón. El día estaba gris pero agradabílisimo, con una temperatura ideal en el intermedio de lo cálido y lo frío. Enseguida vio el muro y las violetas. ¿Tendría un mensaje? En efecto, allí estaba una breve notita: "Hoy a las doce. O."

La tomó en sus manos alegremente y fue a darse un baño, ya establecida la armonía en su alma. Estaba contenta de no apañar ni mimar la infelicidad. Esa era la gloria de su temperamento, imponer al desajuste emocional un razonamiento apropiado para volver a su equilibio. Su alma era como una ola suave y acariciante que se tornaba furiosa, alzaba el agua a diez metros de altura, y en el proceso de descender ya volvía a su sublime ritmo delicado.

Oscar estaba solo cuando recibió a Vita. Roberta y Gustavo habían ido a su habitación de trabajo para ver las pinturas. Oscar nervioso, desconcertado, sintió con la presencia de Vita el efecto mágico para calmar un dolor superficial, pero dolor al fin.

-Oh, llegas caída del cielo. Estoy decepcionado, sí, mírame, ¿no te parezco un hombre horrible?

Caminaban hacia el pequeño comedorcito que ya conocía. Oscar a su lado, la sujetaba por el brazo, y en su impaciencia sus manos se corrían hacia su codo y lo rozaba sin poder sujetarlo, y enojado consigo mismo soltó la mano y gesticuló con la fuerza endemoniada del lobo feroz.

-Mira el comedor, Vita. Un servicio de comida que mandé a buscar.
No confiaba en mis artes culinarias ni la de Gustavo, quien, por otra
parte, está como alelado con la sopresa de que alguien que vale para
ayudarlo, haya venido a verlas. No es que se me hayan ido los humos a
la cabeza, pero estoy tan agradecido a Roberta, y esta visita yo quería
hacerla excepcional, y contigo mucho más. ¡Un festín que Roberta no
probará!

-¿Y por qué?

-Me llamó hace dos horas para anunciarme que venía, haciendo
un gran esfuerzo, a cumplir su palabra y ver las pinturas, pero no
podría comer ni estar mucho tiempo. Ha dejado a su hijo, que es un
adolescente, con mucha fiebre, en manos de su tía, y la pobre está
preocupada, pero esa es Roberta; palabra dada, palabra cumplida, pero
no es suficiente para mí, que he ido tan lejos para agasajarla, y al mismo
tiempo la comprendo. Su chico tiene un problema inmunológico desde
que nació, así que una fiebre en él es cosa seria. Yo lo conozco, muy
educadito, gentil, supremamente inteligente, pero débil, tímido, conoce
su estado de salud y quiere estudiar y tiene una mente brillante, y ya
ves, la salada vida juega con nosotros. Le da a la mujer degenerada un
hijo saludable y brutalmente fuerte, y a una mujer sensible y especial
como Roberta, le manda un genio enfermizo al que ama con delirio,
¿para castigo? ¿Por qué? Siempre ha sido honesta, liberalmente honesta.
Bueno, déjame verte. Estás encantadora, Vita, siempre sencilla pero bien
puesta. ¡Oh, estoy tan orgulloso de ser tu amigo!

Y con un ímpetu irreflexivo la abrazó.

-Oh, perdóname- se disculpó enseguida- Estoy nervioso y mucho
más nervioso viendo cómo Gustavo reacciona. ¿Sabes que se levantó
con mala cara? Creo que está asustado, piensa que su pintura no vale
nada, tiene miedo...

-¿Te lo ha dicho así?

-No, jamás, él no habla de eso, pero no se convive con una persona
sin ver los cambios de humor, las preocupaciones, y uno también se
siente afectado y yo me pregunto. ¿Qué le pasará a Gustavo si con esta
visita de Roberta nada sucede? No quiero ni pensarlo. ¿Qué te sirvo?
¿Una copita de vino? Bien. Aquí está, un blanco del Rhin

-¿Hace mucho rato que están en la habitación?

-No mucho. Ella llegó diez minutos antes que tú, todavía sin el reloj dar las doce, por la razón de partir cuanto antes. Vita, qué chasco. Roberta es una mujer que te hubiera gustado conocer bien, charlar con ella. Me gusta porque no tiene pretensiones y puede tenerlas por su posición económica y su meollo intelectual y su capacidad para progresar junto con la vida y no quedarse atrás. En este país hay tantos imbéciles que se creen gentes excepcionales, que una mujer como Roberta asusta un poco porque no entra en juegos. Sus ojos son penetrantes, ven lo que no ven otros, y aun así, con todo su profesionalismo, es una mujer femenina y radiante. Vita, me gustan las mujeres femeninas. ¿No te lo había dicho antes? Bueno. ¿Y por qué hablo así? Ponme un tapón en la boca, y ordéname que me siente y me calme.

Vita rio alegremente.

-Olvidas que estoy en tu casa y el que venga a mi casa a darme órdenes no repite la visita. ¿Y quieres obligarme a hacer lo que no le toleraría a nadie? Vamos, Oscar, cálmate. Todo va a salir bien.

-¿Tú crees?- inquirió sentándose, sumiso como un niño bueno- Hablas así y no has visto las pinturas de Gustavo. Tiene un gran talento, Vita, un gran talento.

-Creo en tu palabra.

-Ah, sí, mi palabra tiene peso. ¿No sentiste un ruido? ¿Crees que hayan salido de la habitación?

No hubo ningún ruido, a no ser que el pie derecho de Vita tropezó con una piedrecita y la arrastró para llevarla al centro de la mesa. Los nervios de Oscar estaban exaltados, escuchaba ruidos por todas partes, giraba la cabeza como un trompo, se frotaba las manos como si tuviera un intenso frío, no dijo que se había rasurado y vestido con sobriedad para recibir a Roberta, y hoy el comedor tenía la decoración austera que él necesitaba para agradar a una mujer del calibre de Roberta, por lo que siendo sincero revestía con gran pompa el ambiente en honor de una persona muy especial, y tanto fue así, que al Vita elogiar el mantel, la elegancia de la mesa, Oscar se turbó, apuró la copita de vino para dar una explicación que justificara el exceso de cuidado en la presentación de su comedor.

-¿Y qué menos se puede hacer? Aquí, en el vivir diario, no estamos con remilgos, se come sentado o de pie, porque esa es la casa y la comodidad, Vita, sentir que se hace lo que viene en gana con toda libertad. Pero en cuanto alguien...Me refiero ...Bueno, ¿no está claro? Yo me rio de todos los pomposos, la nobleza que existe me arranca la risa o un bostezo y siempre aspiro a lo genuino, ¿pero podemos ser genuinos todo el tiempo? Oh, hay muchos misterios bajo el sol y muchas cosas que ocultar, porque no te hagas ideas bonitas, el hombre es un ogro, una bestia con trajes lindos para pretender ser lindo él. Y ya ves, hay momentos en que un disfraz de elegancia es conveniente. ¿De verdad que te gusta la mesa? ¡Y la comida, Dios mío! Sí, hay que nombrar a Dios en serio cuando se trata de una comida exquisita. ¡Y pensar que Roberta no podrá compartir con nosotros!

Hablaba en voz alta, cuando Vita sintió el ruido de una puerta que se cerraba, y lo sintió por encima de su voz exaltada, ya que se había olvidado en su arrebato que Roberta podía aparecer en cualquier momento y escucharlo. Así pues, Vita alzó la mano diciendo.

-Ya vienen, Oscar, ya vienen.

Al escucharla, saltó del asiento. Su cuerpo que cargaba treinta libras de más adquirió la agilidad de un acróbata. Enseguida una dulce sonrisa asomó a sus labios. Se asentó el pelo encrespado que suavizaba con una crema, y se irguió como un militar.

Vita también se puso de pie. La formalidad de Oscar la sorprendía. Su cambio fue instántaneo. Su tipo tosco se refinó con la sonrisa meliflua y una obvia timidez, avanzando unos pasos para recibirlos, y aunque ella se quedó en el lugar que estaba, notó que él volvió la cabeza y le dedicó una de esas miradas un poco vergonzozas que quieren decir, "es necesario todo esto, tengo que ponerme el traje y el carácter lindo para Roberta".

En efecto, Roberta y Gustavo llegaron al comedor. Ella llevaba un enorme portafolio cerrado con una liga. Gustavo, vestido de blanco de pies a cabeza, encarnando la purificación celestial, con el rostro pálido y una mirada que no se enfocaba en nada, sumamente humilde, se alegró de que Oscar y Vita (aunque no lo demostró), estuvieran allí para aliviarlo de la carga, de la inquietud y zozobra que había tenido mostrándole sus pinturas a Roberta Castillo, espiando de soslayo su reacción, notando el cuidado con que examinaba todos los detalles de los dibujos, acuarelas y óleos, pasando de uno a otro. Después de tomarse su tiempo, no expresaba nada en particular que le pudieran hacer creer que le gustaba lo que veía. Hacía una pregunta suelta por aquí y por allá, hasta que fue poniendo en la mesa algunos dibujos y pequeñas pintura, y de pronto, sin él esperar el final de la entrevista, le dijo que se llevaba las que estaban en la mesa para presentárselas a la señora Valverde. Su corazón saltó de terror y gloria. Le preparó el portafolio con manos temblorosas. No sabía qué decir, y cuando salieron de la habitación no hablaron, y ahora en el comedor, rendido por la emoción, le dejó a Oscar el escenario para él solo, tuvo deseos de arrinconarse en cualquier parte, pero viendo a Vita fue hacia ella, y como había hecho antes Oscar, la abrazó y luego la miró a los ojos y Vita vio una mirada transparente, herida, húmeda, que la conmovió. Gustavo no dijo nada y se alejó para colocarse al lado de Oscar, quien con su elocuencia disparada por el nerviosismo, condujo a Roberta adonde estaba Vita, le sirvió una copita de vino antes de dejarla partir, y para aliviarse él mismo de la emoción que contenía, deseando interrogarla sin atreverse, le explicó que Vita era una vecina muy querida por los dos, lamentando que no pudieran conocerse bien.

Roberta Castillo tenía la elegancia de la mujer que ha vivido en diferentes ambientes y se adaptaba a todos. Tenía un rostro simpático, los labios sensuales y pómulos altos enrojecidos por la buena salud y la buena herencia. Con suprema cortesía estrechó las manos de Vita. En el fondo de su alma estaba contenta de verla, sin conocerla, porque sentía la tensión angustiosa de los dos hombres.

-Mucho gusto, Vita. Sí, lamento no poder quedarme entre ustedes, pero ya le habrán dicho que tengo un hijo enfermito hoy- pronunció enfermito con la tenura melancólica de los que conocen el dolor- Pero espero que nos veamos en otra oportunidad. ¿Pinta también?

-No, no- respondió Vita- No tengo ningún arte.

-Vita está casada con un juez - intervino Oscar, nombrando al diablo por primera vez.

-Ah, qué interesante- y con la copita en la mano, haciendo un ademán gentil con la cabeza, hizo un brindis silencioso.

Gustavo, al lado de Oscar, no había abierto la boca. Se hubiera dicho que el cuerpo de Oscar lo defendía de cualquier ataque. Así reaccionaban sus nervios en el día más importante de su vida.

Todos acompañaron a Roberta hasta la puerta para despedirla y fue allí donde ella se dirigió a Gustavo diciendo.

-Gracias por haberme recibido, Gustavo, y por permitirme llevarme esto. Trataré de obtener una respuesta lo más pronto posible. Me alegra mucho conocerte y también conocer- por refinamiento colectivo, se dirigió a Vita- a esta encantadora dama.

A Oscar le tendió la mano guiñándole el ojo sonriente, y ese guiño que todos vieron, se convirtió en un tema excitante mientras regresaban al comedor y comían los deliciosos platos salidos del famoso restaurante "El Palacio"

12

-¿Te ha guiñado los ojos antes?- preguntó Gustavo cuando estaban enfrascados en el tema.

Oscar reflexionó, podía mentir, inventar cualquier cosa para estimularlo. Tanto Vita como él observaban, que mientras ellos hablaban con entusiasmo, Gustavo callaba mirando las fuentes, con una expresión de confusa intensidad. Le parecía que todo lo que había ocurrido esa mañana había tenido lugar con otra persona, en otra región. Nunca había pensado que sus pinturas podían interesarle a nadie, y la visita de esta mujer y el hecho de que se hubiera llevado algunas para presentarlas en la galería, le quitó el aliento, El guiño a Oscar tenía un significado. Escuchaba a Vita decir que era un buen augurio, y le agradeció su firme convicción de que algo muy bueno saldría de todo eso.

El podía ver en el guiño una expresión de afecto o quizás de mofa, y sólo Oscar podía sacarlo de duda, si en una previa ocasión con perspectivas de éxito, ocurrió lo mismo. Al notar que Oscar se quedó pensativo, se desanimó. Esas cosas no había que pensarlas, se respondían enseguida si tuvieran un lado positivo que reviviera el recuerdo.

Y súbitamente, Oscar golpeó la mesa, una fuente se tambaleó por un segundo, y después quedó firme.

-¡Zeus, claro...!- ese Zeus tuvo el irremediable efecto de que Vita y Gustavo intercambiaran una mirada alerta- Fue hace un año, ¿y cómo diablos se acuerda uno de un guiño tan viejo? La memoria es perversa, se va...pero sí, fue hace un año, cuando los Hermanos Corella, los de la famosa funeraria, iban a abrir varias sucursales a lo largo del país.

Roberta me los presentó para que le hiciera los trabajos de diseños, imprenta. Les di un estimado de gastos, no fui el único, y en esa ocasión Roberta me acompañó. Eso es lo bueno que tiene ella, contactos, muchos contactos y amistades entre la gente bien, la que puede tirar la plata, porque a los pobres los ama Dios. ¡Cristo, así hablaba mi madre, la eterna equivocada en todo! Cuando salimos de las ofcinas, después de hablar con los dos hermanos Corella, que quedaron en avisarme si aprobaban todo el asunto, apenas saliendo de la oficina, Roberta me guiñó el ojo. ¿Le pregunté por qué lo hacía? ¿Y a quién se le ocurre tal tontería? Supe, intuí, que ella había captado que me lo iban aceptar, y ese guiño no era una ilusoria esperanza, era una confirmación de que la sopa estaba hecha. Perdóname el ejemplo, Vita, pero tomando esta deliciosa sopa, ¿hay algún otro mejor?

-Entonces, por ese antecedcente, ¿podemos pensar lo mismo ahora? Escucha, Gustavo...

El exclamó perturbado.

-Quiero beber.

Se sirvió una copa de las grandes rebosando de vino. Oscar miró a Vita. Gustavo apenas bebía, y ambos, asombrados, lo vieron cerrar los ojos y tomarse la copa, no con placer, sino como una medicina que iba a aniquilar su desazón.

No se habló más del guiño de Roberta, y por algunos segundos imperó un silencio desagradable, el que Vita interrumpió diciendo.

-La mesa, la comida, todo ha estado exquisito, Oscar- no se arriesgó a dirigirse a Gustavo, respetando su grave humor, pues se había quedado muy serio tocando el borde del mantel- Esta casa, antes de que ustedes vinieran, estaba ocupada por un par de viejos que se sentaban ahí fuera a tomar té. No hablaban. Era anti-sociables. Era una casa triste, y en cuanto ustedes vinieron, todo cambió.

-¡Vita!- gritó Oscar asustándola a ella y Gustavo- ¡Esos fueron mis tíos y de ellos heredé esta casa!

-¿Tus tíos? Oh, qué diferencia. Y pasaste a ser heredero...

-Ajá, ¿suena como una linda historia? Pues no lo es. Ese viejo seco y cascarrabia fue un marinero muy hermoso, hermano de papá. Abandonó a la familia muy joven y se metió en la Marina Mercantil.

Dio la vuelta al mundo muchas veces, se retiró a los cuarenta años, y como era un satánico avaro, ya en tierra comenzó a hacer negocios de cualquier índole, y anota que dejó en suspenso el resto...Se casó con otra avara como él, hicieron muchísimo dinero, no tuvieron hijos, y nosotros, el resto de la familia éramos pobrísimos. Mi mamá era una beata insoportable. Se iba a la capilla de Dos Bosco a echarle todos los problemas encima, pero Don Bosco estaba ocupado en otras cosas y nunca resolvió un problema. Mi papá era manirroto, y como no sabía hacer dinero y mucho menos trabajar, mi hermana y yo comíamos de milagro. Mi hermana, por supuesto, comía mejor que yo, porque mamá estaba ciega de amor por ella, y Belisa, esa era mi hermana, la trataba a patadas y mientras más la despreciaba, más mi madre se arrastraba ante ella. ¿Tienes ya el cuadro de mi familia? Y yo fui un truhán callejero, soñando con la gloria en pleno banquete de la miseria. Mi hermana murió, mi madre la siguió a la tumba ¿Podía ser de otro modo? Y mi padre se quedó por ahí extraviado conmigo hasta que cerró los ojos. ¿Ves de dónde vengo? Tengo la carne cruda y dura, Vita. La vida me metía en un remolino y salía a flote para volver a hundirme, hasta que conseguí trabajo en una imprenta y fui adelante. Adelante quiere decir que comía tres veces al día, estaba aprendiendo a ser un ser humano con trajecitos comprados a plazo. ¡Pero aprendí, Vita! Estaba ya ganando bastante, cuando esos dos avaros murieron, y yo era el único pariente. ¿Te sospechaste alguna vez algo parecido? Por eso, Vita, soy como soy. Llamo las cosas por su nombre crudo. Vengo de una verdad latosa, repetida, y hasta infame, Vita: se sale adelante a la fuerza o te quedas en la choza comiendo tierra. A veces me dan ganas de golpear la vida, ¿pero dónde está la vida? Dime, Vita, ¿dónde está? En el cuerpo, bueno, es más que el cuerpo. ¡Don Bosco! Allá corría mi madre, le lloraba, le suplicaba y regresaba con su misma cara amargada, porque era agria, agria. ¡Abajo los ejércitos de ángeles y santos! ¡Abajo!

La fuerza de su voz retumbó en las paredes, y fue entonces que sin moverse de lugar ni quitar la mirada del mantel, Gustavo murmuró.

-Toma agua que te vas a ahogar.

Vita se echó a reír y Oscar la secundó y rieron sin parar. Estos eran los magníficos arrebatos de Oscar, que no siempre, pero muchas veces, concluían en la increíble bufonada de calmarse y reír. No inspiraba miedo, su miserable niñez la transformaba en un torrente de comicidad. Antes de despedirse de Vita, le preguntó.

-¿Tienes idea por qué siempre menciono al diablo?

-¿Es tu amigo?- le preguntó ella sanamente irónica.

-Ni siquiera eso. Trato de tener una sólida amistad con él y me huye. No tengo suerte en la vida, Vita.

No hablaba en serio, por supuesto, aunque a juzgar por su rostro compugnido hubiera tenido que ser así. Gustavo no lo escuchó. Se levantó como un autómata para abrazar a Vita. Ella le susurró en el oído.

-Todo saldrá bien, muy bien.

Gustavo bajó la cabeza, hubiera deseado hundirla en su pecho y pedirle que lo acunara, pero no lo hizo y volvió al asiento.

Cuando regresaron del hospital, Soler entró en la casa con sus propios pasos. Dorina lo recibió con gran alboroto, que en ella consistían en ruidosos suspiros de alivio. Como llegaron a las cinco de la tarde, que era la hora en que se cenaba, Enma se había quedado en el comedor sin la menor idea que podía ser el regreso de su marido. Estaba preocupada, no había dejado de estarlo desde que su Bienvenido partió de viaje, pero no pensó que al sonar el timbre, fuese él. Después de todo, era el señor de la casa y había abierto la puerta por más de medio siglo.

Dorina los dirigió al comedor. En ese momento, Enma mantenía en las manos trocitos de pan, los contemplaba con un aire ausente, el típico de los que se absorben en sus pensamientos, y apenas se dio cuenta que llegaban. Cuando casi los tuvo frente a ella, al verlos, su alegría fue inmensa. Dorina no le permitió levantarse, y echando una silla hacia atrás, al lado de Enma, le hizo una señal a Soler de que se sentara, y él se sentó lentamente. Estaba exhausto, blanco como un papel, y cuando trató de articular algunas palabras, su voz apenas se sintió. Enma comprendió enseguida que estaba muy mal. Había sucedido lo que temía. Bienvenido no estaba en condiciones de viajar ni estropearse escuchando y dando discursos. Pasando por encima de su temor, puso buena cara.

-Vamos, Dorina, pon dos platos extras.

Alfonso dijo que no tenía deseos de comer, otro tanto alegó Soler, y Alfonso informó que debía de partir enseguida, pero regresaría más tarde. Así lo hizo. Supo que Soler estaba en su recámara durmiendo y Enma junto a él, vigilando su sueño. Estuvo en la casa sólamente quince minutos. Ya se había puesto en contacto con el doctor López, el médico de cabecera de Soler, y entre los dos arreglaron la asignación de dos enfermeras que lo asistirían a diario.

Dos días más bastaron para que Soler no pudiera abandonar el lecho. Fue entonces que Alfonso tuvo una seria conversación con Enma.

Se sentaron en el sombrío salón con la opaca luz artificial que le daba a ambos una palidez impresionante. Enma sabía lo que le venía encima. Había cruzado las manos y estaba dispuesta a escuchar, pero nada nuevo la animaría. Hacía ya muchos meses que venía notando la rápida decadencia de su marido, sus largos silencios con la mirada fija en un punto cualquiera, su distracción mental. Las ocasiones en que le preguntaba algo, le llevaba mucho tiempo responder o no le respondía del todo. Hablando con el doctor López podía deducir que Bienvenido estaba muy enfermo, y López se lo ocultaba, pero tampoco la animaba como otras veces. Soltaba cualquier queja de esas apropiadas para señalar el final sin totalmente admitirlo.

-Yo tengo setenta y cinco años, mi querida Enma, y siento el estropeo de la edad. El cerebro no está alerta, la voz se opaca, volvemos a ser niños. Se puede luchar contra todo, menos con el paso de los años. Soler está bien...en lo que cabe...para sus años.

Esas palabras no eran estimulantes ni consoladoras. Decían la verdad, alertaba de lo que podía acontecer, y como ella tenía la misma edad de su marido, explicaban lo que conocía. Fue con el regreso de Bienvenido de su corto viaje, que comprendió lo rápido que llegaría el final. Acostada a su lado lo veía luchando por respirar, a veces le parecía que deliraba, nada de lo que ella decía lo escuchaba o comprendía, y esta charla con Alfonso, que, por otra parte, no podía ocultar una profunda preocupación, le confirmaba que ya todo estaba perdido.

-Ante de regresar, Soler me dio su confianza y el encargo de que te pusiera al día con lo que sucede. No fuimos a ninguna conferencia. Perdóname, no pude por menos que obedecer su orden. Fuimos al hospital donde lo estaba tratando el doctor Díaz. ¿Te sientes fuerte? Perdóname, Enma- a Alfonso se le quebró la voz. Ella no lo interrumpió. Sus ojos lo miraban a través de un velo opaco, como si ella misma fuese la enferma, la moribunda- ¿Qué podía hacer? ¿Ir contra su deseo y decirte la verdad? No, no, ni siquiera contigo puedo traicionar a Soler, que es para mí un padre. El diagnóstico...él lo conoce desde hace tres meses, es de esos que no tienen cura, se mantienen, lo han mentido vivo de milagro, pero ya él sintió que se acercaba el final, por eso fuimos.

Sacando fuerza de donde no las tenía, pero estaba escrito que Dios no mandaba un dolor que no se pudiera soportar, Enma preguntó.

-¿Qué tiempo le queda?

-Impreciso, pero no pasará de dos o tres semanas. Mañana llegan las enfermeras, dos turnos al día, veinte y cuatro horas entre las dos, en que lo asistirán. Es posible que cuando llegue la crisis sienta dolor, pero ya eso está previsto. Hay orden de suministrarle pequeña dosis de morfina. Morirá, Enma...-la voz lo ahogó y se echó a llorar tapándose el rostro.

Enma estaba impávida. La mala noticia, la que esperaba, le hizo un efecto tan cruel, que suspiró y nada más. Viendo a Alfonso caer en llanto, perdió noción del tiempo, de quién era y dónde estaba. Dorina había entrado en la pieza sin hacerse sentir, y cuando vio al juez llorando, y a Enma rígida como una momia, comenzó a llorar ella también. Sus grandes emociones eran reflejos de otras emociones. Por sí sola no sentía nada, y en lugar de ir hacia ellos, salió de la pieza. Sabía por quién el juez lloraba, y su preocupación por Enma desapareció en ese momento y corrió a la habitación donde estaba Bienvenido, ya fuera de este mundo, y se arrodilló a su lado, se puso a rezar, y de pronto, con una fiereza inusual en ella, exclamó.

-¡Y nos dejas así solas, hombre cruel! ¿Qué vamos a hacer sin ti? Dime, ¿Qué vamos a hacer? ¡Eres cruel, cruel!

Comenzó a llorar, alzó la cabeza, y al ver en lo que se había convertido su primo adorado, el único que la mortificaba con bromas y le tiraba del pelo juguetón, se dio cuenta de su blasfemia, y entre los sollozos le suplicó a Dios que la perdonara.

En el salón, calmándose, pidiéndole disculpas a Enma, Alfonso, ya repuesto, se irguió en el asiento, la miró y vio a una Enma diferente que apenas había notado su llanto y estaba con el rostro pálido pero hermoso, y los ojos abiertos con una expresión de ensueño, como si súbitamente se hubiese trasladado a otro lugar o lugares tan lejanos de su realidad que estaba sorda y ciega sobre todo lo que la rodeaba. Hasta tal punto fue así, que Alfonso dudó de que lo hubiese observado cuando lo asaltó el llanto, lo cual lo alegró en el fondo de su alma, y despegando la mirada de ella para dejarla reaccionar o quedarse como estaba, se hundió en el asiento, extendió la mano para tocar un caballo de bronce que estaba en la mesa a su lado, mientras se prometía no repetir nunca más su debilidad. Con la intención de fortalecer a Enma, él sucumbió. ¿Y dónde estaba ella en este momento?

Enma lo sabía, pero nadie más en el mundo podría saberlo. Mientras Alfonso hablaba y mencionaba la entrada en la casa de las dos enfermeras, escuchó la palabra muerte, su pensamiento se paralizó y enseguida se vio con Bienvenido en el viaje que hicieron de luna de miel a Venecia. Fue el mejor regalo que le hizo en su vida. Ella no podía creer que una ciudad flotante persistiera en quedarse intacta por siglos y fuese totalmente fascinante. Dos semanas allí colmaron sus sueños. Bievenido llegó al colmo de coger una buena parte de los ahorros para darle en esas dos semanas una vida de millonaria. No era que ella se lo hubiese pedido ni cosa parecida. Los dos eran modestos, no necesitaban mucho para vivir. Fue Bienvenido el que quiso experimentar junto a ella la locura del dinero excesivo gastado a diestro y siniestro en placeres efímeros y algunos contundentes. Era la época de carnaval, participaron en bailes, se pusieron magníficentes disfraces. Vieron la sensualidad rodando por las vías públicas, encuentros en callecitas torcidas, protegidos los protagonistas por las máscaras, el interminable bullicio de la alegría concentrada en una pequeña porción de tierra y agua, con más fama, originalidad y belleza que cualquier otra parte del mundo. Al cabo de las dos semanas, saturados de momentos de intensa pasión y ternura, como debía de ser para tomar respiro, con el agotamiento físico y mental de todo lo vivido, regresaron para incorporarse a la rutina de la vida, que nunca fue rutina para ella, ya con la bolsa cerrada para deleites que resultaron inolvidables, pero incomprensibles para ambos como un estilo de vida.

Volvió a la realidad lentamente, se inclinó hacia Alfonso y dijo.

-No, Bienvenido no morirá nunca.

Se irguió, le dio la mano para que la ayudara a levantarse e ir junto a la habitación del enfermo. Allí fue directamente a la pequeña butaca que ya Dorina, previendo todo, había colocado cerca de la cabecera de Soler. Fue entonces que sacó un pañuelo del bolsillo de su amplia falda gris y se secó las lágrimas que no cesaron de correr por su mejillas. No pronunció una palabra ni un quejido. Le acarició la frente, le pasó las manos por los labios y asintió. Estaba manteniendo una conversación mental con él, convencida de que hablaban por medios telepáticos, y esa convicción la mantuvo durante la larga agonía de Soler, si se contaban las horas y los días en que permanecía endrogado o delirando. A dura penas, Dorina podía sacarla de la habitación, y si trataba de persuadirla que iba a empeorar su salud en la vigilia, Enma la miraba entre las lágrimas, y una vez dijo.

-¿Pero no te das cuenta que yo también estoy muerta?

Fue casi una semana después de ese regreso, que Alfonso no pudo por menos que comunicarle a Vita el estado crítico de Soler. Había llegado a la casa cuando estaba comiendo sola. Se sentó a la mesa y le dijo.

-Soler se está muriendo.

-¿Soler?-gritó Vita con azoro-¡Oh, Dios! ¿Y Enma? ¿Desde cuándo está enfermo?

El le contestó escuetamente sus preguntas.

-¿Y has estado todo este tiempo junto a ellos?

La pregunta molestó a Alfonso, por dos razones: Vita conocía su devoción por su mentor Soler, y sus nervios estaban detrozados.

-Esa pregunta está fuera de lugar- exclamó con expresión dura- Soy parte de esa familia. ¿Cómo esperas que me comporte? No, no voy a comer.

Se levantó y fue a su oficina, su escape, su libertad, y también prisión. Vita no pudo terminar de comer, muchas cosas terribles que atravesaron por su mente se aclararon, pero así como un pesar dejó de existir, comenzó otro. Enma, esa dorable dama, estaría traspasada de dolor. Al día siguiente iría a verla para estar con ella. Si Alfonso tenía una gran devoción por el viejo Soler, ella sentía una increíble simpatía por la anciana.

Y fue sólo tarde en la noche, cuando estaba conciliando el sueño, que Vita comprendió la deslealtad de su marido al no informarle la razón de su extraña conducta y ausencias. ¿Si hasta ahora había pensado que Alfonso era un hombre bueno y lo demostraba con su dedicación a Soler, podía ese mismo hombre bueno conducirse con ella con total egoísmo? Alfonso no estaba consciente de su propio desprecio y crueldad para tratarla y no compartir sus pesares en un momento tan difícil para él. Se aislaba, le ocultaba la agonía de Soler, y si se lo decía ahora era porque tarde o temprano se enteraría por cualquiera. ¿Y qué podía comentar si le daba la espalda exhausto por ofrecerle una brevísima explicación?

Alfonso sería muy bueno para los demás, pero un pequeño monstruo en la casa con ella. Nada le ofrecía esperanza de un arreglo entre ellos. Más le valiera mirar la realidad, medirla, aceptarla, y quitarse de encima las musarañas del optimismo. Pero el hecho de que Soler estuviera en el umbral de la muerte y la pobre Enma sufriera, la impulsiva a olvidarse de sí misma y sus problemas conyugales, para correr al lado de la anciana.

13

La casa, en un estado normal adolecía de estar sobrecargada de muebles barrocos y pesados, con una pobre iluminación, como si la vieja pareja se sintiera mejor entre las sombras, le pareció a Vita más lúgubre que nunca, si bien no la conocía en sus habitaciones íntimas y toda su amplitud. Tenía esa atmósfera terrible que antecede a una muerte esperada. Dorina la llevó directamente a la habitación del enfermo para que saludara a Enma, y de paso, cargó con una silla para ella. Con las pesadas cortinas echadas y apenas la luz de una pequeña lamparita, la suficiente para que la enfermera observara los cambios y las necesidades del enfermo, Enma, cuyo rostro sonreía con el peculiar encanto que da la paciencia y la paz interior, ese sentirse completa y realizada en la vida, lo que pocas mujeres llegan a experimentar aunque vivan cien años, estaba recostada en el espaldar de una butaca, tan cerca de la cama, que apenas tenía que inclinarse para tocar las manos de su marido. Su rostro estaba nimbado de la misma paz de siempre, pero sus ojos, de los que brotaban las lágrimas, tenían en su calma moribunda una vaguedad que le hizo pensar que entendiendo todo lo que ocurría, lo trasladaba a una emoción privada, íntima, en la que sólo ella percibía el latido, la calma mezquina de la muerte, y poseída por un laberinto mental sentía todo y no sentía nada. Su sufrimiento inconmensurable se protegía para estar a lado de su marido, de invisible escapadas del mundo, y habitando en una suerte de universo remoto en el cual la muerte, ella, y su Bienvenido podían refugiarse con alegría, sin que nadie compartiera el secreto del amor abstracto mantenido en el espacio donde ninguna persona podía verlos ni entrar.

-Enma...-le susurró Vita sentándose a su lado.

Sabía quién le hablaba, no volvió la cabeza para mirarla, buscó sus manos y las apretó.

-¿Lo ves...?- preguntó.

No agregó otra palabra más, tampoco soltó su mano y así se quedaron por un largo rato, Vita sin atreverse a mover ni casi respirar, enfocaba la mirada en el enfermo. Se le hacía intolerable verlo en las condiciones que estaba, regaba la mirada por la habitación, cuya cama antigua parecía salida de un país de gigantes, observando también el rostro de la enfermera Clarisa, quien sentada en un rincón, casi imperceptible por la oscuridad, miraba al enfermo, por momentos se levantaba para limpiarle la baba y pasarle un pañito húmedo por los ojos cerrados, cuyos párpados arrugados daban la impresión de carne machacada.

Vita nunca había visto la muerte tan de cerca sin el auxilio de ausentarse, sin otras personas con las cuales distraerse observándolas o intercambiando una mirada afligida con ellas. Lo que veía del señor Soler era un patético envoltorio de huesos entre las sábanas, la deformación física del hombre que fue y que recordaba en la noche de la celebración del aniversario de bodas. Llegó un momento en que sólo se escuchaba su respiración entrecortada, y aborrecida por la escena, por ese ruido lúgubre, experimentó temor y repugnacia hacia la muerte. ¿Qué era? ¿Qué fealdad y grotesco mensaje le traía a una mujer joven como ella? ¿La fragilidad de la vida? ¿La realidad que la marcha de la vida, el afán de vivir, conducía a esto? ¿Quién se escapaba de lo que estaba viendo?

Ahogándose de angustia, vio a la enfermera aproximarse a la cama, sonreír, volver a limpiar el rostro del enfermo, tocarle la mano, arreglarle la sábana y regresara su rincón. Había hecho todo eso con ademanes tiernos, pero realmente la condición del moribundo no la afectaba. Este era su trabajo y al concluir la tarea del día saldría a vivir como siempre, y hasta pensaría en qué iba a emplear el dinero que devengaba del cuidado del moribundo.

A veces miraba de solayo a Enma. Estaba en la misma posición que la encontró. No se movía, las lágrimas rodaban por sus mejillas, se las limpiaba con el pañuelo que tenía en la mano izquierda, no profería una palabra ni un lamento. "Qué fuerte es," se decía Vita, y al verla echar la cabeza hacia atrás y cerrar los ojos, se preguntó en qué mundo entraba.

Lo que había pensado antes, se aproximaba a lo que Enma experimentaba durante largos momentos de abstracción, de los que salía para volver a caer en ellos.

Le sucedía algo incomunicable y bastante extraño. Este hombre que estaba en el lecho era su Bienvenido y no lo era. Sabía que lo endrogaban para que no sufriera, y la droga y el hombre pasaban a ser fantasmas. Pero había otro Bienvenido vital, saludable y enérgico que estaba a su lado y se iban a pasear juntos por el jardín, como lo habían hecho miles de veces, a hablar de sus cosas, de la tantas nimiedades que acontecen cada día en el hogar, de las actividades, disgustos y alegrías en su profesión, de los amigos mutuos que tenían problemas, y nunca, nunca, mencionaban al hijo que perdieron a los dieciocho años, una criatura inteligente, excepcional, que la vida se llevó en un largo sufrimiento. Ambos lo querían aprisionado en el recuerdo. La herida de su pérdida no había sanado jamás, pero ellos estaban juntos, sobreviviendo y amándose. La fe de Bienvenido era más fuerte que la suya y la sostenía. Así se ausentaba de todo y recorría el pasado con él, convirtiéndolo en su presente, sonreía en ocasiones (Vita vio su sonrisa) porque charlaban de algo cómico que había hecho Dorina en su escrúpulo de ama de casa y beata por excelencia. Los recuerdos iban y venían, todos adorables, magníficos, y los veía en colores, sobre todo cuando eran jóvenes y la vida prometía una eternidad en vigor y alegría. Podía aislarse con Bienvenido y abandonar la casa para ir a un cine o asistir al Festival de Opera que se inauguró con la presencia del senador Méndez, famoso político, al que mataron al día siguiente en una coartada fraguada por enemigos. Saltaba de un escenario a otro, y ahora estaban asistiendo a una conferencia que daba Virginia Toledo, eminente sicológa, sobre la delicuencia juvenil... y salió de allí para ver el rostro de Dorina, quien entre ella y Vita, susurró.

-Ha llegado Monseñor Salvio...

Hubo un movimiento en la habitación bastante precipitado. La enfermera se puso de pie sin saber muy bien lo que ocurría. Vita soltó la mano de Enma para levantarse, y con una señal de Dorina, la sujetó por un brazo y ambas la condujeron a un salón donde estaba el dignatario religioso, solemne y erguido, esperando por ella. Vita nunca lo había visto con su alta investidura religiosa ni ninguna otra. No lo conocía, pero había escuchado hablar de él. Luego Dorina le informaría que su primo Bienvenido era invitado por Monseñor, una vez al mes, para cenar con él y hablar de las cosas divinas. Y por supuesto, Dorina no cesaba de hacer reverencias y bajar la cabeza ante él, quien apenas la atendía, pues viendo a Enma, fue hacia ella y la abrazó.

-Mi querida Enma- exclamó- La obra del Señor no terminará aquí. Bienvenido y yo hablamos de este momento, completamente seguros y contentos de saber que estaríamos a un paso de unirnos al Señor. Vamos, limpia esas lágrimas. No se llora a un hombre como Bienvenido, se imita y se recuerda siempre. El Señor lo espera. Uno de sus mejores hijos.

Y diciendo eso, la condujo suavemente a un asiento, viendo su débil condición. Se sentó frente a ella hablándole en voz baja, quizás con la intención de que nadie más escuchara lo que tenía que decirle, y en efecto, ella le respondió dos o tres veces asintiendo, y en el mismo tono de voz quedo, sin soltar la mano del religioso. Era obvio que cualquier mano piadosa la reconfortaba.

Vita y Dorina se quedaron a cierta distancia observando la escena. Vita giraba la cabeza perpleja cada vez que Dorina suspiraba. Estaba con los brazos cruzados, bajaba la cabeza en un acto de pesadumbre, y sus suspiros sonaban como una segunda crucifixión. Tan pronto Enma besó la mano de Monseñor y éste se levantó, Dorina corrió a su lado para llevarlo a la habitación del moribundo. No entró con él. La enfermera salió y se acercó a Enma, preguntándole si podía serle útil en algo. Se sabía por la vez anterior que el Monseñor visitó la casa, que deseaba estar a solas con el enfermo, rezarle, y no tener testigos a su alrededor.

Dorina regresó al salón, en el momento que tocaban a la puerta. Enma le hizo una señal a Vita de que se acercara.

-No quiero ver a nadie- dijo.

Vita fue detrás de Dorina para avisarle que debía de pasar al visitante a otra habitación, justificar la ausencia de Enma, y de ninguna manera llevarlo a ver al enfermo. Entraban a verlo sólo los más íntimos de la familia, que se reducía a los Vidal y miembros de la iglesia. Enma no quería que lo vieran en las condiciones que estaba, Vita comprendió que así debía de ser.

Dorina no era la persona ideal para recibir a los visitantes. Ellos notaban su impaciencia, cómo alargaba el momento de invitarlos a sentarse, lista para repetir las mismas palabras estudiadas.

-Mejora y empeora. Es el movimiento. Ahora reposa y Enma está agotada y apenas puede hablar y caminar se le hace muy difícil.

Repetía lo mismo a uno y otro. Ofrecía cualquier refrigerio, contestaba las preguntas escuetamente, y con su rostro afligido, mirando el suelo, los visitantes se sentía sobrecogidos, y algunos llegaron a comentar que tuvieron la impresión de ser indeseables, lo que era cierto, desde el punto de vista de Dorina. No obstante, ya se había corrido la voz del próximo deceso de Soler y el teléfono y el timbre de la puerta no dejaron de sonar en todo el día.

Vita había regresado al lado de Enma. Estaban en un salón que desconocía, como desconocía toda la casa. Había un enorme óleo del padre de Soler, y en una larga mesa varios retratos de la familia. Así pudo ver al matrimonio Soler de joven, y fue triste la comparación con los ancianos, que no tenían ni las huellas ni el perfil de lo que habían sido. Se sorprendió de ver a una Enma en sus veinte y largos años con una mirada risueña y maliciosa, una vivacidad que enfocaba en el fotógrafo como un reto, para que captara la inmensidad de su espíritu alerta y crítico. Soler tenía un aire de joven solemne que ya desde esa edad exigía seriedad en el trato, y lo contrario de su mujer, miraba la cámara con una autoridad quisquillosa, como diciendo, "termina pronto esto y capta bien a este hombre joven que toma su profesión y la vida, en general, muy en serio."

Y vio también la foto de un jovencito de aspecto lánguido, rubio, de ojos verdes muy claros y expresión tierna y triste que anunciaba su próxima salida de la vida. No se llevaba el rencor por haber visitado el mundo y amar a sus padres por un tiempo limitado. Podía ser un poeta meditando sobre cosas profundas con una visión ya distanciada de todos los goces materiales.

Vita acomodó a Enma en una poltrona y le preguntó si deseaba comer o tomar algo.

-Sí, un poquito de té.

-¿Cuál?

-Manzanilla.

Vita salió al pasillo. No tenía idea en qué lugar se hallaba la cocina y cómo se las iba a arreglar para hacer un té de manzanilla. Caminó perdida por lo que le pareció un palacio en decadencia, cuando se topó con Dorina, que ya había despedido rápidamente a la visita.

-Era el señor Báez, antiguo colaborador de Bienvenido.

Vita le dijo que Enma deseaba un té y la acompañó a la cocina, que todavía le pareció más horrosa que el resto de la casa, con un puntal alto, paredes amarillas, un fogón antiguo, aunque había también ollas modernas mezcladas con las viejas, un buen refrigerador y otras cosas de la tecnología moderna. Dorina se movía en la cocina con gran agilidad. La eficiencia de esa mujer trastornaba a Vita. Ella sola llevaba la casa y no parecía disgustada ni perdida, sino en su cetro, gozando de ser útil a sus primos. No vacilaba en responder para resolver un problema. Todavía se levantaba al amanecer para limpiar la casa, cuyo trabajo, de pensarlo, aturdía a Vita.

Enma tomó dos o tres sorbitos del té y se durmió sujetando la mano de Vita. Mientras tanto, llegaron varias visitas. Vita, alejándose de Enma, una vez dormida, fue al otro salón, por indicaicón de Dorina, a responder el teléfono.

-Di que oscila entre mejorar y empeorar, y no des muchas explicaciones. Di que estamos esperando al médico.

Vita contestó más de quince llamadas telefónicas, incluyendo una de dos senadores y la esposa del Presidente.

Desde ese día se presentaba en la casa a las diez de la mañana y no se iba hasta la entrada de la tarde. Nunca coincidió con la llegada de su marido, lo que la alegraba mucho. Cargaba consigo un termo con té de manzanilla para Enma, el que ella tomaba a menudo a través de un largo tubito plástico y transparente. Se negaba a comer. Abría la boca sólo para tomar el poquito de té. El médico la había amonestaba por estar matándose con el ayuno. Afligida, Enma miraba a su querido doctor López, médico de la familia desde años inmemorables, y le respondía que sin Bienvenido ella no viviría mucho tiempo, comiendo o no comiendo. El médico, de un temperamento campechano y juguetón, no bromeaba en estos momentos. Secundaba a Dorina en sus suspiros, científicos, no religiosos, diciendo.

-La ciencia no puede nada con una mujer testaruda.

Con el trasncurso de los días, Bienvenido ya estaba en las últimas, se esperaba su muerte en cualquier momento. Había caído en coma. Las visitas aumentaban, llegaban a veces en pequeños grupos, muchos partían enseguida, contentos por haber cumplido y alejarse al mismo tiempo, otros se quedaban más tiempo, como si esperasen con entusiasmo estar allí en el momento que anunciaran su muerte. Un periodista impertinente, con una cámara en la mano quiso entrar en la habitación del enfermo. Dorina lo miró amenazadora, y con la influencia de las leyes encima, debido a lo mucho que escuchaba, y con su gran capacidad para repetir, se le encaró autoritaria.

-Si da un paso más, llamo a la policía y lo acuso de traspasar la privacidad de una familia. Ley 439 del Código Civil.

Impresionado, el periodista retrocedió y en cuestión de segundos salió de allí quejándose de la ingratitud humana.

A la semana de la vigilia, Bienvenido Soler murió, a las diez de la noche. En la habitación estaban Enma, Alfonso, y la enfermera. Dos días antes había recibido la extramaunción, y la última visita de Moseñor Salvio.

Inmediatamente después de su muerte, Alfonso entró en acción. Arregló los asuntos con la funeraria, con la iglesia para la Misa de Difunto, y luego tocarían el Requiem de Mozart, tal y como se lo había pedido antes Enma. Se entrevistó con el abogado de Soler. Notificó a la prensa de su deceso, se puso en contacto con el Ministro de Justicia, quien se había ofrecido con muchos otros a despedir el duelo.

Al día siguiente, cuando llegó Vita se encontró con él. Ya sabía por Dorina y Enma de sus visitas. Se habían visto muy poco y apenas habían hablado. En esta ocasión, Alfonso le dijo.

-No dejes a Enma sola ni un momento. Se ha negado a tomar ningún calmante.

Enma no lloraba. Se llevaba la mano a la boca, aprisionaba sus labios, su mirada vaga era desgarradora, y la que corría agitada, eficiente, era Dorina, escondiéndose por momentos para llorar a sus anchas, y se notaba por sus ojos enrojecidos y húmedos. Se escondía de Enma, pero de nadie más. Un día Vita la vio en un salón haciendo algo que la estremeció, se golpeaba la cabeza contra la pared, en un estado de contrición incansable, mientras rezaba y sollozaba. No se atrevió a interrumpirla. Pensó que Soler había sido un hombre de suerte y éxito en su profesión, en la vida y el amor. Estas dos mujeres lo amaban, cada una demostrando el amor de diferente manera, la viuda con pausada resignación y la prima con un lacerante deseo beático de auto-flagelarse. También comprendió que había muchísimas personas que sinceramente amaron y respetaron a Bienvenido. Algunos hombres durante la despedida de duelo se secaron las lágrimas, y ni hablar de Alfonso, que hacía de tripas y corazón para mantener una mente fría y controlar sus sentimientos, aunque se notaba por encima de la ropa su enorme dolor.

El sepelio fue de una concurrencia y demostración de dolor y afecto que ocupó programas de televisión narrando la vida pública, las muchas veces que Soler había arriesgado su posición para la aprobación de una ley que beneficiase al pueblo y pusiera en alto la justicia. Se decía que jamás participó en nada sucio ni turbio. Se manifestaba con una brillantez honesta, hablaba claro, vivió siempre con frugalidad, y lo que pocos sabían era de su devoción cristiana, que se guardó entre él y Dios, y tuvo amigos ateos, budistas, mulsumanes. Las creencias de los demás las respetaba. Esa fue su vida, integridad y respeto.

El joven Ministro de Asuntos Exteriores, hijo de un famoso cirujano amigo de Soler, dijo en su despedida de duelo, que su padre de setenta y nueve años retirado y enfermo, al conocer de la muerte de Soler, exclamó que fue el hombre honrado que Diógenes buscó en otra época, otro país, y no encontró.

El testimonio más humano y gracioso, fue el de la siquiatra Edelmira Gutiérrez, la primera mujer siquiatra del país, que anciana y en una silla de ruedas, contó el aspecto familiar de Bienvenido, su vida con Enma, en quien Bienvenido reconocía la fuerza y la sutil inteligencia de la discreta monarca detrás del trono. Una vez le confesó que sin Enma no hubiera podido ser el hombre que fue. Vivían uno para el otro, y cuando estaban de vena, bailaban rumba. Ella los vio un día en que con su marido bromeaban de sobremesa, y apostaron a ver quién bailaba mejor entre todas las parejas. El jurado fue Dorina, la prima que vivía con ellos. Dorina votó por los ganadores: la pareja Soler. Edelmira se enojó porque había favorecido a la familia, y para contentarla Soler le hizo una corona de papel, era tremendamente hábil con las manos, y la coronó reina de la amistad. Después hizo un chiste de gran crudeza que revistió con el encanto de su ingenio, elevándolo a chanza de salón. Una vez le confesó que lo único que le pedía a Dios para su futuro, era morir antes que Enma. No podría verla nunca partir sin irse con ella, y como católico, sin poder suicidarse, se moriría de soledad y pena. Dios lo complació. "Para ustedes, sería un gran patriota, para mí fue un príncipe del amor, que conoció y vivió el amor en una sola mujer, que fue la elegida para siempre."

Su voz se quebró. Su debilidad se hizo evidente cuando alguien corrió a ajustarle la silla de ruedas. Había hecho un esfuerzo sobrehumano para estar allí con los Soler. Lloró. Se la llevaron enseguida y la gente aplaudió poniéndose de pie.

Todo eso pasó por las cámaras de televisión. El día del entierro hizo un sol espléndido. Vita no se separó un instante de Enma, ni Dorina tampoco. Enma no lloraba, no se había dejado endrogar, aprisionaba la mano de Vita y Dorina, y por sus apretones se deslizaba la intensidad de su dolor, pero se mantuvo brava y digna despidiendo a su marido.

Durante la misa, Alfonso había estado sentado con ella. En el entierro se quedó saludando a los asistentes, y cuando terminó todo y regresaron a la casa, el doctor López, con gran determinación llevó a Enma a una de las habitaciones vacías, la sentó allí, la obligó a tomar una pastilla de dormir, que fue un excelente bálsamo, pues la pobre anciana apenas había dormido durante el proceso de enfermedad y muerte del marido. Cuando la dejó calmada, llamó a Dorina para que hiciera el resto de meterla en la cama, y al regresar al salón donde estaban los Vidal y tres personas más, exclamó.

-Bueno, llegó el fin. Bienvenido descansa y nosotros también, hasta que nos llegué el turno, porque la muerte es cuestión de turno. ¿De acuerdo?

Terminando de decir eso, fue a la alta mesa en la que había vasos con bebidas, se sirvió ron, y alzando el vaso brindó por el hombre que ya no existía.

-Por ti, Bienvenido. Me diste mucha lata antes de irte. ¡Ah, pícaro, te vengaste por todas las veces que te vencí en el ajedrez!

Bebió el ron, y sin mirar a nadie, se apuró por salir de la casa. Vita vio que tenía los ojos enrojecidos y le saltaban las lágrimas.

14

Vita y su marido cayeron desfallecidos de cansancio después del entierro. Alfonso mucho más que ella. No había tenido un instante de la calma que constituía la rutina de su vida. La muerte, y una muerte en suspenso durante dos semanas, traía el desajuste de no saber dónde se vivía ni para qué se vivía. El sufrimiento de Vita se concentraba en Enma. Si bien el señor Soler le caía muy bien y lo respetaba, lo conoció muy poco, aunque él solía decirle con gusto las palabras lisonjeras, amables, que se merecía por el sólo hecho de ser la esposa del hombre que había adoptado como un hijo. También fue cierto que Enma, abrumada por el dolor, con tantos años encima, sin ningún padecimiento serio, pero con muchos achaques, tuvo una resistencia que todos observaron y admiraron. El periódico más leído publicó una semblanza de Enma que cautivó al público por su encantadora personalidad, sus extraordinarias cualidades humanas y su rico buen humor.

Vita guardó esa semblanza y una semana después intentó leérsela, pero ella le prohibió que lo hiciera. No quería escuchar nada sobre sí misma. Lamentaba que la privacidad de su matrimonio se hubiera hecho pública con tantos detalles y anécdotas. Se negaba a sí misma ninguna grandeza. La suerte había sido consentidora con ella cuando conoció a Bienvenido y lo amó. ¿La suerte se elogiaba como una cualidad humana? Mientras Bienvenido solía hablar de la Gracia de Dios, los dones que da como regalos, Enma hablaba de la suerte, que se ausentaba por largo rato para hacer ver que no siempre era fiel, pero regresaba a derrochar alegría. Era su manera de pensar. Vita se llevó el recorte del periódico.

Escuchando a Enma se conmovía y comprendía que maravilloso fue para ella amar y ser amada por Soler. En su propio caso, infértil en ese terreno, la envidiaba.

En ningún momento, Alfonso se acercó a Vita ni pronunció una palabra de gratitud por su presencia diaria en la familia Soler, asistiendo a Dorina en todo. Pensaba que así debía de ser sin comprender que las cosas que se hacían por deber no eran las mismas que se hacían con un corazón lleno de amor y piedad. Con la muerte de Soler, lo único que cambió en él fue, que después de cenar (en los días en que no pasaba la tarde y parte de la noche en la casa de los Soler) se iba a la cama y dormía alrededor de diez o doce horas. Eso le permitió recuperarse del cansancio y tener la mente despejada y en control para resolver lo que había dejado pendiente Soler sobre la familia.

El testamento fue muy breve. Carecía de una sólida fortuna. Le dejó a Alfonso una colección de libros antiguos de gran valor, además de su biblioteca, todos sus papeles privados, auntorizándolo a aprobar o desaprobar cualquier biografía que se escribiera sobre él. nombrándolo así su ejecutor intelectual. Donaba cierta cantidad a la iglesia, a las caridades públicas, y sus dos autos a un orfanatorio. Su residencia actual con todo lo que había en ella pasaría a manos de su esposa, junto con su pensión y sus ahorros de emergencia. Después de su fallecimiento, cuando Dios decidiera que se uniera a él, todo pasaría a las manos de su prima Dorina, quien esperaba que viviera mucho tiempo. La convicción de que Enma se uniera a él en espíritu, trastornó a Alfonso, cuyos razonamiento no llegaban tan lejos.

Vita se enteró del contenido del testamento por Dorina, que ya la trataba con más confianza.

-Sí, sí, Enma estuvo presente durante la lectura, muy derechita y quieta, pero tan pronto terminó, se fue a rezar. El abogado, que es muy serio, me preguntó que iba hacer yo en el futuro, cuando me quedara con esta casa tan antigua. No me gustó eso. ¿Por qué la llamó una casa antigua? ¿Es Cristo también antiguo? Aquí vivimos en paz y con amor, lindos muebles, todo cómodo y limpio. Odio la palabra antigua, no la entiendo, pero no pude hablar con Enma de eso. Todavía está medio ida. ¿Qué le has traído de comer? Oh, pargo, le gusta mucho. En cuanto se despierte, se alegrará verte, sí, y oblígala a comer. A mí no me hace caso, pero contigo traga, no mucho, pero traga.

Era cierto. Enma la esperaba todas las mañanas. Era la única visita que deseaba y la distraía. Entre ellas no nombraban a Soler ni lo que tocara al proceso de su muerte y posterior entierro y duelo. Todavía se negaba a leer o ver en la tv nada relacionado con Bienvenido. Solamente deslizaba el nombre de su marido con referencia a un sueño que había tenido o el recuerdo pasajero de algo. Vita sabía que en sus plegarias se comunicaba con él, quería sentirlo presente y no ausente. Si eso era un consuelo para ella, magnífico.

Con el transcurso de los días, Enma se fue reponiendo en el sentido que prestaba más atención, dormía más o menos bien, y después de sus rezos, se sentía reconfortada, convencida de que no viviría nada más que pocos meses. "Bienvenido tímidamente me llama", dijo y Vita, que la amaba a ella, le creyó.

Comiendo frugalmente lo que le llevaba, le preguntó dónde había aprendido a cocinar. Vita le contó historias de su atrevimiento en la cocina de su mamá, en la que una vez le prendió fuego sin darse cuenta, al intentar hacer cebollas acarameladas, y no tenía nada más que siete años. Enma rio suavemnte, y desde ese momento se abrió una brecha diferente entre ellas. Le pedía que le contara muchas cosas de las que veía y disfrutaba todo fuera de su pesadumbre. Le gustaba escucharla, verla gesticular, y como le sucedía a los viejos, ser cautivada por la espontaneidad y la lozanía, que la deslumbraba, olvidando que ella también fue así un día.

-Ah, Vita, cuéntame que has hecho, qué has visto. ¿Qué hay de interesante por ahí?

Vita reía, y sin mentir adornaba las historia comunes y corrientes que Enma recibía como si escuchara a un escritor narrar aventuras vividas o imaginarias, daba lo mismo que la ficción se entremezclara con la realidad, porque a ratos pensaba que ella y Bienvenido no habían sido seres reales, sino inventados por ellos mismos para divertirse. Así funcionaba su cabeza en estos momentos.

"querido amigo: tanto tiempo ha pasado sin conversar contigo que no sé por dónde empezar. Un maratón de acontecimientos han puesto mi vida en acción. Me han sacado de la rutina, he volado a otros lugares en los que he sido más útil, y esa rutina a la que todos despreciamos y nos aburre, cuando la perdemos, nos hace entrar en un torbellino, al abandonarnos, y volver a entrar en ella, experimentamos un gran alivio. Pisamos el terreno conocido, repetido día por día, y eso he aprendido; despreciamos lo que tenemos para después añorarlo. Oh, he aprendido tanto en estos días, y de eso quiero hablar, porque tú me escuchas con paciencia y simpatía.

Si mi memoria vuelve atrás, debo de comunicarte que mi vecino Gustavo recibió la visita de una agente que lo representará para tratar de exhibir sus pinturas. Hay una buena conexión para eso y se espera el resultado. Desafortunadamente, no he podido seguir la historia hasta donde la dejé, en ascuas, esperando la decisión de la galería a la que iban a mostrar las pinturas para saber si interesaban o no, pues aconteció que Soler se enfermó para morir. Ese Soler se convirtió en el padre de mi marido. Fue un hombre prominente, de mucha influencia en este país, y creo que ha favorecido a Alfonso en muchos aspectos. Y tengo que reconocer que Alfonso le ha pagado bien, con la devoción de un hijo. Recuerda el proverbio: "Luz de afuera y oscuridad de adentro."

Todavía, después de mi regreso a la rutina (que no es completa, pero acepto que he creado otra mucho más placentera: ir casi todos los días a visitar a Enma, la viuda de Soler, estar un buen rato con ella, llevarle comidita que le gusta y forzarla a probar varios bocados, y nos escuchamos mutuamente. Oh, seré más explícita en esto, pero... en fin, dejemos la rutina a un lado. Aunque debo de agregar que ya no paso horas en el pabellón meditando, mirando el cerro, gozando del aire fresco, esperando ver a los vecinos. No. El tiempo me es poco para las ocupaciones de la casa y visitar a Enma.

Vuelvo al señor Soler y su gravedad. Mi marido sabía que estaba grave, me lo ocultó, y yo, lo confieso, dejé mi mente volar con su ausencia de la casa y su hostilidad. Comprendo ahora que la mente es un portento, por eso Dios no quiso que nadie penetrara en nuestros pensamientos. A la larga, es la única libertad que tenemos, pero también la mente es mezquina, nos lleva a la desesperación y nadie me puede negar que la mente crea sus historias, horrorosas o dulces, y seguimos el compás que nos impone; en fin, la mente es un novelista bastante desaforado, porque cuando nos posee, nos imaginamos cosas inverosímiles, terribles, caemos en un morboso dolor, oh, puede hacer cualquier cosa de nosotros. ¿Y en qué basamos esas reacciones patéticas? Pues empatando los cabo de una conducta inusual, a la que damos tanta importancia, que muy pronto el novelón con su soberbio drama, está ya escrito.

La actitud de Alfonso con su secreto me hizo pensar tantas cosas que no quiero ni recordarme de ellas. Por supuesto, me hice la idea número uno, de que estaba metido en algunos amores ilícitos, pero serios, que lo trastornaban. El no es el tipo de hombre que rompe de un día para otro la base, la estructura de su vida. La pasión lo agita, y él responde con lentitud. Creo que al ver subir a flote sus sentimientos tiene miedo de ser poseído, él, que es el poseedor, y tiembla y se encierra en sí mismo con amargura. Así lo veía yo. Pero la mente, que puede ser destructora o animadora incansable, me susurraba que no me faltaría el valor para enfrentarme a todo lo que viniera, y así aprendí, querido amigo, que todo es doble en la vida. La razón y la sin razón. El bien y el mal. La perfidia y la sinceridad. La vacilación y la temeridad.

Se aclaró todo cuando me dijo que Soler estaba muriendo. Eso ocurrió casi una semana después que se enfermó, por lo que calculé muy bien que sus visitas a la familia, su ansiedad por la gravedad de Soler, y todo eso, lo tenían fuera de sí, y como él está fuera de mí, pues no necesitó comunicarme lo que ocurría. Después supe que tan pronto salía de su trabajo se iba con la familia Soler, que se reduce a su esposa Enma y a Dorina, la prima, en el rol del hombre de la casa, el que resuelve los problemas, y fue el apoyo indispensable para esas dos mujeres.

Al mismo tiempo que comprendí su fidelidad a Soler, comprendí su capacidad para guardar secretos, y de un plumazo, sacarme del escenario. Yo soy la apéndice que no se necesita y los médicos, al sacar la vesícula, la sacan también para que no se le ocurra dar lucha en el futuro, porque estando ahí puede responder al mal. Como siempre, pongo ejemplos que suenan un poco desatinados, pero tú me entiendes.

Me incorporé a la familia Soler. Y para ser honesta, no por amor al enfermo. Sentí compasión y lástima por él, pero mi amor se iba hacia Enma.

Entré en la casa del moribundo. ¡Qué lúgubre residencia! Tiene ese olor y sabor antiguo que se confunde con el deterioro, muy parecido a las vidas humanas cuando están de caída. También comprendo que el lugar más lleno de luz y con una admirable decoración, se transforme en algo patético cuando la muerte de alguien amado ocupa una habitación y entra en una lenta agonía.

Ese fue el caso de Soler. ¿Y cómo estaba mi querida Enma? Pues traspasada de dolor, pero digna, no haciendo de su drama un aspaviento que mortificara a los demás. Pero mortificaba porque la pena silenciosa que se expresa en una mirada perdida y desgarradora, es todavía más fuerte que la otra. Así pues iba y me sentaba al lado de ella, quien instintivamente aprisionaba mi mano y no la soltaba. Muchas horas pasé en vigilia con el enfermo, por estar a su lado, y te digo que sucumbí a la depresión allí. No comprendía que un ser humano tuviera que sufrir para morir, aunque Soler no sufría, le daban pequeñas dosis de morfina, pero aun así, ¡qué cuadro, Dios mío! Y yo no podía pensar en otra cosa que la muerte. Tiene un rostro feo, la infame fuerza de llegar y callar a todos. No se le puede convencer de que se vaya o sea dulce y sutil. Es lo que es y desconocemos lo que es. Sabemos que viene a llevarnos a todos, y es cruelmente elusiva si la mente, otro portento, la interroga. Y yo viéndolo, me decía. "Bueno, esto es la vida. Una jarana, una experiencia ridícula si no se sabe cuando la muerte nos va a venir a buscar. Yo puedo estar feliz y riendo, y morir entre la risa. Sé que eso ha ocurrido. Así que como ladrona de felicidad, es también aborrecible."

¿Y a qué lleva tratar de razonar sobre la muerte y comprenderla? A nada. No seré yo la que me enrede en esos laberintos. Mi mente no da para tanto y me alegro de sus limitaciones. Me volvería loca de otra manera. Resistí tanto como Enma, y cuando llegó el final, llegó el alivio aunque entramos en el duro proceso del funeral, la austera misa, las despedidas de duelo, el sepelio, etcétera.

Ah, ocurrió algo que me impresionó, totalmente inaudito, y me hizo pensar...pues cuando bajaban su ataúd a la tierra, el sacerdote lo bendecía con el incensiador, balanceándolo lentamente, rezando, y luego abrió un libro de oraciones para los difuntos, pero algo le pasó, porque después de unos segundos, mirando la concurrencia, la fosa, y elevar la vista hacia el cielo, cerró el libro bruscamente y exclamó con una voz entrecortada, pero que fue escuchado por todos. "Simplemente, hoy entregamos a Dios un hombre bueno" Dio la espalda y se alejó cabizbajo, seguido por dos monaguillos. ¿Esa fue la oración? ¿Qué significaba? No, había roto la liturgia de la iglesia, lo sabía, pero no podía hablar, era pedirle demasiado, y al concluir con simplicidad la caída de un justo, comprendió que Dios había hablado por él, y lo había dicho así porque en eso se concentraba la historia de un hombre que sirvió a la humanidad, no la destripó, no la utilizó, no la manchó ni se benefició con su poder. "Simplemente, hoy entregamos a Dios un hombre bueno" Nunca olvidaré esas palabras, amigo mío, porque no hay otra más grande que esas, y espero que el sacerdote no haya sido castigado por haber incumplido la tradición y expresar una verdad, tan sutil, que podía pasar incomprendida. Pero no fue así. La concurrencia cayó en un tremendo silencio y todos nos paralizamos, y fue el coordinador de los festejos de la muerte el que dio todo por terminado, y entonces ocurrió que mucha gente lloraba, miraban allá lejos la sotana del sacerdote elevada por el viento, y todo tuvo esa magia indescriptible del dolor bañado por la esencia de la más pura verdad.

Debo de agregar que me di cuenta que la muerte muchas veces da libertar a otras personas y abre un camino nuevo. Quizás soy egoísta, pero al acercarme a Enma, como consecuencia de la muerte de Soler, me puse en camino de lograr un sueño.

Seré breve. Me casé muy joven y mi vida fue para Alfonso, y como es casa-solo, fui dejando atrás las amistades de mi juventud que eran lindas y frívolas, pero con los años pudieron convertirse en maduras y profundas. Desde entonces, he sentido un gran vacío, y lo sabes bien porque te has convertido en mi amigo. Así pues, al quedar viuda Enma y desear mi compañía, poco a poco hemos desarrollado una amistad que es tan valiosa para mí como el aire que respiro. Nos entendemos, me siento libre y animada con ella para hablar de lo que me da la gana, menos de mi marido, al que nunca he denigrado con el secreteo o el chisme, y como él es la adoración de Enma, cuando ella lo nombra le sigo la corriente, ¿qué menos puedo hacer? Pero entre nosotras hablamos un poco de todo, me escucha y yo la escucho. Surgen pequeñas confidencias sueltas, y así vamos, dos almas que se entregan al prodigio íntimo que es la amistad.

En cuanto a mí marido, no hay nada qué decir. Apenas lo veo. Trabaja sin descanso en la biblioteca de Soler. ¡Trabajo, trabajo! Ese hombre está loco. El día que muera lo enterraré con un gran letrero encima de su cuerpo que diga: "Y seguiré trabajando en la tumba"

Ya te dejo, adiós."

15

El doctor López continuaba visitando a la viuda, su paciente, y dando órdenes con su campechano encanto que distraían a Enma, pero lo regañaba por su exceso de imaginación, declarando que sus achaques eran tan viejos como ella y no quería ninguna cura. ¿No sabía que le quedaban pocos días en la tierra?

-Sí, a la larga hablas como el resto de la humanidad. Lo saben todo, mucho más que el médico, se auto-recetan y saben exactamente la fecha, el día y la hora en que van a morir. Enma, tu fe está jugando con el diablo. ¡Oh, no pongas esa cara, no te alarmes! ¿Es qué no me das derecho siquiera a especular? Ya sé, estás bajo la influencia de Dorina, un terremoto que se desliza suavemente como el agua de de un lago. Dorina no hace ruido, pero...

Al reprocharle Enma que tenía algo contra Dorina, cuya santidad se iba por encima de los dos, el doctor López contestó.

-De las santas líbreme Dios, que de los malos me cuido yo...Eso oí desde niño y todavía lo repito porque es la verdad. Dorina apenas sonríe y se persigna por todo. Bien decía Soler que su prima vivía todavía en la Edad Media. Bajo tal influencia, tú estás llamando los males que no tienes. Y asocio los males a Dorina, porque a la larga, la vida, puñetera como es, tiene mucho que dar y yo doy vida y Dorina me dice. "Doctor, la muerte abre otros caminos deliciosos." ¡Propagandista de la muerte! Al menos Soler la controlaba, pero tú, criatura indefensa...

-Deja de hablar barbaridades, López, y tómate ese vinito. Vienes por media hora y me das un sermón. No, no te voy a decir lo que he comido hoy. Estoy enojada contigo. Vete a la biblioteca. Allí está Alfonso.

-Lo hago con mucho gusto- dijo el médico tomando la botella de vino y sirviéndose dos dedos.

Dejó sola a Enma. En dirección a la biblioteca, se encontró con Dorina. Estaba vestida de gris, con el rostro serio, como siempre, el tipo de rostro que pudo ser maternal, agradable y decidió ser taciturno y severo. Una broma no entraba en ella. La seriedad era su recinto, el que se creó con gusto y no abandonaba. López se imaginaba que cuando llegara a la edad de Enma sería un esperpento temible. Pero la quería bien y le atraía con su invariable gravedad. No concebía que fuese una mujer de una sola pieza las veinte y cuatro horas del día, y lo era. Ahora que Soler había salido de la casa para no volver, su desvelo se concentró en Enma, y podía ser egoísta. Había rechazado la ayuda de alguien en los servicios caseros, y a la única persona que toleraba era a Vita, la esposa de Alfonso, una mujercita vivaz, con una bella sonrisa, que desde el punto de vista del doctor, contrarrestaba la gravedad de Dorina. Entre esas dos corrientes extremas. Enma sobreviviría, y aunque llamaba a la muerte con fruición, su presión estaba perfecta, el corazón también, tomando en cuenta que era un corazón viejo, y el hecho de que sobrevivió la agonía de su marido y ahora sobrevivía a su ausencia, estimulaba al doctor López a pensar que tendría viva al menos por tres años. La amaba mucho y no podía dejar de reconocerla todas las semanas, aunque le diera lucha, porque estaba muy malcriada.

-¿Puedo saber hacia dónde se dirige, doctor?- le preguntó. Dorina.

-¿Tengo qué decírtelo?

-Pretendo ayudarlo.

-¿A qué? ¿Crees que no conozco la casa? Antes de tu nacer, ya Soler y yo jugábamos ajedrez en el salón de billar y nos asesinábamos riñendo.

-Oh, usted es imposible, doctor López.

-Déjame verte la lengua.

-¡No se atreva! Este es el cuerpo de Dios, sólo de Dios, y me tiene saludable para ayudar...

No concluyó lo que tenía planeado decir o improvisar y se alejó apurada del imprudente médico.

López se rió a sus anchas, y su risa, en el lúgubre vestíbulo, tuvo un eco seco y breve. Se dirigió con paso firme a la blibioteca, copa en mano, tocó en la puerta, sintió un ruido, la abrió, y vio a Alfonso, que sentado en el butacón giratorio de Soler, frente al escritorio, estaba levantándose.

-No, no te levantes. Me han mandado aquí exiliado. No era mi intención interrumpir tu trabajo.

Alfonso sonrió.

-¿Quién lo exilia, doctor López?

-¿Quién va a ser? Enma.

-Oh, no, ella nunca lo trataría así, a usted ni a nadie.

-Cierto, pero cuando hay confianza y se es médico, las palabras toman un tono diferente. La fastidio con su salud y eso le disgusta. En una amistad de tantos, tantos años, cada uno maneja la espada a su gusto.

-¿Y cómo va su salud? ¿No piensa que ha resisitido bien este golpe?

-Más de lo que nunca pensé. Tiene el resorte de la fe. Ella y Bienvenido, como ocurre con los que viven mucho y tienen fe, se aferraron a ella más que nunca. Así sucede con todos los ancianos (sepárame de ese grupo) Hay una razón para eso, juez. La llamada a la muerte está cerca y es en esos momentos en que sin parecerlo se fortalecen más que nosotros que estamos en plena lucha, aunque a mis años yo debería estar recogido alimentando a los pajaritos, pero como ves, todavía tengo pacientes que me aman. ¿Y qué haces, Alfonso?

Lo llamaba juez o Alfonso, de acuerdo a la primera de las dos palabras que le saliera de la boca. Hizo una pausa y se quedó mirándolo atentamente.

-Vamos- exclamó interrumpiendo su pausa- Ya te veo cargado de trabajo. Eres cumplidor y perfeccionista, pero estás pálido, Alfonso. ¿Comes bien? Sé que vienes a trabajar aquí después que sales de la Corte, así que no paras de trabajar. Y todo eso seguido de esas semanas en que apenas te alejaste de esta casa, y después... Haces demasiado, hay que tomar las cosas con calma.

Echó una mirada a su entorno. Allí estaban enormes libracos en altísimos estantes, muchas cajas que obviamente habían sido traídas para empaquetar los libros. Varias pesadas butacas habían sido echadas a un lado para circular mejor por el salón. En el antiguo y vetusto escritorio de Bienvenido se acumulaban una gran cantidad de papeles, muchos portafolios en los que sin duda estaba trabajando en ellos el juez cuando él entró.

-¿Que idea tienes de hacer con todo esto?

-Soler dejó esto a mi cuidado. Incluso su correspondencia y un pequeño diario en que anotaba sus citas y ciertos comentarios privados sobre las situaciones y colegas, que son exclusivos, solamente para yo verlos. Tengo en mi casa dos o tres habitaciones adjacente a la propiedad, a las cuales se llega a través del sótano, sin tener que salir, y allí mantendré esta biblioteca. Hay muchos libros valiosos, doctor López, que eventualmente tendré que decidir donarlos a la universidad o la librería que están erigiendo en la zona Este de la ciudad, pero todo eso tomará mucho tiempo, quizás algunos años, porque es un trabajo de evaluación que sólamente yo puedo manejarlo.

-Ah, ya veo. No has descansado nada desde que murió Bienvenido ¿No deberías de tomarte unas vacaciones?

-La palabra vacaciones no está hecha para mí.

El doctor López frunció la frente, y como había hecho antes, se quedó mirándolo fijamente. Se decía que este joven juez, que ya no era tan joven, vivía dominado por la obsesión del trabajo. Esos hombres cumplidores del deber con exagerada dedicación, vivían sin comprender que un día, cuando ya las fuerzas le fallaran, se tornarían pusilánimes, amargados. Nunca habían entendido que la vida era muchas cosas al mismo tiempo y debían de atenderse porque el precio de desantender otras cosas podía pagarse muy caro, y casi siempre se pagaba con la salud.

-Dime, Alfonso, ¿qué tiempo le dedicas a tu familia? Sé que no tienes hijos, pero tu esposa es joven, atractiva. ¿Cómo ve tu desvelo por el trabajo? ¿Qué tiempo le das a ella? El hogar es importante.

Sus palabras tomaron a Alfonso desprevenido. Su privacidad era un mundo aparte, al que nadie tenía el derecho de preguntar o husmear.

Su único consuelo fue, que observando al doctor López con una mirada bastante dura, pudo darse cuenta que estaba gastado, viejo, y la indiscreción en los viejos se hacía perdonable; no obstante, se enojó y tuvo que controlarse para no ser áspero con él.

-Mi mujer entiende mi carácter y nos llevamos muy bien. En mi hogar, doctor López, reina una total armonía. No soy un hombre mujeriego, no derrocho el dinero. No olvide que Soler fue mi maestro. Mi vida hogareña es tranquila y agradable. La casa marcha muy bien. Mi mujer no es ambiciosa ni peleona. Es pacífica y cumple con su deber. A veces peca de ser muy ingenua, pero ya usted ve que la señora Enma la quiere mucho. A veces me pregunto...

Se calló a tiempo. Pudo decir que no comprendía lo que Enma veía en su mujer, con su tendencia a hablar necedades y a hacer preguntas que desconcertaban por su contenido frívolo y tonto. Pero si hubiera dicho eso, le daría pie al doctor López para continuar con el tema.

-Ah, ya veo, sin embargo, todo lo que es placentero y callado, un día puede cambiar. ¿No te nota tu mujer pálido y desmejorado? Pues lo estás, Alfonso. Se ve tu fatiga por encima de la ropa. Oh, perdóname, yo miro a la gente con los ojos del médico, y tu aspecto me dice que estás haciendo más de la cuenta. Sé cómo Bienvenido te quería, y últimamente dependía mucho de ti, pero sé también que Bienvenido no era egoísta, todo lo contrario, y si tuviera oportunidad de verte ahora, ¿qué crees que te diría?

Alfonso, todavía enojado, alzó los hombros en un ademán de no tener respuesta. El doctor López asintió, tocó el pie de la copa, miró el poco líquido que quedaba en ella, la tomó súbitamente en sus manos y moviéndola, sin mirar a Alfonso, comenzó a decir.

-Te diría que bueno es lo bueno, pero no lo demasiado. El sentido común ordena pausas, reflexión, descanso. El que quiere darlo todo con el reloj encima, sin cuidarse, se quema demasiado pronto, y tengo entendido que al dejarte todo esto, Bienvenido confiaba en que irías con calma, sin desantender otras cosas. ¿Duermes bien?

Ahí fue cuando el rostro de Alfonso se contrajo en una mueca. Desde que Soler cayó en cama para morir, apenas podía dormir, pero cuando murió, a pesar de su infinito dolor, cayó rendido y durmió seguido diez horas, se repuso, y creyó que todo seguiría así, pero en las dos últimas semanas había caído en un insomnio atroz. No sabía a qué se debía, pero notaba que los dedos le temblaban cuando revisaba el expediente de algunos de los casos. Se alarmó. La falta de sueño le quitaba el apetito, caminaba inseguro, y recientemente, durante dos ocasiones, y en pleno juicio, cabeceó, perdió el hilo de lo que estaba sucediendo, y asustado, se compró lentes de sol y en los próximos juicios no se los quitó, y algunos de sus colegas al verlo con tal anormalidad en el trabajo le preguntaron sí tenía problemas en la vista y él afirmó que sufría un ligero derrame en los dos ojos y el oculista le había recomendando lentes oscuros. Su mentira le pareció una infamia, pero a eso llegaba un hombre desesperado. Se hubiera pegado un tiro si hubiesen descubierto que ocultaba dormirse durante los juicios.

Ahora tenía la alternativa de mantener su orgullo, negarle al doctor López su insomnio o decirle la verdad para que le diera una ayuda. Se tomó su tiempo para reflexionar moviendo el lápiz que tenía en la mano, haciendo ver que de pronto le había llamado la atención algo que estaba escrito entre los papeles del escritorio, y en efecto, removió dos de su lugar, después de fruncir el ceño con el gesto de una lectura rápida que era bastante preocupante. Al fin, tiró el lápiz y miró al médico.

-Ahí tiene usted razón. No duermo bien. ¿Es eso lo que pensó? Hace días que no me es fácil dormir. Tomo un té, pero...

-No, no- lo detuvo el médico con un gesto rápido- No dependas de té ni yerbitas caseras. Eso son lenitivos para males pasajeros, digamos, un desvelo debido a mala digestión o cosa parecida, pero en tu caso, como en el de Enma, se trata de un profundo dolor. Ya ves que Enma se ha sobrepuesto. ¿Qué tiempo le durará? No lo sé. Está convencida que se va a morir muy pronto y se unirá a Bienvenido, como si él estuviera en la puerta de una casita recién comprada, esperando por ella para que le haga una comidita sabrosa. Es su manera de pensar, y si la calma, va bien. Su salud, para la edad que tiene va bien, pero cuando se pasan los noventa años, la caída puede ocurrir en cualquier momento, por eso, para que esté en calma y duerma bien, Dorina derrite unos somníferos en su vaso de leche, de manera que Enma ni se da cuenta que está siendo preparada para dormir bien. Y si tú tienes problemas con el sueño, el único remedio temporal es recetarte píldoras para dormir, pero escucha bien, juez, las que te voy a dar son fuertes. Así que tómalas y vete a la cama muy temprano, y poco a poco, cuando notes que duermes toda la noche, córtalas por la mitad, y te la daré una sola vez, porque todavía eres demasiado joven para dormir endrogado con pastillas. Y trabaja menos, muchacho, porque de otra manera...

Se levantó, agitó la cabeza y agregó.

-Tengo el recetario en mi maletín. Le daré a Dorina la receta para que te la entregue. Y tómalo todo con calma, calma.

Salió de allí con la copa en la mano, y viendo que quedaba un poquito de vino, se apuró en tomarlo. El caso de Alfonso Vidal lo desconcertaba como otros tantos hombres que ponían en el trabajo la vida. López se preguntaba qué placer devengaban con esa obsesión. El juez lo había dicho y lo creía a ciegas. Era un hombre leal, honrado, modesto, con un buen hogar. Todo eso lo iba a echar a perder si no se tomaba un descanso, embrollándose en quince horas de trabajo. Bienvenido había tenido esa disposición para matarse trabajando, pero a su lado estaba la gran Enma, metiéndolo en cintura cuando él se desorbitaba con el exceso, y al perder a su hijo de dieciocho años, algo cambió en él. Se lo dijo a López. Y fue una reflexión sobre la fragilidad de la vida. Desde entonces, sus activades fueron más moderadas, y por amor a su hogar y a Enma, que sufrió tanto o más que él, el trabajo pasó a ser una parte de su vida, pero no toda. Fue un caso excepcional. No se hacía muchas ilusiones de que el juez Vidal hiciera lo mismo. Se dio cuenta que le disgustó su observación sobre Vita, su vida hogareña. Era un tipo cerrado, lo opuesto a Bienvenido, que donde encontraba la fuerza de la razón, aunque se fuera sobre su propia gusto, la aceptaba. Hablando solo por el pasillo, en busca de su maletín y Dorina, el doctor López se dijo. "Este va por mal camino y no lo sabe. Otro más que siendo inteligente no aprende las lecciones fundamentales de la vida, bah"

Dos horas más tarde, Alfonso abandonó la biblioteca y fue en busca de Dorina, quien le entregó la receta muy bien doblada. Posiblemente no había tenido curiosidad por ver lo que había escrito el doctor López, que no entendería, pero la curiosidad era atrevida. No en el caso de Dorina.

Su carácter y manera de ser garantizaban que para ella una orden y un papelito doblado eran sagrados, y eso la hacía una mujer admirable.

Camino a la casa, Alfonso paró en una botica y compró los sedativos. Si bien le habían desagradado los consejos del doctor López y alguna pregunta indiscreta, se alegraba de la visita del viejo médico. Le había resuelto un problema grave. La idea de dormir toda la noche a pierna suelta le daba una gran ilusión de llegar a su casa. Cuando entró en su hogar escuchó la tv andando y presumió que Vita estaba en el salón mirándola. Se escurrió hacia su habitación, se quitó la ropa y tomó el somnífero en el baño, y luego se metió en la cama. No se durmió inmediatamente, pero fue relajándose y con suave embotamiento mental sintió de pronto que Soler estaba frente a él. Abrió los ojos convencido de que le sonreía y hablaba manteniéndose inmóvil, pero en voz tan baja que no podía escucharlo. Eso le sucedía. Soñaba con él continuamente. Intentó levantarse y cayó rendido. El suave ruido de la televisión, tan suave que apenas era perceptible, desapareció del todo. Estiró una pierna, hundió la cabeza en la almohada, lanzó una tos fuerte, y entonces cayó en un profundo sueño.

16

Vita se asustó esa mañana. No había dormido en la habitación con Alfonso. Sin darse cuenta, se quedó dormida mirando la televisión y despertó por la madrugada a causa del frío. Fue a su recámara y lo vió durmiendo. No recordaba haberlo visto entrar en la casa.

En las últimas semanas él campeaba por su respeto y ella nunca sabía a la hora que llegaría. Terminó por no importarle nada de lo que hacía o dejaba de hacer, a pesar de que sabía muy bien que estaba trabajando en la biblioteca de Soler. Tomando en cuenta la dura realidad de que Soler había muerto y trasladar su biblioteca a la casa de ellos no era un asunto urgente ni grave, más bien para trabajar con calma y hacer lo que pudiera en la distribución razonable de su tiempo, la obsesión de Alfonso con terminar todo rápidamente, agotándose, sin el apropiado descanso que necesita todo ser humano, esa preocupación le duró poco tiempo. Se podía amonestar y gobernar a un niño, pero no a un hombre del carácter y calibre de Alfonso. Todo lo que ella dijera que tuviera sentido común, él lo desatendía, y con tal situación repetida, el cansancio, la apatía, fueron creciendo y ya lo veía como un visitante que viviendo en la Corte y en la casa de los Soler, venía a saludarla de vez en cuando. Esa sensación de asunto impersonal, que sustituía la intimidad de un matrimonio, lo aceptaba. Alfonso pasó a ser para ella un ente casi invisible.

Pero esa madrugada, al despertar, viéndose en la poltrona, se fue al cuarto a buscar una colcha para arroparse. No tenía deseos de acostarse en la cama. Alfonso dormía como un bendito. Vita volvió a la poltrona de la izquierda, naturalmente, y se durmió enseguida.

Se despertó a las seis de la mañana, y también volvió a verlo durmiendo. Se echó encima una bata de doble felpa para comenzar los trajines de la casa. Preparó el desayuno para su marido, y luego, con una taza de café con leche, salió al pabellón.

Había una espesa bruma que iba a durar hasta las ocho de la mañana. El espectáculo no podía ser más seductor. Todo se veía y nada se veía. Quizás se adivinaba donde estaban las cosas y la mente ponía el resto. Estiró un brazo y lo vio envuelto en la neblina. Suspiró divertida. La naturaleza, ¿qué era, de dónde venía? ¿Quién decidía que este día fuese brumoso y el de mañana radiante de sol, y el siguiente de una lluvia constante? Dios no era una persona con barbas, eso era un mito. ¿Y qué era entonces? En su familia la religión nunca ocupó lugar, simplemente no era importante ni contaba en la vida diaria. Los padres de Alfonso, según supo, eran ateos. Ella no pensaba en Dios ni lo ponía al frente de su hogar, como mucha gente que anunciaban la devoción con pequeños versos de bienvenida a los visitantes, incrustados en cartones, madera, cuadros plásticos luminosos de la imagen de Cristo y su mensaje, los cuales veía a menudo, pero fue con Enma que el nombre de Dios retumbaba en las paredes con una asiduidad que consternaba a Vita. Un día, le había dicho, "el que mire, observe la naturaleza y no crea en Dios, pobrecito de él, porque entonces, Vita, cree en lo más absurdo y dañino, sin comprender que la naturaleza puede darlo todo y quitarlo todo. La ira de Dios, con los que ensucian su creación, puede acabar con millones de personas en un segundo".

Se asustó escuchándola. Enma tenía el poder de impresionarla, como muchas otras personas, y esta contemplación de la niebla envolviendo todo en un velo que cesaría a la hora señalada por el ente divino, puso a Vita en un estado reflexivo. Sí, la naturaleza era seductora, bella y también cruel. ¿Quién la comprendía? La fe de Enma lo explicaba todo, pero no todo era entendible para ser aceptado a ciegas. No obstante, ella era ignorante de la religión y de muchas cosas, y por eso, cuando pensaba en Enma, se enternecía. A su edad su mente estaba clara, analizaba las cosas muy bien y su curiosidad era real, fuerte, pero no la manifestaba con todo el mundo.

Vita la había visto - con algunas visitas que fueron a darle el pésame, y con ellas fue dulce, comprensiva, agradecida, y habló muy poco. Se hubiese dicho que lo que le decían le interesaba en ese momento, lo recibía con gratitud, sin ninguna inclinación a prolongar la visita con una pregunta o una opinión que la extendiera. Todo lo contrario le sucedía con ella. La esperaba ansiosa para hablar de cualquier cosa, y un semana antes le había dicho, "soy muy dichosa, Vita, porque te tengo a ti que miras la vida por mí." "¿Y cómo es eso, señora Enma?" "Muy sencillo. Yo estoy en mi rincón, acompañada por la vejez, inerte, y tú andas por la vida viendo y recogiendo. Así comprendo que todavía estoy viva." "¿Y qué yo recojo? Mi vida es muy simple, sencilla." "Sí, y es muy bonito conducir una vida simple, sencilla, pero las pupilas, el corazón y los oídos están abiertos y tú me lo traes a casa. La mayoría de la gente, no ve ni oye, y en cuanto al corazón..."

Al hablar así, pensó que la señora Enma estaba decepcionada; no podía comprender de qué y porqué.

Esta bruma en la que se regocijaba sin ver nada, sería un tema de conversación para el día de hoy. ¿Y no resultaba una ironía de la vida que, Enma, al necesitarla, al pedirle su compañía cada día, llenaba un gran vacío en su vida, y creyendo recibir, le daba a ella tanto, que se abochornaría de confesárselo?

Había un intercambio muy dulce de soledades. Enma, como toda viuda a los noventa años (caso especial) sentía el vacío que había dejado Bienvenido con su muerte, y ella con un marido vivo y activo sentía su muerte emocional, en la que no había nada que hacer para solucionarla, y como Enma, en tristes añoranzas, le decía que la comprendía muy bien, y Enma, que la creía feliz con Alfonso, la forzaba a contenerse y no contradecirla, cuando decía "No puedes comprenderlo en su integridad, en su esencia. Como algo fundamental, sí, pero no en la agonía de cada día que deja la muerte."

Considerándola feliz en su matrimonio, juzgaba el carácter del Alfonso que conocía, y si un hombre como él había sido un amigo entrañable para Bienvenido y ella, no podía ser menos como marido.

Ahí la pobre anciana se equivocaba. Aunque en el carácter de Alfonso no había duplicidad, en la repartición de su amor había un extraño elemento que no era tan raro si se pensaba que su trabajo estaba por encima de todo. Vita jamás hizo un ademán, un gesto, que no dignificara la opinión de la anciana sobre Alfonso. A pesar de su espontaneidad y el gusto para decir lo que pensaba, sin reparar si se trataba de una tontería, respondiendo siempre a sus emociones y a su pícara lengua, como decía Oscar, su relación matrimonial, insípida y fría como era, no se la contaba con nadie. De hecho, no podía tolerar a las mujeres que se acostaban con un hombre, vivían con él en pacto conyugal y se recreaban en despedazarlos con palabras infames. A veces llegaba a pensar que era común entre las mujeres hablar mal de los maridos. Eso no lo haría ella nunca. El día que abriera la boca para denigrar a Alfonso o reírse burlona de sus manías, ese día cerraba para siempre la vida en común y se largaba de la casa. Podía tener dudas en muchas cosas, pero no en esa.

Mientras tanto su placer era visitar a Enma. Aunque la casa continuaba pareciéndole más lúgubre y sombría que nunca, le encantaba encontrarla sentada frente a la ventana del inmenso salón, con sus mantitas en los hombros, mirando por la ventana el jardín moribundo. Allí charlaba con ella durante una hora y luego se despedía, casi siempre cuando entraba Dorina, Sus interrupciones eran frecuentes, su desvelo por Enma, con un interrogatorio pertinaz al que la anciana no respondía, impresionaban por su apasionado apego y fidelidad a ella, Vita no podía eliminar la idea, relativamente cómica, que cuando la sentía a veces entreabrir la puerta y echar una mirada para verlas y cerrarla enseguida, Dorina estaba preocupada de que ella le suministrara un veneno a su amada. Una vez se lo dijo a Enma, arriesgándose a que lo tomara muy en serio, pero Enma se rio. "Bueno, Bienvenido me decía que si moríamos juntos y Dorina se quedaba sin nadie a quien cuidar, hablaría con el sepulturero para que la metiera en la fosa con nosotros. No sé si mi Dorina busca la redención por los pecados que no ha cometido con su amor avasallador. En cierto aspecto, Bienvenido y yo acertamos al invitarla a vivir con nosotros porque su amor, Vita, nos dio y me da mucha dicha, y no sé porqué, viendo la grave reprobación que da con una mirada, Dios mío, tan severa, como si yo rompiera una orden divina. Bah, le respondo a mi manera, que ella no entiende bien, pero después de todo, soy el corderito sagrado."

Así su visión vital y humorística del momento que estaba viviendo, le parecía a Vita ingeniosa y llena de gracia.

Transcurrió en el pabellón más de media hora, ocupada con esos pensamientos, y después se fue a la mesa del comedor a escribir en una nota los víveres que tenía que comprar, agregando la fruta que le llevaría a Enma esa mañana. El resto del tiempo lo invirtió en la limpieza. Limpiaba por secciones, y no cantó esa mañana porque temía despertar a Alfonso, y cuando lo hizo casi pegó un grito de sorpresa. Eran las nueve de la mañana. En el lecho, boca arriba, con la colcha tapándole solamente las piernas, Alfonso mantenía los ojos cerrados y si respiraba lo hacía tan suavemente, que ella, asustada, creyó que le había dado una embolia o estaba muerto. Se acercó a él, lo llamó, lo sacudió por los hombros, no respondió, lo agitó más tocando su cuello, y fue entonces cuando Alfonso despertó.

Al saber que eran las nueve de la mañana, corrió desnudo hacia el baño. Vita se sintió completamente aliviada. Se habría desmayado si lo hubiera encontrado muerto. Tal acontecimiento no pasaba por su cabeza, y se alegró al verlo desayunar con apetito, cosa que no ocurría hacía tiempo, y despedirse con una sonrisa. Vita se dijo confusa. "Bah, la niebla ha hecho un milagro."

A las diez, en el momento en que abandonaba la casa para cumplir sus compromisos, ya cuando estaba en el umbral a pocos pasos de la puerta, sonó el teléfono. Retrocedió dando los primeros pasos de espalda, como hacía cuando niña, hasta que caminó de frente y levantó el auricular. Era una voz de mujer que no conocía.

-¿No me recuerda? Soy Natalia, la mujer que usted llevó a encontrarse con su hija. Sí, sí, el día de lluvia.

Total, que Natalia la invitaba al día siguiente a almorzar juntas en uno de sus lugares favoritos, un restaurante con el nombre catastrófico de la "Serpiente Molida". Le garantizaba que la comida era excelente. Vita aceptó, y partió alegre a hacer sus diligencias.

Tan pronto Alfonso entró en la sala de juicio, se sintió vigoroso y en plenitud. El primer caso, que se suspendió al cabo de dos horas, correspondía a una mujer que había ahogado a su hijo de seis meses en la bañera. El crío berreaba hambriento, y ella, desesperada por irse a parrandear con su nuevo amigo, no encontró otra salida más natural que matarlo. Los detalles de la vida de la mujer fueron siniestros, y no obstante, el abogado defensor alegaba locura momentánea que iría agravándose, por lo que pedía su reclusión en un hospital siquiátrico. Se debatió el asunto largamente. A falta de ciertas pruebas que no fueron accesibles en ese momento, se suspendió para un nuevo vistazo en dos semanas.

Por la tarde, un nuevo juicio que no terminó hasta las cuatro, dejó convencido al juez Vidal que la visita del doctor López lo había salvado, y entrando en su "chamber" le pidió al ujier Maldonado que le buscara un café expreso. Al amable ujier traérselo, Alfonso lo retuvo unos minutos para conversar con él. Le gustaba mucho Maldonado. Era viejo, pero fuerte como un roble, siempre servicial, no hacía nada que no fuese con una disposición agradable que convencía a cualquiera de que su trabajo le daba una gran satisfacción. Hacía treinta años que trabajaba en la Corte, y Alfonso nunca había oído una queja contra él. Apreciando su buen carácter y responsabilidad, le entregaba un bono cada año, y para Maldonado, que tenía una larga familia, representaba un regalo extraordinario.

-Usted se ve muy bien hoy, señor juez- observó Maldonado.

Alfonso sonrió, para escuchar el resto después de preguntarle.

-¿Y no estaba así también ayer, antier?

El viejo se rascó la calva sonrosada.

-A decir verdad, señor juez, porque estamos en el templo de la verdad y donde realmente se aprecia, no importa las cosas que se oigan aquí o afuera, usted está hoy mejor que nunca. Pienso que era el problema del derrame de sus ojos, que hoy me parecen perfectos. No, antes no se veía tan bien, pero se comprendía, se comprendía. Todos tenemos nuestros días y achaques. ¡Si no lo sabré yo!- era era su frase favorita.

-Sí, tienes razón, el derrame ya se sanó. Por otra parte, tengo exceso de trabajo. Me ocupo en estos momentos de clasificar y trasladar la biblioteca del Señor Soler...

-¡Qué en paz descanse!

-Sí, me ocupo de eso y es un trabajo agotador.

-Si necesita una mano extra, aquí estoy yo disponible, señor juez. Salgo a las cinco y tengo el resto del tiempo libre. No se fije en mi calva y en el poquito pelo blanco de las patillas, que mi mujer odia, pero a mí me hacer recordar que un día tuve cabeza de león. Soy fuerte, juez, porque consumo mucho requesón con melao de caña, el producto puro. Un buen desayuno. Mucho hierro.

-Es bueno saber que tenemos a un fuerte aquí- bromeó Alfonso.

-Póngame a prueba. Nunca vacile en llamarme, señor juez. Tengo la resistencia de un hombre bien cuidado de cuarenta años.

-Lo tendré presente, Maldonado, lo tendré presente.

Al quedarse solo, Alfonso reflexionó sobre la oferta de Maldonado. Quizás pudiera utilizarlo los fines de semana, eso aliviaría sus horas de trabajo en la biblioteca de Soler. Recordaba las palabras del doctor López, que le parecieron imprudentes y ahora razonables. Se había desbocado en el dolor por la pérdida de Soler, y creyendo ahogarlo, se había ahogado en un trabajo insano que le robó el sueño y la correcta perspectiva de cómo hacer las cosas con orden sin llegar al extenuamiento. Dos o tres días más comiendo y durmiendo como lo había hecho hoy, lo pondrían en el camino de formar un plan de trabajo menos exigente. Enma y Dorina le habían pedido que no trabajara tanto, y tenían razón. Vita no decía nada y eso le agradaba, Finalmente estaba aprendiendo la lección de que una esposa no debía convertirse en un elemento crítico y fastidioso en momentos de angustia que le pertenecían a él solo, y por ser incomunicables repudiaba dar explicaciones. Comprendía que la mente simple de su mujer, en ocasiones, era una gran ventaja para él, pues con dos o tres palabras de respuesta terminaba con ella y se iba a otras cosas de fundamental importancia.

Recordó con desagrado la inclusión que hizo el doctor López de Vita entre las cosas que debía de atender. ¿Qué sabía el viejo charlatán? No habían tenido otro trato que el forzado por las circunstancias de la gravedad de Soler. López conocía a Vita por fuera, respondía al impacto de su locuaz y juvenil presencia, la reacción típica de un viejo libidinoso. Lo había visto varias veces pellizcando las nalgas de Dorina, quien corría espantada llamándolo diablo, mientras él se reía, y tenía el descaro de contarle a Enma su proeza de lanzar la mano que iba sola al "derrière" de Dorina, para verla persignarse y experimentar el placer de sentirse llamado demonio. No le entraba en la cabeza a Alfonso que Enma le respondiera en un tono divertido, llamándolo <u>doble diablo</u>, y después le pidiera que se sentara unos minutos con ella, pero no hablara de medicina. El viejo gruñía y la complacía.

Y no obstante, le había recetado los somníferos y estaba respondiendo a ellos con una estabilidad mental y física que lo hizo disfrutar al presidir el juicio de la asesina de su bebé. El horroroso caso era uno de los tantos de la bella humanidad que repetía hasta el cansancio que la vida humana era sagrada. ¿Dónde era sagrada? Pero no pensaría en eso, estaba fuera de su alcance arreglar el mundo, le bastaba con poner en orden el suyo propio. Sí, reconocía que andaba desorbitado y eso no lo ayudaba a hacer un buen trabajo. Hoy iría a saludar a Enma, estar con ella por un rato y después irse a casa, comer, ver las noticias y meterse en la cama. La perspectiva de tener otra noche de un sueño continuo y tranquilo le atraía tanto que cerró los ojos disfrutando de antemano el divino placer de dormir.

Llegó a su casa a las siete. Vita no había puesto la mesa. Fue a buscarla al pabellón y la encontró con la luz de los farolitos prendida, escribiendo en una libretita.

-¿Qué haces?- le preguntó- ¿Por qué no está la mesa puesta? Tengo hambre.

-No sabía si ibas a venir o no.

-¿Quieres decir que no has cocinado?

-¿Para qué? Ayer guardé casi toda la comida.

-Pues caliéntala y ténlo todo listo en quince minutos. Voy a tomar un baño.

Salió del pabellón. Vita se puso de pie alerta como el soldado que llaman a acción. Después se rió para sus adentros. "Si esto no es una comedia del amo y la sirvienta, que venga Dios a verlo, como dice

Dorina cuando encuentra la carne vieja o las frutas podridas. El gran señor ha recuperado el apetito. Bueno, me rio de esto, porque de otra manera..."

Ahí detuvo voluntariamente su pensamiento. Estaba tan entusiasmada de volver a ver a Natalia al día siguiente en el restaurante, que no deseaba estropear su buen ánimo con la irremediable verdad de que era la mal amada en el armonioso hogar del juez Alfonso Vidal.

17

-Oh, no pensé que me visitarías hoy. Anoche, antes de dormir estaba hablando con Dorina, porque sabrás que duerme en una habitación adjacente a la mía. Se comunica con una puerta que deja abierta para vigilar mis suspiros durante el sueño. Bien, recuerdo que le dije: "Dorina, anuncian tremenda lluvia para mañana. Vita no vendrá a verme" ¡Y aquí estás! ¡Oh, la juventud es tan valiente!

-Mi querida Enma, vengo en el auto. Salir y entrar con la lluvia, nada más. ¿Se necesita valentía para eso?

-No, pero quizás me referí a la disposición, la intención, que nos falta a muchos. Y sentada aquí mirando ese vendaval ahí afuera, me preguntaba cómo te habría ido con Natalia, ¿así se llama? No hay nada más excitante que explorar una nueva amistad, que a veces funciona y a veces no. La intención es buena, los resultados, en ocasiones, muy malos. Todo es cuestión de afinidad. Oh, mírame hablando, divagando cuando me muero de curiosidad por escucharte. Su invitación fue muy correcta. Le hiciste un servicio y ella lo paga con el deseo de conocerte mejor. ¿Y qué tal el lugar? ¿Cuál es la historia de ese nombre "La Serpiente Molida?" ja, ja, ja, anoche se lo estaba contando a Bienvenido, <u>serpiente molida,</u> bah.

Los leños de candela enviaban un crujido adorable en el salón, en el que siendo todo antiguo, la chimenea también lo era. Un calorcito delicioso las envolvía a las dos, mientras afuera la lluvia caía a borbotones, ruidosa y continua. Enma estaba sentada frente a la ventana desde las nueve de la mañana, contemplando el jardín fustigado por el mal tiempo. Su mente vagaba en recuerdos. Sonreía o se ponía seria, dependiendo de el giro que tomara su memoria. Estaba convencida que Bienvenido y ella tenían una sola mente, por eso le hablaba en voz queda cuando Dorina no estaba por los alrededores. No quería que escuchara la conversación entre ellos, no porque la charla que sostenían ofendiera a nadie, pero entre marido y mujer había ciertas cosas que ningún extraño debía de conocer. Por ejemplo, ella se mortificaba con el descuido físico de Bienvenido, horrible, desde sus tiempos de estudiante, y tuvo una larga batalla para enseñarlo a vestirse. El se enojaba alegando que nadie lo trataba ni lo invitaban o dejaban de invitar porque su corbata tuviera una mancha visible de café o los pantalones le quedaran cortos. Sus argumentos no le entraban por los oídos, hasta que ella decidió tomar una acción severa y no dejarlo salir de la casa si no aprobaba su atuendo. Para eso se cruzaba de brazos ante la puerta. "Te arreglas como es debido o tienes que matarme para dejarte salir" Eso rememoraba cuando Vita entró en el salón.

Vita se dio cuenta que estaba abstraída en su mundo íntimo buscando a Bienvenido, llamándolo hasta traerlo frente a ella. Su turbulencia emocional, los muchos años y la soledad la hacían vagar incoherente por el mundo que había sido. Vita le aportaba la vida presente, y lo sabía por la alegría y la ansiedad con que le preguntaba lo que hacía, veía, escuchaba. Un instinto de sobrevivencia le susurraba que ella había entrado en su vida para no dejarla caer de plano en el vacío y meterse plenamente a vivir en su mente con Bienvenido. Durante una hora, y algunas veces un poquito de más tiempo, disfrutaba del mundo real, allá fuera, donde no ponía los pies, pero se figuraba que los problemas y las personas tenían la misma historia y apariencia de las que ella había conocido. A veces razonaba en silencio que lo nuevo y lo viejo, lo recién estrenado y lo gastado, tenían apenas dos pulgadas de distancia.

Vita se asombraba de su ductilidad. Podía salir del ensueño, la divagación y hasta fallos de coherencia, para entrar en una realidad dura y maciza, en la que no divagaba aunque pretendía hacerlo creer, pero no lo suficiente para convencer a nadie que no palpaba, entendía y podía analizar con perfecto raciocinio una situación de las "modernas." El amor que crecía de ella hacía Vita se expresaba con obvio encanto por la gratitud de tenerla a su lado casi todos los días. Vita no podía comprender (muchas veces se lo había dicho y lo había negado) que los viejos eran indeseables, invisibles. Aunque Enma recibiera más que otros, viviera confortable, sin problemas económicos y el prestigio de su marido ayudara a que algunas personas se preocupasen por ella, nadie le podía dar más que Vita, en el sentido que era de su completo agrado, no la fastidiaba con cuidados inútiles, y lo que era más valioso, la trataba como su contemporánea, y si físicamente era un trasto viejo de huesos blandos y carne molida, su espíritu, y a veces su mente, se elevaban y llegaban a manifestarse con lo que algunos llamaban inteligencia o sentido común, y eso lo daba la Gracia de Dios. Era Dios el que le había traído a Vita. Eso le gustaría discutirlo con ella un día. Las coincidencias no existían. Dios también era invisible, pero a diferencia de los humanos, manejaba las oportunidades y caídas de los hombres. ¿No se venía al mundo a aprender? El que echaba a perder el aprendizaje, pobrecito de él.

-Oh, Enma- exclamó Vita estirándose en la butaca-Puedo decirle que pasé una tarde maravillosa. Y pensé en usted, porque recuerdo que la semana pasada me dijo que la amistad necesitaba tiempo y conflictos para entonces saber si sobreviviría bien, si ahí había un amigo. Pues bien, mientras Natalia me hablaba, yo me decía. "En muchas cosas piensa y siente como yo, pero es menos diplomática y eso es todavía mejor"

-¿Y qué te hizo pensar que es menos diplomática que tú?

-Ese fue un pensamiento que me vino de pronto, sin darle mucho calor ni con una base...A veces me sucede eso con una persona, porque en la conversación, saltábamos de un tema a otro, y de pronto, tuve un golpe de instinto. Fue algo atrevido de mi parte, lo creo ahora, porque yo no soy tan diplomática, pero Natalia me dijo. "Tengo la desagradable manía de llamar al pan, pan y al vino, vino". Le dije que eso era muy bueno. Y ella me preguntó. "¿Haces tú lo mismo?" Ahí, querida Enma, me sentí un poco perdida. Yo digo lo que siento, pero no con la intención, como me supongo que ella quería decirme, de que su juicio es más severo. En realidad, lo que hagan los demás me interesa, claro, así es como se conoce a la gente, pero nunca pido un modelo de conducta, me alejo de algunas personas, me irritan, y no las necesito a mí lado. ¿No le ocurre eso a todo el mundo? Sin embargo, Natalia me contó algo que me demostró su temple. Me dijo que conoció hace años a una mujer que trabajaba en una tienda de ropa y se convirtió en su clienta. Le agradaba mucho, era dulce y serena, un poco tristona. Un día la invitó a su casa a comer y Natalia se encontró en un pequeño apartamento abarrotado de gatos y perros de juguetes, muñecas, bailarinas de esas cajitas mágicas, y esta mujer que tenía cincuenta y cinco años, le dijo que como de niña fue muy pobre y no tuvo juguetes, su madurez la había pasado coleccionando lo que le faltó en su infancia. Y bien, ahora le pregunto, ¿cómo hubiera reaccionado usted ante una mujer adulta en ese plano de comprar juguetes?

Enma la había escuchado atentamente, refrescando su mente con otras vidas que entraban a su casa a través de Vita, pero en ese instante en que le hizo la pregunta, de casualidad, mirando por la ventana, vio a una liebre saltar a la rama de un árbol. Estaba asustada, buscando protegerse de la lluvia. La liebre desapareció en un segundo y Vita volvió a hacerle la pregunta, comprendiendo que se había distraído por un momento.

Reflexionó antes de responder, y su ademán fue ajustarse el chal uniendo las dos puntas que le caín sobre el pecho, apretándolo como si sintiese frío, que no lo sentía, pero la pregunta la dejó perpleja. Una anciana fuera del mundo como ella, con la compañía de Bienvenido en la mente y la de Dorina marchando por los alrededores como un militar que no perdonaba la negligencia ni nada fuera de lugar, la pregunta la hizo reaccionar, volviendo a encarnar en la mujer que había sido cuando joven, para tener una respuesta que se aproximara a lo que había sentido en su época. No era un caso común el que le planteaba Vita. Inesperadamente, Dorina entró con el servicio de dos jugos de melón naturales. Enma tosió. Dorina le preguntó alarmada si le dolía el pecho.

-Dios mío, Dorina, almita buena, ¿qué tiene que ver una tos con el pecho?

Entregándole un vaso a ella y a Vita, Dorina se sentó en el alféizar de la ventana.

-Llueve, Enma, y la neumonía...

-Oh, no, te has contagiado con López. Aquí nos estamos quemando,

Pues bien, Vita, te respondo...

Dorina se dio cuenta que la presencia de Vita la absorbía, la ponía a hablar de muchas cosas que le parecían disparates, como ahora, que sin moverse de donde estaba, muy quitecita, la escuchó decir.

-Mi reacción hubiera sido de compasión. ¡Juguetes a esa altura de la vida! La golpeó duro esa ausencia y la dejó en la primera edad de las fantasías. Posiblemente ama más a sus juguetes que a las personas, ¿eso pensó también Natalia?

Dorina se puso de pie. Esas pocas palabras le avisaban lo que ya sabía de antemano. Las dos hablaban entre ellas de una manera que nadie pudiera entenderlas. Juguetes, fantasías, una tal Natalia que nunca había puesto los pies en la casa, pero que Enma parecía conocerla e interesarse por ella. Era demasiado para Dorina. Tenía que recoger la ropa de cama, doblarla, el mundo lloraba a mares con la lluvia, mientras ambas no cesaban de hablar. Había acertado en traerles el jugo para humdecerles la garganta. No esperó a que lo tomaran. Dijo.

-Pongan los vasos en la bandeja cuando terminen- y salió con su paso marcial a resolver los grandes problemas de su pequeño mundo.

-¿Qué pensó Natalia?- preguntó Enma.

-No sólo lo pensó, sino que se lo dijo a la mujer y con total autoridad. Lo que a usted le inspiró compasión, a Natalia le disgustó mucho, de manera que le dijo, y fíjese que lo recuerdo palabra por palabra. "Vamos, Rita, este mundo te lo has construido en el aire. Nada puede volvernos al pasado. Lo que se perdió de niño, de adolescente, perdido está. Recordar es un fastidio inevitable, pero querer revivir a tu edad esa otra pérdida te cierra las puertas del mundo. Y tú vives en dos mundo: el de tu trabajo, eres buena vendedora y muy dulce, y este totalmente infantil. Eleva esa dulzura a la realidad, echa todo esto por la ventana y comienza a pensar en los seres humanos, en otros como tú y en lo que tú eres, porque estos juguetes, vaya, querida mía, juguetes son, y la vida es dura y no es un juguete. No confundas una cosa con otra."

-Vaya, Natalia tiene un temple que va directo al punto en blanco. Dijo la verdad, pero hirió a su pobre amiga.

-Parece que fue así, aunque Natalia me dijo que Rita bajó la cabeza, se le saltaron las lágrimas y dijo. "Sé que dices la verdad". Pero conocer la verdad y actuarla, Enma, era difícil para ella.

-¿Y tú, cómo hubieras actuado en este caso?

Le tocó a Vita reflexionar, y lo hizo mirando el color rosado, casi sangriento del jugo. Terminó por tirarse de la oreja, sonriendo.

-Yo hubiera pensado que su vida estaba vacía y la llenaba con todos esos juguetes. Y después con su edad, ¿qué se podía cambiar? No la hubiera juzgado duramente, tampoco con tremenda compasión, como usted, Enma. Me quedaría en un término medio, respetaría su decisión de quedarse un poco niña. Es que yo pienso que todos nos protegemos de algo, que ocultamos algo, y hay esos recursos para no explotar, salir corriendo y tirarse del puente al río. Pienso que Natalia fue honesta al decirle lo que sentía. No se burló de ella, quiso prestarle ayuda, ¿pero cómo se recibe la ayuda? Ahí está el problema. En fin, esa historia confirma lo directa que es Natalia. Y yo le dije. "Oh, Natalia, a veces digo tonterías" Ella me miró preguntando. "¿Y las haces? Es la tontería tu mejor amiga?" Yo me reí, vaya qué pregunta. "No, no, mis tonterías son apreciaciones al vuelo, pero mi mejor amiga es la verdad y nunca digo mentiras" "Entonces, seremos amigas, y algo más, si dices una tontería te la reprocho y te doy la autoridad para que me mandes a callar. ¿Hacemos ese pacto?" Dígame, Enma, ¿no es una persona adorable?

-¿Y de dónde sale la serpiente molida?

Dorina entró en el momento en que venía a preguntarle a Enma si esa noche deseaba que le tuviera listo el blusón de dormir largo, y al escuchar la serpiente molida, muy asustada, dio unos pasos y las miró a ambas.

-La serpiente molida fue creada por el dueño del lugar, una broma, Enma, para saber si un nombre era más fuerte que una comida deliciosa.

Como ninguna de las dos se dio cuenta de la presencia de Dorina, ésta retrocedió, salió al pasillo, se persignó consternada apelando a Dios. "Escúchalas, Señor, y dime, ¿no están con la cabeza loca? Y Enma quiere tanto a esa chiquita parlanchina, uf, esto es demasiado" Sentía celos de Vita, le alegraba la suave risa de Enma, su espíritu locuaz con la muchacha, pero resentía que no reía con ella, como lo hacía con Vita y la picó la envidia, sentimiento del que no tuvo consciencia de pecado, pues siguió de largo gruñendo entre dientes.

Vita permaneció con Enma quince minutos más. La lluvia continuaba tan salvaje como antes, el fuego no crujía, el parpadaeo de las brazas se consumía en cenizas negras.

Enma dijo.

—Caramba, qué encantadora señora conociste por la casualidad de ir a comprar una vela.

Vita asintió bajando la cabeza. Su amor por ella, tan grande como era, no le permitía decir la verdad sobre la mujer de la pared y sus propias pesadillas con la maldita pared. Su declaración anterior de que decía la verdad, no aclaraba que no entraba en juego cuando iban a lastimar a una persona, ocultar una debilidad, un capricho estúpido. Los recursos de protección que mencionó antes, lo empleaba también, en esta ocasión, para sí misma.

—Sí, fue una de esas casualidades. Natalia me dijo que me llamaría muy pronto para que mi marido y yo fuésemos a su casa a conocer a su familia.

—Ah, esto es serio y muy bueno, Vita, porque Alfonso está trabajando demasiado. No se lo permitas.

Vita suspiró.

—No quiero que trabaje tanto y se lo digo, promete y no cumple.

Otra mentira en honor de su marido.

—Comprendo, pero hay que insistir. Ah, refréscame la memoria. ¿Estuvo la Primera Dama en la despedida de Bienvenido?

—¿La esposa del Presidente? Pues creo que sí, que la vi. La conocí por las fotografías y por salir a menudo en la televisión. Sí, sí, vino a darle el pésame. Vestía de negro y disculpó a su marido por no poder asistir. Estaba con un principio de neumonía.

—Ah, no tenía ni idea. Ayer me llamó y hoy me envió una magnífica cesta de frutas. Me dijo que su marido ya había rebasado los problemas de salud y estaba trabajando duro, como siempre. Una mujer gentil, le estoy agradecida.

Vita se levantó y fue hacia ella alzando las manos para acariciarle el rostro, y entonces se agachó, se sujetó del brazo del mueble para facilitarse la tarea. Enma, en silencio, le pasó la mano por las mejillas.

-Oh, qué lozanía, qué cutis, qué pasión por ver la vida- exclamó emocionada- Y qué buen corazón, criatura. Un día, me temo, vas a despertar y preguntarte. "¿Y qué estoy haciendo, perdiendo el tiempo con una anciana con más arrugas que las ciruelas pasas."

Vita se echó a reír tremendamente divertida.

-Ese día no llegará nunca, Enma, nunca. Además, sus arrugas son adorables y su rostro es tan dulce, que el mío es como una careta de enojo. Y para que lo sepa, adoro los ciruelas pasas.

-Oh, qué maravillosas son las mentiras piadosas.

Vita le besó ambas mejillas y salió feliz del salón. Se encontró con Dorina y caminaron juntas hasta donde había dejado la sombrilla. Dorina estaba seria. Pocas veces tenía que decir algo agradable o desagradable. Su pasión era el deber, el trabajo, y las interrupciones le fastidiaban. Su honradez consistía en demostrarlo. A su manera, no engañaba a nadie. Mujer seria a la que nunca había visto sonreír, tampoco sonrió al despedirla. Vita, súbitamente, tuvo un momento de iluminación. "Pero sí, esta es la mujer ideal para Alfonso. Ninguno de los dos entiende de bromas. Dorina sería la más leal esposa, sentándose en la izquierda, contenta de los límites."

La idea salió de su mente tan pronto prendió el motor y tuvo que enfrentarse al tráfico bajo el torrencial aguacero.

18

Una semana y media fue suficiente para que Alfonso se sintiera convertido en un hombre nuevo. Recuperado el sueño, su mente se despejó de los tormentos inútiles que lo cercaron. Su dolor por la pérdida de Soler tendría siempre la melancolía de la eternidad que no puede sostenerse las veinte y cuatro horas del día, iba cediendo con el transcurso de los días, pero continuaba viva, y lo hizo pensar que la vida y la muerte eran sólo un hilo y estaban ligadas para siempre. El mismo no podía ser, si otros que habían muerto, no le hubieran dado el paso a su existencia. Era una cadena interminable, pero escéptico para las cosas abstractas, no se apoyaba en ninguna creencia ni fe como Enma, Dorina, y el propio Soler, quien tuvo la elegante distinción de jamás hablar de su religión ni tratar de convertir a nadie.

Con el bendito sueño le llegó el aplomo, la capacidad de planear todo con una mente lúcida y fría. Para comenzar, habló con Maldonado. Necesitaba albañiles para eliminar las divisiones de las dos piezas, cuya entrada daba a otra calle, tenía su entrada privada, pero también se podía llegar a ellas atravesando el sótano. Esas piezas inútiles, abandonadas, en las que nunca pensaba, parecían hechas ahora para levantar la biblioteca de Soler, que sería también la suya. Un lugar ideal para aislarse, y como tal, en su conversación con Maldonado, le habló con detalles de la mudanza y la compra de anaqueles, que mejor serían hechos a la medida por un carpintero, si es que se encontraba ese hombre de talento y responsabilidad en su oficio. Buen entendedor en los asuntos que conocía, Maldonado demostró una gran habilidad que puso en práctica, ayudado por un albañil y dos carpinteros, amigos de la juventud, que eran excelentes en lo suyo.

Así fue como las cosas comenzaron a funcionar sin estar él presente ni preocuparse. Más bien se concentraba en inspeccionar los adelantos de la obra. Los dos obreros eran simpáticos, de la misma estirpe de Maldonado. Uno era cojo, el otro no tenía dientes, los perdió por su miedo a los dentistas, y juraba que nunca se sentaría en la silla de esos carniceros. Trabajaban de buen humor, fumando en exceso, tomando mucho café y lanzando palabras sucias cuando estaban solos en su tarea. Maldonado trabajaba a la par que ellos, pero en su oficio de capataz, no perdonaba un error, era más severo que Alfonso, y se lo decía así. "Conozco a estos hombres, juez, y son puro oro, pero si los deja solos se amodorran, descansan, y hay que rendir cada minuto de trabajo. Todos nos aprevechamos y somos perezosos. ¡Si lo sabré yo!"

En cuanto al trabajo en la casa de Soler, siendo el único que podía hacerlo por lo delicado que era manejar su diarios, correspondencia, investigaciones de casos tremendos cuando fue Ministro de Justicia, clasificaba todo eso, revisándolo atentamente, dedicándole una caja muy grande y especial para recoger los documentos más privados.

Ahora no se apuraba como antes. Se proponía trabajar dos horas nada más, y cumplidas, salía de la biblioteca. Algunas veces se despedía de Enma, cuando estaba en su camino de salida, otras veces no la veía. Enma tenía su rutina, de la cual Dorina estaba activa para mantenerla. Se cenaba a las cinco en punto, y la puntualidad tenía la trascendencia de la ejecución militar de llevar al reo al paredón para fusilarlo a las cinco en punto.

Con tantos años visitando a su querido mentor, Alfonso se había acostumbrado a la penumbra y los vejestorios de muebles y a todo el decorado anticuado que tendría su tiempo de esplendor, pero con la vejez de los habitantes, los extraños tenían la impresión de que la casa, muebles, vajilla, el servicio de té, la vieja chimenea, los salones, eran siniestros personajes que convivían con los dos ancianos, y a los que ellos mimaban y los hacían invisibles a los visitantes. Pero se sentía la presencia. Alguien, cuando se llevaron el cadáver de Soler dijo. "Sale un muerto de la casa de los muertos."

A todo eso se había acostumbrado Alfonso.

En la oportunidades en que Enma estaba visible y en disposición de hablar con él, mencionaba a Vita a menudo. Volvía a alabar sus extraordinarias cualidades, encanto, y a felicitarlo por tener de compañera a una mujercita excepcional. Alfonso asentía, sonreía, y para sus adentros se decía. "No la conoce. Eso tiene Vita, una buena fachada, con una mente díscola y un temple de pura tonta."

Sus relaciones con Vita estaban como siempre en total armonía. El había creado la armonía en el hogar, la sostenía, teniendo a Vita en el lugar que le pertenecía, y debido a que hacían poca vida social, su temores de que dijera necedades en las reuniones, algo que siempre lo había mantenido en un vilo, apenas le mortificaba. Y si Enma, y también Soler, querían verla de otra manera, les concedía el derecho a hacerlo, comprendiendo que los seres humanos fallaban en apreciaciones, y los dos viejos que contaban entre ellos 180 años, estaban en ese punto de la vida en que la sagacidad para conocer al prójimo disminuía, y en particular con Enma, que nunca había sido paseadora ni demasiado sociable. Aceptaba los compromisos más perentorios, permanecía allí deliciosamente cordial, pero muy calladita. Alfonso podía comprender que en su soledad, al Vita acercarse a ella, la animaba con sus disparates, como decía Dorina, y se aceptaba por la circunstancias de soledad y tristeza de la pobre viuda, que pasara a ser su payaso, y eso nadie podía quitárselo de la cabeza. Y si los ancianos volvían a la infancia, ¿qué mejor elemento para distraer a Enma que el parloteo y las payasadas de Vita? En su presencia no le permitía desafueros en su conducta. Es cierto, para su mérito, que Vita había aprendido a comportarse y apenas le daba ningún fastidio.

El resto de su vida profesional iba bien. Durante dos días se suspendieron casi todos sus juicios. Se fue a comer a la cafetería con algunos colegas, se tocó el caso de la nominación del futuro miembro del Tribunal Supremo. Se barajaban nombres importantes. Las influencias con el Presidente iban y venían en constantes susurros. El Presidente escuchaba, asentía, y no se comprometía. El ex-miembro del Supremo, cuya vacante necesitaba ser ocupada, había partido de viaje hacia europa, posiblemente a gozar del dinero que le aportaron sus chanchullos, sin embargo, algunas personas testigos de su partida lo vieron muy triste, con aspecto de hombre abatido. ¿Y por qué no? Había perdido el poder de manera bochornosa. La prensa lo odiaba y decían cosas terribles de él, quien de acuerdo con el juez Cristián Villegas, se defendía muy mal en su papel de víctima, hablando de todo lo bueno que había hecho, pero incluso la propia Biblia lo decía. "Nadie es profeta en su tierra."

Desde que murió Soler, él no había vuelto a pensar en el Tribunal Supremo y la posibilidad de ser nominado. Conocía bien la política, y desaparecido Soler, el Presidente no tendría que sentirse mal, como le hubiera ocurrido, nombrando a otro que no fuese el recomendado de Bienvenido Soler. Todo era cuestión de fuerza política, de mensajes, ofrecimientos, pequeñas conspiraciones. Era un cargo demasiado codiciado para no recurrir a lo peor con tal de obtenerlo. El jamás lo había ambicionado, simplemente porque no existía esa posibilidad, Nunca la pensó y así como se avivó con todo lo que le dijo su mentor, creyó que Soler no contaba que muerto él quedaba enterrado el asunto. Ya no le preocupaba. Hubo un instante en que la promesa pudo convertirse en una realidad, ahora había tomado otro rumbo. Escuchaba las conversaciones sobre el tema sin opinar, ¿para qué? Su oportunidad había pasado. Su único interés ahora era la biblioteca de Soler, y partir por la mitad las pastillas de dormir para que le duraran más tiempo.

Un día, cambiándose de ropa en su "chamber", después de terminar con algunos asuntos importantes que pasarían a ser parte de un juicio en la próxima semana, Maldonado, luego de tocar en la puerta tres veces, entró en la oficina. Esos tres toques lentos eran la clave entre ellos para que Maldonado se identificara y pasara de inmediato al interior de la chamber. Le traía un café al juez, el que Alfonso apreció mucho porque lo deseaba, y también le entregó una carta.

Alfonso se sentó, bebió el café lentamente sin despegar la mirada de Maldonado, quien miraba el alféizar de la ventana pensando en la ventana de la biblioteca, la cual Alfonso había sugerido eliminarla para levantar allí otro anaquel. Tal trabajo se llevaría a cabo muy pronto. Ya tenía el estimado del costo, por lo tanto, sacó un papel y lo puso tímidamente en la mesa del juez.

-¿Cómo va todo, Maldonado? ¿Marchamos bien? ¿Podrías darme una idea de cuando se acabará esto? Recuerda que entonces hay que comenzar a transportar las cajas de casa de Soler.

-Sí, todo va bien. Le echo un mes más o tal vez un mes y medio, y la razón es la que usted sabe. Mis dos compañeros se han enfermado con una catarro estomacal, eso dicen, pero yo no sé lo que tiene que ver el estómago con las narices hinchadas, porque están feos como ranas, señor juez, llorando por la tupición, por el cuerpo aporreado de dolor. Bah, no son tan fuertes como yo creía. Pienso que la próxima semana ya estarán de pie. Gervasio ha mejorado más que el otro. Oh, señor juez, su esposa, cuando supo que estaban enfermos me dio dos cestitas de frutas para ellos. Señor juez, usted tiene a la mejor mujer del mundo. ¡Si lo sabré yo! No desmerito a las mías, porque tengo un batallón de ellas, pero si les da por discutir, corra, señor juez, porque para soltar la lengua, ¿quién puede competir con ellas? ¡Si lo sabré yo! Bien, señor juez, ¿necesita algo más?

-No, no. ¿Estos son los gastos?

-Sí, de la ferretría Moris e hijos. Puede llamar para confirmar que la compra está hecha con todo lo necesario.

-Maldonado, confío en ti.

-Gracias, señor juez, pero se lo digo porque los pillos andan sueltos y a veces hay confusiones. Aquí mismo las tenemos, no hay territorio sagrado. ¡Si lo sabré yo!

Después de Maldonado partir, Alfonso guardó el papel de los materiales en el folio correspondiente a esos trabajos, y de paso miró la carta que le había traído el ujier. El membrete procedía del Palacio Presidencial. Por un instante se turbó. ¿Cuál sería el contenido? Observó que el sobre no tenía sellos de correos, además, ya antes Maldonado le había entregado la correspondencia del día, por lo tanto, ésta fue entregada en persona, ¿por quién?

Todas esas divagaciones resultaban inútiles, algún mensaje contenía la carta relacionado con su aspiración al Supremo. ¿Un cordial rechazo con promesa de tomar en cuenta su disposición de servir al gobierno? Antes de abrirla ceremoniosamente, el corazón le palpitaba de emoción. Al menos, pensaba, no esperaba ninguna respuesta y ésta sería la definitiva. El texto era breve. En resumen, el secretario del presidente, le daba una cita para entrevistarse con el mandatario de la nación, ese viernes, a las once del día, en el Palacio Presidencial. Alfonso leyó la carta dos, tres veces. ¿Quería decir eso que estaba a punto de obtener la posición? ¿Le enviaría el Presidente carta similares a otros aspirantes, con fechas diferentes? El hecho de que se hubiese sacado de la cabeza la posibilidad de tener una oportunidad en el sorteo de las influencias políticas, lo volvía a una realidad, a la que le dio un tono místico en su mente, y consistía en que desde la tumba, Soler movía las cuerdas de su poder para echarlo hacia adelante. Se abrumó con ese pensamiento absurdo, pero aun así, había una conexión directa con la fuerza de la palabra de Soler, que sobrevivía a su deceso.

El hombre que abandonó ese día el edificio de la Corte, no era el mismo que entró temprano a cumplir con su trabajo. Su paso no era tan firme, la cavilación lo distraía, ignoró varios saludos, simplemente porque no los vio, y dirigiéndose a la casa de Soler para poner al día a Enma de lo que estaba a punto de suceder, se arrepintió tan pronto Dorina le abrió la puerta. No, estaba actuando como un chicuelo. ¿Que le iba a decir a Enma si no podía dar nada por seguro? Sería ponerla en un estado de excitación peligroso, como lo estaba él, si no se controlaba. El sentido común le advirtió que las cosas se comentaban cuando ya se tenía el poder sobre ellas, no por la vana ilusión de recibir una carta que no era explícita. El Presidente, en honor a la memoria de Soler, un hombre que había sido popular y en cuyo sepelio y carrera jurídica se sació la prensa en darle bombo, pudo haber sentido la necesidad de citarlo para decirle que la vacante ya había sido ocupada, pero en el futuro habría algo para él. Siendo así, ¿qué le importaba el futuro? Las palabras suaves y prometedoras de los políticos no tenían vigencia en la realidad. Había que tomarlas como un grano de arena.

Decidió no decirle nada a Enma, y se dirigió a la biblioteca, a trabajar como lo venía haciendo todos los días por dos horas. Pero no estaba en ánimo de hacer nada, la concentración le fallaba, y decidió tomarlo suave, no revisar ningún documento, y comenzar a colocar los libros en las cajas, tomando nota de la referencia del material y numerándolas para aliviar el trabajo de ubicarlas en orden en los anaqueles de la nueva biblioteca. El trabajo manual, cuya selección no exigía mucha atención, fue aliviando su cerebro febril. Tenía que controlar su ansiedad, recuperar la ecuanimidad, pensar que así como el resultado de esta cita podía ser infructuoso, todavía tenía un futuro y no desdeñaba su trabajo actual de juez, el que le daba algunos dolores de cabeza, pero en general manejaba con una equidad que le producía gran satisfacción.

No sabía el tiempo que había transcurrido, pero después de cerrar la caja en que había colocado los libros, a punto de coger el marcador para numerarla, dos toquecitos suaves en la puerta le avisaron que Dorina llegaba con el café. Lo hacía siempre a la misma hora, o sea, quince minutos antes de él concluir con la faena del día, porque ya le había dicho a Enma que trabajaría dos horas solamente, lo que le produjo una gran alegría a la anciana. "Eso está muy bien, hijito, muy bien. Trabajar aquí dos horas, después de abandonar la Corte ya es demasiado, pero, en fin, no tendrás la fatiga de antes."

¿Y qué no sabía Dorina de lo que sucedía en la casa? Había marcado el tiempo exacto de llevarle el café. Sin consultar su reloj de muñeca, ya, por su entrada, Alfonso sabía la hora.

-Adelante, querida Dorina, adelante.

-Aquí tiene su café, señor juez. Deje la bandeja cuando termine...

-No se vaya, Dorina. Por favor, siéntese un momento.

Dorina, un poco sorprendida, se sentó en una butaca frente a él. Le dio una sonrisa que entre la sequedad y el desconcierto pareció una mueca. El juez le agradaba mucho, nunca había entrado en confianza con él, y en este momento se turbó mucho, se estiró la falda, unió las piernas, dejó sus manos caer encima de sus muslos, y se sintió en un estado de penitencia, sin saber qué decir, y sin dejar de mirarlo con la misma timidez y reverencia con que recibía al Monseñor Salvio en las raras ocasiones en que venía a la casa.

-¿Cómo se siente, Dorina?- le preguntó súbitamente.

Dorina despertó como de un sueño, alzó la cabeza, se pasó la mano por la frente en un ademán de agobio, y con un ligero esfuerzo, decidió responderle.

19

-Estoy bien en lo que cabe, señor juez. La ausencia de mi primo Bienvenido se siente mucho. El llenaba la casa cuando estaba aquí. Algunas veces cuando salía al jardín, antes, mucho antes, cuando estaba más joven, Enma y yo nos apurábamos en llevarle un jugo, charlar con él, averiguar qué planes tenía para el futuro, lo que le molestaba porque respondía que para él, el presente era todo. Después se mofaba de mí y de Enma, nos llamaba las hermanas de la caridad doméstica. Enma lo amenazaba con expulsarlo de nuestro paraíso, y él se reía...¿Ve, señor juez? Entonces éramos felices.

-Sí, Dorina, todos fuimos más felices con él, pero la muerte no perdona a nadie. No vi a Enma al entrar. ¿Cómo se siente? ¿No tiene ningún problema de salud?

-No la vio porque pasó la mañana con su esposa y luego llegó el doctor López- hizo una pausa y engurruñó la nariz en un gesto de disgusto- Viene dos veces a la semana a tirarla de la lengua, mortificarla. Se cree el dueño de esta casa. Eso le permitió Bienvenido en vida, que se sintiera de la familia, pero de la familia no hay nada más que dos: Enma y yo.

Sin darse cuenta, lo expulsaba a él. Pretendía ratificar el lazo sanguíneo, el único verdadero y permanente. En su infinita devoción a Dios no entraba el amor por los extraños. Quizás el único que respetaba era precisamente al juez pero aun así le aseguraba que era imposible ir más allá de una buena amistad. Su orgullo la hizo girar la cabeza, sus labios se apretaron en el ademán típico de la mujer rígida que había hecho una declaración definitiva de donde ella estaba y donde estaban los demás.

La visita de Dorina fue una distracción para Alfonso. Había hablado con ella en pocas ocasiones de una manera relajada y amistosa. Siempre estaba ocupada, los monosíbalos eran su respuesta, y al tenerla frente a él y escucharla hablar como lo hacía, con tan rigurosa precisión sobre las visitas de Vita y el doctor López, dedujo que no eran santos de su devoción, por lo tanto, quiso retenerla en la biblioteca.

Dorina nunca se había casado, nació con un sino, así se lo había dicho Soler, de mujer que encontraba su misión en la vida ayudando a los demás a través de los mandamientos de su iglesia. Era impersonal en su auxilio, pero lo daba de todas maneras, y bastante severa en su debilidad por la familia. La salud y el bienestar de la persona a la que se entregaba en cuerpo y alma era más importante que la suya. Era beata, estricta, sin sentido del humor. Los chistes con doble sentido no los entendía o los declaraba indecentes. Desconocía la sutileza verbal, la magia de las ideas que no eran comunes, la ironía, y por ende, el odio, aunque era propensa a experimentarlo por pocos segundos, cuando algo la contradecía. Detestaba a las personas que llegaban a la casa a robarle a Enma su tiempo de precioso descanso. Entonces ponía cara de pocos amigos, lo que hacía creer a los visitantes que la mantenía bajo un yugo siniestro. Daba una impresión física, con su nitidez y pelo recogido en un moño detrás de la nuca, y su rigorosa seriedad, que nunca sonreía, y ser dura como una roca.

En el fondo de su alma sentía una gran admiración por Dorina. Tenía cualidades de abnegación, un incomparable sentido de la disciplina, cumplía el deber que se había impuesto sin quejas ni pérdida de tiempo. Sus emociones, porque debía de tenerlas, eran secretas, y las ajustaba muy bien a su estilo de vida. No pedía nada a nadie. Solucionaba los problemas con rapidez, y amaba a Enma con entrañable celo, tal y como lo había hecho con Soler. Y la religión, que era parte de su existencia, no se la obsequiaba a nadie, no pronunciaba una palabra ofensiva para criticar a nadie que no creyera en su Dios, aunque lo nombraba continuamente, suspirando, con una invocación cualquiera que hacía un efecto de autómata, de alguien repitiendo una lección de memoria.

-Dígame, Dorina, y digámelo sinceramente porque usted yo amamos a Soler y amamos a Enma, aunque usted es familia y yo no, algo que la eleva a mis ojos, la eleva mucho.

-Gracias, señor juez.

Le dio la gracias por decir la verdad, reconocer su lugar, y porque apelaba a lo que ella le gustaba más en la vida, hablar claro, sin divagaciones ni mencionar elementos extraños

-Quiero simplemente preguntarle si la presencia de mi mujer aquí, todos los días, perturba a Enma. Puede ser que la tolere por mi unión a la familia y el lazo filial que siempre tuve con Soler. Vita es muy buena persona, pero impetuosa, no tan responsable como usted. Para ella las palabras son como...- se trabó, y bastante perplejo se rascó la sien.

Por una de esas charadas deliciosas de la vida, Dorina, cuya imaginación era muy pobre, exclamó.

-Como golondrinas que vuelan aprisa.

-¡Exacto!- exclamó con una vehemencia inusual en él.

Dorina se tomó su tiempo para responder. Se alisó la falda, unió más las piernas, por las que no podía atravesar ni un palillo de dientes.

-La verdad, señor juez, es que su esposa es joven y un poco alocada y no dudo que esté volviendo alocada a Enma. Es buena sí, la trae sus comiditas, y yo me alegro porque la fuerza a comer. Pero también...- hizo una pausa.

-La escucho, Dorina.

-Sí, sí. Pero no sé cómo explicarlo, señor juez. Enma no habla mucho, pero cuando está con su mujer habla hasta por los codos, y sujétese en la butaca, ríe bajito, pero ríe.

-¿Y de qué hablan?

Por un instante, Dorina perdió la compostura, sus piernas apretadas se separaron e inclinó la cabeza apagando la voz.

-Ahí hay un gran problema, muy grande, que sólo Dios puede comprenderlo.

-¿Es tan grave?

Alfonso se alarmó, y mucho más viéndola alzar la cabeza hacia el techo, que para Dorina, en ese momento, era el cielo. Olvidó que tales gestos eran habituales en ella, como todas las personas que viven en la tierra, pero añoran el reino celestial que está arriba. En la tierra sólo ven demonios y tumbas.

-Si no es grave, que venga Dios y lo vea, señor juez. Yo no estoy mucho tiempo con Enma. Tengo miles quehaceres y no los abandono, y le digo, me alegro que comparta con su esposa, porque si Vita no viene un día o falta dos, se mortifica mucho, mucho. Eso no me gusta. En cuanto a lo que hablan...Un día le dijo que un joven al que nadie conoce, de pronto tiene una oportunidad y entonces se deprime, no habla y dice que quiere emborracharse.

-¿Y que respondió Enma a eso?

-Pues dijo. "Pobrecito, hay miedo, Vita, miedo al fracaso y miedo al éxito. Conocí a una persona..." Y va y le cuenta una historia, y su esposa se asombra, y después cambian de tema y se ríen. Y Vita habla de una manera, bueno, dice cosas muy raras.

-Dorina, ¿no cree usted que mi mujer es ingenua y se inventa cosas?

-Oh, no me confunda, por amor a ese Dios que muy bien sabe que no sé lo que es inventar así, así. Pero sé que la vida extraordinaria está allá arriba en el cielo y junto a El, y su mujer, señor juez, pues hace lo contrario, quiere que la vida sea extraordinaria en esta tierra de pecadores. Vaya usted a pensar...Un día le dijo que su casa era grandísima, moderna, muy preciosa, tenía un pabellón muy extenso con un murito y un cerro no sé dónde, y ella salía al pabellón antes de irse a dormir para contemplar las estrellas y la luna, que cambia tanto de forma. Estaba comiendo una manzana e invitó a la luna a compartir su manzana.

Con una expresión atónita, él le preguntó.

-¿Y la luna bajó?

Ese sería el colmo de la locura. Si la luna descendió a comer un trocito de la manzana, tendría que llevar a Vita al siquiatra. Los síntomas eran alarmantes.

-Ah, señor juez, usted ha dado en el clavo. Enma le preguntó. "¿Y qué hubieras hecho si la luna hubiera bajado a comer lo que le ofrecías?" "Pues me hubiera muerto de susto. Piense, Enma, cómo se le habla a la luna y se le acaricia, dígame, ¿cómo?" ¿Y sabe lo que ví, señor juez? Pues las ví estallar de risa. Dios mío, la primera vez que Enma reía desde la muerte de mi primo. Y algo más. La escuché decir luego persignándose. "Esta noche tengo que contarle todo a Bienvenido. Se va a reír mucho." Y esa noche, señor juez, muy comodita y limpiecita en la cama, tomó su rosario, sonrió y me dijo. "Bienvenido está contento porque me he reído con Vita" Y hace poco, señor juez, hablaban de una serpiente molida. Su mujer le trae muchas historias. No las entiendo, no las entenderé nunca. Ayer, hoy, no sé, entré cuando hablaban de serpientes molidas y me asusté. Ahí tiene, señor juez, ahí tiene.

Se puso de pie, irguiéndose, orgullosa de haber dicho la verdad y de haber concluido la conversación con el cierre de una presentación inexorable en su chifladura.

-Bueno, tengo que irme a ver cómo anda Enma. Con permiso- dijo recogiendo la bandeja. Sus movimientos fueron mecánicos, no quedaba nada del que fue, en un breve lapso, derroche de vehemencia con su malestar por lo que acontecía en la casa entre Vita y Enma.

El, que también se había puesto de pie para despedirla, se dejó caer rendido en el asiento. ¿Qué estaba pasando en esta casa? Totalmente perplejo, le dio por pensar que Vita se aprovechaba del estado melancólico y vulnerable de Enma para sumergirla en su propio mundo de necedades. ¿Y cómo Enma, todavía sensata y lúcida, se había dejado arrastrar por sus simplezas? Recordaba que en la primera oportunidad que tenían de charlar a solas, Enma la alababa con profunda sinceridad, tan profunda como el testimonio del cuadro que le pintó Dorina cuando estaban juntas. Ninguna de las dos era el tipo de mujer que se dejaba llevar por las apariencias y las ilusiones. A Dorina, conociéndola menos, la respetaba por su reticencia, gravedad, y a Enma, porque nunca había recibido de ella un ademán, una palabra ni acto que lo desilusionara. ¿Entonces? La volátil perspicacia de Vita (porque debía de tenerla) había seducido a la anciana solitaria en su dolor. Había, sí, un evidente trastorno en las reacciones de Enma. Algún peligro se deslizaba entre las dos.

Entonces recordó la carta que tenía en su bolsillo con la cita del Presidente, y volvió a su propia realidad. No debía de ofuscarse por una cosa ni otra. Se propuso controlar sus pensamientos y emociones. Como lo había hecho Dorina antes, se irguió, suspiró (cosa que ella no había hecho en esta ocasión) y recogiendo los documentos pendientes de revisar, los guardó en la gaveta del escritorio y se marchó rumbo a su casa.

Al entrar en su hogar sintió un suave ároma a azúcar quemada, y sintió también la voz de Vita canturreando. ¿Cuántas melodía tarareaba durante el día? Tenía que pasar al lado de la cocina para llegar del pasillo a su oficina. Le preocupaba que su carta se extraviase o Vita la viera. No debía de saber nada de lo que se gestionaba sobre su entrada en el Supremo. Su celo era absoluto. De su boca no saldría una palabra. No era impulsivo ni alocado para dar por hecho algo que no podía más que ser un espejimo. No obstante, no siguió de largo por el pasillo. Se paró en el umbral de la cocina.

-Aquí estoy- dijo.

Vita no volvió la cabeza. Estaba ocupada echando una mermelada parda encima de lo que parecía un flán.

-Ah- exclamó.

-¿Es un flán lo que haces?

-Sí.

-Me gusta mucho.

-Sí.

-Bueno, estaré listo en una hora para cenar.

En una hora se sentaron a la mesa. Vita comía mirando el plato y el tenedor. Saboreando la comida, aunque su apetito era más bien frugal. Su silencio mortificó a Alfonso. No paraba de hablar con Enma, eso le había dicho Dorina, y esa era Vita, pero ahora ni siquiera reparaba en su presencia. Antes estaba ansiosa por hablar. Ahora estaba ansiosa por callar, y si no lo estaba, le importaba poco el silencio entre ellos. Aunque no deseaba hacerlo, se había prometido no tocar el tema, dejarlo en paz por el momento, le preguntó si ese día había visto a Enma.

-Sí, la vi.

-¿La encontraste bien?

-Como todos los días.

-¿Eso quiere decir que está más animada?

Vita asintió sin mirarlo.

-Le hace mucho bien tu compañía, pero me pregunto de qué charlan ustedes. Enma es una anciana que sufre mucho, nunca fue conversadora ni adepta a entregarse a la gente. Cualidad admirable. Gentil al extremo con todos, pero manteniéndose privada en su mundo. ¿No te recibirá por educación, por ser incapaz de decirte que no tiene deseos de verte?

La reacción de Vita no se hizo esperar. Colocó el cuchillo que manejaba en el plato, tragó el bocado que masticaba, tomó dos sorbos de agua, y sin apuro ni rencor, sonriendo con un cinismo nuevo que lo desconcertó, respondió.

-No te comprendo. Te equivocas o Enma no es la mujer que me describes. Tiene cualidades admirables, dices, y un mundo privado. Y si conmigo ríe, charla, y me pide que no la abandone, ¿está mintiendo? ¿Es hipócrita? ¿Sus cualidades se fueron a la tumba con Soler? Entonces, ¿quieres decirme que estoy haciéndole compañía a una cretina que ha perdido el juicio y por eso me estima? No da síntomas de eso, pero bueno, la gente cambia. Digamos que Enma es una mujer solapada...

-¡Jamás repitas eso!

La paró en seco. Humillar a Enma en su mesa era inconcebible. Su enojo fue tal, que no pudo contenerse y se levantó con el rostro encarnado, a punto de explotar.

-Enma es y será una mujer extraordinaria.

-Pues si es así- respondió Vita muy calmada- Pregúntale por qué me recibe, por qué me atiende y me escucha. Te dirá la verdad.

-No tengo que preguntarle nada, Tú la trastornas. Ella no tiene mucho de qué hablar sufriendo como está.

-Da por seguro que no hablamos de ti. Nunca lo haría, y para tu información, hablamos a la par. ¿El tema? Te lo dije una vez. Cosas privadas, y son serias y muy agradables, porque la seriedad también puede ser agradable.

Terminando de decir eso, recogió su plato, le dio la espalda y se fue a la cocina. Alfonso casi corrió a su oficina. Hoy no era su día, todo lo que ocurría era anormal, pesado, lo confundía, y hasta tal punto fue así, que esa noche, cuando se había prometido cortar por la mitad la pastilla de dormir, no lo hizo, la tragó entera para que el sueño lo sacara rápidamente del mundo.

Vita recogió la mesa sin un ápice de disgusto. Estaba pensando en su encuentro con Oscar, cuando ambos entraban en la casa, y la noticia que le dio de que la señora Valverde estaba interesada, muy interesada en Gustavo. El le había llevado el resto de las pinturas y transcurría mucho tiempo en la galería con la señora Valverde y todo indicaba que iba a hacer un debut artístico de primera.

Vita lo escuchó emocionada.

-Oh, Dios, qué maravilla, qué maravilla!

Oscar apretó su mano sin darse cuenta que estaban en la acera. No pensaba que el juez pudiera sorprenderlos. Su emoción era superior a la de Vita. Tenía los ojos brillantes y enrojecidos.

-Me imagino que Gustavo estará feliz, bailando en el aire.

-No, no Vita. Está alicaído, no sonríe, apenas habla. ¿La razón? No tengo la menor idea, aunque me digo que esta oportunidad que ya se pinta en todo como positiva, lo sorprende, la cree y no la cree, tiene la impresión de que no está viviendo en la realidad. ¿Sabes lo que llegó al colmo de preguntarme? "¿Oscar, soy una persona real o un fantasma de mí mismo?" No me dio tiempo a responderle y se fue a tomar un whiskie. El nunca bebe, pero lo hace por desesperación. Se siente mimado por la señora Valverde, la galería es elegantísima, todo eso lo aturde. Tengo que llevármelo algunos días a cualquier parte para que descanse. Está muy nervioso.

Con esas trompetas de alegría tocando en la puerta de los vecinos, Vita se sintió tan feliz como si ella hubiera sido la pintora y no Gustavo. No pudo hablar mucho con Oscar. Estaba apurado, no dijo lo qué tenía que hacer y con espontánea vehemencia, le besó la mejilla derecha.

-Vita, tienes que venir a la inauguración cuando la galería lo disponga. Si tú no vienes, Gustavo se sentirá herido, porque te quiere mucho y bien, mucho y bien. Y yo, Vita... -retuvo su mano, la apretó y le dio la espalda a punto de llorar.

Ese era Oscar: petulante, gritón, sentimental, tierno, y el afecto de que hablaba era verdadero, correspondía al de ella, la que nunca se había aliado a su marido para desdeñarlos.

20

Alfonso se ausentó del trabajo durante dos días. Necesitaba poner muchas cosas en orden, y la primera fue ir a escoger, con las medidas que le había proporcionado Maldonado, las alfombras de la biblioteca. El trabajo en la casa adelantaba, las armazones de los anaqueles se terminaría muy pronto, la ventana fue rápidamente eliminada por el albañil, y la idea de un enorme espacio repleto de libros con un salón que acomodaría seis o siete personas, así como el mobilario, iluminado por lámparas sin interferencia de la luz exterior, era lo ideal para leer, meditar y organizar perfectamente un archivo privado de los valiosos documentos de Soler.

Todo eso requería tiempo, atención y en ellos empleó el tiempo antes de la entrevista con el Presidente. Su estado de ánimo estaba menos confuso. Se hacía la idea de su dicha personal entrando en el Supremo, jugaba con la idea, esperaba algo bueno, y al mismo tiempo trataba de contener la expectativa, pero mientras más vuelta le daba en su cabeza a la cita, más le intrigaba y la veía como casi un hecho. Supo por Maldonado que la carta se la entregó un militar con la advertencia que era estrictamente personal y debía de llegar al juez Vidal. Maldonado no tuvo curiosidad por conocer el contenido. Llevaba demasiado tiempo trabajando en la Corte para sorprenderse de ver un sobre con el sello presidencial.

En cuanto a Vita, después de la noche en que tuvieron la discusión, él se mostró rígido y distante para darle una lección de que estaba sobepasándose en sus atribuciones, y aunque por momento lo hería su indiferencia, no trató, no perdió el tiempo en analizarla.

Lo cierto era que cuando cenaban juntos, el silencio sepulcral interrumpido por el roce de los cubiertos con las bandejas, aportaba un elemento de sorpresa. Alfonso la miraba elusivamente, en tanto que Vita parecía embargada en sus propios pensamientos. Las paredes de la casa eran gran auxilio para ambos prestarles atención. Así cuatro ojos que se amaron un día, en el proceso de la madurez, ambos bien alimentados y espléndidos en la forma física, rehuían de manera natural a cualquier intercambio de palabras. Conociendo la intensidad emocional de Vita y su pasión por hablar, el cambio radical en ella lo mortificaba. La veía con una conducta similar a la suya, y era cierto. Vita, quizás, de una manera inconsciente manejaba los cubiertos como él, hacía las mismas pausas en el servicio de la comida, se sentaba rígida, sin sonreír. Terminada la cena recogía la mesa enseguida y se iba al salón a ver la televisión o se metía en el pabellón a leer cualquier revista.

Alfonso sentía que algo había cambiado en ella, pero no podía detectar lo qué era. Si antes, parlanchina e insípida con sus preguntas le disgustaba, ahora comenzaba a disgustarle su silencio, y eso era algo que rondaba su mente, como si le presentaran un acertijo difícil de solucionar, mientras él, bastante inquieto, se decía que las cosas iban bien así y no debía de darle cabida en su mente, en la que elaboraba asuntos de suprema urgencia.

El día de la cita en la Mansión Presidencial, Alfonso se levantó más temprano que de costumbre, desayunó frugalmente y abandonó la casa a las nueve de la mañana.

No conocía al Presidente en persona, si bien lo había visto una o dos veces en algún banquete o recepción oficial. Era muy querido por el pueblo, pero eso tenía sus trucos y confusiones. Durante una decada el país estuvo bajo el mando de acero de un dictador, que fue asesinado por uno de su grupo. El caos que siguió a su muerte no duró mucho. Hombres como Soler, de intachable prestigio, rescataron la Carta Magna que el tirano eliminó para imponer la suya, y continuaron restableciendo las instituciones birladas por absoletas, con el intento de establecer la democracia, que se logró con infinitas imperfecciones y luchas. Tanto la democracia, como los hombres que la deseaban, respondían a intereses políticos. Se llenó la forma de una democracia funcional. La burocracia era un desastre, la corrupción no se había detenido, pero al menos la gente podía estar segura de que no iban ir a la cárcel ni ser asesinadas, como ocurrió antes. Poco a poco hubo una nueva adaptación a un sistema electoral que permitía al Presidente instalarse en el poder por cinco años, así como el retorno del Congreso.

El hombre que precedió al actual Presidente, fue un terrible político y administrador que ilusionó por un año con sus reformas y sus encendidos discursos, para concluir con más discursos fervientes que reformas. Fue tan ambicioso, que después de estar en el poder por dos períodos, quiso un tercero, y como para ello era necesario enmendar la constitución, el pueblo protestó. Los políticos de la oposición surgieron como manadas de lobos, y entre ellos, el más joven, de cuarenta y tres años, abogado, Adriano Blanes, se destacó por su habilidad para comunicarse con el pueblo, presentar divinas promesas y dejarse retratar en miles de ocasiones: jugando golf, nadando en las aguas turbulentas de las costas, escalando el pico más alto del país, que no sería ni hijo enano de Himalaya, pero la imagen no podía ser más soberbia. Era fotogénico, tremendamente atractivo, con ojos pardos tan claros que bajo la luz del sol parecían dorados, protegidos por larguísimas pestañas negras. Su imagen ágil y deportiva, el radiante optimismo que emanaba de sus palabras y de su físico saludable, comenzó a embrujar a la gente, en particular a las mujeres. Blanes condujo una campaña política en un estilo popular de apariciones sorpresivas por todas partes, saludando al pueblo, sonriendo y cargando en sus brazos niños de meses, repitiendo la estampa bíblica de Cristo diciendo. "Dejad que los niños vengan a mí." El ganarse votos acariciando a los niños extraños, alzándolos en su brazos, riendo con ellos, pura política, en Blanes era natural y delicioso. El era padre de dos adorables chicos y una chica linda y coqueta en sus seis años, ya con un don de gente, que llevada de la mano de su padre se robaba el aplauso de la juventud. Alguien le preguntó. "¿Quieres ser actriz?" la linda criatura lo miró frunciendo el ceño, y después de una reflexión rápida, exclamó. "Si eso es bueno y mi papá lo quiere, soy atris." Los aplausos para padre e hija fueron atronadores. La Primera

Dama tampoco se quedaba fuera de la excelente imagen del joven abogado. Se trataba de la hija menor de un comerciante enriquecido en la época en que los negocios tenían la bendición ministerial, de manera que nadie se aventuraba a inquirir sobre el origen de la fortuna. Pero ella en sí, era una mujer modesta, bien educada, con un pérfil que las mujeres discutían por un parecido a ésta u otra actriz de Hollywood. Sus apariciones con el marido y los hijos formaban un cuadro de tal impacto, que mucha gente del pueblo, escéptica con los políticos, se decía. "Bueno, si todos son ladrones, al menos éste en un hombre bello, y la mujer y los hijos también. ¿No es mejor que tener un ogro feo en la presidencia" Esa lógica de tinte femenino funcionó de tal manera, que Blanes ganó el poder con un noventa por ciento de votos.

Su gobierno, excepto por esa razón, no era diferente al anterior, pero el espejimo de un presidente excepcional, con bellas imágenes, creadas y distribuidas por la agencia publicitaria, mantenía al pueblo en un estado hipnótico, en que viendo la realidad de la corrupción, la canjeaba con sumisión por el símbolo adorable de la familia presidencial.

En cuanto al carácter en sí del Presidente Adriano Blanes, se decían muchas cosas de él, alguna odiosas, otras más benignas, incluso se habló de su delirio por las faldas, de su adición al sexo y de la querida que tenía instalada en alguna parte. Pero esos rumores, que podían ser verdad, entretenían mucho. Ya se sabía que no había santos en la tierra, y si el Presidente tenía un harén de niñas lindas, pues eso era mejor a que cayeran en manos de perversos elementos o se endrogaran por ser la moda Así el mal tomaba un lenitivo que favorecía al mandatario.

Sin embargo, el escándalo de un miembro del Supremo, su muy buen amigo, lo asustó lo suficiente, bajo la dureza de los ataques, que se sintió en peligro. Ahí fue cuando llamó a Bienvenido Soler para que lo asesorara con una nueva imagen en el Supremo, de calidad humana e integridad profesional.

A las diez en punto, cuando el secretario del Presidente lo recibió y atravesaron juntos los salones de los espejos, armas, para llegar al vestíbulo que conducía a la oficina del mandatario, Alfonso, erguido y con paso firme pasaba su mirada por las lámparas, cuadros, adornos exquisitos, pisos brillantes, y tenía la sensación que no veía nada.

Consciente de la importancia del momento, se impresionaba con todo lo que veía, y seguía de largo con un rostro inexpresivo.

Al entrar en el despacho, el Presidente se hallaba en la línea telefónica, y tan pronto lo vio cortó la comunicación y con una jovialidad extrema y grata, fue hacia él a estrecharle la mano, la que retuvo entre las suyas sacudiéndolas con gran vigor, y llegó hasta la excesiva cortesía de él mismo echar hacia atrás el asiento en que iba a sentarse el juez Vidal, desdeñando el auxilio del secretario, quien intentó hacerlo primero, al mismo tiempo que recibía una señal del dignatario de que los dejara solo. Tan pronto el secretario salió del despacho, el Presidente ordenó un servicio de café y comenzó una conversación privada, extensa, en la que ambos hombres hablaron en voz baja, asintiendo a menudo, y en general, predominando un tono de respetuosa simpatía.

A la misma hora en que Alfonso Vidal entraba en el despacho del Presidente, Vita pisaba la cafetería El Pino, famosa por sus delicados dulces, cuyos precios eran extravagantes para el tamaño minúsculo de la mercancía, pero estaba ya dicho que la verdadera elegancia para la ropa, el paladar, y tantas otras cosas, no consistía en lo llamativo sino en el gusto, y el paladar de Enma disfrutaba de esas menudas joyas de la repostería. Frente a la empleada, señalándole los dulces que deseaba llevarse, una mujer tropezó con su codo. Inmediatamente pidió disculpas. Se miraron, hubo un instante de perplejidad, la empleada hizo una pregunta, Vita respondió, y entonces la desconocida y ella volvieron a mirarse con admiración y sorpresa.

-¿Roberta Castillo?

-¿Vita?

La coincidencia del encuentro las hizo reír y se dieron las precipitadas explicaciones de "un aire familiar, de algo conocido..." "sí, me pasó lo mismo y no siempre se acierta." Terminaron después de recoger sus cajitas invitándose mutuamente a tomar un café.

La cafetería era hermosa, discreta en su decorado, nada fastuosa como otra que estaba a pocos pasos y era centro de reunión de la gente rica y pretenciosa del país.

Lo primero que le preguntó Vita a Roberta Castillo fue por su hijo. La mujer se asombró de que lo recordara. Vita le respondió con total sencillez que ese día, en casa de Oscar, le pareció bastante preocupada por la salud de niño, y lo comprendía. Toda buena madre cae en la zozobra frente al dolor o la pobre salud de un hijo.

-Cierto, Vita, cierto. He oído hablar de mujeres que no se ocupan de los hijos; en la prensa, tv, por dondequiera se escuchan casos de abandono, crimenes, crueldad contra la infancia. Supe de una mujer que paría hijos para venderlos. Era muy guapa y saluble. Buenos genes y buen negocio. Así va el mundo de confuso. Mi hijo se puso bien, aunque su salud es delicada y hay que estar vigilante. Oh, hablemos de tus vecinos, porque lo son, ¿no?

-Sí, sí. Nosotros compramos la casa y la vivimos desde mucho antes que Oscar y Gustavo se mudaran allí.

-Sabrás que Oscar la heredó junto con mucho dinero.

-Me lo contó ese mismo día en que te conocí.

-Yo hubiera deseado quedarme, almorzar con ustedes, pero ya sabes, no pude, y sé que Oscar saltó por la ventana, como decimos, para recibirme. Una exageración, se lo reproché, ¿pero quién tiene influencia sobre Oscar?

Se rio con natural alegría, y eso quería decir que lo quería bien y así fue. Inmediatamente comenzó a hablar de él.

-Oscar tiene buen puño de comerciante. Sus trabajos son excelentes. Uno de sus empleados, al que conozco bien, me dice que tiene un carácter de esos que se sulfuran por tres minutos, dan la impresión de que se va a acabar el mundo, y luego se calma y es una palomita. Buen corazón, Vita. Uno de sus empleados se partió ambas piernas en un accidente. Oscar lo mantiene en la nómina, le paga las medicinas y visitas al médico que no están cubiertas por el seguro. Y ya ves, es rudo por fuera y angelical por dentro.

-¡Qué contraste! ¿Verdad que parece inverosímil la combinación?

-No mucho, si piensas que Oscar se defiende en lo personal por demostrar que es un rufián, un hombre de pelo en pecho, y en otros aspectos, porque le viene de la sangre. Se crió muy pobre, en la calle, conoce todos los manejos y suciedades de su prójimo y quiere dar el mensaje: "Párate ahí mismo, no estás lidiando con una damisela encantadora, sino con un ogro callejero. Me las conozco todas, y anda derecho" Su mérito, consiste en que nunca se echó a perder por dentro. En este mundo que anda al revés desde hace muchos años, nunca tocó las drogas, bebe lo normal; por otra parte, ya sabes. No hay nada perfecto bajo el sol, lindo sí, pero perfecto, no.

-¿Y qué hay con Gustavo? Perdóname la confianza de preguntarte, pero ya ves que nos tuteamos y charlamos como si nos hubiéramos conocido de toda la vida. Digo, por mí parte. ¿Exagero?

-Oh, no- exclamó Roberta con un aire campechano- Si no fuera porque caería en un disco rayado, te diría "que los amigos de mis amigos son mis amigos" y es cierto, a menos que se sienta una profunda antipatía, de esas fuertes que no sabemos de dónde vienen, pero éste no es el caso. Sí, todo va tan bien, ya casi puedo dar por seguro que Gustavo tendrá una exhibicíon para él solo y a todo dar. La señora Valverde adora sus trabajos, y lo cierto es, Vita, que el chico tiene un talento extraordinario, explosivo, aventurero.

-¡Quién lo hubiera dicho! Yo sabía que pintaba, pero pensaba que lo hacía para entretenerse, y como no habla de eso, y un día que lo visité me di cuenta que se apuró en cerrar su cuarto de trabajo. Tiene en su carácter una inclinación por el misterio. ¿No lo crees, Roberta?

- Es increíble que a los veinte tres años se tengan misterios, y por partida doble, en lo personal y también en el arte, pero el arte es otra cosa. Comienza con un misterio del subconsciente, y ese misterio no se descubre nunca. ¿Cómo un chico campesino como Gustavo que apenas sabía lo que era un tenedor y una mesa bien puesta, puede pintar con ese lujo de detalles? Bueno, admito que ha aprendido, pero no, no es una respuesta suficiente.

-¿Es campesino?

El asombró de Vita se reflejó en su rostro lindo y lozano. Roberta, que captaba la personaidad de la gente a través de su larga experiencia de mujer liberal que recorrió desde temprano un mundo de rebeldía, pasiones, imprevista agonía, la miró con singular curiosidad. Desde que Roberta conoció a Gustavo comprendió de dónde venía, y lo dio por seguro, hasta que pudo sacarle a Oscar con su benévola discreción, la historia. No podía precisamente asegurarse que era campesino, pero sí que venía de un mundo bastante diferente al de ellos, y se estremecía de miedo que lo descubrieran, o quizás no fuese miedo, sino la sumisión, el dolor interno en lo que había derivado su destino, como si algo inconfesable lo iraitara por dentro. Pero también, ¿quién con la frescura y belleza de su rostro podía ya dar un mensaje de total intranquilidad interior? Ni siquiera tenía idea de porqué pintaba, si era un fracaso o no, y con esa duda, al exponerse a la crítica, sucumbió a una inquietud y melancolía que impresionó a la señora Valverde.

-Sí, campesino. Oscar lo conoció un día que viajando por un pueblecito muy pobre, se le averió el auto y tuvo que esperar por un mecánico. Como hacía un aire fresco y agradable, se internó en la maleza, vio un río en la distancia, una roca elevada, y sentado allí encontró un adolescente, dieciseis años, Vita, que pintaba con un lápiz y un trozo de papel. Se acercó a él y vio los trazos firmes, fáciles, con que copiaba el paisaje, y al mirarlo, pués imagínate, experimentó ese lánguido desfallecer, como dijo el poeta, que lo hizo hablarle, prometer, convencer. Y ese campesinito, que a su edad ya tenía mujer y un hijo, recogió su papelito pintado y se fue con él.

-¡Dios mío, qué historia!

-Lo que puedo asegurarte es que con Oscar, Gustavo aprendió a vivir, y quizás a ser de otra manera. Oscar le pagó una escuela, maestro privado, lo enseñó a vestirse, a comer, a hablar con soltura, a participar en la vida social, a ser el chico encantador que es, porque lo es, Vita, pero en sus momentos. Ahora, después de esta exhibición, si es que comienza a obtener un nombre, entonces me pregunto qué es lo que va a pasar. Creo que Oscar teme algo. No lo puede evitar, figúrate mucho mayor que Gustavo, y lo he visto y lo sé. Cuando una persona joven comienza a darse a conocer, y si llega la fama que corroe, y como da destruye a sus jóvenes dioses, el viejo protector aburre, ya no se necesita. Lo que tenemos en la mano vuela un día y nos viene lo que no esperamos. Por eso, yo voy por la vida con una gran calma y cinismo, sí. Ya fui bastante atrevida, alborotada, y los años traen otro mensaje. Nos dicen. "Recuerda, a la larga los pies están al borde del abismo para todos. Nada es extraño." Y dime, ¿quién quiere caer en el abismo?

-No yo, ciertamente, Hay nombres terribles y el abismo es uno de ellos.

-Saber que hay un abismo a cada paso ya previene muchos males, ¿no lo crees?

-De acuerdo. ¿Tienes idea cuándo será la exhibición?

-No tardará mucho. Ya te dije que la señora Valverde está enamorada de Gustavo, digo, del artista, y está planeando todo con él.

-¿Oscar también lo ayuda?

-No, no, Oscar se ha mantenido fuera de todo esto. No quiere interferir ni hacerse odioso en nada. Es el momento de Gustavo. ¿Ves? El rufián es sensible, se mantiene distante. ¡Rufián, que palabra más insensata cuando se trata de un hombre sentimental que es capaz de llorar en tu hombro por la muerte de un felino!

Vita rio en conjunto con ella.

- Es mejor así- dijo Vita- que parecer un hombre sensible y ser un rufián.

-Palabras sagradas -respondió Roberta con aire solemne.

21

Al abandonar el llamado Palacio, Casa o Mansión presidencial, Alfonso experimentaba una extraña sensación. Había sido nombrado miembro del Tribunal Supremo. Un fotógrafo había tomado fotos estrechando la mano del Presidente, varias de ellas, que serían publicadas en su momento. El Presidente partía para una reunión de jefes de estado. Regresaría en una semana, y deseaba suspender la noticia hasta su retorno. Entonces informaría formalmente su elección. Tendrían un nuevo encuentro, sería el oficial entre los dos.

Alfonso se decía que estaba feliz, sorpresivamente feliz, y al mismo tiempo analizaba su vida, lo que había hecho y dejado de hacer, y el resultado era bueno debido a que en muchas ocasiones le ofrecieron oportunidades de hacer dinero a través de vías no muy limpias y las rechazó de plano, no con indignación, no le correspondía juzgar al prójimo ni ser duro con las personas que le hicieron el ofrecimiento para darle una gran cosa, pues hasta el mal tenía un aspecto selectivo, pero él no comulgaba con tratos ocultos, debajo de la mesa, como solía llamarse. Su disposición natural era la honradez. No tenía que sufrir torturas ni dudas para alcanzarla. El dinero nunca había sido su objetivo, pero ambicionaba posición y prestigio, quizás con una incesante tosudez que podía hasta hacerle daño al equilibrio de su salud. Para él no había cosas a medias, sino bien definidas y perfectas. Esa postura ante su vida y trabajo le había ganado algunos enemigos fuertes. La política y el vicio eran dos ramas similares, tenaces en la corrupción, y el que se iba contra la corriente no ganaba mucho en la vida de sonados éxitos.

Le mortificaba la podredumbre general del país, pero había llegado a la conclusión que él tenía que vivir con sus conceptos, ideas y acciones propias, lejos de incorporarse a los lobos que pavimentaban las calles de la nación.

Había tenido una gran suerte. Fue favorecido por Soler, recibió su orientación, guía y ayuda, que no obtuvo de nadie más, con la intimidad y el cariño que le dio Soler. Su mentor fue otro lobo sobreviviente, justo en la línea opuesta. ¿Cuántas veces no discutieron ese problema? ¿No recordaba que en su última conversación lúcida en el hospital, Soler mencionó al hombre bueno y aislado que de pronto se encumbraba, llamado por la corrupción para lavarle la cara? Lo que presagió Soler llegaba a él como un regalo póstumo ¿Se debía eso a su estado ambiguo, experimentando una súbita euforia, unida a una lacerante inquietud en el orden privado, porque no todo marchaba bien en su vida y no podía combinar las dos cosas con la misma armonía y perfección? El desnivel que estaba ocuriendo entre su vida profesional y la otra conyugal echaba abajo su entusiasmo. Había prometido silencio sobre su nombramiento, y el silencio era algo congénito en él, no había problema, pero pensaba en la viuda de Soler.

Enma era reservada. ¿Qué no había oído y callado escuchando a su marido? Sin ejercer su profesión de abogada, se había incorporado al oficio por ser la compañera (y sin duda, consejera de su marido en algunas ocasiones difíciles) que estaba al tanto de sus asuntos. Le debía a Enma la fidelidad de anunciarle el secreto, a ella y nadie más. No se trataba sólamente de lealtad, pues también iba a darle una gran alegría, y ella la necesitaba.

Durante las mañanas, casi siempre, Vita iba a visitarla, así que decidió esperar que llegara la tarde para ir a verla a solas.

Mientras tanto, deseando despejarse la cabeza, volver a la tierra y ocupar su mente y espíritu en otras cosas que lo sacaran del momento que había vivido, llegó a la casa, se cambió de ropa por otra vestimenta menos clásica y elegante, y se fue directamente a la biblioteca.

El albañil pintaba la pared correspondiente a la ventana derribada. Los dos carpinteros, acatarrados, tosiendo, con bolsitas de tela en la boca para no tragar el polvo, tomaban medidas, cortaban finas o gruesas tablas, en tanto que un electricista trabajaba en los fusibles, agregaba nuevos interruptores, conectaba cables aquí y allá, y el lugar era un pandemonio de actividad y ruidos. No tenía mucho que hacer allí, al contrario, interrumpía el trabajo, y después de supervisar todo, comprendió que estaban adelantando vertiginosamente y en dos semanas, si su cálculo no era errático, la biblioteca estaría lista, y entonces comenzaría el otro trabajo de transportar los libros. Recordó que no había escogido las lámparas ni los muebles y se fue a una tienda exclusiva donde vendían este tipo de mercancía. Estuvo allí algunas horas, regresó a la casa, se apresuró a visitar de nuevo la biblioteca. El albañil y el electricista habían partido y habló unos diez minutos con los carpinteros, de manera jovial, tocándolos en los hombros y dándole las gracias por el buen trabajo que hacían.

Regresó a su oficina, firmó los cheques de los trabajadores, revisó la computadora para ver si tenía algún e-mail, y salió de allí a tomar un vaso de leche y dos lascas de jamón. Lo que hizo después fue inaudito en él: tomó una siesta muy larga, y se levantó cuando ya Vita estaba en la casa, ofreciéndole el camino despejado para ir a ver a Enma Soler.

Y así lo hizo con renovado entusiasmo.

Inmediatamente que Alfonso vio al doctor López abriéndole la puerta, se sospechó que algo anormal estaba ocurriendo, y fue así como lo pensaba. El médico, efusivo, con las gafas en medio del tabique y el pelo alborotado, le dio paso con la misma excitable bienvenida de siempre,

-Adelante, juez, adelante. La casa es tuya y mía en este momento- exclamó- Las mujeres se han rendido a la fuerza de los hombres, por un día, quizás, pero lo que se espera, llega.

Alfonso no tenía idea de qué hablaba. Totalmente perplejo lo siguió hasta el comedor, en el que se encontraba Enma sentada ante la mesa, tomando un caldo de pollo con galletitas. Como ella no lo esperaba, dijo.

-Hoy es el día de los arrebatos y milagros.

-¿Sucede algo?

-Oh, hijo mío, sí, sucede algo inesperado. Nuestra Dorina, limpiando el salón del billar tropezó con la mesa y un mueble que estaban casi unidos y se ha golpeado duramente. Gracias a Dios, no tiene ningún hueso roto, pero sangró, tiene dolor, y a duras penas se ha ido a reposar, porque este diablito de López la ha amenazado con el reposo o el asesinato. No me hago la idea de que Dorina crea que lo dice en serio, pero tampoco creo que lo toma a broma. López le dió un calmante que posiblemente la ha tumbado, pero ya se levantará haciendo de tripas a corazón. ¡Oh, qué fuerte es el amor y el sentido del deber! Así vamos, ven, ¿no hay café?- dijo Enma mirando a López- Oh, ya veo, te tomo por un camarero. Perdóname, López, estoy muy atontada hoy. Sé que el perdón no va bien contigo, pero, por un día...

López asintió. Se veía cansado, los años se le notaban con su cruenta demolición. La muerte de este viejo y leal médico, si llegaba antes de la de Enma, le iba a producir un gran dolor. Alfonso se quedo mirándolo. El doctor López hizo lo mismo de una manera elusiva. Enma no estaba enterada del insomnio del juez ni de la receta de sus somníferos, así que no cometió la indiscreción de preguntarle nada, pero notó su rostro descansado y una expresión diferente, como si una fuerza religiosa y moral le diera un tono luminoso a su piel. Como médico, López sabía que la piel era un indicio de buena o mala salud, de buen sueño o no, y por los síntomas no tuvo duda que el juez dormía a pierna suelta, o quizás tomando sus consejos, había reducido la carga de sus obligaciones. Nadie mejor que el viejo galeno comprendía que vivir en la edad tecnológica era un placer en las comunicaciones, y los botoncitos milagrosos que ofrecían información, diversión, y todo ese embeleco moderno, se pagaría muy caro. También notaba en él una mezcla de asombro y desconcierto.

-Me llamaron, juez, y enseguida vine a dar servicio a los viejos y queridos amigos- le dijo para animar la mesa- Aquí encontré a su adorable esposa que estaba haciendo mejor servicio, todavía que la propia Dorina, y que no me oiga porque me mata. Pero, vaya mujercita eficiente la suya. Parece muy joven, tengo entendido que no es tanto como lo parece, y me río, porque si mi mujer la ve, me pregunta enseguida el milagro de su juventud, y yo tengo la respuesta, bueno, me la dio Enma, que sabe más que yo de estas cosas: corazón contento, pensamientos limpios y amor por la vida. ¡Vaya con la combinación! Pero mi mujer, caramba, está casi inválida, y aún así, ¿qué decir? Coqueta hasta la muerte.

Siguió hablando en ese tono jocoso que hacía reír a Enma con discreción, tapándose la boca, a ratos amenazándolo con una mano en alto. Durante vida de su marido, López había bromeado de la misma manera, con el beneplácito de Bienvenido que lo esperaba para escucharlo decir sus barbaridades y llevárselo a jugar ajedrez. En la casa lo tomaban a a serio y a broma, cuando el asunto requería una de las dos cosas. López no tardó en despedirse de ambos prometiendo repetir la visita al día siguiente, temprano en la mañana. Estaba semi-retirado, pero como había dicho una y mil veces, sus viejos pacientes no lo soltaban.

Alfonso condujo a Enma al salón donde usualmente se reunían. La ayudó a acomodarse en su butaca y a suspender las piernas en un banquillo. Cada día su fragilidad se acentuaba, pero sus ojos se mantenían, cuando no se amodorraba y salía del mundo por un rato, con una agradable atención. Recordaba su mirada, cuando era mucho más joven, con la misma absorbente disposición, aunque ahora había disminuido con el velo de las cataratas. Su edad le daba ese toque en la mirada de dulce comprensión, ya sin la oculta ansiedad del pasado, cuando estaba activa y conocía las marañas crueles que rodeaban a su marido.

-¿Qué me cuentas, hijo mío? ¿Qué me cuentas?

Siempre interesada en lo que los demás tenían que decir por encima de lo que ella misma deseaba comentar. Le cedía el lugar al otro con profunda calma, sin impaciencia, esperando su turno, dando el regalo de su cortesía y educación.

-Algo extraordinario ha sucedido, Enma, a menos que usted haya sabido o sospechado algo a través de Soler.

-¿Bienvenido?-preguntó abriendo los ojos, tocada por una curiosidad enorme- No sé, vamos, dime...

Alfonso le contó brevemente lo que había hecho Soler de recomendarlo al Presidente de la nación para ocupar el puesto vacante con varios candidato en el Tribunal Supremo.

-No, no, nunca me dijo nada. ¿Cuándo sucedió eso? ¿Cuándo?

-Me supongo que unas pocas semanas antes de caer gravemente enfermo.

Ella reflexionó frunciendo el ceño.

-Ah, entiendo- admitió moviendo la cabeza entristecida- Ya Bienvenido venía muy mal. Antes de la celebración de nuestro aniversario, ¿lo recuerdas? yo lo notaba mal, le pedí que no se metiera en ese lío que requería energía, y además nosotros dos con tantos años encima lo que deseábamos era irnos a recoger temprano como los pollitos. Pero, que va, se salió con la suya, y como era astuto fue haciendo todo sin ponerme al día. Hacía esas cosas que él creía que me daban placer, negándose el trabajo extra que traían consigo. Ahora sé, Alfonso, que antes de morir quiso hacerme un regalo. La declaración pública de su amor por mí. ¿Necesitaba yo eso? ¿Lo necesitaba él? El amor bueno tiene un filo de secreto y pudor, no digo que Bienvenido...Oh, no, paremos ahí. Es interesante lo que dices, vamos, continúa...

-¿Quiere que lo dejemos para otra ocasión, Enma? Noto que usted está cansada y con el problema de la pobre Dorina...

Ella lo interrumpió rápidamente.

-¡Tonterías! Los viejos siempre estamos cansados, ¿es algo nuevo? Dorina está durmiendo. La tragedia fue obligarla a irse a la cama, me decía que estaba bien, López me aseguraba que el golpe había sido muy fuerte y tenía que descansar algunas horas y tomarlo suave. Ese tomarlo suave que predica López, oh, volvamos a lo tuyo.

-Gracias, Enma. Pues bien, hoy me entrevisté con el Presidente y tengo ya la nominación para entrar en el Supremo. No se dará la noticia enseguida, pues él inmediatamete sale de viaje y regresa en cuatro o cinco día y quiere guardar secreto de su selección hasta su regreso.

-¡Buen Dios!- exclamó la anciana golpeándose suavemente la mejilla en un ademán de azoro- Esto es algo maravilloso, Alfonso, y te lo mereces, te lo mereces.

-Fue Soler el que dio una impresionante recomendación sobre mi persona.

-¿Y podía ser de otra manera? Ah, hijo mío, Bienvenido conocía bien a los hombres, y siempre me decía que eso era lo que hacía falta en este país y otros. Había una enorme carestía y por esos nos hundíamos.

-¿Qué cosa?-preguntó Alfonso un poco desconectado del sentido de su respuesta.

-Hombres buenos y honrados, hijito. Siempre domina un grupo de aparentes ángeles, con instinto y acciones de malversadores. Bueno, ya lo sabemos. Ahora dime, ¿qué piensas del Presidente? ¿Hablaron mucho? ¿Te nominó enseguida o hubo vacilación?

-La entrevista fue muy cordial. Es un hombre tremendamente atractivo, lo sabe, sabe cuándo poner sus dotes personales de cortesía a trabajar, pero también capté que no es tonto y espera de los que nombra cooperación y servicio, lo que es natural, hasta un cierto punto. Sin embargo, me habló muy mal de Valdéz, el miembro que salió, y todos sabemos, y Soler me lo dijo, que eran amigos, en el sentido de apañarse con sus chanchullos. Llegó un momento en que hablando de honestidad tomaba todos los ademanes y gestos de un crucificado por los traidores. Bueno, yo le ratifiqué mi fidelidad a la ley, no le dije a él, porque eso era lo que esperaba: un delicado acuerdo y compromiso. Le hablé en un tono grave de la ley y su fuerza y como iba a integrarme al trabajo con toda la energía a mí disposición. Dijo: "sí, sí, eso es lo que busco, lo que quiero." ¿Entendió? Jugó con las ideas, quería conocer mi lado débil, y le juro que si no es por la oposición que no lo suelta con el asunto, hubiera pasado por alto la recomendación de Soler, y si la buscó fue porque la necesitaba. Y ya Soler me lo había dicho: en momentos de calamidad, en que todo funciona mal, el nombramiento de un hombre intachable en su oficio y con prestigio, se usa para salvar la situación. Lo comprendo. Hasta ahí llega mi cooperaicón. El resto, veremos, veremos.

-Muy bien, muy bien. ¿Sabes, Alfonso? A veces hablas como Bienvenido. Es así, la influencia...Pero dime, ¿viste a la esposa?

-No, no, fue una entrevista muy privada entre nosotros, pero cuando salía de su despacho, me pareció ver la sombra de una mujer, y lo que vi bien fueron dos niños jugando, gritando, hermosas criaturas.

-Ella me mandó una flores preciosas, sí, la Primera Dama. Yo no recordaba que había estado en el velorio de Bienvenido. Vita me lo confirmó. Me agrada mucho como persona. Tengo entendido que está muy bien educada, vivió en Londres terminando sus estudios y también en los Estados Unidos. Quizás sea más honrada, inteligente que el marido, y lo oculta, dejándole el escenario. Eso ocurre a menudo, Alfonso. Dime, ¿le has dado la noticia a tu mujer del nombramiento?

Lo miró fijamente. Algo la hacía sospechar que él se abría con ella, como no lo hacía con Vita. Aceptaba que era otro tipo de relación, pero tenía tendencia a juzgar a los demás, en el matriomnio, tomando su propio modelo. Alfonso y Vita estaban en el proceso de la madurez emocional. La pasión insana de la juventud ya no existía, y con el tiempo, a medida que envejecieran experimentarían otro cambio en la vida conyugal, de compañerismo, luego de amistad, hasta llegar a la hermandad. Ciclos inevitables. Sospechar la situación conyugal en la actualidad se basaba en instinto, más que en pruebas. Vita lo nombraba poco, pero cuando lo hacía empleaba una gran vehemencia, admirando sus cualidades, y Alfonso, lo temía, se entregaba demasiado al trabajo. Era de esperarse con sus dotes excepcionales, y ella había escuchado al parlanchín realista, eh, de López, decir tan pronto Alfonso comenzó a ocuparse de la biblioteca de Bienvenido, que el juez Vidal estaba quemándose vivo en el trabajo. "Demasiado disciplina y entrega en lo que al fin de cuenta, nunca sustituye la grandeza de la familia". ¿Exageraba López?

Al escuchar la pregunta de Enma y ver que le examinaba el rostro con su expresión dulce, pero aún así grave en el contenido que le rondaba por la mente, Alfonso se enojó con ella, y con todo el que tocara su vida personal en relación con Vita. Ahí era intransigente, y no era menos cierto que se alteró y con gusto se hubiese levantado y salido de la casa sin responderle, atendiendo más bien a su intranquilidad y disgusto. No lo hacía ni lo haría nunca. Aun sonreír en esta situación le costaba un gran esfuerzo. ¿Podía declarar sin provocar las protestas de la anciana que Vita no había progresado en su capacidad mental ni emocional como él? Ahora sabía que eran dos personas diferentes, disociadas una de otra, pero demasiado tarde para enmendar la situación. La quería bien por sus cualidades de administradora, frugalidad, atención al hogar; el resto era niebla y cenizas. Y nunca comprendería la devoción que tenía la anciana hacia su mujer. Pero hoy lo había comprendido, después de su entrevista con el Presidente. Vita tenía, como Adriano Blanes, la personalidad atractiva, ligera. Mostraba sus bellos dientes tan a menudo, con sonrisa jocosa, que la gente juzgaba los dientes, no subían a la cabeza para ver lo simple que era. Enma se había dejado seducir por ella, por su charla fantasiosa y no penetraba la verdad.

Sonrió, mantuvo la sonrisa, incluso tomó la mano de Enma y la mantuvo entre las suyas, acariciándola, cuando deseaba sólamente alejarse de ella.

-Enma, este es un secreto entre usted y yo. Vita se exaltaría demasiado, se preocupa por mí, es generosa hasta el infinito y de muy buen carácter. ¿Hay algo más que yo pueda pedir?

-Inteligente, además. Una mujer inteligente

-¡Eso!- exclamó Alfonso con énfasis, cuando en realidad se decía que Enma pasaba de la cordura a la neblina mental- Eso es lo que vale también, querida mía, inteligencia

Enma entrecerró los ojos. Alfonso amaba a Vita, la apreciaba en todo lo que valía, pero era discreto y tenía un gran pudor moral que se extendía a su vida íntima. Todo iría bien para él y Vita. Abrió los ojos sonriendo, en el momento que Dorina entraba con paso vacilante, pálida, con los cabellos en desorden que trataba de alisar y una expresión de azoro, como si el descanso de cinco horas la hubiera transportado a un país de fantasmas en el que le dieron permiso para regresar a la casa y ella todavía no lo comprendía y se frotaba los ojos, adolorida en alguna parte del cuerpo.

-Oh, Dorina, ángel mío, has despertado como la bella durmiente- dijo Enma

Alfonso se puso de pie y la condujo al asiento que había abandonado.

-¿Cómo se siente, Dorina? ¿Está mejor?

-Sí, sí, estás mejor, ¿verdad, encanto? Esta noche haremos el rosario juntas - dijo Enma contenta.

Dorina asintió en tanto que recorría con una mirada llena de estupor la casa, los rincones, las cortinas, cada uno de los muebles. Claro, estaba en su hogar. Entonces miró a Enma sonriendo, y Alfonso, después de ofrecerse para acompañarlas, recibió el suave rechazo de Enma, quien alegó que ya lo peor había pasado. Dorina asintió irguiéndose.

El abandonó la casa rápidamente.

22

Vita se sintió de pronto metida en una vorágine de actividades que estaban fuera de su ordenada y monótona existencia, lo cual disfrutaba hablando sola como una cotorra, riéndose, sin parar de trabajar. A sus ocupaciones habituales se habían unido las visitas a Enma, cuidar de llevarle algo de comer, aumentar las compras en el mercado debido a los hombres que trabajaban en la biblioteca. No pasaba el mediodía sin que les llevara un bocado, café y algún pastel o torta, las que recibían con una gratitud manifestada con dulce humildad, exclamando. "Oh, señora, no se moleste. No es necesario". A lo que ella respondía. "Es necesario. Ustedes trabajan mucho. ¿Les gustaría tomar un refresco ahora?" A sus espaldas, esos hombres comentaban lo natural y generosa que era la esposa del juez, y también se quedaron asombrados cuando al contarle al juez las delicadezas de su mujer, éste movió las manos en el aire, con una expresión de hastío, diciendo. "Oh, sí, sí".

Había que agregar algo inesperado pero muy agradable. Después de su reunión con Natalia, Vita le escribió una nota dándole las gracias y por respuesta recibió una llamada de Natalia. Volvieron a charlar entusiasmadas. La invitó de nuevo, y esta vez a su casa. Iban a tener una cenita íntima con una pareja amiga y deseaban que estuviera allí con su marido. Al mencionar el marido, Vita se demudó, por breves segundos su silencio fue grave, hasta el punto que Natalia le preguntó. "Estás ahí? ¿Me oyes". Despistada, Natalia creía que la conversación telefónica se había interrumpido. Vita recuperó la sangre fría que perdió en un instante, y le respondió que asistirían, aunque había que dejar en suspenso la posibilidad de que a última hora su marido no pudiera asistir. Ella iría de todas maneras, pero su marido estaba en medio de un trabajo agobiador que apenas le dejaba tiempo libre para respirar. Natalia no insistió, y cuando colgó el auricular se dijo con su rápida y sagaz impresión sobre las cosas que despertaban su curiosad. "Ese marido es un poco fantasma."

La cena en su casa se llevaría a cabo el próximo viernes.

Vita deseaba encontrar un momento para escribir en su diario, dejar constancia de todo lo que había ocurrido en su vida en los últimos días, pero no sólo le escaceaba el tiempo, sino que necesitaba sentirse en una disposición de recogimiento y paz mental para llenar las páginas de la confesiones secretas, que para ella no eran más que una exploración de sus reacciones, sentimientos, sobre sí misma y las personas que la rodeaban.

Recordaba muy bien su conversación con Roberta, y todavía no salía de su asombro con la historia del encuentro de Oscar con Gustavo. Ahora cuando lo viera de nuevo, no dudaba que vería en él al campesino, y por lo tanto, consideraba que el ligero sarcasmo de Gustavo, su sonrisa misteriosa, ese acercarse y alejarse un poco sobrecogido, eran nada más que los síntomas de su inseguridad y la máscara del hombre nuevo al que Oscar lanzó como un Pymalión a la vida social. ¡Qué interesante era descubrir lo que había detrás de cada persona! Era imposible tomar a la gente por lo que parecía o quería ser, había que cavar hondo con una sagaz observación para comprender que en lo que se ocultaba residía la más desgarradora verdad. Gracias a la vida que la lanzó al mundo con buenos genes, una familia simple, y disposición optimista, pudo escaparse de esas complicaciones de carácter y vivir sin afeites ni caretas. Había que pensar en eso a menudo. Constituía una suerte.

Durante varios días vigiló a menudo y con gran atención el patio de los vecinos para saludarlos. La suerte no la ayudó.

Gustavo impresionó con sus pinturas y dibujos a la señora Valverde. Aceptó con un vivo entusiasmo incluirlo en su galería. Comenzaron a trabajar juntos, discutiendo la distribución de los cuadros en el salón, ordenando los marcos, y como la galería se estrenaba, todavía estaban dos electricistas trabajando en las luces indirectas y las que caerían sobre los cuadros. Gustavo no tenía tiempo para sí mismo. Entraba y salía de la casa corriendo, y Vita era la última persona que ocupaba su mente.

Oscar tampoco se veía, aunque según Roberta, estaba fuera de lo que acontecía en la galería. ¿Andaría preocupado? Roberta había deslizado su temor sobre la posición de Oscar, en caso de que Gustavo comenzara a despuntar, hacerse conocer y tener dinero. La prueba de la independencia podía ser dura, muy peligrosa. Oscar no era un pimpollo hermoso como Gustavo, tenía talento comercial, pero no tanto como para destacarse en la vida pública. Desgraciadamente se apreciaba lo que hacía ruido, y no lo que iba marchando a un compás honesto con el sudor de cada día. Un artista interesante y con tal juventud acaparaba la atención de de otros como él, mientras el compañero fiel pasaría a ser una sombra, y no muy deseable de tener al lado. Oscar temía, veía claramente que como Gustavo lo siguió sin mirar atrás, así podía envolverse en el torbellino fascinante de halagos, reconocimientos, y dar la espalda a su protector. Por ninguna parte, en la vida, Vita reconocía que la fidelidad fuese predominante. Gustavo tenía un ego vital y exigente bien escondido, Oscar lo sabría y se vería en la encrucijada eterna de haber aupado y mimado al que iba a destrozarle el corazón. Vita, pensando así, se decía. "Bueno, que se prepare y se quede listo para el remiendo de su corazón." Luego, pensando sobre eso se echaba a reír con cierta tristeza aguda que transformaba su risa en un cinismo total. Casi nunca había sentido tan fuerte la sensación de que vivía experimentando grandes cosas sobre los seres humanos, y quizás sobre sí misma también, a pesar que el panorama no estaba tan claro cuando entraba en lo profundo de su alma. Ese era un territorio bastante confuso, a veces, no todo el tiempo.

Por fin un día pudo ver a Oscar desde su ventana, caminando por el el largo pasillo de su casa que conducía directamente a la puerta de la calle. Vita no vaciló. Como la más insolente y atrevida fisgona, salió corriendo a su puerta para alcanzarlo en la acera. Con paso precipitado se dirigió hacia él, llamándolo.

Oscar se alegró de verla, y como siempre, echó una mirada recelosa a su entorno. Nunca se sentía tranquilo con estos encuentros. Había llegado a pensar, en su inmensa antipatía por el juez, que éste tenía antenas invisibles para captar estos momentos entre ellos.

-¡Caramba, qué alegría!- exclamó efusivo- Hace tiempo que no te veía.

-Eso mismo me decía yo hace un momento. ¿Y cómo va todo?

No mencionó que había visto a Roberta y habían hablado sobre ellos. Si algo tenía de bueno, era su capacidad para mantener secretos donde tenían que estar: en un cofrecito con llave en uno de esos rincones del alma que se crean para ser fiel al prójimo.

-Vita, ya va la exhibición.

-¿Por seguro?

-No sólo aceptado, sino que el <u>show</u> será exclusivo para él. ¿Te asombra? Pues imagínate como estamos nosotros. Gustavo parece un sonámbulo.

-¿Un sonámbulo?

-Sí, no sé describírtelo de otra manera, y es natural. Ha sido uno de esos golpes de suerte que se dan una vez en la vida. Yo tuve uno con la muerte de esos viejos cicateros, y me tomó de tan sorpresa que necesité un mes para creerlo, aun cuando lo tenía todo en mi mano. ¿No has recibido un golpe parecido?

Vita pensó largamente y terminó sacudiendo la cabeza. Tal magia inesperada no ocurrió en su vida, y no fue porque planease su vida y se dijera: voy a tomar este camino. Pocas personas, pensaba, podían lograr hacer tal cosa sin desviarse jamás hacía otras tentaciones y problemas. Quizás su matrimonio jovencita le había evitado tales libertades o contactos, y como nunca tuvo ningún don reconocido cuya naturaleza excepcional la pusiera en vías del sueño y del trabajo apasionado, ¿merecía un golpe radical de la fortuna? Ni siquiera podía pensar qué cambio de fortuna la lanzaría al sonambulismo, como sucedía con Gustavo. Quizás el máximo de su coronación en las peripecias prodigiosas de la vida, fue tener su casa propia en el lugar que le gustaba, tal y como la había soñado, pasando por alto la compañía permanente del hombre invisible en que se había convertido su marido. Sus sueños iban y venían, eran más bien símbolos de una realidad pues aunque se creyera lo contrario, su dicha no tenía que echar mano a extravagancias, evadía complicarse la vida. Le gustaban la gente, la naturaleza.

Al dilatar su respuesta, Oscar se rascó la sien, sonriendo. No había hecho una pregunta capciosa, pero hacía el mismo efecto, Comprendió que su vida y la de Gustavo merecían una novela con capítulos de exaltados percances, mientras que la vida de Vita, por lo que conocía, que era muy poco, pero consideraba suficiente, se había deslizado dentro de una normalidad que el juzgaba insípida y desagradable en otras personas, pero no en esta mujer linda y adorable que le caía como una onza de oro.

-La verdad, Oscar-la escuchó él declarar con aire pensativo-, que las cosas interesantes le suceden a las personas interesantes. ¿Qué puede ocurrirme a mí? Dime, con esta vida simple que llevo y me gusta.

-Oh, no me digas eso. Las mujeres tienen más fuerza y secretos que los hombres. Veo en tu mirada la curiosidad, la atención que le prestas a las personas, el deseo de saber mucho.

-Eso es verdad, no lo niego. ¿Pero es una cualidad que merece la sacudida de un golpe extraordinario de suerte? El que me interesen mis semejantes y piense en ellos, ¿es algo del otro mundo?

-Lo es, Vita, lo es. Todos vamos como carneros por la vida, y yo voy al frente de todos los carneros.

- No exageres.

-Soy exagerado, pero también digo verdades que retumban como temblores de tierra. Vayamos por parte, esos tíos hostiles que conociste de lejos, ¿no tuvieron una vida interesante? Piensa que mi tío viajó el mundo entero, se metió en trifulcas, bebió como una bestia, tuvo mujeres a tutiplén, llegó aquí y se hizo riquisímo. Pues bien, ¿qué conoció de lo íntimo y profundo de la vida? Dime, ¿qué conoció?

Vita, fuera de su habitual cortesía preñada en bromas, le preguntó con un irónico dulzor que podía confundir.

-¿Y lo conoces tú, Oscar?

Ahora lo tomó desprevenido. Contestó rápidamente.

-Esta conversación es demasiado seria para tenerla en la acera y con cierto apuro. ¿Me prometes sentarnos un día para hablar de esto?

-De acuerdo. No esperes mucho de mí.

-Siempre espero mucho de ti, y ahora, piensa en la exhibición, en la alegría que le dará a Gustavo verte por allí.

-Y estaré allí aunque me caigan las paredes encima.

-¿Qué paredes te pueden caer?

-Oh, son partes de sueños obsesivos.

Definitivamente, ambos comprendieron que la charla merecía otro ambiente, no el de hoy, y se despidieron con alegres promesas de destrozar lo profundo y las paredes en otra ocasión.

Vita regresó a la casa a continuar con sus tareas.

Ese día su conversación con Enma fue muy movida, y no ocurría siempre que aglomerara hechos peculiares para entretener a la anciana que persistía en ver en ella la puerta que la mantenía a un paso del mundo, y Vita se reía. ¿Qué mundo? Al parecer todo lo que le contaba a Enma la entretenía. ¿No era un caso increíble? Esta mujer que a su edad, y por su tipo de vida al lado de un hombre prominente, lo había visto todo, esperaba por ella para escucharla con un interés que no demostraba por ninguna otra cosa. Cierto que Dorina no podía dar mucho, pero daba demasiado con su trabajo y amor por ella, y Enma lo apreciaba en todo lo que valían, sin embargo, conocía muy bien las diferencias, y en su retiro, vejez y soledad, la pobre Dorina era como una copia de sí misma y las réplicas son aburridas. "Aquí entra el sol luminoso" le dijo Enma un día al Vita sentarse frente a ella. "No, no, se ha confundido, Mire, el sol entra radiante por la ventana" "Oh, eres el sol humano que me toca a mí. El otro pertenece a todos". Esas respuesta ingeniosas exaltaban a Vita, Comprendía que provocaba en Enma, en su mente, un ejercicio, la práctica del lenguaje, de la gracia, que no podía expresar con nadie más. "Para ella soy su riqueza," se dijo. ¿Quién lo hubiera creído durante las veces que estaba tranquilita al lado de su marido?" Eso, conectándolo con la conversación que había tenido antes con Oscar, era un golpe de suerte prodigioso.

Enma la escuchó contarle la historia de los vecinos (dejaba en su imaginación la relación entre ellos y la huída de Gustavo con Oscar) para concentrarse en el asunto de la suerte de Gustavo con sus pinturas. La idea de que Vita asistiría a la exhibición y le contaría mucho más, le encantó a Enma. Después le comunicó sobre la llamada de Natalia invitándola a cenar en su casa. Enma comentó asintiendo. "Todo indica que la amistad va en serio."

No pudieron hablar más en el mismo tono, aunque dos o tres veces deslizaron algunas palabras que hicieron a Dorina alzar la cabeza. Dorina se había unido a ellas. Su pierna había mejorado, pero todavía tenía sensibilidad en la parte afectada; todavía trotaba por la casa haciendo sus mútiples tareas que no quería compartir con nadie. Enma se enfadó con su tenaz afán de trabajar. Sin escuchar sus quejas, la obligó a hacerle compañía, volviendo a sus tejidos, que calmaban los nervios de ambas, pues si Dorina, absorta en la tarea se olvidaba del mundo, Enma, absorta en la tarea de verla, disfrutaba con su amodorramiento y las visitas celestiales que le hacía a Bienvenido, mientras esperaba por su salida de la tierra. Así como Vita la volvía a la vida, Dorina la llevaba a las sombras de la muerte, añorarla con apasionada ansiedad, convivir con ella, rezando con una fruición de tal naturaleza, que cuando terminaba, se tocaba para ver si estaba viva o en viaje para reunirse con su marido.

Entre ellas dos, Dorina imponía con su presencia una actitud rigurosa. Habían observado que a la más mínima expresión que se saliera de lo común, Dorina alzaba la cabeza, un poco confundida y severamente preocupada. Eso ocurrió cuando Enma dijo.

-Dime, Vita, la fecha de la exhibición y de la visita. ¿Las has olvidado? Quiero estar pendiente de esos días para ver lo qué sucede.

-¿Y qué espera que suceda, Enma?

-No lo sé, cualquier anécdota, la gente que va y viene, y si el pintor salió del sonambulismo o se agravó. A veces el éxito asusta, no en la rama que yo conocí con mi marido, donde todos pelean por él con cualquier arma, pero entre los artistas que no saben hacia dónde van, pues...

-¿Está segura que no saben adónde van?

-Es evidente. Si lo supieran y lo supieran los que los manejan, no habría sorpresas. Esas cosas no son textos de leyes, salen de no se sabe dónde, ¿no lo dicen por lo claro?

-Bueno, tiene razón. A veces pintan el sol y la luna deformados, porque lo he visto en las revistas y en libros, que uno no sabe si esa deformación es parte de la verdad.

-Imaginación, Vita, imaginación. Hasta las estrellas bajan del cielo con la imaginacion.

Ahí fue cuando Dorina paró el tejido y las miró a ambas perpleja. Su pensamiento se fue hacia el juez Vidal. Si las escuchara ahora hablar así, no tendría duda de que estaban díscolas. Vita sobre todo le traía a Enma un mundo extraño, una debacle, y a pesar de que le agradecía su afecto y cuidado, también le hacía daño a su mente, y no podía por menos que sentir una antipatía que no manifestaba, y si eso estaba fuera del perdón eterno que predicaba Dios, no temía quemarse parte de su falda en el infierno.

Esa noche, Vita y su marido cenaron en silencio. Sólamente una vez Alfonso dijo.

-Desde mañana, Maldonado vendrá todas las tardes a trabajar en la biblioteca.

En ese momento, Vita pensaba en un vestido que había visto en el almacén "Las Ninfas", que le gustó mucho. Usaría la tarjeta de crédito para comprarlo. Intentaba estrenarlo en la exhibición de Gustavo, y honestamente lo escuchó a medias y no reaccionó y continuó pensando en el corte simple del vestido, la caída fluida de la falda que llegaba a media pierna, y las mangas a medio brazo. Una monada, totalmente exquisito en su estilo.

Alfonso no dijo nada más. Terminando de comer fue a su oficina. Estaba profundamente preocupado. La actitud persistente de Vita en su silencio le provocaba un escorzor desagradable en la piel. Algo le sucedía. Si le disgustaba su charlatanería, ahora le intrigaba su silencio. No era normal, un algo raro acontecía a sus espaldas. Por primera vez tuvo miedo de lo extraño, inaudito. No se animaba a preguntarle por su cambio, aunque lo haría tarde o temprano sin estar muy seguro de la respuesta que iba a recibir.

23

La residencia de los Torres no indicaba nada excepcional por fuera, pero tan pronto se entraba en el umbral, impresionaba por sus arcos, el techo elevadísimo, las largas ventanas, amplísimos vestíbulos, chimeneas antiguas y relojes en la pared, puras piezas de antiguedad que sonaban la hora con electrizante melancolía, que ya Vita había experimentado en el reloj de abuelos de los Soler.

En el interior de los salones, los muebles modernos, espaciados, hacían un soberbio efecto con cierto aire antiguo en la arquitectura, y cualquiera que tuviera una rigurosa idea de la decoración de un período, se sentiría desconcertado,

Lo que más sedujo a Vita, fueron los habitantes. En esa mansión, porque como tal se proyectaba, los únicos tres habitantes aportaban un gran calor humano y un sutil entendimiento entre ellos, empleando jaranas, insinuaciones, un lenguaje liberal, y cuyos temas de conversación variaban, podían pasar de lo simple a especulaciones sicológicas, aberraciones políticas, interpretación de sueños, y escepticismo hacia todo lo sobrenatural. Se sentía que ningún tema por escaborso o desagradable que fuese separaba a los habitantes, al contrario, los unía, como si tomarse en serio fuese la mayor ofensa y un atentado contra la libertad de expresión.

Natalia la recibió en la puerta. La abrazó afectuosamente. Detrás de ella había un hombre. Tenía menos estatura que Natalia, una gran distinción, esbelto para su edad, con el pelo en un corte militar que le daba a su rostro una pulida limpieza y a sus ojos al descubierto una expresión suave, cálida, y podía hasta decirse que tenía el encanto, en su maneras, de una dama, aunque en camisilla de polo, como estaba, ajustada al cuerpo, se notaban sus músculos fuertes. Por esa camisilla ligeramente abierta en el cuello, salían, como salvaje maleza, los vellos hirsutos de su pecho, que estaban en el proceso de cambiar de color negro a blanco.

Natalia lo presentó como su marido, Victor. El le extendió la mano y la miró y su rostro se iluminó con una caricia afectuosa. Se hubiera dicho que todo el que traspasaba el umbral de la puerta en calidad de invitado, tomaba una gran importancia para él.

-Mucho gusto en conocerte, Vita- dijo- Lo que mi mujer me ha dicho de ti me hace recibirte ya como una amiga querida.

-Porque todo el que entra en la casa, se trata de tú- anotó Natalia con una expresión pícara.

Los dos la llevaron al comedor número dos, así se lo explicaron, que era el comedor familiar. El otro, el número uno tenía la formalidad que hacía sentirse bien a ciertos invitados. Había una larga mesa pulida con un mantel de hilo. A la vista estaba un jardincito bien cuidado, que sería muy grande, pero desde allí se veía sólamente una parte. Había una contrapuerta de fino metal transparente para impedir la entrada de los insectos, mientras quedaba libre de infiltrarse la temperatura del momento.

Mientras los tres estaban de pie cambiando amabilidades, comentando también que la temperatura era ideal, sobre lo frío, lo que venía muy bien para entrar en calor con la comida y los vinos, se escucharon los timbrazos de un teléfono, que alguien respondió enseguida, lo que quería decir que había en la casa otras personas.

Natalia se ofreció a darle un <u>tour</u> por su hogar, su dulce hogar, a lo que su marido respondió risueño.

-Algunas veces es un dulce hogar, algunas veces. Natalia con las manos engurruñadas rasgó su vientre y él se desternilló de risa. No había en la actitud de uno y otro nada ensayado, y tal naturalidad dejó perpleja a Vita. Esos juegos le encantaban, En su armonioso hogar no existían.

Natalia, colgándose del brazo de Vita, la llevó a hacer el recorrido. Estaba vestida con un suéter color púrpura y una falda negra. La sensillez de su atuendo se enrquecía con un collar de perlas larguísimo. Vita notó su manera directa de andar, que más que gracia, expresaba la determinación anímica del que nunca dudaba por dónde iba, y lo hacía con la perfecta compostura del que iría, de la misma manera, al cadalzo. Su estatura le daba un aire de seria impertinencia, pero bastaba mirarla a los ojos para ver en ellos un risueño entusiasmo desprovisto de rígida, insolente altanería. En Natalia había sólamente un carácter. Sin embargo, su físico parecía pasar por mutaciones interesantes.

Llevaba un perfume delicioso. Vita le preguntó el nombre.

-"Sueños Mágicos"

-Delicioso. Me pregunto si los sueños mágicos existen.

-No esperes mucho de las fantasías. No, no las comprendo. Para un perfume es una idea bastante atractiva. Mira, éste es el saloncito donde mi marido recibe algunas veces a sus clientes. Está bastante seductor. Bueno, en todas las profesiones hay sus trucos. Se trataba de un espacio reducido que ofrecía una gran intimidad, un hermoso escritorio con incrustaciones de perlas, la bola del mundo, y en la pared dos fotos de edificios reconocibles en el mundo entero.

Después atravesaron el comedor número uno y pasaron por los dormitorios, la cocina, se detuvieron en la ventana, pues otra parte del jardín dejaba ver un viejo olmo y un gazebo rodeado de bugavillas.

-Oh, qué hermoso- exclamó Vita.

-Sí, lo es.

De regreso al comedor, donde las esperaba Victor Torres, atravesaron una pieza que Vita no había visto. El recorrido fue rápido y quedarían ciertos rincones ignorados por ella. En este salón estaba empotrada una televisión en la pared, y en un diván dos muchachas estaban sentadas, y de alguna manera sintieron que llegaban visitantes, porque se levantaron sin todavía Vita y Natalia aproximarse a ellas. Fueron presentadas como Victoria, la hija de Natalia, y una amiga, de pequeña estatura, en contraste con Victoria que era todavía más alta que la madre.

-Mucho gusto en conocerla - dijeron ambas casi al unisono.

-¿Qué ven en la televisión?- les preguntó Natalia.

Diana, la amiga respondió.

-Una discusión sobre el sexo retro y metro.

-Ah, bien. No las interrumpimos. Dentro de poco vamos a comer. Estén listas. Sí, más o menos en una hora.

Con sublime inocencia, tan pronto dejaron a las chicas solas, Vita le preguntó a Natalia.

-¿Esas eran definiciones de sexo, Natalia? ¿Qué significan?

-Caramba, ¿no estás ubicada en estos tiempos? ¡Qué sé yo de qué hablan! Pero sí, lo sé muy bien. Hoy todo ha cambiado de nombre. Antes, si vivías con un hombre, eras la amante, hoy eres la novia y ella te presenta a un hijo recién nacido diciendo. "Mi novio y yo lo trajimos al mundo el 4 de septiembre". Ahora los novios preñan y viven bajo el mismo techo. ¿Y dónde están las queridas? Además, vivir con un hombre puede llegar a la aberración de ser descrita como "tengo un compañero", eso a los veinte años, cuando los compañeros, se deduce, son los matrimonios o las parejas que han vivido las etapas de pasión, celos, diabluras y se resignan al compañerismo. ¿Ves? A la larga, lo que tú yo hacemos con nuestros maridos en la cama es lo mismo que sexo metro, retro, vagabundo, como quieras llamarle. Es el mismo perro con diferente collar, el mismo acto con nombres que se han inventado, y eso hace creer que son originales, que están haciendo algo nuevo cuando es más viejo que Matusalem. ¿Y no estamos aquí por eso?

De regreso al comedor se encontraron con una pareja de pie, a la que Victor les servía vino. La mujer fue la primera en verla entrar, mientras su acompañante, observando a Victor echar vino en su copa, detenía su mano con obvia fuerza.

Vita no reconoció enseguida a la mujer, hasta que ella le preguntó.

-¿Disfrutó mucho de la vela de Aladino?

Allí estaba Eugenia, la mujer de la pared, con un nuevo color de pelo que tiraba a rojizo, con un aire alegre, tratando a Vita como si la hubiera conocido de toda la vida. Bromeó sobre la Lámpara de Aladino, le dijo que se entusiasmó en comprarlas, seis de ellas, que volaron enseguida. La gente se aferraba a mitos y Aladino era un proveedor de cosas buenas.

-¿Pero lo crees?- preguntó Vita con su aire inocente.

-Yo estoy en el plano de creer todo.

Natalia intervino.

-Sí, crees todo porque te acabas de casar.

Vita supo que el hombre que departía con Victor era su nuevo marido, Antonio Contreras. Tenía todas las trazas de ser un hombre de vida dura, de trabajo fuerte con un inminente atractivo viril que aumentaba frente a la distinción de Victor. Tenía ojos color miel, muy pequeños, y un pelo castaño de hebras duras. No era muy alto, pero fornido y robusto emanaba la solidez de un cuerpo saludable. Miraba a Victor con una atención singular, ofreciendo un gran contraste con su aspecto duro, rústico, cuyo negocio era de camiones distribuidores de alimentos.

Eugenia tenía que estar muy enamorada de él. Mientras hablaba con Natalia y Vita, en ese tipo de conversación que saltaba de un tema a otro, solía echar una ojeada a los dos hombres y su mirada se detenía en su marido, y aunque la charla se tornó seria, sonreía con deleite y esa sonrisa estaba dirigida a su Antonio, aunque él no se percatara de ella, entretenido como estaba con Victor.

Cuando se sentaron todos a la mesa para disfrutar del entremés, Victor comenzó a servir copas de vino rosé de Portugal. Todos comentaron lo delicioso que era, y apuraron las copas. Antonio se dirigió a Vita, de una manera cortés, que hacía olvidar su tosca presencia.

-Tengo la impresión que la he visto antes- era el único que la trataba de usted y no podía hacerlo de otra manera- y al mismo tiempo me digo que no giramos en el mismo grupo, no hay manera de habernos conocido, pero tiene un aire familiar. ¿Ves lo que te estaba diciendo ayer, Eugenia? Es muy posible encontrar en un extraño cierta afinidad, aun en el silencio que parece indicar una conexión inexplicable, que realmente sale de alguna parte y no sabemos dónde, pero la sentimos. Eso confirma nuestra ignorancia de todo lo que nos rodea.

"Dios mío," se dijo Vita sorprendida. "Este hombre no habla como un camionero." Entonces lo miró abriendo los ojos, con una intensidad curiosa y casi alarmante. Quiso decir algo sobre el tema, abrió y cerró la boca inmediatamente, reflexionando que no tenía confianza con él y estaba en una casa entre extraños. Si hubiese sido Oscar el que hablara así, sin duda ella tendría alguna respuesta que lo obligara a aclarar o extender el tema, que pintaba tan interesante.

-Esas son impresiones, suposiciones, Antonio- dijo Victor- podemos incluso parecernos físicamente a un extraño. Ocurre, ¿no? Y no se piensa en conexión, sino en una coincidencia. Imagínate que con tres billones de personas o más, que pueblan la tierra, por Dios que tenemos que encontrar alguna similitud física. Eso no indica otra cosa que la abundancia tiende a producir lo que nos parece un fenómeno, y no lo es.

-Una vez vi una película con ese tema, aburridísima-dijo Natalia.

Eugenia, al lado de su marido, tocó su mano. Estaba endiabladamente enamorada de él, quien le respondía con gran discreción. Las palabras de Natalia provocaron que Eugenia dijera.

-Por cierto, acabo de leer un libro muy interesante. Se trata de la posibilidad de que en un siglo seamos todos robots. ¿Tendrán los robots capacidad para amar?

Frunció el ceño, y por alguna extraña razón, miró a Vita esperando de ella una respuesta.

-Yo no sé- contestó Vita- no voy tan lejos. Sé que estamos cambiando mucho, pero mi imaginación no es prodigiosa.

-Una declaración de modestia- anotó Victor.

-Una buena cualidad- dijo Antonio.

-¿Y en qué tiempo lo leíste? Trabajas mucho. Siempre has sido una lectora demasiado impaciente - dijo Natalia a Eugenia.

-¿Y tú no sabes que en el negocio hay muchas horas muertas? Un libro distrae y el tiempo pasa rápido. Pero quiero ser honesta: la mayoría de los libros me aburren. Los que hablan mucho de sexo crudamente los paso por alto. Los de misterio los paso mejor, pero no sé porqué no me interesa la solución del misterio, hallar al asesino o lo que sea. Lo que me entretiene es la búsqueda.

-No importa llegar a la destinación, lo más interesante es el viaje- dijo Victor -¿De acuerdo, Vita?

-Eso dicen los que saben. Yo nunca he viajado.

-Mujer, se viaja con la mente- exclamó Eugenia- Yo soñaba con un hombre especial, con volver a encaminar mi vida que se destrozó completamente cuando me divorcié. Viajé con ese deseo, y ya ven, lo encontré en Antonio.

-Y qué fue mejor, ¿el viaje soñado o el hombre?- preguntó Natalia.

-Las dos cosas. Uno es producto del otro. Es así. ¿Verdad, amor mío?

Su marido recién estrenado sonrió, pasándole la mano por el hombro.

-¿No es extraño que no hayas viajado, Vita?- le preguntó Natalia.

-Creo que sí. Tenemos todo lo conveniente para hacerlo, pero mi marido es un trabajador de esos que no paran nunca. Ahora mismo no pudo venir porque está en medio de un proyecto, levantando su biblioteca.

-¿Y qué profesión tiene?- preguntó Eugenia.

-Abogado.

Eugenia asintió haciendo una ligera mueca. Tenía experiencia con los abogados, los detestaba, los colocaba en una calaña especial de asquerosos ladrones. No lo dijo por respeto a la invitada, pero, de una cierta manera, su interés por ella disminuyó. No la culpaba de nada, pero convivir con un abogado debía de ser una experiencia contagiosa en cuanto a las artimañas que empleaban para engañar a la gente. Se decía que el que hizo la ley, hizo la trampa. En su mente estaba claro que todos los leguleyos hacían trampas. Desconectó su atención hacia Vita. Le pidió a Victor más vino, y se quedó mirando fijamente a Natalia, sin una expresión en particular.

-Conozco el exceso de trabajo- dijo Antonio- He pecado de lo mismo. Cuando mi mujer me abandonó, comencé a beber como un loco e iba por muy mal camino. Muchas cosas me salvaron. Y recuerdo a un amigo al que yo tomaba por tonto, lerdo, quien me dijo muy serio. "En una pareja siempre hay dos culpables. Tu mujer lo es abandonándote con un hijo, pero tú también lo eres, porque el trabajo te separó de lo indispensable, la presencia, el calor del hogar. Cuida tus pasos en el futuro, aprende la lección, y recuerda, la bebida no es una gran maestra, al contrario." Lo escuché y le dije francamante. "Siempre te he considerado un tonto". "Lo sé, pero soy un tonto feliz porque me ocupo de lo que es importante. Si fuera un malvado, te diría. ¿Quién tiene más en estos momentos?" Me callé de plano. No digo que sus palabras hicieron cambiar mi vida, pero las medité, había algo importante en lo que había dicho. Y ya ven, varios años después conocí a Eugenia, y ya, con otras lecciones aprendidas, el trabajo es importante, pero no es todo.

Conocer eso te dará felicidad- dijo, mirando a su amada, esta vez con una expresión muy dulce.

-Pero yo también pasé por un desastre, no lo olvides- respondió ella.

Vita sabía a lo que se refería. ¿No era un milagro que estuviera frente a la mujer de la pared y la escuchara hacer esa confesión? Y volvía a decírse que en nada se parecía a la histérica que exasperó a Alfonso y mandó a levantar una pared en la casa. Esa pared había sido la infame obsesión de sus sueños. Todavía los tenía, y la condenada a la pared había encontrado el amor y lo vivía, ignorando su pasado terrible con el marido, y aunque lo mencionó por encimita, ya nada le disgustaba del odioso acontecimiento de su vida. Una experiencia más. ¿A eso se reducían las calamidades humanas?

Súbitamente las dos chicas que estaban en el diván viendo la televisión, entraron en el comedor.

Natalia exclamó.

-¿Ya pasó la hora?

-Casi, casi -respondió Diana.

Victor se levantó apresurado, diciéndole a su hija.

-Ven, ven, tesoro, es tiempo de alimentar a esta bella tribu.

Los dos desparecieron hacia el fondo donde había una puerta que conducía a una pequeña cocina equipada con todo lo moderno, pero reducida de espacio. La comida estaba ya hecha, la habían cocinado temprano padre e hija, que compartían ese <u>hobby</u>. Diana se unió a ellos trayendo fuentes, platos, cubiertos. La mesa se engalanó enseguida y comenzó a brotar el olor a comida, muy rico y deseado por el efecto del vino en los estómagos vacíos. Antonio no pudo contenerse y fue a prestar ayuda. Natalia, alzando la mano, comentó.

-Tantan gente en la pequeña cocina se van a derretir. Preveo un accidente.

Pero mentía. Se reía.

Eugenia dijo.

-Voy a lavarme las manos. Antes de venir toqué una de esas bombillas que dicen que tienen mercurio.

Natalia y Vita la siguieron por cortesía, y mientras esperaban por ella fuera del baño, Vita le preguntó.

-¿Se casó hace poco?

-Una semana. ¿No te lo dije?

-¿Dónde viven?

-En la casa que ella compartió con su primer marido. Está dividida, un caso muy peculiar que te contaré en otra ocasión. Allí viven, por el momento, con Diana. El ex-marido no se ha casado, pero vive con una mujer mucho más joven que él y tan fea, Vita, que da pena, y que Dios me perdone por decir tal cosa, porque parece una buena chica. Y ya ves, Eugenia es diez años mayor que Antonio.

-¿Y se llevan bien viviendo así?

-Perfectamente. En ocasiones hasta comparten una cena juntos y y la disfrutan mucho. No puedes imaginarte la guerra que hubo entre Eugenia y el marido. Eso lo vivimos día por día. Llegamos a temer que se mataran un día, incluso un juez mandó a dividir la casa...- calló dándole una mirada significativa.

La feliz recién casada salía del baño.

24

De sobremesa la conversación fue animadísima, aunque las dos chicas jóvenes no participaban realmente, manteniendo una conversación entre ellas en voz baja, hablando de los asuntos que les concernían, callando y escuchando a ratos, para volver a aislarse en sus mundos privados.

Natalia contó con lujos de detalles la boda a la que había asistido una semana antes, y fue horrible, cuando todo pintaba ser espléndido, celebrándose en el jardín de los Quevedos, protestantes, con un pastor tan hermoso que hacía suspirar a las bellas chicas, hasta que irrumpió la lluvia y todo se echó a perder. El traje de la novia se encharcó con los surcos de agua y tierra a sus pies, en lo que se asemejaba a uno de esos vendavales extraños de los países tropicales, en que una tormenta coge de sorpresa, dura diez minutos y se retira, cuando ya el daño está hecho.

Antonio habló de un amigo que se había ganado la lotería, cerca de un millón. Se pasó toda su vida apostando a los consabidos números de fechas de nacimientos de sus hijos, y al cabo de cincuenta años de perder, ganó, pero estaba viejo, enfermo, y se preguntaba desconsolado. "¿Por qué llegó tan tarde?"

Se habló, en general, de las personas que rehuían al matrimonio, y eso provocó toda clase de chistes.

-No es una bicoca el matrimonio- dijo Victor- Hay que estar robustecido, hacer de la tolerancia la mejor amiga, y suspirar a menudo en el más absoluto desconsuelo.

-Dios- exclamó Eugenia- Victor se vuelve poeta para presentarnos una desgracia.

-Desgracia en parte, Eugenia, no vayamos a los extremos.

-¿Y se basa la desgracia de tu vida tener al lado da una mujer interesante como Natalia, y una hija brillante que va a ser médico ... de muertos?-agregó mirando a Victoria con un desdén que expresaba su estremecimiento ante la idea de verla cortando cadáveres.

-Ajá- exclamó Victoria.

Diana, riendo, la tocó por el codo. Entre ellas este tema de conversación recurría en la familia con tanta frecuencia, que ya se había convertido en esas repeticiones inofensivas de las personas que sufren decrepitud mental en la vejez.

-El matrimonio tiene su lado muy bueno y es que estabiliza muchas cosas en la actuación y la mente del hombre, y supongo que de la mujer también, aunque puede ser de otra manera; en fin, no soy mujer para conocerlo tan bien como ustedes. Pero eso no borra el hecho, amigos, de las agallas para luchar, y buena voluntad para compartir una vida con otra persona. Si yo hago un esfuerzo, Natalia también lo hace- dijo Victor, haciendo una pausa. Nadie lo escuchaba con más atención que su hija y su mujer, y eso era un buen síntoma de la armonía familiar- Este es el cuadro: dos personas educadas de una cierta manera, totalmente diferentes, se enamoran y se casan. ¿Se conocen? ¡Nada de eso! Y tienen que conocerse, descubrir muchas cosas que no les son agradables, en fin, es como nacer de nuevo y comenzar a aprender otro estilo de vida para no herir al consorte. Si eso no es difícil, estamos viviendo en un mundo irreal. Por eso hablé de hacerse fuerte y saber tolerar. A estas alturas, Natalia me tolera y viceversa. Mi hija también. ¿Y yo qué hago? Lo mismo. Nombre del asunto: responsabilidad y comprensión.

-Y el amor?- preguntó Diana de pronto.

Victor estalló en risa. Eso era lo que las chicas querían escuchar, estaban en la edad de las ilusiones, aunque su hija fuese seria para su edad y estudiara para ser forense. En cuanto a Diana, su físico y su profesión lo decían todo: exquisita fragilidad, visionaria de decoraciones maravillosas, nidos de amor construidos en el escenario ideal para hacer de dos personas una en un arrebato de constante pasión. La risa de Victor, perturbó a Natalia. Estaba fuera de lugar. Podía indicar una mofa muy cruel para el amor.

-Sí, sí, ¿y el amor?- le preguntó a su marido con una actitud de reto, cuando conocía muy bien su manera de pensar, que a veces poco tenía que ver con su pasión en la cama. Las teorias invadían el mundo, eso era todo: teorias.

-El amor es el invento más grande del universo -dijo Victor.

-¿Y quién lo inventó?- volvió a preguntar Diana.

Victoria fijó sus magníficos ojos negros en su padre. Aunque estuviera equivocado, lo amaba, por encima de su madre, así sentía, porque él era menos duro, más juguetón, y la conocía mejor que nadie.

-No tiene autor. Todos somos los autores. ¿Cómo señalar a uno?

-¿Existe o no, papá? -inquirió Victoria impaciente.

-Vaya, qué ataque! Pues lo digo ya: el amor es el impulso del hombre para la creación. Sin eso, el mundo estaría despoblado.

-En otra palabra- dijo Victoria seria, con aire sentencioso- ¿Es el sexo la consecuencia del amor, papá?

-No estamos lejos de eso.

-Sí, mucho hablar, y los que conocen el amor vivo y en plena función son Eugenia y Antonio, y no han dicho nada. Vamos a ver, Antonio. ¿Nos vas a dar otra opinión de hombre? -preguntó Natalia.

Tomado desprevenido, un rubor extraño subió al rostro de Antonio. Vita lo vio y volvió a sorprenderse. ¿Era tímido? Riendo, Eugenia lo instigó a que hablara.

-Vamos, amor mío, dí lo que piensas.

Antonio se irguió en el asiento, metió su mano derecha en uno de sus bolsillos donde estaban las llaves del auto, y las acarició pensativo. Fruncía el ceño, pensaba arduamente. En los últimos tiempos las palabras habían adquirido para él una gran importancia, se había convertido en un hombre que amaba la precisión, no jugar con los sentimientos, y la idea de ser respetado, él, que sucumbió al abismo de la bebida, era tan importante en su vida que deseando a veces reír y soltar una broma, se constreñía a observar y callar, mordiéndose la lengua. Lo rodeaban personas cultas, acostumbradas a lo bueno, venían de un mundo distante del suyo. Si un año antes le hubiera parecido imposible rozarce con ellas, y ahora estaba aquí, feliz con su mujer, pensando hablar, deseaba hacerlo sensatamente, de hombre que se dignifica a sí mismo con sus opiniones y conducta impecables.

-Pienso que un amor me mató y otro me salvó y lo tengo a mí lado. Lo mismo le pasó a Eugenia, pero estoy de acuerdo con Victor en una cosa: hay que aprender a vivir de nuevo. Yo estoy en ese proceso, y Eugenia y yo...bueno, con ella tengo dos hijos maravillosos, y el mío se une y no se queda atrás. Va a estudiar la carrera militar en serio. ¿Qué quiere decir todo esto? Que esas cosas se desean, se logran a través del amor, que es muy fuerte. ¿Y dónde aprendí todo esto? Ustedes lo saben, en el salón de té. Fue una inspiración total.

-Bah, eso- exclamó Victoria con aire aburrido.

Eugenia reaccionó molesta. No iba a callarse. Su rostro tomó la expresión de una mujer que súbitamente, se siente atacada, necesita defenderse y está lista para vencer.

-Lo tomas a la ligera, Victoria. ¿Por qué? Si escapas de la vida estudiando la muerte, trabajando con la muerte, ¿adónde conduce eso?

-Es un campo científico, Eugenia- contestó Victoria- No cura, investiga. Resuelve y da respuestas claras. ¿Me impide eso amar a mis padres, a la vida, y reírme como tú o cualquier otra persona? La muerte es tan importante como la vida, y tienes que saber que para mí esas personas muertas fueron, no existen, es un cuerpo...

-¡Y de qué manera! Su amiga Berta ya es forense y allá va Victoria a almorzar con ella en el cuarto junto con los cadáveres. ¡Dios mío, es inconcebible! ¡Una mujer de veinte y dos años! -dijo Natalia.

Victor dijo, apoyando a su hija.

-No tiene nada de inconcebible. Victoria es profunda, analítica, no puede ver la vida de otra manera que seria, responsable, y toma la responsabilidad de la muerte.

-No sé qué afinidad tienen ustedes para ser tan grandes amigas -intervino Eugenia mirando también a su hija- Una habla de la muerte como el que se toma un vaso de agua, va a convivir con ella sin ningún pesar, mientras la otra, mi hija Diana, trabaja entre los vivos creando belleza.

-Y cómo la crea?- preguntó Vita de pronto.

Había estado callada, escuchando fascinada la conversación, sintiéndose feliz de tener nuevos amigos inteligentes, tocando temas en la conversación sumamente interesantes de personas que vivían su época. Examinó con voracidad el rostro inusual de Victoria. Parecía mucho mayor de lo que era por su carácter y su físico. Altísima, con una cascada enmarañada de pelo negro y rasgos prominentes, pocos atractivos, a no ser los ojos. ¿Eran ojos de gitana? Negros como el carbón, redondos y grandes, cuya mirada penetrante expresaba un duro criterio. Nada podía escaparse de su mirada escrutadora, como si ya conociendo la anatomía, la carne, estuviera buscando algo más. Vita pensó que tal vez sería el tipo de persona que en la amistad, en el amor, y hasta en el trato casual, exigía, se lo exigía a sí misma y a los demás, franqueza, lucidez, siempre investigando, buscando el fondo, la esencia de trágicos tormentos secretos. La vida para ella no sería fácil. Quizás amaba las dificultades.

A su lado, Diana ofrecía el contraste de una adorable hada madrina, con un rostro de expresión dulce, de tierna serenidad muy bonita, y de rasgos en perfecta armonía, piel delicada con un tinte rosado, saludable sin la exageración de la salud vigorosa, más bien tímida. Escuchaba atenta, sonreía frotándose la mejilla. Sus ademanes eran suaves, los de Victoria bruscos. Era sensible, piadosa, podía cambiar de opinión fácilmente, Victoria nunca. ¡Vaya qué contraste!

-Ambientes bellos. Decoradora- dijo Eugenia con orgullo.

Antonio se sintió ligeramente frustado. Al nombrar el salón de té, notó la reacción de los Torres. El tema no les gustaba, y era una lástima que fueran incrédulos. Se decía que personas tan sensatas y cultas deberían estar abiertas a todas las ideas, aunque les resultaran extrañas. Sin embargo, pudo observar que sus palabras intrigaron a la visitante, quien frunció el ceño y se quedó mirándolo con la actitud del que deseaba escuchar más, y fue por eso, que casi imponiéndose, volvió al tema que se quedó en el aire, y lo hizo con un ademán firme de la mano, golpeando suavemente la mesa, aunque no tanto para llamar la atención de todos, pero sí la de Vita.

Aprovechó la pausa en la conversación, para decir.

-Fue en el salón de té...

Victoria respondió enseguida.

-Diana y yo lo visitamos, Antonio, y...

El asombro se reflejó en el rostro de Natalia.

-¿Fueron?

-Sí, una tarde en que no teníamos nada interesante qué hacer, Diana y yo caímos por allí.

-¿Qué encontraste?- preguntó Victor.

-Nada, papá, absolutamente nada. El té no es malo, sirven galletitas de soya, vainilla, cinamón, con buen sabor. Después de eso, nada.

-No hay nadie más ciego que el que no quiere ver- dijo Eugenia.

-Mamá, Victoria y yo respetamos tu opinión, es un asunto privado- dijo Diana- Tú y Antonio tienen su manera de pensar y sentir. ¿De acuerdo? Lo acepto, mamá querida, pero, pero hay inmensidad de maneras de sentir y ver las cosas. Y lo sé, mamá, porque cuando tengo un cliente que quiere decorar una habitación, yo me hago una idea enseguida de cómo embellecerla, y me topo que el cliente tiene ideas horribles. ¿Lo critico, trato de convencerlo de que está equivocado y no tiene noción de los colores ni la estrategia de ubicar un mueble en cierto lugar? Sigue por ahí. Lo escucho, respeto su teoría, intento ceder, pienso, hablamos, y saca por ahí que traigo un poco de flexibidad en la idea original, pero de todas maneras, su opinión prevalece, y si ese es su gusto, el dinero manda y ordena. Hay que ver las cosas como son, mamá.

- Sospecho que usted no sabe de lo que hablamos, Vita- intervino Antonio con rapidez. Era su única oportunidad de volver al tema- Es un salón de té muy simple, nada fastuoso, como dice Eugenia. Está cerca de donde vivimos.

-En el Prado?

-Sí, ¿conoce el barrio? Es muy antiguo.

-Antes visitaba el Café con mi marido.

-Pues el Café está todavía allí. El salón, a dos manzanas, detrás del Café, es decir, al fondo. Ahí conocí a Eugenia. Es un lugar de cierta magia. Para empezar, hay un letrero que dice. "Si sabes que eres mortal, ríe"

-Oh, qué interesante!

-Lo es y mucho, pero repito, no tiene nada sensacional. Es una atmósfera. Bueno, Eugenia lo explica mejor que yo.

-¿Acaso leen el Tarot?- inquirió Vita.

-No, no. Nada de eso- dijo Eugenia- Simplemente está regido por dos personas mayores. La hija y el yerno murieron en un accidente de auto y los dos viejos son los que crían a los nietos, niños adorables. El lugar fue un garaje que da a una parte del jardín y lo han convertido en un saloncito de té. En cuanto a la magia, es una experiencia única, lo fue para nosotros, lo es para muchas personas, muchas, pero éstas que están sentadas a la mesa, si no ven, no creen, como dice santo Tomás, y aún viendo se niegan a creer. ¡Esto va también para ti, Natalia!

-Amén- exclamó Diana con un ademán gracioso, al mismo tiempo que ella y Victoria se ponían de pie- Nos vamos ahora, mamá. Esta noche me quedo aquí. Tenemos la visita de algunos amigos. Tía Natalia, te amo, y a ti también, tío Victor. Pórtate bien, Antonio. Bebe vino y olvídate del salón de té. Mucho gusto, Vita, espero volverla a ver muy pronto.

-Sí, muy pronto- dijo Victoria.

Ambas le estrecharon la mano por encima de la mesa y partieron.

Antonio no se sintió frustado por el consejo de Diana. La chica era un primor, no tenía una onza en su mente de inquina contra nadie y menos con él, que había hecho feliz a su madre y se comportaba con ella como un padre, ofreciéndose para servirle siempre, con verdadera sinceridad y buenas maneras.

Después de salir las chicas hubo en la mesa una larga pausa.

Se miraron desconcertados como si Diana y Victoria se hubiesen llevado consigo el brío de la charla y los temas interesantes. Pero no duró mucho. Victor se dirigió a Antonio para preguntarle si había algunas noticias sobre el caso de los Villares. Antonio había hecho entrega de alimentos frescos en la mansión la familia, la más ricas e influyente del país.

-Nada se sabe- contestó Antonio- La chica ha sido enviada al Convento Las Sagradas donde tiene una tía monja. Una medida para que nadie la toque. La mujer del maestro hace contacto con la prensa,

¿pero qué esperas? El dinero corre. El jefe de la policía es gran amigo de Villares. Silencio.

-En fin, todo quedará perdido en el misterio.

Natalia puso a Vita al día con la historia. La chica más joven de la familia Villares, muy bella y mimada, había tenido un lance amoroso con su maestro. Según la esposa de éste, porque era casado, encontró una nota diciendo la hora y el día en que esa noche iban a encontrarse cerca de los muelles donde una lancha los llevaría a otro pueblo y de ahí escaparían al extranjero. Y a la hora en que la mujer del maestro informó de la huida, apareció flotando en el agua el cadáver del marido.

La pregunta era, ¿quién mató al maestro y detuvo el escape?

-Ahí tienes- dijo Eugenia- Todos son rumores, van y vienen con un muerto y una chiquita mimada como una reina. Se le daba todo lo que pedía por esa boca, y ahora metida en un convento para que no abra la boca. ¡Qué manera de comenzar una vida! Ha llenado de verguenza a la familia. ¿Ves hasta que punto una cretina adolescente puede ser cruel y arrastrar a dos familias al escándalo y el crimen?

Vita seguía la historia con interés. Al escuchar a Eugenia, sintió necesidad de decir algo, lo que pensaba en ese momento, que era todo lo opuesto a la manera terminante en que Eugenia juzgaba a la chica. No pensó que su opinión podía ser controversial. Había escuchado mucho y pasado ratos deliciosos, y como en la mesa se hablaba con todo candor y nadie se odiaba ni se expulsaba por llevar la contraria, no pudo menos que decir.

-Caramba, Eugenia, no estoy de acuerdo contigo en tu manera de juzgar a la chica. ¿No dijiste antes que la educaron como una reina y se lo daban todo? Pues ahí tienes. Si hay culpables son los que le daban todo en exceso. Sólo con abrir la boca y ya lo tenía. Muy fácil, Eugenia. El ser humano no está hecho para tener tanto siendo jovencita. En la vida hay que luchar por todo.

Hubo un movimiento intranquilo en la mesa. Antonio la miró con alegría, convencido que no se había equivocado. La que hablaba era una mujer sensible, franca, hecha para disfrutar del jardín de té. Eugenia hizo una mueca rara. No entendía. Victor, muy serio, tan serio como no lo había estado antes, se inclinó en la mesa diciendo.

-Tienes un buen punto, Vita. Pero olvidas que en esa familia hay otros miembros que fueron mimados y no tomaron un mal camino.

Vita respondió enseguida.

-Hay que ver que no todo el mundo es frágil. Esa pobre chica es muy frágil, muy digna de lástima. En general no hay que tener demasiado. Es mucho mejor luchar, y saber que hay que esperar y la vida no regala nada y todo es difícil.

-Por Dios, Vita, siempre que te he visto me has parecido el más dulce ejemplar del optimismo - exclamó Natalia.

-Oh, soy optimista, mucho, Natalia, y por ser optimista puedo ver muchas cosas. ¿Y cómo? Bueno, no sé porqué estamos en este mundo y porqué vivimos y morimos y todo se acaba, pero me basta mirar la luna, sentir el sol, ver las estrellas, para saber que esos astros están contentos en lo suyo, no se envidian, dan lo que tienen que dar. ¿Y voy a ser yo menos que ellos? Pues estoy contenta en lo mío, doy lo que tengo que dar como ser humano, y por eso comprendo que esa chica se intoxicó. No tenía amor por el maestro, se encaprichó con él, y como nadie le había negado nada, pues se salió con la suya. Oh, Dios, hemos venido para desear, nunca alcanzar un sueño con un abrir y cerrar de ojos. Eso es fatal, fatal...porque la chica seguirá su camino, arrogante, no conoce otro, no le mostraron otro, no le pusieron limitaciones. Sus padres han creado a un monstruo.

Tal aseveración en su boca sorprendió a Natalia. Lo terrible era que había un punto de verdad, de mucha verdad en lo que decía, y en lo que ellos no habían pensado. Era fácil juzgar un hecho, no lo que había detrás de ese hecho. Ella misma se enojaba cuando Victor mimaba excesivamente a su hija, veía un gran peligro. Afortunadamente Victoria sacó el temperamento de su abuelo. De buena se salvaron.

Fue Antonio el que le preguntó a Vita.

-Y ha tenido usted muchos deseos que no se han cumplido, Vita? ¿La han afectado?

-Oh, no muchos, porque no soy ambiciosa, no, no lo soy, pero tuve uno que no alcancé hasta que me casé. Es una tontería y no la cuento.

-Oh, sí, la cuentas o no sales de esta casa- dijo Natalia, y en su broma hubo también la firmeza que era parte de su temperamento fuerte.

-Bien, Natalia, lo digo, pero si se ríen de mí, me levanto, salgo corriendo y no podrás alcanzarme.

-Un pacto hecho, adelante.

-Bueno, desde niña me metía en la cocina a ver a mamá cocinar. No deseaba otra cosa que cortar papas, cebollas y prender la candela y hacer un plato. A los siete años, cuando mamá dormía la siesta, me puse a preparar (como la había visto hacer antes) una tortilla, y aquello fue un desastre. Quemé la sartén, la llama subió al aire, mamá se despertó, y cuando vio lo que yo había hecho, me sacó de la cocina. "Segunda vez que sucede. No más, no más. Nunca sabrás cocinar, nunca." Y ese fue mi sueño, así que cuando me casé, compré dos libros de recetas de cocina, y regresando de la luna de miel, esperando a mí marido, me metí en la cocina y comencé a cocinar. No hubo llamas ni ollas quemadas y puse la mesa y serví la comida, ¿Y saben lo que pasó?

Las cabezas negaron con precipitación.

-Pues mi marido, que es un hombre exigente en todo, probó la comida. El mastica lentamente, sabe coger el sabor, y de pronto se volvió hacia mí y dijo. "¿Dónde aprendiste a cocinar? Esto es extraordinario." ¿Ya ven? Estuve muchos años deseando ese momento. Tuve que obedecer a mamá, pero nunca, nunca, me robó el sueño. Esperé y triunfé.

Nadie se rio, como esperaba Vita, pero sí rieron de otra manera, aplaudiendo, exclamando, "!Bravo, bravo!" Ni una cantante de ópera recibió más mimos de su público.

Ya había entrado la noche. Vita se levantó agitada. Era la hora de partir. La despedida fue de genuino placer con la promesa de tener otro encuentro como éste y probar su comida.

Natalia la acompañó hasta su auto, riéndose, diciendo que había estado muy feliz de tenerla en su casa, muy feliz.

Y fue al abrir la puerta del auto, que Vita sintió la necesidad de preguntarle algo que la intrigaba.

-Dime, Natalia, ¿cómo el marido de Eugenia bebe vino si fue un alcohólico?

-Casos extraños se dan. Ahora no le gusta el alcohol, pero en ocasiones excepcionales, bebe vino, no le afecta. Su vida ha sufrido una transformación total. Eugenia dice que es un hombre de espíritu, y vaya si hay que creerlo. Ella lo ayuda a superarse. ¡Ella, Dios mío, que estaba más loca que una cabra! Así va el mundo girando, así va.

Vita asintió.

¿Que menos podía hacer?

25

El viernes de la misma semana que Vita cenaba con los Torres, Alfonso cerraba un siclo de su vida para entrar gloriosamente en otro. El Presidente regresó del <u>summit</u> el miércoles, y esa misma noche, su secretario llamó al juez Vidal por el móvil, para informarle que tenía una cita con el mandatario el viernes a las once de la mañana. A palabra comprometida, acción obedecida, y así fue como Alfonso entró de nuevo en el Palacio Presidencial como un juez del distrito F y salió con la investidura de miembro del Supremo.

Durante esa semana, trabajó dos días, volvió a solicitar una ausencia del resto de la semana con la intención de descansar para lo que le venía encima, pero aprovechó esos dos días de trabajo para irse llevando con total discreción, que no levantara ninguna sospecha, sus papeles, propiedades e ir vaciando la "chamber."

En ningún momento, Maldonado vio nada en él, raro o anormal, que le hiciera creer el gran cambio que venía. Estaba convencido de que el juez trabajaba demasiado. En cuanto abandonaba la Corte, iba a empaquetar libros a la casa de los Soler, revisar los trabajos en la biblioteca, terminar las compras de muebles, en fin, una enormidad de faenas adicionales. El miércoles por la tarde, ambos, en la biblioteca, en vista de que todo estaba por concluir, Alfonso le habló del transporte de los libros y de ayudarlo en la colocación. El viejo Maldonado, animado y más fornido que nunca (la responsabilidad en el trabajo le transmitía una energía endemoniada) se sintió en la gloria. El juez estaba satisfecho con él, le había entregado discretamente un cheque que sobrepasaba la cantidad que Maldonado creía merecer, y los ojos se le humedecieron. Este juez era una gran señor y lo que escuchaba de él, de su enfoque conservador y mano fuerte para el castigo, sin enblandecerse ni dejar entrar a los que merodeaban con seductores ofrecimientos, porque en la Corte, casi tanto como afuera, se hacían negocios prohibidos que beneficiaban al que tenía el poder y lo doblegaba por la fuerza del dinero corriendo por las manos.

El juez Vidal estaba fuera de esos chanchullos. Su claridad y palabra en todos los asuntos impresionaron a Maldonado desde el principio y le tomó un afecto que fue creciendo con los años.

Mientras hablaban, la esposa del juez, una dama excepcionalmente generosa y simpática, les llevó helados con tortas, hechos por ella, de chuparse los dedos. Maldonado se dijo que esta familia, esta pareja, estaba llena de amor y la felicidad les brotaba a ambos por los ojos. Cuando Vita se alejó, Maldonado usó las palabras más lindas de su vocabulario para elogiarla. El juez dijo. "Así es, así es" y comenzó hablar de los asuntos pendientes.

Al día siguiente llegaban a instalar las alfombras. Los carpinteros debían de estar presente, con los anaqueles en la otra pieza hasta que le dieran la orden los trabajadores de que todo estaba listo para irlos transporando, consultando el plano, un buen diseño hecho por el juez para los lugares de la ubicación.

El viernes, antes de acudir a la cita, Alfonso quiso echarle un vistazo a la biblioteca. Ya estaba tomando un carácter serio, con la austeridad digna de Soler y de la suya propia. Se le ocurrió que le faltaba poner el retrato en óleo de Soler en la pared principal. Eso tenía que consultarlo con Enma.

De nuevo, en este encuentro, el Presidente estuvo muy jovial, quizás más que la vez anterior. De nuevo se tomaron fotos. La noticia saldría publicada al día siguiente. El Presidente bromeó diciendo. "Aunque hay en el aire una ligera sospecha, este nombramiento ha sido un secreto bien mantenido, y en política, juez Vidal, es casi un milagro."

De nuevo Alfonso salió de Palacio bajo una gran euforia, pero menos ambigua que la vez anterior. Todo este cambio sin precedente se había llevado a cabo sin ninguna nube de por medio, y en cuanto a Vita, ya él tenía la intención, al informarla sobre su nuevo cargo, de ponerla en su lugar, señándole su futura conducta en otro ambiente más exigente. Debía de cuidarse de lo que decía y cómo lo decía. Por el momento, la había dejado suelta, sin interrogarla sobre su silencio y su rara actitud, obvia y muy desagradable. Todo se aclararía, quizás esa misma noche, y ya ella tendría tiempo de aprender la lección.

Fue a ver a Enma para ponerla al día de lo sucedido, y se encontró con que Dorina estaba realmente preocupada. Enma no había dormido en toda la noche, tosió mucho, el doctor López la había visto y diagnosticado una bronquitis benigna. Le recetó anti-bióticos, él mismo fue a recogerlos en la farmacia, trató de calmar a Dorina. No había ningún peligro, pero ella, al preocuparse por Enma se olvidaba de sí misma. Fuera de esta casa su vida no tenía objetivo. Se deprimía pensándolo, se veía sola allí, donde había sido feliz con sus primos, vio a uno morir y al otro también, y sollozando se preguntaba, "¿Y ahora qué voy a hacer con mi vida?" Su vida había sido importante mientras fue útil, y un sentido de final, de desolación, la hacía dar vueltas por las habitaciones, no sabiendo si hablaba sola o se comunicaba con Dios. El doctor López la ofendió. "Déjate de majaderías, mujer, atraes el mal cuando todo va bien." Esas palabras la hirieron profundamente comenzó a toser y tener delirios y sólo al amanecer cobró la razón y se dijo que López estaba decrépito y Enma merecía un médico más joven y sabio.

Lo consultó con Alfonso. El se vio entre la espada y la pared. El estado emocional de Dorina lo impresionó. Le dijo que por el momento necesitaba ver a Enma, aunque fuese por algunos breves minutos. La anciana estaba en la habitación improvisada, no era la suya, y la ocupaba desde la muerte de su marido. La recámara matrimonional se había cerrado y nadie entraba allí. Acumulaba tantos recuerdos pesarosos que era mejor no verla.

Alfonso no la encontró tan mal. Estaba más pálida, tosía con una tos seca y luego ruidosa, demostrando la fuerte opresión de sus pulmones, pero su ánimo estaba bien, aunque se cansaba mucho y dormía largas horas. Se alegró mucho al verlo. El le comunicó la ratificación del nombramiento en el Supremo. Enma sonrió apretando su mano y se quedó mirándolo por largo rato. La asaltó la tos y apareció Dorina, como salida de entre las sombras, muy agitada, preguntándole si se sentía peor, mientras la anciana alzaba la mano diciéndole que todo estaba bien. Alfonso comprendió que Dorina estaba arrebatada. Una mujer de gran control emocional, perdía los estribos con Enma. ¿Era el amor a su prima tan fuerte y fuera de control? Por primera vez, Alfonso tuvo lástima de ella, una lástima mezclada con admiración, que después analizó y no comprendió bien.

Al salir de la habitación de la enferma, Dorina le preguntó con exasperante avidez. "¿Qué piensa, señor juez, qué piensa?" "No tiene fiebre, los antibiótico están trabajando. Estoy seguro que sobrevivirá, Dorina, pero usted debe de descansar. Sea optimista. Su mente trabaja muy deprisa. Enma no va a morir." "Pero a su edad una bronquitis es..." "Si, puede ser, pero no tiene necesariamente que ser. Sea optimista."

La dejó en babia. No había resuelto el problema del doctor López, y Dorina lloró mucho sentada en un butacón.

A las tres de la tarde, Alfonso almorzó en uno de los restaurantes de el hotel "Corregidor". Mientras comía, examinaba su vida, su suerte y se preguntba. "¿Favorece la suerte a un hombre bueno" No lo creía. Había conocido hombres brutales, codiciosos hasta la demencia, con pocas cualidades de redención, poseedores de mucha suerte. ¿Entonces? No obtuvo respuesta a su pregunta. Algo tan simple resultaba demasiado complicado. Entonces pensó en el momento que vivía, en sus emociones, su futuro. Todo cambiaría para él. Ya tenía una cita para conocer a sus colegas, habría muchas bienvenidas, comidas, en un ambiente diferente al de la Corte. Su nuevo trabajo sería más reposado, intelectual, y ya estaba experimentando la calma al dejar atrás la fatiga de estudiar expedientes, celebrar uno o dos juicios, y tantas, tantas responsabilidades que se le presentaban a un juez. En un corto tiempo había recorrido mucho mundo en su profesión y sería el miembro más joven del Supremo. El lunes haría su primera visita al edificio del Supremo, allí se instalaría en su oficina con absoluta privacidad, y un mundo tranquilo, de debates y votaciones, concernientes a la aprobación o no de nueva leyes, prometía un futuro espectacularmente productivo y agradable.

A las cuatro y media regresó a su casa. No vio a Vita. Fue directamente a su dormitorio, se quitó la ropa, y sintiéndose cansado, se dejó caer en la cama y se durmió.

Vita había ido a echarle una ojeada a la biblioteca mientras Alfonso entraba en su habitación. No tuvo manera de sentirlo llegar ni se hubiera precipitado tampoco a ir a recibirlo. En las últimas semanas no tenía idea de adónde iba su marido. Sabía que estaba en algo fuera de lo común, pues su horario de salidas y entradas no era el habitual, pero con total falta de curiosidad, le daba lo mismo que estuviera en la casa, en la biblioteca con los obreros o en el trabajo. Sin pensar en nada referente a su relación con él, el instinto de supervivencia la hacía gozar de una felicidad manufacturada por ella misma. Estaba convencida que la sonada felicidad no dependía de nadie, sino de la propia consciencia, de algo invisible. No tenía precio, no se podía comprar, vender, ni imitar siquiera, y no era una enemiga, carecía de forma, no exigía nada ni dejaba de exigir, era más bien un delicioso embrollo interior impulsándola a decidir si tomar el camino de la infelicidad, la queja, o gozar de lo que tenía. Su independencia había ascendido. Había comprendido que si su marido deseaba el silencio en la mesa y en la vida cotidiana, su disposición para darlo tenía el significado de haber escogido su camino, mantener la armonía del hogar (izquierda y derecha en sus límites), pero al mismo tiempo ser libre, lo era. Hacía dos días había recibido una notita muy jovial de Roberta Castillo, informándole que ya estaba aprobado el debut de Gustavo en la galería, y era el interés de ella y de la señora Valverde verla en la inauguración. En cuestión de unos días recibiría la invitación por correos. ¡Roberta Castillo! Sí, le agradaba mucho y se sentía arrastrada hacia lo que constituiría su deleitable futuro: la amistad. La tenía en sus vecinos, por encima de la abismal aversión de Alfonso hacia ellos. Ese era un problema de Alfonso, no el suyo. Y hoy, a las seis y media, saldría para visitar a la familia Torres. Su ámbito social se abría, extendía, su goce era infinito, y por esa razón atendía su hogar en un estado de ánimo soberbio, canturreando, a veces hablando sola sobre el cambio delicioso de su nueva vida.

No lo iba a soltar. Se preguntaba si en el hogar de Natalia iba a encontrar cosas agradables y pasar una tarde divertida o no. Todo podía suceder en el contacto humano, ¡pero qué envidiable aventura iba a tener, cualquiera que fuese el resultado!

Cuando se aproximaba la hora de la cita entró en su dormitorio y vio a Alfonso dormido, roncando. Se había quitado la ropa a medias y tenía los zapatos puestos. Eso le reveló su agotamiento físico. Se había dormido en un abrir y cerrar de ojos. Tiempos atrás, cuando el amor estaba vibrante y las fatigas, logros y preocupaciones de su cónyugue eran también los suyos, se hubiera apurado en quitarle los zapatos y decirle: "Duerme bien, ángel mío" Pero si era cierto que el amor creaba y expelía una gran magia en los primeros años, después de veinte años de casados y con los resabios y manías de un marido, cuyo orden hogareño, reserva y aislamiento imponían un sistema de vida a seguir, ¿qué contaba el amor? ¿Dónde estaba? ¿Nació radiante para morir marchito? ¿Siempre tenía un límite de goce y locura mientras preparaba un camino lleno de espinas? Por supuesto, había espinas afiladas, terribles, inaguantables. La suya era suave, sutil, expresada con una investidura de corrección, disciplina, sin ninguna sorpresa, sin miseria económica ni agudos pinchazos que cortaran la respiración. Se definiría mejor como un gran aburrimiento, un tedio planeado y extendido, similar al de los viejos parientes de Oscar, sin sonreír ni hablar. Alfonso jamás sonreía. El juez implacable en él había tomado mando de su vida. ¡Qué destino, buen Dios!

Para no despertar a su marido, Vita, sigiliosamente, sacó el vestido que iba a estrenar con los accesorios, y se fue a una de las habitaciones vacías para terminar allí su "toilette." Lo que no se podía negar era que entre ella y Alfonso había un principio de respeto: molestar el mínimo. Algunas personas veían en eso la perfección en la pareja humana. Quizás no estuvieran lejos de la verdad, si era que la verdad no necesitaba de ninguna emoción ni sentimientos.

Y mientras se vestía, pensó en Enma.

Esa mañana, cuando fue a visitarla, se encontró a una Dorina fuera de sí, hostil, anunciándole en el tono de una tragedia universal que Enma había tosido mucho durante la noche, estaba febril, y se olvidó de Dios porque no rezaron el rosario. Sus aspavientos no tomaban de sorpresa a Vita, pero fue inevitable que corrriera a ver a Enma, con

Dorina detrás de ella, suplicándole que no la molestara. Vita no le hizo caso. Había aprendido a verla y escucharla sin prestarle atención, y no porque fuese ignorante o no mereciera su interés, pero había notado en ella suspicacia, una no muy bien controlada animosidad que la hacía darle vueltas a Enma, entrando y saliendo de la habitación, adoptando un aire inocente, pasos imperceptibles y una traicionera mirada de angustia, cuando ambas charlaban, y sobre todo cuando reían. Entonces su rostro severo adquiría un tinte verdoso y la cólera que experimentaba y no podía soltar la hacía huir de la habitación con la actitud de encontrar allí al diablo queriendo devorarla.

Vita no podía comprender que su amor por Enma la llevara a odiarla a ella porque la entretenía y la hacía reír. Esos eran los síntomas inequívocos de su actitud, y lo bastante alarmantes para observar la variedad humana de fidelidad y sentimientos, algunos tan fuertes que se volvían insanos, y la sonrisa, ese prodigioso regalo de Dios que era una bienvenida al amor, a la vida y a la gente, en general, pusieran a Dorina al borde de un ataque de nervios.

Enojada por tenerla detrás de ella dándole órdenes, Vita, por primera vez le dijo. "Dorina, no soy una niña para que me mande. Cálmese, por favor y déjeme un momento sola con Enma" Ella obedeció, aun cuando tenía deseos de matarla, y ese primer asesinato para salvar a Enma, la elevaría en los ojos de Dios.

Enma no se dio cuenta de nada. Estaba amodorrada. Vita tocó sus manos, las acarició, y al sentir su contacto, la anciana abrió los ojos y dijo. "Oh, Vita, mi querida niña" "Vengo por un momento, Enma. ¿La ha visto el médico" "Sí, no estoy tan mal. Bronquitis ligera, así dice López, ligera. ¿No es el día hoy de tu cena con los amigos?" Se acordaba de la fecha, y hasta la miró inquisitiva, repitiendo la pregunta. "Sí, sí, hoy" "Promete venir a verme mañana. Entonces me cuentas..."

Vita asintió, besó su mejilla y salió sigiliosamente de la habitación. La bronquitis la tenía extenuada. Vita se preocupó mucho, pero tuvo la suerte, saliendo de la casa, encontrarse con el doctor López, que venía a ver a Enma. Le preguntó ansiosa por su salud. El médico la calmó. Había una epidemia de gripe y bronquitis. La de Enma era benigna, y por favor, agregó con aire afligido, "no le preste atención a Dorina, es el caso del amor que mata antes de tiempo"

Así, Vita cayó en cuenta que todos conocían a Dorina y no la tomaban a serio.

Antes de abandonar la casa esa noche, consideró su deber dejarle una notita a Alfonso sobre su ausencia. No le había preparado nada de comer. Nunca sabía si cenaría en la casa. De todas maneras, había suficientes alimentos en la alacena. Escribió la nota, la dejó en la mesa del comedor y salió feliz como una alondra hacia su nueva aventura.

26

Alfonso estaba en un estado de asombro que lo hacía hablar solo, recorrer los salones, asomarse al pabellón y escrutarlo con una mirada ansiosa, esperando ver a Vita allí disfrutando de su infame broma. Comprendió que perdía el tiempo buscándola, lo que decía la nota era verdad. Había salido, no le había preparado la cena, no había tenido la cortesía en todo el día de anunciarle su ausencia, y a las nueve de la noche todavía no había llegado.

Ni en sueños pudo imaginarse esta falacia de su mujer, aunque respondía bien claro a su comportamiento de los últimos días, dejando ver con su nueva actitud y silencio la hostilidad por algo que no comprendía entre ellos. Lo estaba provocando, le importaban un comino las consecuencias, colocándolo en una situación ridícula.

Se había despertado a las siete y media, tomado una ducha, y en pijama salió de la habitación para cenar, estaba hambriento, y de paso iba a tener una conversación con Vita, comunicarle su nuevo cargo y planear su conducta en el futuro. ¿Y qué pasó? Pues no le había preparado la cena y había dejado una escueta nota. "Trataré de regresr temprano. Voy a cenar con algunos amigos" Ni una parálisis facial le hubiera contorsionado el rostro como lo hizo esa nota. Precipitaba a hacerse preguntas temibles. ¿Quiénes eran esos amigos que él no conocía ni tenía la menor idea de dónde venían? ¿Cenar con ellos? ¿Adónde? ¿Se trataba de hombres o mujeres? ¿Le llamaba amigos a cualquiera que se encontraba en la calle?

¿Quién era el culpable de esa situación?

Pensaba dando paseítos por la pieza, volviendo a leer la nota una y otra vez. Si había un culpable era él. Le dolía mucho admitirlo, pero la verdad no podía taparse con un dedo. Había confiado en la fidelidad de su mujer a ciegas, como había confiado en su parsimonia para manejar el presupuesto de la casa. Los años de matrimonio aumentaban la confianza, nunca había sido puesta en duda, y ahí estaba su error: confiar a ciegas, no comprender que el transcurso del tiempo podía cambiar a un ser humano en muchos aspectos, y la fidelidad, un día, podía irse a jugar con el diablo, y el marido pelele tenía que bajar la cabeza perplejo sin comprender en qué momento la dulce paloma se convirtió en una Mesalina.

Pensaba así porque estaba excitado, sin control sobre lo que pasaba por su cabeza, sin creer que algo bueno podría salir de su confrontamiento con Vita cuando regresara por la noche. Estaba convencido que no había inocencia en su salida, y un día perfecto para él, pleno de euforia por lo que había logrado, se convertía de pronto en una pesadilla. La esposa de un miembro del Supremo no podía andar suelta por las tiendas, los mercados, hablando con cualquiera que le dirigiera la palabra, riéndose con todo el mundo, dando una impresión de mujer vulgar y fácil. Si su pecado fue dejarla suelta, el de Vita era aún más imperdonable: mostrar una cara y esconder otra. Una mujer que no estuviera fraguando un delito, no salía de la casa como lo había hecho ella. La gravedad del asunto, a medida que lo analizaba, cobraba una dimensión aterrorizante. Su prestigio se vendría al suelo si una trifulca entre él y Vita se hacía pública. Ese pensamiento lo horrorizó. Fue al comedor, sacó de la vitrina una botella de coñac, se sirvió una copa y la bebió de un golpe. Estaba llegando a un ofuscamiento triste, inadmisible, turbando su razón. ¿Por qué tenían que ser las cosas tan trágicas como se las imaginaba?

Conocía bien a Vita, su carácter, sus reacciones, su ingenuidad. Hubiera jurado siempre por su incapacidad de no dar el frente, y si estaba en trato con otro hombre o enamorada de cualquier mezquino zoquete encontrado en una de sus salidas, tendría la honestidad de decírselo. Su potencial moral sostenía honestamente la relación entre ellos. Era tan firme como el suyo. Si él a veces le notaba una ligera coquetería graciosa, se dirigía al espejo, no a una persona determinada.

Además, había que contar con el factor de una influencia beneficiosa para ella, y tenía un nombre: Enma Soler.

Las dos estaban aliadas en una amistad sorprendente que él no comprendía bien del todo, pero la aceptaba, si a la larga le producía a Enma un gozo que Dorina aborrecía por su orgulloso celo con ella. La adorable anciana nunca podría hacerle mal a Vita, más bien creía que Vita podía trastornarla con su tonterías, pero tampoco hacerle un daño irreparable. Esa amistad ejercería un mayor control sobre su temperamento fogoso y demasiado alocado. Vita amaba sinceramente a la anciana. Pero he aquí que Enma Soler, aun con tantos años encima, no se atolondraba con una amistad de última hora, la cual no comprendiera ni aceptara con su mente y corazón. Soler, al morir, le dejó el ejemplo de haber sido íntegro y honorable hasta el día de su muerte. Cualquier hombre podía trastornarse con el paso de los años y participar en algo indigno, pero partir anciano sin una mácula vergonzosa de este mundo, era un caso excepcional, y como mujer, a los noventa años, Enma era igual a él. Casos así se dan escasamente en la vida de cualquier ciudadano y pareja de cualquier país. Enma no toleraba la indigencia moral, detestaba perder el tiempo con gente frívola, tenía explosivas reacciones calladas con cualquiera de quien se sospechase o notara una conducta solapada, fue la consejera de su marido, su asombrosa diplomacia la hacía muy perceptiva, y si Vita había entrado en su vida por la puerta grande y la anciana se desvivía por verla y escucharla con sus sus arrebatos de imaginación dislocada, algo vería en ella de valioso, de otra manera, no toleraría su presencia.

¿Qué quería decir eso? La respuesta creía tenerla de antemano. Vita no haría nada sucio ni difamador ante los ojos de Enma. Las mujeres actuaban de un modo singular entre ellas. El no podía comprenderlas muy bien, pero estaba seguro que este no sería el caso.

Cuando destapó la botella de coñac para servirse otro trago, sintió el ruido de la puerta de la calle abriéndose. Saltó en el asiento, pálido y consternado, sólo por algunos segundos, en los que reflexionó que jamás le demostraría a Vita su inquietud, estos momentos de torturoso estupor, sufriendo por su causa. Se alisó los cabellos, juntó las manos, y adoptando la pasiva posición de un juez, la llamó.

Vita fue a su encuentro sonriente. "No tiene idea, concepto de lo que ha hecho esta noche" pensó Alfonso.

-Hola. No he llegado tarde, ¿verdad?- fue lo que dijo.

-Creo que no. Pero ven, tenemos que hablar.

-¿No lo podemos dejar para mañana?

-No, es importante.

-¿De qué se trata?

Estaba de pie frente a él con la cartera en el hombro, sujetándola con una mano, sonriente, obviamente sin ningún deseos de sentarse y conversar. ¿No era ese el colmo de su despectiva actitud hacia él? No deseaba conocer el tema de la conversación, ella que hablaba hasta por los codos y le echaba en cara su mesura, sus pocas palabras, bajando la cabeza tímida y humilde cuando él la reprendía por su insaciable deseo de hablar sin haber ningún motivo.

-Se trata de que hoy mismo he sido nombrado miembro del Tribunal Supremo. Dejaré la silla del juez por otra que es mucho más importante, importantísima. ¿Comprendes?

Escrutaba su rostro mientras hablaba. Se daba cuenta que había bebido, la sonrisa no se borraba de sus labios, y lo escuchó con el aire displicente de alguien cuya mente estaba en otros asuntos. Lo golpeó su indiferencia, que venía de algo más profundo. Esta mujer frente a él no era la de siempre. No podía apreciar el esfuerzo que hacía para no explotar e interrogarla como se lo merecía, con una rudeza de marido intolerante, por su salida de esta noche. La veía absorta con su cartera, mirándola, sujetándola, aun sentada, pasando su mano por la piel, contemplando sus uñas pintadas, asintiendo con un movimiento cabeza a cualquier cosa que pensaba, y no tenía nada que ver con lo que él decía. Su distracción fue hiriente. No la escuchó lanzar una exclamación de alegría, y hasta llegó a pensar que no tenía idea de lo qué era el Supremo.

-¿No te sorprende?- le preguntó en un último acto de suave flexibilidad.

-¿Por qué ha de sorprenderme? Eres un incansable trabajador. Supongo que un profesional de primera, y te han nombrado en el Supremo.

-¿Lo esperabas?

-¿Cómo iba a esperarlo? Ese es tu mundo, Alfonso, no el mío.

-¿Y no es el mío preguntarte con quién saliste esta noche? ¿Quiénes son esos amigos? ¿Dónde los conociste? ¿Cómo se llaman?

-Ah, eso- respondió con cierta desidia, transformándose inmediatamente en vivo entusiasmo- Bueno, hoy cené con la familia Torres, en su casa. Gente formidable, inteligente, con mucho sentido del humor. Estabas invitado también, pero es fácil comprender tu trabajo, tus enormes resposabilidades, por eso no me moleste en decírtelo.

-¿Y dónde conociste a esa formidable pareja de los Torres?- le preguntó con sarcasmo. Vita lo captó enseguida. Se irguió en el asiento, echó la cartera a un lado y se dispuso a responderle.

-La conocí primero a ella. Natalia. Yo estaba comprando una vela perfumada, la Lámpara de Aladino, y ella estaba allí charlando con la dueña, que era su amiga. Salió de la tienda primero que yo, comenzó a caer un aguacero feroz, salí a buscar mi auto. Ella esperaba un taxi, bah, no lo conseguiría, y me ofrecí a llevarla en mi auto, y por eso, por ese gesto mío, total, que no tenía importancia, me ínvitó a comer un día, disfrutamos muchos de la conversación, y hoy me invitó a su casa, y te digo que son personas fantásticas.

Se asombró al verlo perplejo. No se había dado cuenta de su disgusto con su salida. Ella había incurrido en el rompimiento de un tácito contrato matrimonial, con gran insolencia, como si se hubiera sentado en su butacón en la derecha. No estaba en su ánimo mortificarlo, había visto en su salida y su nota algo muy normal que él apreciaría, embargado como estaba en su tareas. Se sorprendía de su reacción. Examinó su rostro con una grave seriedad, que al mismo tiempo le producía un insano deseo de reírse, pero no lo haría. Si su marido hablaba, había que ponerse seria. Pensó súbitamente en Dorina, la de todos los días, rígida, disciplinada, sin un ápice de buen humor, cumpliendo con su deber sin jamás salirse de la raya. Dorina sería la compañera ideal de su marido. Tal combinación le hizo lanzar una risita, que por fortuna calmó enseguida, mientras Alfonso engurruñaba los dedos, en un ademán nuevo, mientras apretaba los dientes. Vita no comprendía lo qué realmente estaba pasando por él. Como marido y mujer estaban tan desconectados el uno del otro, que en los últimos días, bajo la sensación de gozar de plena libertad, había llegado a conclusión, así de pasada, que comenzaban a entenderse con su propio silencio y reconocimiento de despego mutuo. El era un hombre que con pocas palabras lo decía todo. ¿Estaba ella inconscientemente copiando su actitud? No, era demasiado franca, espontánea, para recurrir a ser su réplica, una réplica demasiado fastidiosa. Después de todo, se copiaba un excelente modelo, no este hombre encerrado en sí mismo, ahora con una nueva grandeza que no prometía gran cosa para ella. Tenía sueño, estaba agotada. Había gozado tanto tanto con sus nuevos amigos, que una noche como ésta, en su recogida existencia, había sido inolvidable. Intentó levantarse, ya le había dado la explicación que solicitó, pero a su intento, él alargó la mano y la detuvo.

-No, todavía no hemos terminado. Lo que has hecho esta noche está fuera de tu conducta, de la conducta que corresponde a una mujer razonable. Las notas se dejan en los negocios, no entre marido y mujer. Por otra parte, debemos de hablar seriamente. Voy a pasar por alto, porque es la primera vez, tu salida de esta noche y ahí termina el problema. No lo harás más. Y ahora escucha, escucha bien, Vita, porque no voy a repetirlo. Ese acto de recoger gente en la calle y hacerlos tus amigos está fuera de toda posibilidad en el futuro. No tienes consciencia de que es una locura, pero como te digo, cerremos el caso. Concluído. Vayamos a lo más importante. He sido nombrado miembro del Tribunal Supremo, más alto que eso, en mi profesión, no se puede ir. ¿Comprendes?

Ella asintió modosita. ¿Qué iba a salir de su boca? ¿Otro régimen de conducta más estricto? Eso decían sus ojos, sus ademanes, el dedo índice alzándolo con las dos manos para hacer énfasis por partida doble del contenido estricto de sus palabras. Vita tenía un un deseo loco de echarse a dormir. Se mantuvo heroicamente escuchándolo. ¿Para qué interrumpirlo? Estaba todavía de un pésimo humor y una interrupción iba a enojarlo más.

-En mi nuevo cargo, con mucho más dinero y prestigio nuestro sistema de vida tendrá algunas alteraciones. La vida social, por lo menos al principio, será intensa. Tendremos que asistir a banquetes, comidas, veladas, y como esposa de un miembro del Tribunal, la seriedad en la conducta es primordial. Esas amistades - subrayó la palabra con sarcasmo- no tendrán más cabida en tu vida. Se acabaron la salidas insensatas, esas actividades a mis espaldas. Ha llegado el momento. Debes de hacer un esfuerzo por crecer, madurar, conversar con pausa, discreción, echar a un lado la Vita que has sido hasta ahora. Pies firmes en la tierra al lado de tu marido. ¿Entiendes bien?

Ella completamente estupefacta, abrió la boca como una bobalicona. Se vio convertida en una pobre cosa de carne y hueso, mientras su domador resplandecía de gloria. Súbitamente cobró noción del drama que estaba a punto de hundir su vida. Tendría que entregarle su persona para él orgullosamente exhibirla como una postalita de propaganda sobre la armonía matrimonial. El desastre, que en ocasiones veía de lejos, no sabía por donde vendría, había llegado.

Cuando recuperó la voz y la razón, habló suave y calmadamente. No tenía necesidad de alterarse.

-Comprendo la situación, y por comprenderla te digo: no soy la mujer para acompañarte en esta nueva etapa de tu vida. Necesitas una mujer sobria, intelectual, y yo no lo soy. Por otra parte, no tengo ninguna intención de cambiar para complacerte. Si no soy yo, como soy ahora, vivirás con una momia, y no tengo ningún deseo de ser momia. Oh, amigo mío, sabrás mucho de leyes, estás en el Supremo, pero no sabes vivir. Estoy cansada, y por supuesto, no voy a dormir en la habitación contigo. Estoy harta del lado izquierdo, soy una mujer de derecha, y cuando te vayas de esta casa, porque te irás, no te empeñes en querer venderla. No, levanta una pared, una pared entre nosotros. Así, juntos y separados. Es un buen arreglo. Buenas noches.

De pie bostezó y se dirigió a la habitación en la que antes se había vestido, lanzándose al lecho ya con los ojos cerrados, aniquilada por el sueño.

Alfonso no pudo detenerla. Estaba completamente atónito. Su única reacción fue golpear la mesa, derribar con su violencia la copa de coñac, mientras se tambaleaba la botella. Su ira fue tal que corrió a su habitación bufando, con el deseo primitivo y salvaje de estrangular a la mujer que lo había dejado con la palabra en la boca, en un estado de total estupor.

27

El sol, con la cortina de la ventana recogida en un lazo de cretona, entraba en la habitación con la generosa avidez de deleitar todo lo que allí se hallaba, deslizando surcos brillantes en la colcha ubicada a los pies de la cama. El ruido persistente del claxon de un auto se dejó escuchar, pero el sol, astro inconmovible, siguió triunfante en su iluminación, haciendo la travesura de golpear con toda su fuerza el rostro de Vita, quien súbitamente despertó, lo miró restregándose los ojos, se incorporó en la cama, se vio vestida, trató de pensar dónde estaba, sus ojos recorrieron la habitación sin tener idea de lo que hacía en un lugar extraño. "¿Estoy soñando? ¿Estoy dormida en una habitación que pertenece a otra persona? ¿Y quién es esa persona?" Se hacía preguntas, revisaba todo en la habitación, observando un espejo grande en la pared, bonito y moderno, de marco dorado. Buscó en la mesita de noche el reloj digital. No estaba allí. Desconocía esta casa. Entonces vio una puerta cerrada y corrió hacia ella. Tenía sed, estaba ofuscada deseando encontrar su identidad, y tan pronto salió al pasillo con paso vacilante y vio en la distancia el comedor, fue hacia él, reconoció la botella de coñac y una copa tirada a lo largo de la mesa. Se había caído pero no rodó al suelo. Fue lenta y atentamente que la golpearon los recuerdos y atrapó lo sucedido.

Volvió de sopetón, súbitamente, de manera que revivió el trayecto que hizo de casa de Natalia a la suya, sola en el auto, a las diez de la noche, bajo un cielo inundado de estrellas magnificentes, haciéndola pensar si estaban celebrando una fiesta entre ellas. Se rio de su ocurrencia y rectificó su impresión sobre la danza astral. Estaba feliz, y por lo tanto, creaba la felicidad en el firmamento. En siglos no se había visto sola manejando en la oscuridad de la noche bajo la sensación de haber logrado algo extraordinario, libertad de acción, de escoger sus amigos, disfrutarlos en una cena totalmente liberal y simpática. ¿No era de los más grandes placeres de la vida? ¿Y qué costaba? Absolutamente nada, estar ahí, escuchar, aportar lo suyo aunque no fuese exquisito ni deslumbrante, pero era lo suyo, y la gente buena y con un toque humano, sabía hablar tan bien como sabía escuchar.

Recordaba ir al comedor atendiendo la llamada de su marido. Estaba sentado en la mesa, erguido, con las manos cruzadas, como el juez que era. No se dio cuenta de su tremendo enojo con ella. La esperaba impaciente, serio. ¿Y cuándo él quería hablar? En los últimos días ni siquiera sabía de sus idas y venidas, pero tuvo que sentarse y escuchar finalmente su ascenso a miembro del Tribunal Supremo, y enseguida, pues allá iba eso, el gran señor dictaba las reglas de su conducta en el futuro, en la cual esos amigos o cualquier selección que ella hiciera estaban fuera del juego. Un nuevo aspecto, austero y limitado le imponía, exigía en su vida desde este momento.

Su felicidad no se quebrantó y su reacción no fue de mujer ofendida ni fogosa, la hizo hablar claro del problema y poner los puntos sobre las íes. Después de todo, había tenido el ejemplo de Eugenia Domínguez esa noche. La desgracia, la indignación de la pared había sido su salvación para entrar en otra vida con otro hombre al que amaba. El que Antonio fuera un negociante en un giro rústico, y fuese ahora un alcohólico redimido, no tenía importancia. Vita no dudaba de su crecimiento moral, espiritual. ¿Y quién era su guía? Pues la misma Eugenia. Y para colmo, algo difícil de entender, vivían todos en la misma casa, manteniendo la demarcación de la pared, unidos en la amistad, con el ex-marido y su amante, una chica joven y fea a la que Eugenia le tenía simpatía. Estaban todos juntos y no lo estaban. Algo parecido a su situación actual con Alfonso.

Recordaba también todo lo que le dijo y en el tono en que lo dijo, y al recordarlo experimentaba el placer inexaustible de haber hablado por primera vez, tal y como lo sentía, sin ademanes dramáticos ni altaneros.

No hacían falta. Alfonso exponía cómo debía de comportarse, y ella le expuso a su vez la imposibilidad de seguir sus instrucciones, y si mencionó la pared fue por el total convencimiento de que era lo mejor para mantener el matrimonio, en caso de que él quisiera aceptarlo y se buscara otra mujer. Ella mantendría su casa, parte de su territorio. El mismo le había mostrado las opciones válidas y dignas de no dejarse pasar.

El resto se perdía en la memoria. ¿Lo dejó con la palabra en la boca? ¿Dijo él algo más? Ni siquiera recordaba su entrada en la otra habitación. Fue con el despertar del sol dándole en pleno rostro, que se levantó sin noción de dónde estaba ni quién era. Ahora lo sabía, se sentía satisfecha de todo lo que había ocurrido. Alfonso tendría que decidir si se quedaba o se iba. Ella permanecería inmutable.

Recogió la botella de coñac, la guardó en la vitrina, llevó la copa al lavadero, bebió dos vasos de agua y se puso a hacer el café. Obviamente, Alfonso no estaba en la casa ni había desayunado. Al mirar el reloj de la pared se dio cuenta que eran las doce del día. ¿Cuántas horas había dormido? Pensó en su visita cotidiana a Enma. No podía dejar de ir a verla aunque fuese por algunos minutos, ahora que la pobrecita estaba enferma.

Fue a su recámara a ducharse y vestirse para salir a visitar a Enma. Vio que la cama estaba revuelta. Alfonso había dormido allí, su pijama estaba hecho un bulto encima de la almohada. Vita no tenía tiempo para recoger nada. Salió de allí muy bien puesta, ardiendo en deseos de ver a su querida Enma.

Nada nuevo encontró en la casa de los Soler. Enma todavía estaba amodorrada. López continuaba visitándola dos veces. Dorina abrió la puerta para recibirla, y su rostro compugnido no le hizo un gran efecto a Vita. ¿Cuándo lo tenía de otra manera? Su advertencia de no estar mucho rato con Enma, la pasó por alto. Esta vez Dorina no la siguió, y como no pudo ver su rostro a su espalda, se perdió de observar la expresión en Dorina: una repulsiva mezcla de rencor, soberbia y sospecha de lo inaudito. Con ella, Enma se quejaba de que le dolía la espalda, con Vita se olvidaba de la espalda y sonreía, como si fuese la santa eliminadora de dolores. Para que su sufrimiento no aumentara, Dorina había decidido no ser testigo del encuentro entre las dos, entregándose a Dios con una plegaria de asistencia a los sinsabores de su alma.

Enma no estaba en la cama, se adormecía en un butacón, el sol penetraba en la pieza aportando su alegría. Las manos de la anciana, venosas y manchadas reposaban encima de su vientre, su respiración era pausada y sintió llegar a Vita. A su edad sus oídos no estaban dañados y tenía una profunda sensibilidad para escuchar pasos, ruidos de voces, y hasta el gorjeo de los pajaritos. Su alegría se hizo evidente. Alzó los brazos para recibir su beso en las mejillas. Vita la tocó suavemente. No tenía fiebre y ese era un síntoma muy bueno. Comprendía que Enma necesitaba descanso, mucho descanso, ninguna excitación, y comenzó a decirle.

-He venido sólo un momento a verla. Usted necesita descanso y paz. Le prometí venir y contarle, pero sucede que la historia es muy larga y tan interesante, oh, Enma, los temas de conversación fueron inolvidables. Se comió ricamente, se bebió un buen vino rosé de Portugal que rodaba por la garganta como una crema delicadamente aromática, y se habló de cierta magia en el salón de té.

-¿Magia? ¿De qué?- preguntó la anciana abriendo los ojos.

-Ahí llegamos, ¿Ve? No puedo hablar, concretar las cosas en dos palabras. ¿No me conoce? Si algo bueno o malo impresiona, bueno, hay que explicarlo bien. Gozará mucho cuando le cuente, y para eso necesito de su promesa que hará todo lo posible por comer bien, descansar, para divertirnos con la historia. Vamos a ver, ¿qué ha comido hoy? ¿Quiere que haga un pollito tierno con una salsa de mi invento? ¿Prefiere un lenguado a la parrilla?

Enma votó por el pollito tierno.

-Se lo traeré mañana. Pero no le contaré nada hasta que esté sana y mejor que antes. ¿Tose mucho?

-No, López me ha traído un sirope que me ha aliviado la tos.

-Magnífico, querida Enma, magnífico.

Al salir de la casa, Vita estaba contenta. "¡Buen Dios" se dijo. "Como amo amo a esa anciana, como la amo".

A las cinco de la tarde, estaba todavía sola en la casa. Alfonso estaría enojado con ella, poco importaba, no era nada nuevo, y se fue a regar las plantas al pabellón.

Desde la ventana de su casa, tomando un daiquirí, Oscar la vio, dejó la copa en la mesa y salió apurado a saludarla antes de que entrara en la casa y perdiera esa oportunidad.

Con la regadera en la mano, absorta en su tarea, no pensaba en nada. Oscar la llamó en voz muy baja. Ella miró el muro y corrió hacia él.

-Por el maldito Satanás juro que he estado espiando, Vita, espiando para ver si podíamos hablar por un momento- dijo él con su habitual efusividad, nombrando al siniestro diablo, su personaje favorito para insultar con un júbilo que parecía más bien reverencia y halago- ¿Dónde has estado? ¿Muy ocupada?

-Sí, sí, mucho.

-Ya entiendo. Bien, Tengo una noticia, y qué, voy a aflojarla sin ningún anuncio de antemano. ¡Gustavo exhibirá sus pinturas dentro de dos semanas!

-No lo creo, no lo creo.

Vita lo sabía por la nota de Roberta Castillo, pero lo vio exaltado, feliz, y pensó que le echaría encima un vaso de agua fría si se enteraba de que conocía la noticia. Fue una reacción rápida de su parte. Se felicitó de actuar así. Oscar comenzó a explicarle el proceso de selección. Pero cuando Vita le preguntó si Gustavo se sentía loco de felicidad, y lo dijo sonriente, él la miró con la perturbación de alguien a quien la palabra felicidad le provocara un súbito sobresalto, y con un gesto reflejando inquietud, llevó la boca completamente hacia el lado derecho, después la soltó dejándola caer en su lugar. Para un hombre fogoso como Oscar, la vacilación no entraba en su carácter, lo haría sentirse poniendo su piel de carnero a la disposición del malvado prójimo. Vita comprendió enseguida que había tocado un punto débil. ¿Por qué? Era lo más natural en una charla sobre un artista que había trabajado tenazmente en el anonimato, una exhibición para él solo representaría un éxito rotundo, y hasta los dedos de sus pies bailarían felices dentro de los zapatos. Ya había pasado bastante tiempo de la reacción exasperante de Gustavo, la primera vez que Roberta fue a ver sus pinturas y la posibilidad ser aceptado por la señora Valverde estaba casi en el aire, como son todas las promesas.

-¿Qué pasa, Oscar?- le preguntó agitada sin esperar por su respuesta que se alargaba demasiado- ¿Todavía está asustado como el primer día? Caramba, ya debe de haber digerido el problema, calmarse, disfrutar de su buena suerte.

-Sí, sí, eso le digo yo, pero él no ha salido todavía del trauma. Yo puedo imaginarme porqué, Vita, pero no es un tema para conversar. Se ha cerrado, es como si hubieran puesto a otra persona en su lugar. ¿Alegría? Ahora piensa que el <u>show</u> puede ser un fracaso con la crítica, con todo.

-¿Y se lo dice así a la señora Valverde?

-Oh, no. Ella es una mujer encantadora, pero también es una comerciante. Una galería no se abre para perder dinero. Se ha invertido mucho, ella ve en él una posibilidad extraordinaria y todo indica que va a ser algo muy bonito esa noche de apertura. Pero es su carácter...

-Nunca me ha parecido Gustavo un chico deprimido.

-No lo es, pero tampoco deja de serlo. Oh, hay muchas cosas que tú no sabes. Volver atrás, mirar hacia atrás nunca es fácil, Vita. Mi pasado lo llevo encima, todos los llevamos. Muchas cosas se dejaron atrás, hay remordimientos, rabia, y la rabia se lleva hasta la muerte. Tantos nos han ofendido, tantos nos han...Pero no hablemos de eso. Sin embargo, Vita, tengo el presentimiento que todo saldrá mejor de lo que esperamos y Gustavo tiene un gran futuro.

-Lo doy por seguro. Tú lo has ayudado, Oscar. Eres muy generoso.

-¿Generoso, Vita? ¿Hay una generosidad incondicional? No entre los humanos, no. Todo lleva algunas cosas a otras y tenemos que estar conscientes de que es así. Eso del desprendimiento total es un invento de la iglesia. ¿Qué pueden esperar de un hombre que tiene que luchar en este mundo? Pero yo estoy contento por Gustavo, ¿y qué puedo hacer si él quiere verse a sí mismo como una nave perdida en el océano? Sus pinturas...

No terminó la frase, su mirada se clavó en algo más allá de su rostro, y fue una mirada de tan intenso estupor, que Vita, casi inconscientemente, volvió la cabeza hacia esa cosa que obviamente lo consternaba.

Allí estaba Alfonso. Para Oscar ese sería un trauma dantesco, y fue así. Cuando Vita volvió a mirarlo, vio su rostro encarnado, un titubeo que lo hacía abrir la boca para no decir nada, y despidiéndose de ella más con gestos que con palabras, Vita lo vio correr por el sendero, y corría con el cuerpo bamboléandose.

Alfonso no se había movido de su lugar. Lo que había visto le confirmaba que dentro de su casa se levantaba una insurrección contra él, representando en este momento un peligro para todo lo que había alcanzado. Se tragó la ira, la miró de pies a cabeza, no reconociéndola, con miles de pensamientos siniestros, reconcentrados y sombríos. Aun así atinó a decir.

-Ten lista la comida. Vamos a cenar temprano.

Le dio la espalda.

Vita, también con expresión sombría, se dijo. "Y esta noche entramos en el final."

28

De parte y parte se sentía el ambiente cargado de una tensión asfixiante, no tanto por parte de Vita. Tenía sus razones para sentirse calmada. Creía haber descubierto repentinamente que otros mundos podrían abrirse cuando las puertas sagradas de un matrimonio se rompían, y aun cuando sentía respeto por su marido en muchos aspectos y la desintegración de la vida en común no fue nunca una opción que la distrajo con la posibilidad de alcanzar un grado de felicidad superior al que tenía, separándose de él en estos momentos, después de tantos años de seguirlo a su gusto, someterse a una conducta más estricta, le pareció, que de aceptarla, se graduaría de imbécil y terminaría su vida consumida bajo su tiranía, sin esperanza de ver a sus vecinos ni a los Torres, cuya amistad tan fructífera desde el comienzo se cerraría por orden del hombre que imponía las leyes en el hogar. Por su mente pasó la palabra ¡basta! y así fue como al sentarse a la mesa frente a él silenciosa (no sería la primera en hablar, nada tenía que decir) una vaga sonrisa asomó a sus labios. No tenía apetito. La noche anterior había comido demasiado y todavía se sentía llena, así que jugó con el tenedor sobre el plato, separando los trocitos del pollo en cazuela.

Alfonso tampoco parecía inquieto, pero lo estaba, contenía la ira contra ella con sus modales correctos y suaves. Simular un control perfecto había sido fácil para él, y en su oficio de juez había perfeccionado su frialdad exterior. Por dentro ardía, sentía que iba a explotar y el color de su rostro enrojecido estaba fuera de su dominio. La sangre circulaba enloquecida por sus venas, subía a su rostro y se quedaba allí estática,

Su mayor dilema era solucionar la situación entre ellos, pacificar la actitud de Vita, tantear si todavía pensaba de la misma manera, o todo lo que salió de su boca fue un alarde, una de esas locuras conjuradas por las mujeres durante el ocio, y ya había recapacitado y sería vulnerable a comprender su punto de vista. Llevaba una intención conciladora, contra de su deseo, pero le bastó sentarse frente a ella para comprender que nada había cambiado; su silencio le hablaba por lo claro de su impasible y absoluta indiferencia, sin recurrir a simulacros. Lo invadió un gran terror. Su rostro palideció. A través de un correcto y profundo análisis, se dio cuenta que con un divorcio perdía todo lo que había ganado hasta ahora. Tal situación lo exasperó, hizo un brusco movimiento de manos, pero enseguida las recogió, las apretó contra sí, como si fuera la cabeza de un enemigo al que tenía que aplastar para poder continuar viviendo.

Vita lo había puesto al borde de un precipicio. Y todavía a estas alturas, él no sabía si lo hacía deliberadamente o surgía de un capricho, el capricho de una mujer parlanchina, ingenua, todavía joven, que se había dejado engatusar por los amigos indeseables, y bajo la influencia de ellos actuaba sin darse cuenta de la profundidad, del abismo que se cernía sobre ambos. ¿Y qué hombre podía tolerar que su mujer actuara por consejos de los amigos contra él? Esta tarde, viéndola en alegre cháchara con el aborrecible vecino, comprendió su actitud burlona hacia él, dándose gusto con lo que le venía en gana, completamente segura de no ser descubierta en la infracción de su orden. Después de verla, la sangre se le salió del cuerpo, uno de los tantos y absurdos cambios de la imaginación trabajando con la anatomía. Fue a encerrarse a su habitación agotado, aturdido, sin saber, por primera vez en su vida, dar una solución a su problema. Su impotencia lo descontrolaba y se decía y repetía. "Tengo que calmarme, tengo que calmarme."

La calma llegaba veloz y fugitiva, no la controlaba, y cuando salió de la habitación para reunirse con ella en el comedor, su flaqueza era tal, que erguido en el asiento, con el rostro enjuto, ademanes graves y la parsimonia de sus movimientos en general, pretendía dejar ver su poder, encubriendo así su fragilidad interior. No tenía apetito. Tomaba agua como un desesperado para darle una salida a su tensión. El silencio se le hizo detestable. Sin embargo, era el cabeza de familia, el hombre de la casa sosteniendo todo lo que había allí; vestía y calzaba a su mujer, todo bonito, caro. Ese era un gran poder. ¿Iba a dejar de ejercerlo por el miedo a perder su brillante porvenir? Porque ocurría, y lo había pensado con parsiominia y también con desesperación, que el rompimiento de su matrimonio sería su caída. Y hasta pensó en Enma, traicionando la memoria de su marido, el fue que su querido mentor y maestro, a quien le debía todo. Su encrucijada se estaba convirtiendo en una pesadilla. Tenía que sobreponerse para manejar su propio caso con guantes de seda. Vita nunca había sido una mujer difícil, pero el diablo residía dormido en las faldas de las mujeres, y cuando despertaba no había escapatoria. Esa manera de razonar, absurda, insensata, le susurró a qué estado de depresión y angustia había llegado.

Vita se levantó para ir a buscar el postre. Alfonso se juró que el silencio terminaba, no lo aguantaba, iba a estallar si no comenzaba a poner su casa en orden. Y en efecto, tan pronto ella regresó y se sentó, le dijo en un tono que no indicaba ningún rencor, apuro, y mucho menos animosidad, que comenzaría por el final para llegar al fondo del asunto.

-Bien, Vita, es el momento de hablar. Te dije anoche que íbamos a continuar hablando porque este asunto va ya muy lejos. Cuando entré en la casa, hace unas pocas horas, te vi en el pabellón hablando con el vecino. ¿Sabes lo qué pensé? ¿Sabes lo qué pensé?- repitió.

-No tengo la menor idea.

-¿Cuántos años hace que vivimos aquí?

-Los mismos que llevas de juez.

-De acuerdo, es un tiempo bastante largo, y desde el primer momento, cuando esos hombres llegaron a ocupar la casa, te advertí que no tuvieras ningún trato con ellos. Dos hombres viviendo solos, con uno bonitillo, amanerado, ¿sabes lo qué quiere decir eso? Es una relación sexual bochornosa, no pueden dar nada bueno, y si quieren vida social que se busquen su grupo. Y a eso quiero llegar. Cada uno debe de mezclarse con lo que es, nunca fuera de lo que no es. ¿Comprendes? Un profesional no va a los bares de los obreros de construcción a reunirse con ellos ni se mete en los muelles para beber, buscar trifulcas y golpearse con los marineros. Y no creas que soy duro y veo todo desde mi plataforma de juez, pero conozco la vida, sé hasta que punto el vicio degrada a los hombres y los convierte en animales. Bien, ese es el mundo de afuera. No lo gobierno, no me interesa, pero que no vengan a mí casa, que no traten a mi mujer como si estuviera integrada a sus grupos. Pude notar el gusto con que ustedes hablaban. Quiere decir que esa amistad a mis espaldas no viene de ayer.

-Cierto, no viene de ayer.

-¿Y lo dices así tan campante? ¿Cómo me juzgarías si yo estuviera haciendo cosas indeseables a tus espaldas?

-Oh, tú nunca lo harías. Eres perfecto o te sientes perfecto, no sé, pero yo soy harina de otro costal. En resumen, no veo en lo vecinos los que ves tú.

-¿Puedes explicarme lo qué ves?

No era un diálogo amable, no lidiaba con una mujer sensata, y aunque el tono de voz de ambos no dejaba sentir aspereza o enfado, sino un sutil embrollo de emociones, puntos de vistas, necesidad de expresarlos sin dulcificar el paladar con el postre, pero con el pequeño tenedor acariciándolo, como si intentaran que el sirope cubriera las duras piedras de las almas luchando contra las rejas de la prisión para liberarse totalmente.

-Bueno, lo veo de una manera muy simple. Me importa muy poco que mis vecinos se vayan al lecho juntos. Ese es asunto de ellos. Siempre me ha disgustado que la gente hable de sexo, de su vida sexual, lo encuentro de mal gusto, indignante. Asuntos privados de alcoba. Pero yo no veo a los vecinos como una plaga, como seres aborrecibles. Esos son los criminales que tú condenas en la corte. Nuestros vecinos son personas decentes.

-¡Pero son vidas equivocadas, falsas!

-Bien, puede ser, y es asunto de ellos arreglarlas, pero me niego a verlos como tú. Son personas buenas, no le hacen ningún mal a nadie. Son generosos, trabajadores, creativos. ¿Ves? Yo veo una cosa y tú otra. Y en cuanto a los grupos, bueno, ahora que vas al Supremo, yo no encajo en tu grupo. Tú necesitas a tu lado a alguien que...

-Deja de aconsejarme sobre lo que necesito o no. Estamos hablando de algo grave. Me desconciertas, Vita. Tu actitud es insolente. ¿Me culparías si pienso que estás bajo la influencia de alguien? No vamos a desviar la conversación del punto principal.

-¿Y cuál es el punto principal?

-El desacuerdo entre nosotros. Ir directo a la raíz del problema, Comencemos: ayer te hice una reclamación importante, la que cualquier marido hace a su mujer. ¿Quienes son tus amigos? ¿Por qué te vas a comer con ellos como si fueras soltera, independiente, sin respetar las reglas del matrimonio?

-Te invitaron también. Deseaban conocerte y tuve que darles la disculpa de que tenías mucho trabajo, que es la verdad.

-Al menos pudiste decírmelo. Eso era lo correcto.

Vita rio alegremente. Alfonso nunca había vigilado su conducta, lo correcto consistía en su propia creación, como la armonía del hogar; su defensa era pobre, no lo comprendía, estaba cerrado a todo entendimiento que se saliera de sus reglas.

-¡Reglas, regulaciones! Dios mío, Alfonso, ¿no puedes soltar algún día la cuerda del deber y ser espontáneo? Vamos a ver, en estos días has entrado y salido de la casa apurado, lo comprendo. Siempre he comprendido que el trabajo es tu vida. Por lo tanto, eres inabordable. ¿Por qué ibas a acompañarme? Siempre he sido comprensiva con tus debilidades.

-¿Debilidades?

Preguntó en un tono violento, que lamentó enseguida. Hoy había salido temprano a buscar los periódicos y olvidar su inmenso disgusto con Vita. Allí estaba en casi todos ellos, en primera página, su foto con el presidente y el curriculum vitae que Soler entregó al mandatario con su recomendación. Una pieza de impecable historia profesional. Y desde ese momento su móvil no dejó de funcionar: colegas, incluyendo los que había aspirado también al cargo y lo odiaban, y como siempre fueron los más melosos en expresar congratulaciones. Y ya para terminar con broche de oro, el periodista Godínez, el más respetado y severo de todos ellos, quien ocupaba el cargo de director del diario La Flecha, y cuya firma prometía un banquete de buen juicio y sarcásticas referencias a las pretensiones humanas, cuyo finísimo estilo y cultura ningún otro podía igualar, lo llamó para perdirle una entrevista en su hogar, con su familia, la que sería públicada en una próxima edición dominical. Alfonso se sintió sumamente halagado por su llamada. Discutieron la hora y el día en que les fuera más conveniente a los dos y se despidieron cortésmente.

Ocurrió después de hablar con Godínez. Alfonso se chocó la frente desesperado. "Dios mío," exclamó aturdido, "Vita tiene que estar en casa, hablar con él, y ¿qué hago ahora?"

Una sola cosa podía hacer, no había otra alternativa, tratarla con suavidad, afecto, mantener la conversación como la llevaban, sin la intervención de ningún ex-abrupto, y ceder, ceder, tenerla en la casa contenta, pasar por una máquina demoledora su orgullo y sentido de dignidad ante la trampa que le ponía Vita, o la vida, o quien fuera el cruel vengador de su suerte.

Se esforzó en sonreír, incluso probó el postre, susurró "magnífico" y mirándola con ternura, dijo.

-Vamos, explícame esas debilidades. Soy todo oído.

-Perdóname, no me importan. Quise decir que siempre he sido comprensiva con tus gustos. ¿Para qué iba a proponerte conocer a alguien? Tú estás en tu mundo y en tu grupo. Vaya, Alfonso, no te critico. Te he acompañado siempre a las actividades sociales, miedosa de decir algo de tu desagrado, porque te he visto asustado y alerta rondándome para ver dónde meto la pata. Esa expresión no te gusta, ¿pero es qué hay otra? Un día me reprendiste por decir que iba al mercado a comprar las verduras, cuando se hablaba de temas elevados. Pero, ¿sabes, Alfonso? No escuchaste el tema de esas mujeres refinadas. Trataban de los colores de creyones labiales y de los abusos de las sirvientas. Yo no decía nada, y me preguntaron si mis sirvientas robaban mucho, y yo dije la verdad, no tenía sirvientas e iba al mercado a comprar. Me dio la impresión de que la verdad, esa verdad no te fue agradable, te ofendió, ¿Sabes? Esas mujeres eran frívolas, tontas, muchas pretensiones, muchas caretas. Oh, no vale la pena perder el tiempo trayendo esto a la mesa, ni tantas otras cosas. En resumen, Alfonso: Vita quiere ser Vita, y Alfonso quiere hacer de Vita una copia de Alfonso, Vita no lo aceptó y planteó la solución del problema por dos vías diferentes. ¿Las has olvidado?

Alfonso la escuchó estupefacto. Su boca se desencajó y lo asaltó una profunda tristeza. No iba a vencer, estaba metido en una trampa. Vita, la incansable parlanchina estaba ansiosa por terminar la charla cuanto antes, y una sensación de vacío, de sentirse perdido, incomprendido, tratado con un mezquino fastidio con todas las trazas de superficial impaciencia, lo precipitaron a preguntarle.

-Vita, ¿tú me amas?

¿No había sentido un escozor terrible en el cuerpo sacudido por una sensibilidad a flor de piel, afectando todas sus percepciones?

Vita creyó no haber oído bien y lo miró frunciendo el ceño, insegura del hombre desdeñoso, disgustado, echándola a un lado cuando ella le preguntaba, "¿tú me amas, Alfonso?" Se enojaba y le daba un sermón breve y seco sobre la impertinente interrogación, colocándola en la posición de una simpletona que no usaba el cerebro para otra cosa, o al menos eso dejaba sentir en el aire con su altanero repudio a lo que sin duda consideraba una superficial emoción, sin ningún valor para mencionar por su cursilería, estuviera ahora haciendo la misma pregunta con una expresión desconocida de sufrimiento. Sintió pena por él y meditó su respuesta.

Alfonso observó su vacilación. Se preguntó. "¿Alguien que ama tiene que reflexionar tanto? Un sí o un no termina todo rápido" Pero había perdido la fuerza para exigirle nada. Godínez vendría el próximo sábado, ella tenía que estar en la casa, muy contenta y bien puesta para la sesión de fotografías. ¿No era la felicidad lo más fácil de fingir? Pero Godínez entendía demasiado bien las falsedades, las exponía, su prosa deliciosa, complementada con cínica sagacidad, desnudaba, jugaba con un sabroso tono culto, sin darle de lado a la sencillez accesible para ser entendido por todos. Pura y elegante simplicidad.

Y esperando su respuesta, cruzó las manos encima de la mesa, bajo una sensación de derrota.

29

Aunque Vita parecía haber caído en un letargo reflexivo, en su mente estaba muy clara la respuesta, pero era cuestión de organizar sus palabras y ser breve. Estaban hablando con un fin determinado: llegar a una decisión, y así el amor impetuoso, a través de diferentes etapas, demostraba que no se amaba de igual manera a los veinte que a los cuarenta. El tiempo hacía soltar las bellas hojas engalanando a la pareja, y la realidad, el amor, comenzaban a formar la debida distancia entre el carácter de los dos. La residencia del placer y la devoción no era sólida, pasaba por frustaciones, se imponían depuraciones, y el amor agonizaba.

-Pues la verdad es, Alfonso, que cuando nos casamos te amaba a mí manera, con pasión, alegría, y ahora te amo a tu manera, así puede decírse que es un contagio o una copia de sentimientos.

¿Cuál era el significado de esas palabras? Alfonso no las entendía, no entendía nada, y como un niño no muy listo sentado en su pupitre, avergonzado de su ignorancia, le preguntó sin poder reprimir su enfado.

-No, no hablas claro, ¿Cómo es ese amor que te apuras en imitar? ¿Has pensado tanto para darme una respuesta tan vaga? Sabes que conmigo las cosas tienen que ser claras.

Al final el niño se rebeló y flotó en el aire una amenaza. No le hizo efecto a Vita, quien respondió calmadamente.

-Oh, sí lo sé, pero no sé porqué no entiendes si no hay otra manera de explicarlo. ¿Te has preguntado alguna vez cuál es el peso de tu amor por mí? ¿Qué lugar ocupa? Bueno, te lo digo, aunque estoy segura de que lo sabes. Experimento el diminutivo afecto que tú me tienes, mientras disfruto de las conveniencias que nos rodean. ¿No está claro?

-¿Pretendes decirme que después de tantos años de casados estamos juntos por conveniencia?

-Hasta tal punto es así, que cuando pusiste tus nuevas reglas sobre el tapete y las rechacé de plano, estás aquí de nuevo para resolver nuestro problema. No es una cuestión de sentimientos, de decirte, "No puedo perder a Vita" Yo tampoco me digo. "No puedo perder a Alfonso" Tu conveniencia está por encima de todo: casa, comida, una mujer en la cama, y distancia para que no te moleste. Bueno, arreglas tu propio mundo de una manera ideal. Incluso me diriges con severidad en relación a mí conducta frente a los demás. Le das cuerda a la muñeca doméstica. ¿Y el amor? ¿Qué cuenta? Yo te respeto mucho, ¿Me respetas tú a mí? Pero ahora eso no tiene importancia. Ahora yo también quiero mi propia conveniencia, mi propia vida. El amor se aniquiló cuando lo tomaste todo de tu lado y yo me quedé invisible para ti. Mientras me comportaba a tu gusto, nuestra vida estaba plena de armonía. Ahora quiero hacerme visible y eso te molesta. Puedes irte o quedarte. Yo haré mi vida normal, pero tendré amigos, personas que vienen a mí vida a darle un aire fresco. Mi mundo y el tuyo van juntos, pero cada uno tiene sus propios gustos, cada uno selecciona, no tiene que estar supeditado al juicio inclemente del otro. Si eso te molesta, levanta una pared entre nosotros.

-Una pared? ¿De dónde te sale una idea tan absurda? Levantar una pared, ¿para qué? Por favor, Vita, ¿qué tiene que hacer una pared aquí?

-Para estar juntos y separados. Después de todo, tú lo ordenaste así a una pareja mal llevada cuando ambos reclamaban la propiedad de la casa, levantar una pared con cada uno viviendo en su propio espacio.

-¿Yo? ¿Una pared?

-Fue en un juicio, me lo contaste.

Alfonso recordó el caso. Esto ocurría ahora por haberle confiado el suceso de un juicio. Alguna impresión le hizo para mantenerlo en su memoria por tanto tiempo, cuando él mismo lo había olvidado. Si Vita hablaba con convicción de construir una pared divisoria, separándolos, algo había en el fondo de esa atracción. Sufrió un momento de pánico.

Volvió asaltarlo el miedo de ir al fondo del asunto, pero si estaba en vísperas de un desastre, más le valiera conocerlo desde ahora. No le respondió nada sobre la pared. Decidió hacerle la pregunta que rondaba por su mente inconscientemente.

-Dime, Vita, ¿te has enamorado de otro hombre? ¿Hay otro hombre en tu vida?

Al terminar la pregunta, se le quebró la voz y bajó la cabeza para esperar el golpe fatal de la guillotina.

La pregunta tomó a Vita por sorpresa.

-¿Otro hombre? Oh, no, eso no existe.

Le creía, si algo todavía les quedaba de respeto mutuo, era decirse la verdad, y una mujer que había llegado tan lejos en su expresión sincera, no podía, no tenía razón para mentirle. Un profundo alivio cayó sobre su mente y alma. Mordisqueó el postre con un paladar débil, no le encontró ningún sabor. Hubo un largo silencio entre ellos. Los dos pensaban en el próximo paso a dar. Todos los planteamientos estaban hechos, pero antes de lanzarse a encontrar la solución, él tenía que clarificar un aspecto bastante confuso de la situación.

-Bien- comenzó a decir, y se detuvo. Ella lo miró, él sacudió la cabeza, volvió a tomar el hilo específico de su idea, repitiendo- Bien, bien. Puedo resumir que no te gusta mi grupo de profesionales, ¿verdad?

-Con excepción de los Soler, no. Pero tampoco los repudio. El asunto es que cuando una persona no puede ser como es y tiene que comedirse para hablar y se siente tensa, ¿qué placer deriva de la compañía humana? Tú entiendes ese mundo de alusiones, gravedad, largos silencios, pero yo no. Estoy hecha de otra manera. Me gusta reír, tengo una variedad de cosas que me dan alegría, y tú, oh Dios, temo que ninguna fuera del trabajo, el trabajo incansable, la perfección, oh, no, no. Por eso te dije: ya no soy la mujer para ti. Quiero ser como Dios me mandó al mundo. ¿Tonta? Hasta cierto punto. Parlanchina, ni más ni menos que el resto de la humanidad. ¿Con amor por la gente? Bueno, eso es obvio por mi conducta, ¿no? Ser como soy es mi riqueza y si le desagrado a alguien, me parece bien que no me traten ni me busquen, yo haría lo mismo, por lo menos, con esa experiencia final, ha habido el entusiasmo de una exploración. Sé que piensas: me distraen las tonterías y no presto atención a lo profundo de la vida. Santos cielos, ¿qué es lo profundo en la vida? ¿Me lo puedes explicar? Cuando hay que trabajar, comer, cubrir el cuerpo, vivir bajo un techo y tratar de llevarse bien con la gente, ¿cuántas otras profundidades hay? Y ahí lo tienes. Ahora vas al Supremo, es lo supremo para ti, muy bien, me alegro mucho, te lo mereces, pero necesitas otra mujer, quizás un poco como Dorina...

Vita no comprendió porque al mirarlo su rostro enrojeció hasta tal punto que temió verlo caer con un ataque cardíaco. ¿Se había equivocado en su impresión de que Dorina y él tenían temperamentos afines y él admiraba su austeridad?

En cuestión de unos pocos segundos, Vita lo vio alzar la cabeza buscando un poco de aire. Se pasó la mano por los cabellos, la frente, y luego se irguió volviendo a tomar su compostura, intentando sonreír, y fue un intento muy apreciado por ella.

-Bien, ya tengo una idea de nuestro problema. Antes de comenzar a analizarlo, quiero asegurarte: yo no quiero ninguna Dorina ni otra mujer en esta casa que no seas tú. Partiendo de ahí, tu queja es la obligación insoportable de la compañía de mis colegas, porque no puedes ser tú. Ahí me confundo un poco. ¿Ser tú? Siempre creí que como te comportabas eras, si hubiera sabido...

Vita lo interrumpió.

-¿Y cómo ibas a saberlo si perdiste el interés de prestarme atención? ¿Has olvidado que soy invisible en esta casa? Si te cuento algo gracioso, lo escuchas a medias, no le encuentras gracia. Lo comprendo, fuera de los juicios, ¿qué existe para ti? Temes cuando vamos a una reunión con tus amigos que yo diga algo desatinado. Pero, Alfonso, todos decimos cosas desatinadas, ni la inteligencia más pura deja de decir alguna que otra tontería. Yo creo que Dios tiene sentido del humor, pero cuando los hombres quieren ser Dios, lo primero que ponen es cara de palo para hacer creer que piensan y actúan mejor que el propio creador. Si me oyes opinar así en una conversación con tus colegas, tiemblas, sí, tiemblas, esas cosas son estúpidas y no se dicen. Bueno, ahí lo tienes.

Ecuánime, Alfonso asintió. Con cada palabra, Vita le enterraba una daga en el corazón, y por un momento se demudó, perdió el quilibrio, la sangre se agolpó en su cabeza, y casi tuvo un instante de perder la visión.

Un efecto tan grave lo asustó. Se calmó, la escuchó y sintió el profundo desaliento de tener que aceptar y contentar a una mujer, cuyo odioso desafío lo exasperaba. Pero debido a las circunstancias, quizás Vita tenía razón y la conveniencia se había filtrado en el amor, poderosa, soberbia, y de quitarle la fuerza se derrumbarían los dos. De alguna manera extraña, se sentía inquieto por el futuro de Vita, y un deseo de protegerla lo anonadó, pero ahí estaba, y sobre él debía de caer su sentencia.

-Bien, ya entiendo perfectamente la situación y vamos a remediarla. Si deseas ser espontánea y hablar lo que te venga en gana, va bien conmigo desde ahora. En cuanto a tus amigos, los aceptaré y haremos comentarios al respecto. Pienso que en mi nuevo trabajo tendré más tiempo libre, ya no estaré siempre atosigado por los deberes. Eso es muy conveniente para los dos. Una sola cosa no acepto. Todo lo que quieras, pero no lo acepto.

-¿Y qué es?

-Que los vecinos entren en esta casa. Si quieres la amistad de ellos, por tu cuenta, pero no más.

Vita rio a más no poder.

-Oh, entiendo, los prejuicios mandan.

-Júzgalo así, tienes el derecho.

-Pues bien, acepto, no vendrán aquí, pero mi amistad con ellos va. De otra manera no podría ser yo. Oh, hay varios puntos a tocar.

-Preséntalos.

-La derecha, la izquierda.

Extrañado por sus palabras, Alfonso frunció el ceño severamente.

-¿Qué es eso?

-La demarcación que tú impones en la cama, en el butacón. Soy la izquierda, tú la derecha. No hay variedad ni sorpresa, ¿ves? En mi mundo la variedad...Bien, llego al punto más importante. Quiero tener mi propia habitación, me voy al cuarto donde amanecí hoy. Así me sentiré más libre y tú también.

En esta ocasión, Alfonso no se demudó, lo esperaba todo de esta mujer. Podía haber expuesto algo peor, y mirándolo de otro modo, quizás esa distancia del lecho fuera conveniente para ambos. Necesitaban un receso en el estilo de vida que llevaban para entrar en otro.

-De acuerdo. ¿Qué más? Es bueno que no dejemos algo en el aire y salga a relucir después. Serás libre de expresarte, de tener amistades e irte a dormir a otra habitación. Piensa, ¿queda algo...?

-No, no.

-Bien. Ya seguiremos hablando. Tengo que terminar algunos detalles en la biblioteca y me voy a la cama temprano. Mañana tengo un día muy agitado. Buenas noches, Vita.

-Buenas noches.

Cada uno partió por su lado. Vita fue a recoger su ropa interior, los dos saltos de cama y un reloj que tenía de reserva en el gabinete del baño. Su estado de ánimo había cambiado. Se había jurado esa misma tarde que esta noche llegaría el fin de su matrimonio, y se alegraba de no haber sido así. Había hablado con sinceridad, calmada, y aunque estaba segura que Alfonso cedió de mala gana, contra su deseo, sintiendo su orgullo triturado, hecho pedazos, se sobrepuso, y tuvo la cortesía de fingir una civilidad digna de su cargo. Nunca había sido un hombre vulgar ni cruel. Su crueldad con ella, llegó a serlo en largo tiempo, no se debía a obedecer su instinto ni disposición salvaje, simplemente respondía a las ínfulas del poder, a la autoridad masculina de ser el señor de la casa a quien todas las comodidades y bienestares se le debían. Existirían siempre muchos hombres así, buenos en el fondo, pero poseídos por la arrogancia de la posición social, haciendo de su tiempo y trabaja el dios de sus vidas, ¿y quién podía convencerlos de lo contrario?

Alfonso no la había comprendido. Había hecho el esfuerzo, era innegable, pero su hábito de responder sólo a su voluntad, interés, no se sacudía de un día para otro, quizás nunca la vería más de otra manera de lo que fue durante sus años de sumisión, pero eso no era importante. Ella también cedió, no deseaba hacerle mal, y como estaba el libro abierto entre ellos de los intereses de cada uno, era lógico que aceptando él su proposición para mantener el matrimonio, ella aceptara la suya.

De su parte, no habría más fingimiento de placer en las reuniones sociales. Si deseaba bostezar, lo haría, de una manera discreta, pero ya muchas veces había llegado el colmo de hacer feas muecas para contener los bostezos. De su boca saldría lo que le pareciera justo sobre el tema en que le pidieran opinar, porque fuera de su impetuosa curiosidad, no se atribuía juicios ni daba opiniones donde no la invitaban para ello, pero las conversaciones tenían que estar salpicadas por ciertos impulsos graciosos para tener un mejor sabor. No iba a verse agobiada por pretender ser, por estar a la altura de otras mujeres que ni siquiera le inspiraban simpatía ni respeto con sus comentarios. En su nuevo mundo, en la nueva Vita, habría la pasión selectiva para escoger a la gente que entrara en su círculo. Sin selección en la amistad, no había amistad.

Cuando entró en su nuevo dormitorio, pensó hacer algunos cambios, convertirlo en una pieza bonita, acogedora. Lo primero que transportaría de su vieja recámara, sería el escritorio, y luego vendrían otras cosas, hasta sentir la habitación toda suya, sin derecha ni izquierda, sin vasitos de jugo, libre y bella, porque la libertad razonable y bien llevada, era pura belleza.

Mientras tanto, Alfonso se había refugiado en la biblioteca. Antes de sentarse en unos de los mullidos butacones de cuero, permaneció algunos minutos de pie frente al retrato impresionante, en óleo, de Bienvenido Soler, el que Enma le había dado y Maldonado transportó a la casa ese mismo día. Allí estaba la noble efigie de su mentor. No sonreía ni tampoco estaba serio, sin embargo, Alfonso conocía muy bien la expresión de sus ojos, ese deslizar en la mirada la ironía dulzona de conocer el fondo de los hombres, la intuición activa robustecida por su bondad, que sabía escuchar, sonreír, tener el gesto de tocar el hombro de alguien que se llamaba su amigo y decir: "Sí, es un problema serio, pero no todos los problemas serios un magistrado y un gobierno pueden ni deben de resolver. La consciencia tiene un oficio muy importante, y se molesta cuando le quitan su lugar. ¿Hacer lo que se puede? Sí, es un deber de amigos, como es un deber del que la pide mantener las expectaciones en el punto cero." ¿Labia de leguleyo? No, si se le miraba a los ojos se notaba el destello de luz emanando gracia, porque era más sabio y humanitario que su interlocutor. En fin, un hombre de todas las épocas, que en el cuadro honorífico del país, ya no quedaba ninguno.

Le habló a Soler, sin abrir la boca, como se habla a los muertos. Ya ellos no entienden el lenguaje hablado, sino el del alma. Alfonso no tenía experiencia en ese territorio, no creía en eso ni le interesaba, pero desde que murió Soler, por gratitud o miedo, se comunicó con él, o quiso creer que se comunicaba, y así, en un paroxismo de sinceridad le contó lo acontecido esa noche. ¿Por qué tenía que ocurrir tal situación en su momento de triunfo? ¿Cuántas veces pensando en la conversación con Vita se estremecía de terror por la amenaza de un divorcio o separación cuando todavía no había jurado su cargo? En una semana había experimentado las emociones más intensas de su vida, estaba agotado, y creía haber conseguido la paz. Recordó en su soliloquio telepático, que una vez Soler le había dicho que los divorcios más indignos y terribles se llevaban a cabo por dinero, de parte y parte, sin pensar en los hijos, en el escándalo. ¡Dinero! ¡Dinero!

Vita no había hablado de dinero, ni siquiera se entusiasmó por su nuevo cargo pensando en el dinero. Se las arreglaba maravillosamente con lo que él le daba. La comida en la mesa era deliciosa y sana. Iba al mercado a escoger todos los alimentos frescos, amaba su casa y la mantenía como un crisol, se recreaba en disfrutar de la amistad prohibida con los vecinos, y su deseo de hablar y decir lo que pasara por su mente, era una prioridad en su vida, muy intensa, y quería la libertad y había puesto en sus palabras de esa noche una vehemencia, sí, de libertad, identificándola con la esencia de su ser.

Ahí fue, que exasperado, le preguntó en voz alta. "Dime, Soler, ¿a quién tengo en esta casa que me ha puesto una trampa?" Miró el retrato ansiosamente, pero no hubo respuesta. Los ojos del bondadoso mentor se quedaron como estaban, y solamente cuando se derrumbó consternado en la butaca, tuvo la impresión que Soler le había respondido. "Bien, ese asunto tienes que resolverlo en tu consciencia."

Aflojando la angustia, Alfonso comprendió: se salvó del primer terremoto. Lo que hiciera Vita de ahora en adelante con su espontenidad y su esencia de ser, quedaba en un enigma, hasta que ese enigma se manifestara a través de distintas experiencias, lo más probable era que lo pusiera de nuevo al borde de un abismo.

30

A pesar de que había mejorado, tenía apetito y la tos no le molestaba, Enma Soler no pudo convencer a Vita de que le contara todas las experiencias acumuladas en los días en que ella dormía más que vivía. De acuerdo con el doctor López, todavía no estaba en su centro emocional para excitarse y Vita, para la anciana, era una fuente de excitación. Así se lo había dicho a Enma.

-Es tan joven de espíritu, López, tan entregada a mirar y sentir, que inevitablemente, yo que estoy moribunda, al verla llegar me animo y mi mente anquilosada comienza a trabajar deprisa y la escucho embobada. Oh, viejo malvado, no creas que me estoy volviendo una mentecata, no, se trata de que la mayoría de la gente me aburre, López. Cuando me vienen a visitar me tratan con respeto, consideración a una viuda, no hay una palabra espontánea fuera de la ceremonia, y luego si dicen algo, ¿de qué se trata? De las inconveniencias cotidianas, pero con Vita hay otras cosas. Me trae la frescura de una niña curiosa y adorable.

-Ah, ya veo- respondió el viejo médico con aire reflexivo- Vita viene a darte una buena vitamina mental. Enma, lo estaba pensando, yo también quiero mis trocitos de elogios. Te voy a poner inyecciones de vitamina B-12, dos veces a la semana, para que tu energía suba y disfrutes más de la compañía de Vita. Sí, tienes razón, es un encanto porque ve la vida como nosotros dejamos de verla. ¡Somos prisioneros de los años, mi querida Enma!

Dorina nunca supo nada sobre esta conversación, pero muy pronto comenzó a preocuparse, notando que Enma reaccionaba con más vivacidad y vigor cuando López la inyectaba. Sospechaba de todo lo que ocurría entre entre ellos, considerando que el doctor López ya estaba muy viejo y no sabía muy bien lo que hacía. ¿Pero con quién quejarse? ¿A quién recurrir? La persona en quien confiaba, aun si le vendaban los ojos, ya no venía tanto a la casa. El juez Vidal, con la ayuda de un viejo robusto y juguetón, bastante impertinente para no hacerle caso, estaba vaciando rápidamente la biblioteca, ya quedaba muy poco para ser transportado a su nueva residencia. Ahora apenas lo veía, y su mujer, bueno, esa criatura, tenía que reconocerlo para sentirse más agobiada, era fiel en sus visitas a Enma. Cierto, no estaba mucho tiempo con ella, pero jamás dejaba de visitarla y llevarle algo sabroso de comer.

Notaba su gran cariño por Enma, compitiendo con ella. Su corazón se hubiese abierto un poquito para acogerla si Vita no hablara con tantos disparates que perturbaban a Enma, quien siempre había sido sensata, y ahora se entregaba a escucharla y hablaba también en un lenguaje extravagante, y debido a que todo lo inentendible la hacía pensar en algo no muy bueno, demasiado turbio, se tramaba bajo sus propias narices, Dorina, al ver a Vita reuniéndose con Enma y la bienvenida calurosa de su prima, se decía. "La está hundiendo en la locura" Lo sabía, las personas de mentes sanas pensaban como ella, se conducían como ella, nunca como esa mujer del juez Vidal, con su aspecto y comportamiento alegre, despreocupado, cuando en la vida todo era trágico y agobiante. Se resignaba a verla en la casa, pero no cesaba de preguntarse cómo y porqué un hombre excepcional, guapo, tan ajustado al mundo real como el juez Vidal, se había casado con una criatura que no le llegaba ni a los talones. No lo entendía, no lo entendería nunca, y su sentimiento hacía el juez era de conmiseración y lástima.

No pudo comprender porqué de pronto, Vita se ausentó de la casa dos o tres días seguidos. Enma le explicó que estaba muy agitada debido al que el juez Vidal ocupaba ahora un cargo mucho más importante y tenían una vida social exigente y movida, la que ella comprendía llegaba en ciertas etapas. La reacción de Dorina fue inusualmente sarcástica. No lo dijo en voz alta, sino en un murmullo para sí misma. "Esa Vita suelta por ahí, en vida social, debe de estar atormentando a la gente y abochornando al pobre juez".

Lo que pensaba Dorina, no estaba muy lejos de lo que pensaba Alfonso después de cerrar el pacto con su mujer de dejarla expresarse y <u>ser ella</u> libremente. Tal situación lo colocaba en un plano de menos libertad, vigilándose para que ningún ademán, gesto suyo ofendiese a Vita. Las primeras pruebas fueron insignificantes. Un día, invitados por un pequeño grupo de sus colegas a un night-club donde cantaba Morika, quien había sido hasta hacía poco la nana de los niños del rico matrimonio Gonzáles. Morika poseía una bellísima voz, íntima, sensual. Fue descubierta cuando cantaba a los niños, por un invitado de la casa, gran empresario de artistas. Al escucharla fue a hablar con ella, y aquí estaba a la semana de su debut en el night-club con un éxito rotundo. A Vita le encantó, la aplaudió a rabiar y su excesivo entusiasmo hizo pensar seriamente a Alfonso. "Si tuviera menos entusiasmo y más austeridad, o si al menos disfrazara sus arrebatos, no iríamos tal mal." ¿Pero cómo contener a la que se había declarado libre de todas ataduras? No se atrevía a mirar a las mujeres de sus colegas, mucho más sobrias. Morika, frágil y delgada, con timidez y gratitud, bajaba la cabeza humilde al recibir los aplausos. Alfonso creyó que en un momento determinado, se fijó en su mesa y le sonrió a Vita impresionada por su exuberancia.

La próxima salida fue a la casa de otro juez, uno de los que realmente le agradaban a Alfonso. En las últimas semanas no había estado bien de salud, y ese día en que lo invitó para felicitarlo, se comprometía su hija menor con un abogado defensor que había debutado en juicios muy importantes. Era hijo de una acomodada familia de la clase media, que en el pasado tuvo tratos afectuosos con el dictador, pero el tiempo borraba las inquinas, y el relumbrón social y el dinero acababan sepultando los malos recuerdos.

La casa estaba engalanada con varias mesas en el jardín, bellamente iluminado para la ocasión, con mucha gente joven y bulliciosa. La novia tuvo una conversación con Vita. Alfonso, naturalmente, no la escuchó, pero cuando regresaban a la casa, con la idea de que Vita se sentiría mejor si le hablaba, y tal vez pudiera saber cómo manejaba su nuevo estilo, le preguntó qué le había parecido la hija de su colega.

-Es muy conversadora-respondió Vita- Mucho, mucho. ¿Y sabes de qué habla?

-No tengo idea. Sólo intercambié un saludo con ella. Es muy bonita.

-Oh, sí, lo es, pero muy malcriada, eso puedo jurarlo.

Alfonso la miró alzando las cejas. Era una opinión dura y agresiva, indigna de juzgar a una persona a la que nunca había visto y charlado con ella durante media hora o menos. No era suficiente tiempo para formar un juicio de esa índole. Vaciló en preguntarle porqué pensaba así, pero terminó haciéndolo por dos razones: conocer la intrepidez ignorante de su opinión, mientras le daba la atención que reclamaba, después de haberse declarado una mujer independiente

-¿Y cómo sabes qué es malcriada?

-Oh, ella misma lo dice.

-¿Y usa la palabra <u>malcriada</u>?

-No era necesario decirla, no. Yo no la conocía, estamos de acuerdo, pero después de saludarme, no cesó de hablar de su viaje a París, regalo de su suegro, del automóvil, un Lexus deportivo obsequio de su padre, del collar de perlas, herencia de la familia de su madre pasando a ser de ella. El traje de novia lo estaba diseñando un tal Reyes, famoso en el país, y su residencia sería un regalo de su padrino. ¿Ves? Todo el tiempo ella y lo que recibía. Eso me indicó que pensaba solamente en coger, porque no dijo nada de dar, no está acostumbrada a dar ni nunca querrá hacerlo. Vive en el mundo de sus posesiones valiosas. Así pues, está echada a perder.

Alfonso asintió bastante consternado.

La prueba más amenazadora y terrible estaba a unos pocos días de producirse con la visita del periodista Godínez. En su casa, de anfitriona, frente a un hombre de una experiencia y sagacidad muy singular, Vita podría hacerle un efecto bastante desagradable, y aunque se sospechaba que no sería cruel en su juicio sobre ella, la retrataría muy tonta, como símbolo astuto, que detrás de un hombre de éxito se agazapaba una mujer anodina, sirviendo sólamente de postalita social. Ese sería el más terrible de los agravios, pero a pesar de su temor, luchaba por mostrarse atento y afectuoso con ella.

Con toda su buena voluntad en acción, Vita lo sacaba de quicio, deduciendo de una ligera charla, que la hija del juez era una ambiciosa manipuladora, mientras él vio a una chica atractiva y plena de alegría.

Asuntos como estos, pasando a ser simplemente impresiones y sin ningunas consecuencias, le demostraban que Vita era un ser complicado, voluntarioso, y si continuaba conduciéndose así, iba a detestarla más. Aunque en el fondo de su alma se sintiera con la necesidad de protegerla, la pregunta flotando en su cabeza se reducía hasta cuándo podría aguantarla con su proclamado libre albedrío. Volvía a responderse que su actitud y conversación con Godínez, porque la tendría, lo forzaría a esconderla en el futuro bajo cualquier pretexto, para no llevarla a ciertos eventos de bienvenida con que sus nuevos colegas planeaban agasajarlo con sus familias.

Y aun así, con un enmarañado sentimiento de inquietud, continuaba bajando la cabeza, intentando sonreír, hablando más con ella, y llevándole de regalo tres días antes de la visita de Godínez, algo que él odiaba y le había prohibido tener en la casa: una perrita lanuda de enormes ojos negros, y llegando al ignominio del vencido, la cargó en sus brazos para entregársela como un regalo de extremo afecto, al mismo tiempo que sus manos se crispaban de asco.

Vita, mientras tanto, estaba entretenida y feliz. Maldonado había transportado el escritorio a su nueva recámara, y lo hizo con una expresión de mil amores, comentando.

-Ah, la señora quiere embellecer la casa y cambiar los muebles. Así hace mi mujer, señora, y lo entiendo bien. Yo puedo vivir tranquilo con mi viejo butacón, pero las damas prefieren todo nuevo, diferente.

Terminada su ayuda, Vita la premió con una cerveza que Maldonado se llevó a la biblioteca.

Ese mismo día recibió la invitación enviada por Roberta Castillo de la apertura de la exhibición.

Enseguida llamó a Natalia, hacía muchos días que no hablaban, para invitarla a que la acompañara. Natalia estaba con una punta del pie en la calle, donde su hija la esperaba en la acera para ir a comprar una cortina, con la que Victoria iba a sustituir la que tenía en su dormitorio. No pudo hablar mucho tiempo con ella, pero tomó la dirección y hora del evento, diciéndole, que a pesar de lo ocupada que estaba con la llegada a la casa de su suegros, asistiría para estar juntas por un rato y ver algo de arte, pues estaba oxidada en ese terreno. Vita se rio mucho con la palabra oxidada y respondió.

"Y que diré yo entonces. Veo de arte mis cuatro paredes sólamente." Con el mismo sabor por la broma, Natalia dijo. "Pues nada, somos un par de alcornoques" Vita se despidió de ella riendo. Natalia siempre tenía la palabra dura para juzgar a su prójimo, y no la escatimaba para sí misma, y eso, según lo veía Vita, era la franqueza amante de la verdad.

Tan pronto terminó de hablar con ella, pensó dirigirse al pabellón para ver si tenía la suerte de comunicarle a cualquiera de sus dos vecinos, la gran noticia (que ya celebraba a solas) de recibir una invitación para el gran acontecimiento, pero apenas enfiló por el pasillo, entró Alfonso, giró la cabeza para verlo y su rostro expresó asombro y alegría en una combinación exaltada, haciéndola correr hacia él preguntando.

-¿Y qué es eso?

Sabía lo que veía, no daba crédito a sus ojos, y se sintió emocionada y atontada, cuando él le puso a la perrita en los brazos diciéndole que la había comprado para ella; poco le faltó a Vita para echarse a llorar. Así entró Paz al mundo de ellos.

Paz fue el nombre que le dieron, participando Alfonso en la selección. No tuvieron muchas dificultades para encontrarlo. Cenando, con la adorable perrita acurrucada en la silla vacía al lado de Vita, discutieron la posibilidad de llamarla por muchos nombres, hasta Alfonso decir que la perrita simbolizaba el pacto de paz entre ellos. Esas palabras no le salieron fácilmente de la boca, las decía para congraciarse con su mujer, tenía que imitar su lenguaje y recordarle que estaban unidos por la solaridad de la renovación conyugal. Ahí fue cuando Vita exclamó.

-Es cierto, es cierto. Bien, la llamaremos Paz.

Con escasos dos días de vivir entre ellos, Alfonso comprendió que si Vita era díscola y complicada en muchos aspectos, en otros era tan simple como el vaso de agua que él bebía en ese momento. Vita estaba en el pabelllón jugando con Paz, acariciándola continuamente, con una gran ternura, y al parecer la infeliz recién nacida comenzaba a comprender. El placer de tener un animalito como ése, que él le había negado, le daba felicidad. Alfonso se sintió culpable por su testaruda actitud, no obstante, no podía comprender su delirio amoroso con la perrita. El le tocaba las patitas para llenar la forma, y no experimentaba otra cosa que una súbita repugnancia, y estaba seguro que Paz no reaccionaba con él como con Vita, moviendo las patitas alegremente. Ante sus propios ojos, Alfonso vio un movimiento inusual en su casa. La entrada de la cestita acolchonada para hacer el dormitorio de Paz. Las pastillas de vitaminas para su crecimiento saludable, la atención a sus comidas, y la voz cantarina de Vita, vibrante de placer, cuando Paz comenzaba a ladrar. Todo eso era inentendible para él. Experimentó el usual escorzor de fastidio en su piel cuando creyó comprender que amaba más a la perra que a él, le prestaba más atención y si se había ido del lecho conyugal, había metido a Paz en su habitación, sustituyendo su compañía.

Pero eso fue sólo un relámpago de emoción, el cual cesó, después de razonar que Paz lo aliviaba de fingir entusiasmo en darle compañía, lo cual aborrecía plenamente por el desconcierto de su cambio de vida en todos los aspectos.

Y así llegó el día en que Godínez vendría a la casa a las cuatro de la tarde. Vita se esmeró en limpiar su oficina, donde se llevaría a cabo la entrevista, y también en preparar algo de comer para el invitado. Alfonso se preguntó si estaría consciente de la importancia de esta visita, no se lo dijo, no quería tocar ese tema, y esperó impaciente la hora señalada para saber hasta qué punto Vita era capaz o incapaz de reducir su imagen al punto cero.

31

El señor Godínez no tenía una presencia imponente. De mediana estatura, delgado, con profundas ojeras pardas, complexión morena, y gran suavidad en sus maneras, impresionaba sólamente por la actitud serena y cierta ternura arropada en su mirada. Sus ojos negros y pequeños demostraban la pasividad de pupilas acostumbradas a ver el desfile de la vida y la gente con una tolerancia de viejo cachorro. No tendría más de cincuenta años, sin embargo, había vivido mucho, visto mucho, y aunque pocas cosas lo sorprendían, su interés por la humanidad estaba a carne viva.

Alfonso lo respetaba, aun sin conocerlo, a través de sus escritos, concizos, profundos, revelando malicionsamente la duplicidad un tanto perversa de personajes importantes. Podía confundir con su argucia. Con sus preguntas escarbaba mucho. También provocaba situaciones embarazosas en las víctimas de sus entrevistas, precisamente porque su presencia no daba indicio de ningún ataque, pero atacaba duro, sobre todo a los políticos, con la fiereza de un tiburón o el cáustico tributo a un carismático hombre público, disfrazado de ángel, arguyendo sobre él, que siendo un seductor, desprendía sus alas en el momento que sus bolsillos gritaban hambrientos: aliméntame. Empleaba metáforas, recurría a citas de sabios, y se leía deliciosamente por su amena prosa.

Ese era el hombre al que Alfonso temía, no por sí mismo, sino por Vita. Por su parte, Godínez no podía encontrar nada sucio en su historia profesional ni privada. Tampoco se sentía aprensivo con su posición en el Supremo. De él podría decirse que era conservador y un hombre honesto.

En ese aspecto, tenía la consciencia tranquila.

Vita era sólamente la esposa de un miembro del Supremo, dominada por la euforia de su nueva independencia. Nada podía decirle para que su comportamiento fuese discreto, hablara poco, se sentara erecta, cruzando las manos encimas de las piernas, ligeramente unidas por lo tobillos, escuchara, sonriera, y no abriera la boca. A esa real apariencia, Vita la había llamado despreciativamente, ser una momia.

Al abrir la puerta para recibir a Godínez, acompañado del fotógrafo, Alfonso estrechó la mano del invitado, sonriente. Su aspecto pulcro y profesional estaba ahí presente, para contrarrestar la impulsiva locuacidad de su mujer.

Vita había escuchado el timbre de la puerta, se dirigió con Paz en sus brazos a saludar al periodista. Se volvió un lío al extenderle la mano, con Paz agitándose, impidiéndole un suave movimiento. Vita se echó a reír.

-Es la reina de la casa- dijo.

-Es agradable entrar en un reinado- respondió el periódista sonriente.

-Sí, un reinado falso, pero alegre.

Alfonso se estremeció con tal introducción a su hogar. Inmediatamente hizo pasar a los visitantes al salón de recibo, muy bonito, con flores frescas, hermosos tulipanes, gladiolos y una variedad de rosas, en tamaño y colorido. La casa brillaba de limpieza y orden. Se respiraba la sencilla elegancia de una mano femenina de exquisita moderación.

El fotógrafo se movía impaciente. Estudiaba los ángulos, comenzó su trabajo con dinamismo y agilidad, iba de un lado a otro, le pidió a la pareja sentarse en el diván, las luces de la cámara comenzaron su trabajo cegador. Vita seguía sus instrucciones sin chistar, sumamente divertida por el sobresalto que le producía la luz de la cámara. Paz salió corriendo asustada. El fotógrafo, en busca de otro escenario, acompañó a Vita al pabellón, allí se tomaron más fotos. Continuó la sesión por media horas más. Terminado su trabajo se despidió apurado, intercambiando una mirada con Godínez, anunciándole que todo había salido bien.

Alfonso y el señor Godínez fueron solos a la oficina a conversar. Vita los interrumpió una sola vez para llevarles un aperitivo. El señor Godínez se levantó, gentil. Vita rio diciendo. "No es necesario". Partió enseguida, cerrando la puerta tras de sí.

Para matar el tiempo mientras los dos hombres estaban en sus asuntos, Vita arregló la mesa rápidamente. Serviría el plato ya preparado, una de sus especialidades: ensalada de mariscos con espárragos y una crema inventada por ella.

Luego se fue al pabellón, se acercó al muro. Ninguno de los vecinos estaba a la vista. ¿Y cómo iban a estarlo? Andarían en el ajetreo del último toque a la exhibición. Hacía mucho tiempo que no veía a Gustavo, se imaginaba que habría perdido algunas libras con tanta fatiga.

Para su sorpresa, encontró en el muro la invitación a la galería, uno de ellos la había dejado allí. Decidió enviársela a Natalia, y así lo hizo, dirigiéndose al escritorio para buscar su dirección. Al abrir la gaveta vio su diario, lo había postergado, no olvidado; todos los cambios, imprevistas idas y venidas, el extenso catálogo acumulado de tantos eventos, llenarían muchas páginas. No tenía idea en que momento se pondría a escribir. Un diario no era atropellamiento informativo, lanzado a las buenas de Dios. No, para ella era un refugio. Con la mente calmada, y entre el silencio y la pluma rasgando el papel, su vivir íntimo, sus emociones fluían como una suave corriente. Se resignó a tocarlo diciendo. "Te llegará tu turno, paciencia."

Paz terminó su siesta y se quedó tranquilita. Vita había regresado al pabellón. La tarde estaba divinamente fresca. Comenzó a leer en una revista los adelantos científicos: vista biónica para los ciegos, el intento de un transplante de cerebro, o para ir más lejos, la creación de nuevos cerebros. Esa idea le repugnó, se sintió confusa, preguntándose. "Si me dan un nuevo cerebro, no seré yo, ¿y para qué lo quiero?" Tales preguntas no tenían respuestas. Deconcertante el asunto.

Paz comenzó a alborotarse, iba a su pies, luego corría a jugar con el patito de goma. Vita notaba que se divertía. La cargó, la meció en sus brazos diciéndole. "Tú eres más interesantes que todos los cerebros."

Cuando Alfonso y el periodista terminaron la entrevista y abandonaron la oficina, Vita los sintió, estaba pendiente de eso, y se dirigió a ambos sonriente, pidiéndoles que pasaran al comedor para tomar la merienda.

Godínez se desvivió en disculpas para no aceptar la invitación, empleando diplomacia, gratitud. Vita se hizo de oídos sordos, puso a Paz en el suelo, aleccionándola sobra una buena conducta y luego le dijo al periodista.

-Por favor, señor Godínez, algunos minutos en mi mesa no van a interrumpir su trabajo ni trastornar su vida, ¿verdad? El que viene a mi casa, al que se le abre la puerta, se sienta también a mi mesa- enseguida rectificó- a nuestra mesa.

Godínez se dio por vencido. Alfonso, mediador, expresó compasión. Le dijo en voz baja.

-Mi mujer es generosa, pero si usted tiene un compromiso, pues...

Godínez alzó la mano con el gesto de "si estoy aquí y se presenta esto, sigamos adelante."

Alfonso entendió y entraron juntos en el comedor.

Vita sirvió dos platos de abundante ensalada. Gozaba de su trabajo. Godínez decidió tomar cerveza. Alfonso también.

-Señor Godínez- dijo Vita- Quiero que me haga el honor de probar una de mis ensaladas. La crema no es muy espesa, permítame servirla. ¿Va bien así? ¿Más? Si no le gusta, me lo dice, porque así puedo mejorarla en el futuro, de acuerdo con lo que diga su paladar de lo que le falta o le sobra. Y tú también, Alfonso, oh no, ya la has comido antes.

Alfonso asintió con una plegaria silenciosa. "Si se callara...no tiene que pedir ni dar explicaciones. Comienza a fastidiar a Godínez después que hablamos plácidamente."

El rostro de Godínez no expresaba ningún agravio. Seguía con la mirada a Vita, asentía, probó la ensalada, dos veces. Sus modales en la mesa eran el de un señor que sabía comer, apreciar el buen sabor, incluso, se sirvió un poquito más de la crema. Vita se emocionó con su gesto.

-Ah, le gusta, puedo verlo en su rostro, señor Godínez. ¿Sabe? Es en lo único que nadie puede engañarme -exclamó entusiasmada.

-Deliciosa, deliciosa- repuso él con una firme convicción, asintiendo, tomando otro bocado.

-Lo sé, lo veo en sus ojos. Cuando un plato gusta de verdad, nadie puede engañarme, señor Godínez. Los ojos brillan y sus ojos han brillado.

Alfonso sintió que se le cortaba la respiración. Furtivamente escrutó el rostro de Godínez. En su nerviosismo no vio nada escrito en él y se asustó más todavía

-¿Si?- exclamó Godínez sorprendido - No me veo los ojos, señora Vidal, pero ha acertado. Es divina, exquisita. Fíjese las palabras que uso, y esta crema, buen Dios, vamos a ver, ¿de dónde viene? ¿La compró en algún lugar especial? ¿Cuál es el nombnre?

-Es uno de mis inventos, señor Godínez.

El abrió los ojos impresionado.

-Ajá, usted es una artista creativa en la cocina.

-Oh, no, señor Godínez. Eso le toca a mi marido, que es la inteligencia de esta casa, Yo voy a la cocina y hago lo que se me ocurre en el momento, sin pensarlo, sale así. He oído decir que en cualquier arte se trabaja mucho, entonces, ¿puedo ser creativa?

-Increíble. Usted me dijo antes que nadie podía engañarla con la comida, si se disfrutaba o no. Vamos a ver, señora Vita, ¿le sucede lo mismo con otras cosas? ¿No es accesible al engaño?

Vita movió las manos en el aire, divertida. Alfonso se estremeció con lo que iría a responder. Godínez la tentaba como el diablo. No se iba a quedar callada.

-Señor Godínez, yo pertenezco a la raza humana- contestó.

No agregó nada más.

Godínez continuaba tirando el lazo.

-Y todo lo humano siempre yerra.

-Muy bien dicho, señor, aunque no siempre, no siempre.

Después de comer, sumamente satisfecho, Godínez volvió a elogiar la ensalada. Vita le pidió que se sirviera más, lo necesitaba, lo deseaba. Alfonso se unió a ella, por decir algo.

-Sí, Godínez, apenas nos queda el sabor. Hay que repetirla.

-Bien, me rindo.

Jamás un vencido se vio más animado.

Vita contenta, comentó.

-Rendirse por algo bueno, es un placer, señor Godínez.

-Sospecho, señora Vidal, que usted hace muchas cosas con alegría. ¿Está enamorada de la vida?

En su interior, Alfonso sentía una explosión de varias bombas. ¿Godínez le prestaba atención a Vita para mofarse de ella? Empleaba su táctica, exploraba un carácter por medios inofensivos, casi agradables.

-Enamorada, no sé. Sin embargo, me lanzo por un lado.

-¿Cuál es ese lado?

-Del amor, no odio. ¿Hay otras alternativas? Se odia la vida como algo feo, monstruoso, o se trata de otra manera, con entusiasmo, para seguir adelante.

-No negará que la tragedia, lo terrible, existe por todas partes. No hay nada seguro, señora Vidal. ¿Se puede ignorar el mal? Nos rodea, nos ataca, ¿cierto o no?

-Oh, sí. La cuestión consiste en saber que el mundo tiene dos caras y quizás muchas más, y cada uno tiene que saber dónde ubicarse. Mire, yo conocí a una señora, no sé de qué país europeo. Le habían quitado todo, emigró, y cayó aquí. Estaba completamente destituida. Le dieron refugio en lo alto de una cafetería sucia, horrible, Bueno, limpió su cuartito, trabajó fregando platos, compraba pan, lecho, café, y una rosa. Siempre una rosa. La colocó en una latita que encontró en la calle. Me dijo, "todo es feo y miserable a mi alrededor, y la rosa me anima, me dice, no todo es feo. La contemplo y me lleno de esperanza." Ah, me dio una lección, señor Godínez, porque yo aprendo de la gente. "Disfruta lo que tienes, siendo imperfecto, y camina adelante con una sonrisa."

Alfonso se preguntaba", ¿de dónde saca esas historias?" Escrutó nuevamente el rostro de Godínez. La escuchaba absorto. No era el mismo hombre serio, manteniendo un diálogo inquisitivo relacionado con su nuevo trabajo. No se salía del tema. Aquí, junto a Vita, desapareció el periodista circunspecto. Sonreía, la provocaba con gusto.

Alfonso, para distraerlo, tosió dos veces, pidió disculpas, y ninguno de los dos lo escuchó, ni siquiera se volvieron para mirarlo. Su consternación fue inmensa. Vio a Paz corriendo por el pasillo detrás de un juguete, él escuchaba cabizbajo, afligido. Sin darse cuenta, se bebió lo que quedaba de la cerveza, y se integró, más asustado que nunca, a la conversación de su mujer con Godínez.

-Ese caso, señora Vidal, hermoso, sí, es uno entre miles...

Vita asintió, frunció el ceño, reprochándole de repente la limitación de su comentario.

-También hay otros, señor Godínez. Se dice que el que busca, encuentra. Si usted se aproxima al mal viéndolo atractivo, oh, no se crea que se va a escapar de él, lo atrapa, como el vicio de la droga. Mire el caso de Alí, el turco. Tiene una lavandería, le llevo la ropa de Alfonso, soy su clienta desde hace muchos años. Es un hombre encantador, simpático y la mujer, se me ocurre pensar, parece la hija del diablo. Jamás sonríe, lo vigila, lo fusila con la mirada. La alegría de su marido le parece un derroche; por supuesto, es avara. Una vez, Alí repartió pastelitos para tres clientes, yo estaba entre ellos, y pude, así de pasada, observar a su mujer. Dios mío, echaba candela, estaba colérica, con trazas de la odiosa soberbia y miedo del cicatero. La risa de su marido le da náuseas, su alegría la insulta, y él bonachón, ¡dá tanto cariño! Vaya usted a saber, señor Godínez, porqué Alí está junto a ella. ¿Quién puede conocer el vórtice de esos misterios? Pero le digo. Voy a la lavandería porque allí está Alí. Si la mujer me tuviera que atender, desaparecía. Dígame, ¿no tienen fuerza la alegría y la bondad? Ese es el camino que a mí me gusta.

Godínez no dijo nada. Volvió la cabeza, con aire pensativo miró a Alfonso, y éste pensó, "se ha aturdido con sus palabras y penetra su naturaleza frívola, infantil." Entonces no pudo aguantarse más. Intervendría en la charla, ahora era él quien deseaba sacudirla, atraparla.

-Querida Vita, hablas como una ama de casa, magnífico, muy bien. Sin embargo, el señor Godínez y yo conocemos la vida de otra manera: descarnada, ¿cierto señor Godínez? Hablas del bien y el mal, así, ligeramente. Pero, querida Vita, hay personas que fingen deliberadamente el bien, y eso podría ser Alí, otro cualquiera, y las hay por todas partes. Vea, señor Godínez, mi mujer peca de optimista, es natural, se siente protegida, nosotros andamos por otro mundo arduo, difícil.

Vita no se calló. Se deseo de taparle la boca y azotarla suavemente, se fue de paseo. No comprendía que sus simples historias del lavandero y la exiliada con la rosa no eran ejemplos de la humanidad. Alfonso no la conocía vanidosa, y se preguntaba si se creía, en su mente chavada, que palpaba la vida con un conocimiento superior al de cualquiera.

-Oh, Alfonso, sé que mucha gente engaña, se disfrazan, y la vida no es una bicoca para nadie. En cuanto a mi pequeño mundo, si observas con atención y cuidado, como lo está haciendo ahora el señor Godínez, se descubren muchas cosas, aún en un personaje modesto como Alí, y una pobre extrajera. Ambos dejaron sus países, y el nuestro no es tan rico ni acogedor como dicen. Han sufrido, quizás más que tú y yo, ¿por qué no han de ser un buen ejemplo?

Lo que pensaba en ese momento el señor Godínez, estaba muy lejos de las propias reflexiones negativas de Alfonso. Pensaba en su tía Esperanza, recluida en un hogar de ancianos, con tantos años encima pasando por todas las fechas de los almanaques, era un trozo de historia viviente. Fue una mujer bellísima, con una adorable voz de soprano, gusto exquisito, viajera incansable, culta, y de un gran buen humor. Su cabeza no estaba muy bien, y aun así, era un placer verla. Su boca desdentaba reía, acariciaba las flores, le encantaban las historias que le contaban, y en su mente un tanto difusa, le parecían todas graciosas. Había sabido vivir y amar. A sus años, el vestigio de su inmenso placer por la vida estaba ahí, dando felicidad a los que la rodeaban.

Alfonso, sintió el ladrido de Paz husmeando por varios rincones del pasillo. El silencio en la mesa le confirmó el aturdimiento de Godínez con la charla de Vita. Deseaba que se fuera. Sería su único alivio en esta tarde.

Súbitamente, Vita volvió a tomar la palabra. Otro rudo golpe le venía encima.

-Creo, señor Godínez, que nunca falla el sentido del humor. Es bonito, grato, ¿verdad?

-Ciertamente lo es- respondió él, como saliendo del lado de su adorable tía Esperanza.

-Bien, le pido disculpas por mi charla, no por la ensalada, no, de ninguna manera. En eso tengo mi orgullo, no soy completamente tonta- dijo echándose a reír, mostrando sus dientes fabulosos, la alegría sacándolo buenos colores.

Alfonso se hundió en el asiento. No entendía cómo una persona sensata podía reírse de sus propias idioteces. He aquí, que, súbitamente, el rostro del señor Godínez se animó.

-Su charla es encantadora, señora, y la ensalada, suprema, deliciosa. Estoy segura que mi esposa la adoraría. ¿Puede darme la receta de la crema? La recibirá con mucho gusto.

-Oh, no, señor Godínez, lo lamento mucho. Es un secreto, pero le ofrezco algo mejor, mucho mejor. Traiga a su esposa a cenar. Haré esa u otra ensalada especialmente para ella, incluyendo mi postre favorito. ¡Me dará tanto placer conocerla!

-De acuerdo. Le gustará mucho venir aquí.

-Si tiene deseos de matarme por no darle la receta, conténgase hasta la próxima visita. Quizás al probar mis locos experimentos culinarios se decepcione, se diga. "me ha hecho perder el tiempo, la mato" - se rió- Y lo apruebo. No hay nada como un asesinato bien pensado y nunca ejecutado.

Cuando Godínez abandonó la casa, Vita comentó.

- Un hombre encantador.

Alfonso no contestó, la miró afligido, sin querer recordar el gran fiasco final. Godínez gozaría sarcásticamente describiendo a su mujer.

32

Desde su hermoso despacho, amplio y espacioso, una sola ventana abarcaba la vista de otros formidables edificios gubernamentales y el gentío de la calle. Los peatones no cesaban de ir y venir, abejas oficiosas en sus tareas diarias. Alfonso había encontrado un par de prismáticos en la gaveta de su oficina. No preguntó de quién era, estaban allí, y sin duda el propietario había sido el ex-miembro Valdéz. No se apropió de ellos, los tenía a la mano, y en ocasiones, con los ojos cansados de leer documentos, procesos de debates, las leyes propuestas esperando ser examinadas, sacaba el aparato para observar el mundo correr, personas anónimas, cuyas vidas no tocaba, no le afectaba, y aunque se mantenía distraído, su prurito de observar al prójimo, como un defecto, quizás un espionaje insignificante, y también aborrecible, volvía a colocar los binoculares en su lugar, sentarse, y atormentarse recordando el parloteo de Vita con el señor Godínez.

El silencio que lo rodeaba era sepulcral. Se estaba adaptando muy bien a su trabajo, y en muchos aspectos se sentía relajado y contento. A menudo almorzaba, compartía con sus colegas en el restaurante del Supremo. El ambiente era cordial, a pesar de que entre algunos de ellos reinaba una profunda antipatía. Sucedía en todas partes. El estaba acostumbrado a los caprichos o selecciones humanas. No le afectaban. Se mantenía en su sitio, escuchaba, su prudencia no la soltaba.

El personaje más desagradable de todos, por voto unánime, Marcelo Jústiz, el miembro más viejo del Supremo, un furibundo liberal, malhumorado, quisquilloso y bastante arrogante para decir.

"¡Aquí hay que hacer esto!", con la insolencia de una orden, como si sus compañeros no existieran y estuvieran allí como podría estar un vendedor de naranjas en la calle.

En su intolerancia por dominar, Jústiz, si veía una puerta entreabierta o sospechaba que no estaba bajo llave, entraba en la oficina de cualesquiera de ellas, su mirada voraz escrutaba los rincones, de pie o sentado hacía preguntas capciosas, y si estaba de un pésimo humor ofendía con una palabra y abandonaba el despacho con la misma rapidez y disgusto con que había entrado. Le habían dicho a Alfonso que lo mejor era no hacerle caso, pero mantenerlo en cintura durante los debates, eso era otra cosa. A Jústiz le gustaba intimidar y se corría la voz que su esposa lo trataba como un trapo, él le temía, y así el dragón en el Supremo, se convertía en carnero. Había dos hombres en él: el doméstico y el profesional.

Esa explicación turbó a Alfonso. ¿En la pareja humana no se juzgaba por la selección amorosa el verdadero carácter del individuo? Si tal era así, como se sospechaba, ¿qué criterio tendría Godínez de su elección con Vita? Cuando recordaba el diálogo entre los dos, se estremecía.

Y ese día, a las cuatro de la tarde, al concluir su trabajo, decidió ir a ver a Enma. Era la única con quien podía desahogarse, y tal vez tuviera la mano divina para calmarlo. En el fondo de su alma se hallaba maltratado, aburrido de Vita, de la maldita perra, de todo lo que le rodeaba en su hogar.

Aproximándose a la puerta, se presentó ante él Marcelo Jústiz, un viejo fuerte, con cejas prodigiosamente abundantes y ojos de gato, cuya mirada fija y fría desagradaba. La mantenía por largo rato, en un suspenso que era mejor no interrumpirlo y quedarse callado. Al parecer, hoy, estaba de un talante menos brusco y agresivo. Después de examinarlo en silencio, exclamó.

-¿Y bien? ¿Cómo fue la entrevista? ¿Te meneó duro, Godínez? Se escurre suave, sonríe, y te mete una daga por la espalda. Eres un novato en esto. Espero que hayas estado a la altura de tu cargo.

Así hablaba el más vulgar, impertinente viejo del Supremo. Alfonso no tenía idea quién le había informado la visita de Godínez. No la comentó con nadie. Con el tiempo supo que había sabuesos por todas partes, y éste era el peor de todos. Con su aire digno, Alfonso respondió.

-No soy novato, Jústiz. La entrevista fue muy bien.

-Bah, estoy seguro que cometiste alguna indiscreción.

-¿De qué tipo?

-De cualquier tipo. Godínez no nos tiene simpatía.

-Ese no es mi problema. Fue un hombre cordial.

-La inocencia te ciega, Vidal. Es un arpía.

-¿Y el mundo no está lleno de arpías?

-Aquí no.

-Sí, cierto. Somos los ángeles de este paraíso.

Su tono fue burlón, su mirada, sostenida, bastante insolente. Jústiz reculó algunos pasos. Se sintió ofendido. Intentó dar una respueta de primitiva violencia. Alfonso lo detuvo.

-Si me permite, tengo que salir a resolver un asunto urgente.

Lo dejó con la palabra en la boca, satisfecho del encuentro con el intercambio rápido de palabras. Se alejó de él relamido, saboreando el gusto de haberlo puesto en su lugar.

Durante el trayecto de la visita a Enma, reflexionaba sobre su vitalidad, capacidad profesional, en la que pocas cosas tenían suficiente fuerza para perturbarlo, y en el hogar, con Vita, se convertía en una copia de Paz, sumiso, siguiéndola, esperando no sabía qué cosa enojosa volviera a sacarlo de sus casillas. ¿Hasta dónde había llegado para mantener el matrimonio por asunto del prestigio de su carrera? Vita ni siquiera tenía la menor idea de eso. No le interesaba. Mientras tanto, Godínez la trataría como lo merecía. ¡Negarle la receta de la crema! Era el colmo de la estupidez. ¿Orgullo de cocinera? Esas palabras le retumbaban en el oído, lo sacaban de quicio.

Dorina lo recibió con una expresión de sorpresa, intensa, agradable. Se llevó las manos a las mejillas, intentó sacar una sonrisa, no pudo forzarla, acudió a asentarse el pelo, tocarse el moño estrenado esa mañana, descontenta por no saber nunca qué hacer con su cabeza, y al mismo tiempo, intentando ocultar su emoción. En el fondo de su alma, el juez Vidal era su hombre ideal, seguro de sí mismo, siempre atento, de una lealtad a su familia como no había otra igual. Lo encontraba hermoso con su atuendo impecable, buenos colores, ya no era mismo hombre alicaído y pálido, sufriendo con todos ellos la agonía de Bienvenido. Aceptó de mala gana que su mujer lo mantenía bien alimentado, como hacía con Enma. Ella siempre había sospechado que Vita, lentamente, estaba envenenándolo.

-Oh, señor juez, qué gusto verlo- exclamó emocionada.-Su presencia siempre se extraña. Enma me contó de su promoción, estaba en todos los diarios. ¡Santo Dios! El único que dona la gracia que usted tiene. Venga, venga. Sí, Enma está mejor. ¡Oh, me tenía tan preocupada!

-No lo dudo, Dorina. Usted ha demostrado ser una gran mujer.

-Entiendo del amor y la fidelidad, juez.

-No se preocupe tanto, Dorina, la vida es corta.

-¿Y no está la cabeza para pensar y sufrir?

Afortunadamente, estaban entrando al salón en el que Enma reposaba durante el día.

Alfonso la vio con un rosario en la mano, no rezaba, tenía el cuerpo inclinado, miraba la ventana. Enseguida detectó unos pasos, no podía imaginarse quién viniera a verla a esa hora. Vita la visitó durante la mañana y no hacía ni dos horas López había partido. Al verlo le tiró los brazos. El rosario cayó al suelo. Dorina corrió a recogerlo, se persignó, lo besó. Para ella Dios había rodado por la alfombra.

-Dorina, alma mía- le dijo la anciana - Acerca esa butaca, no vamos a dejar a Alfonso de pie. Ven luego, Dorina, ricura de mi vida.

La despidió amorosamente, deseaba estar a solas con Alfonso. Trató de erguirse en el asiento, sin lograrlo, sus manos acariciaron el rosario por costumbre.

-Vita me contó de la visita del periodista Godínez, Alfonso- dijo entusiasmada.

El estiró el cuello, se frotó los dientes con la lengua. La casa de Enma, tan diferente a la suya, le hacía el efecto de entrar en el siglo pasado, tantos muebles pesados lo irritaban, sin embargo, el rostro de la anciana, porque la encontraba linda y buena y la quería, le daba suficiente aliento para acomodarse y pasar por alto el ambiente deprimente que lo rodeaba.

-Sí, fue muy agradable. Charlamos en privado, y luego fuimos al comedor. Vita había preparado, ya sabe, un plato, ensalada de mariscos, deliciosa, y se puso a hablar con Godínez, y eso me hace pensar, Enma, en el diálogo entre los dos, bueno, Godínez...

-¿A qué temes, hijito? Veo en tu mirada, sí, estás preocupado. Godínez es un hombre educado. ¿Qué fue lo que hablaron?

Dorina hizo una de sus entradas sorpresivas, llevándole a Alfonso un café fresco. No dijo una palabra, aunque fue a arreglarle la falda a Enma. Miró el rosario en sus manos, sonrió, y partió sin decir una palabra.

Inmediatemente, Alfonso volvió al punto del tema interrumpido por la presencia de Dorina.

-Me preocupa la astucia de Godínez, su suavidad para penetrar en la gente. Vita comenzó a hablar del bien y el mal. Fue un tipo de conversación suelta, como lo hace ella, con impulsivo atonlondramiento.

-Cuestión de carácter.

Alfonso comprendió, tenía que hablar con cuidado. Necesitaba desahogarse con Enma, y no podía olvidar el amor de Enma hacia Vita y el placer con que la recibía. Tal factor de profunda simpatía la disponía a encontrarla intachable. Alfonso no estaba seguro del terreno qué pisaba. No podía ser espontáneo y eso lo enojaba; escogería las palabras con sumo cuidado, pero no rehuiría presentarle la situación tal y como se desarrolló.

-El asunto me pareció serio, Enma. Figúrese, la ensalada estaba deliciosa, usted sabe, mi mujer cocina riquísimo. ¿De acuerdo? Bien, Godínez le pidió la receta de la crema para la ensalada y se la negó, explicándole, a su manera, que era un secreto, su orgullo de cocinera. ¿No es una tontería y haber ido demasiado lejos? La conozco a usted bien, Enma, y sé que jamás hubiera dicho una cosa parecida.

-Pero, hijito, yo no sé cocinar. ¿Como voy a estar orgullosa de lo que no sé? Al contrario, me avergonzaría confesar...escucha, no sé ni freír un huevo.

Perplejo, Alfonso se sintió incómodo. Se pasó la mano por la frente.

-En su caso, bien, pero en el de Vita, cualquier otra mujer, consciente de quién se trataba, se hubiera excedido en complacerlo. La rudeza de su negativa me asusta mucho. Godínez tomó fotos de los dos, charló con Vita, escribirá algo sobre ella. ¿Con resentimiento por negarle la receta? ¿La describirá exaltada y tonta? Enma, querida mía, acabo de entrar en el Supremo. He conocido algunas de las esposas de mis colegas, de pasada, no mucho, pero son damas serias, hablan discretamente, no mencionan cocina, ni mercados, ni la lavandería de Alí. Tendremos roce social con ellas, ay, Enma, tiemblo de que Vita les dé una mala impresión. Usted lo sabe bien, Vita es directa, dice lo que piensa, y en ese grupo su temperamento no encaja. La criticarán, oh, Enma, es para pensar...

La anciana escuchaba sin comprender el estado de intranquilidad de Alfonso. Sólo le dio por pensar en una impresión errónea sobre la petición de Godínez de entrevistarlo. ¿Entreveía en ese hecho la mano demoníaca, repartida bien entre todos los hombres, de desacreditarlo a través de la franqueza de Vita? Jamás había oído en un hombre de la importancia de Alfonso, en estos momentos, que fuese injuriado por un defecto del carácter de su compañera. Escándalos de otra índole moral presentaban peligro, pero esto, negar la receta de una crema...Su confusión fue total, bajo la cabeza, miró la alfombra, vio un pequeño papelito sobresaliendo al lado de un mueble. En cuanto Dorina lo viera, correría a recogerlo. Suspiró, y entonces su coordinación mental descuidada por un momeno, regresó, la sacudió de pies a cabeza. Entendía. Alfonso adoraba a Vita y probablemente notó un total desconcierto en el rostro de Godínez, y dedujo que había tomado muy mal el asunto de la receta, y podría, aun con delicada sorna, hacer mención de la misma. Oh, no, la entrevista no fue para Vita, sino para él; ella representó un intermedio cordial, a su manera generosa y ocurrente.

Su segundo suspiró fue de total alivio. Palpó su mano suavemente.

-Tu preocupación es infundada, hijo mío. Bien, Vita le negó la receta, es su receta. Estoy segura que no fue brusca, sino gentil, graciosa y Godínez lo tomó de la misma manera. Nada grave pasará. Verás... verás...En cuanto a las mujeres, ¿no las mencionastes? Sí, las otras emperifolladas y sobrias, opuestas a Vita.

-Sí, sí, las mencioné.

-Todo parte de que tu carácter se integra perfectamente al ambiente de tu trabajo. Por eso eres conservador. Significado: el que mantiene las bridas del caballo, no se sale del sendero, emplea la cautela, la lógica reina. Cuidado. Vamos paso por paso. Veamos los resultados. Vita es lo opuesto a ti. Sí, ambos tienen la misma fuerza moral, frugalidad en cierto aspecto, pero...- tosió, estiró la mano para recoger el vasito de agua que la amada previsora de Dorina mantenía a su lado en la mesa. Bebió varios sorbos, se frotó el estómago, permaneció callada, seria, buscando el hilo interrumpido de la conversación, y lo captó. Necesitó varios segundos de silencio para hallarlo- ...bien, Vita es todo lo contrario. No piensa en títulos, profesiones. Sabe callar, se aisla para no abrir la boca ni comprometerte en nada. Lo sé, lo sé. Al mismo tiempo, esas otras mujeres. Ah, hijito, las conozco. Muy recatadas, y en el fondo son las liberadas femeninas, juzgan sin piedad, pero vulgares, ambiciosas hasta los dientes. No tienen chispa ni gracia. El ingenio para ellas no existe. Chismes por lo bajo, ropa deslumbrante para el exterior. Algunos hombres exhiben a sus mujeres, buena mercancía, ¡qué horror! Vita está fuera de todo eso, Alfonso. Es un ser humano, no una marioneta como las demás. Su alegría de vivir, su entusiasmo, dime, ¿dónde se encuentra? Si ya la gente ni ríe. Están buscando dinero, posición, sexo, el frenético placer del momento. Mientras Vita disfruta de todo momento con sólamente mirar el sol y el cerro y su perrita Paz. ¿Qué crees que pueda decir de ella Godínez? Ah, la receta...¿Y por qué se la pidió? El que pide se expone al rechazo. Es lo más natural del mundo. ¿Sabes lo que me sospecho? Godínez, si escribe de ella (no tiene que hacerlo) hablará de su delicioso carácter. ¿Crees que una de las mujeres de tus colegas, sabiendo su fuerza, influencia, le hubiera negado la receta? Oh, no, se las hubiera podido llevar hasta la cama.

-¡Enma! ¡Enma!

Primera vez que la escuchaba hablar así. ¿Sus palabras reflejaban su ciega devoción a Vita o la demencia por los años?

Enma levantó el índice. Ademán de su marido, y aclaró el contenido de sus últimas palabras.

-¿Te he sorprendido, eh? Bueno, ¿y qué esperas a mí edad? No estuve al lado de Bienvenido Soler con las manos cruzadas y los oídos sordos. He visto inmoralidades y todo tipo de chanchullos, hombres cediendo a sus mujeres para beneficiarse con una posición política o cualquier otra cosa de envergadura. Esa mujeres de tus colegas, bien, las respeto, no las conozco, pero, por favor, Alfonso, no las juzgues por lo que parecen.

Tienes en Vita lo que es, sano, divinamente explosivo, tiende la mano a cualquiera, no te gasta un capital en ropa, maquillaje, es distinta porque es fresca, ingeniosa, ¡Y por amor a Dios, mira la vida y ríe!

-Sí, sí- exclamó Alfonso exaltado - La mira a su manera, Enma. No la ve como realmente es y ahí está su peligro. No se le puede extender la mano a todo el mundo. Tiene que haber decoro, una forma de presentarse en ciertos círculos.

-Los tiene, Alfonso, los tiene tanto como tú y yo. Pero es su gracia, su franqueza, y ese encantador aire de felicidad que la hace sonreír. Tus colegas no regalan la sonrisa. Me temo que le ponen un precio.

-Es mi ambiente, Enma, y esas mujeres estarán observándola y ...

-¡Qué se embromen esas mujeres! ¡Qué se embromen!

Esta nueva exclamación de Enma, pronunciándola como si le hubieran puesto pulmones nuevos, hizo que Alfonso se moviera en la butaca y se levantara como si un hilo invisible, de una fuerza brutal, le impidiera controlarse. Una profunda tristeza se apoderó de él. Enma entraba en la decrepitud o su pasión por Vita alteraba el poco de lucidez con que todavía contaba. No decía disparates, ¡pero qué palabras, diablos!

Por contraste, Enma, divertida, sonreía. Se había quitado un peso de encima, callado durante muchos años. Su vejez franqueaba la puerta de las limitaciones obligatorias. Siempre había detestado los grupos que embelesaban a Alfonso, no podía criticarlo, cada uno era como era, pero en su fuero interno, y ahora por la libre, al amar y encomiar a Vita, fustigaba la parada de mujeres ficticias. Bienvenido las llamaba <u>las ninfas en el valle de las veleidades.</u>

De pie, Alfonso respiraba agitado. No se le ocurría la idea de volverse a sentar frente a ella. Enma había perdido los estribos, ella, la más cautelosa y correcta de las mujeres. Sin embargo, dijo.

-Por Dios, Enma- nombró a Dios por contagio común. En esta casa ese nombre flotaba constantemente en el aire- Nunca la había oído hablar así.

-No. Llegó el momento. Vamos, Alfonso, te propongo una apuesta sobre el asunto de Godínez. Estoy convencida de que Godínez es sensible, culto, apreciará la espontaneidad de Vita y escribirá unas líneas sobre ella bastante bonitas, nada ofensivas. Si gano la apuesta, ¿qué me vas a dar?

Alfonso estaba a punto de caer de nuevo en la butaca. Esperaba de Enma todo, menos esto que ocurrió. No lo había consolado. Su torpeza en ese momento lo llevó a pensar que había hecho un papel ridículo delante de ella. La amó y la odio. Se arrepintió de tal sentimiento, y con una voz floja, de hombre vencido una vez más fuera de su casa, y por otra mujer a la que siempre respetó, dijo.

-A ustedes le debo todo lo que soy y a ustedes les doy todo. ¿Hay algo más que no he dado?

-Sí, un fuerte beso y abrazo, hijo mío.

¿Fue una reconciliación? Ambos sonrieron. Alfonso abandonó la casa cabizbajo. En el auto, solo, se mordió el torso de la mano. Su estupor lo llevaba a creer que dos mujeres, las más importantes de su vida, se estaban burlando de él, y el propio diablo andaba disfrazado de hembra. Sacudió la cabeza. No sabía adónde dirigirse. Tuvo la horrible sensación de estar solo en el mundo, sin nadie que lo comprendiera, y ese sentimiento, experimentado por primera vez, le provocó deseos de llorar, pero no lo lloró, echó a andar el auto, tragó en seco, y partió rumbo a su casa.

33

Este domingo, Alfonso se levantó tempranísimo. Estaba atento a la fecha, viendo la posibilidad de que saliera la entrevista de Godínez. El periódico lo tiraban en su puerta a las seis de la mañana, Vita se ocupaba de recogerlo antes del desayuno, colocarlo doblado en la mesa para él echarle un vistazo, mientras ella continuaba en sus tareas.

Con la separación de la recámara matrimonial, la costumbre de Vita había sufrido un ligero cambio. No solía levantarse tan temprano como antes, ya fuese por su delirio con Paz, de abrir los ojos y comenzar a jugar con ella, o retardarse tomando su baño matinal y arreglarse.

Por lo tanto, Alfonso, sigiliosamente, abrió la puerta y recogió el diario. Le molestó lo inaudito, al ir a cerrarla, ver a la perrita a sus pies, lo conocía, no ladraba. El se asustó. Vita había metido a Paz en su habitación en los primeros días, luego dejó su cuna (cestita de dormir en el pasillo a dos pasos de su habitación) con la idea de dejarla libre si deseaba vagar por la casa. Le repugnó la mirada del animalito y la insistencia en seguirlo cuando se dirigía a su oficina; fue por eso que corrió, abrió la puerta dejando a Paz afuera. Paz comenzó a rasguñar la puerta, se cansó enseguida, su pequeñez y delicadeza física le impidieron continuar en la imploración de atención y amor, que para Alfonso no era otra cosa que la fastidiosa impertinencia de los animales domésticos, mimados como humanos, más que humanos, en su propio caso y de muchos otros hombres atravesando la indignación de pasar a segundo plano para que ellos vivieran bajo el sublime cautiverio amoroso de las mujeres.

Comenzó a pasar una página sobre otra hasta encontrar lo que buscaba. Godínez había sido generoso. Le había dedicado las páginas centrales con cuatro fotos de un tamaño grande. Su vanidad no lo llevó directamente a verse retratado. Le palpitaba el corazón, comenzó a leer precipitadamente. Godínez hizo una semblanza de su historia profesional sin cometer ningún error. Intercalaba sus observaciones del sujeto (él) lo describió físicamente, nada reprochable en ese aspecto, publicó sus respuestas, no se comprometió en su admiración al entrevistado (sabía demasiado para eso). Usó la palabra celo para continuar los pasos del nuevo miembro del Supremo, y lo que pudiera hacer de favorable o no en el país. Su tono era amable, sin excesos, previsor y prudente, había ausencia de adjetivos, y el resultado final, en cuanto a él, fue de respeto. Su prosa no tenía rastro de entusiasmo ni tampoco de cinismo. Se leía bien, y solamente al final, Godínez recordó que Alfonso Vidal fue el protegido de Bienvenido Soler, y aun con esa ventaja no le sería fácil a ningún hombre igualarse a su mentor. "Alfonso Vidal tiene ante sí un signo de interrogación. No basta ser dadivoso con los buenos deseos. El tiempo, líder de todos los destinos humanos, será el que tendrá la última palabra sobre su trabajo en el Tribunal Supremo."

Ahí no terminó la entrevista. Fue notable su vibrante soltura al hablar de Vita. Mencionó exactamente su entrada en la casa, lo que dijo Vita al presentarle la perrita, su respuesta de "un reinado falso, pero alegre." Describió el hogar de la dama, de una elegancia natural y acogedora en la que no brillaba la mas remota ostentación, en su mesa, en su arte culinario, la simplicidad de su ropa, estilo, su franqueza y gracia al hablar. Nada la rozaba que no fuese espontáneo y grato. Sobresalía la flexibilidad de su carácter, aunque no sería fácilmente manipulada. Intercaló comentarios acerbos sobre la época que vivíamos, con mujeres llevando pantalones de hombres, fumando tabaco, proclamando la igualdad con el varón, haciéndonos entrar en una civilización confusa, de sexos extraviados, difusos, animación moribunda y falsa en una sociedad perdida en el remolino de la falta de decoro, moral y respeto.

La señora Vita Vidal constituía un caso singular. Se sentía bien siendo mujer, cocinando para su marido, invitados, exquisita mano para crear deleites al paladar. La armonía de su hogar emanaba la paz y la riqueza de su carácter alegre. Conocía muy bien la diferencia entre el bien y el mal, y había tomado su curso eligiendo el primero. Usualmente se familiarizaba con casos de gente humilde, que en sus pequeñas existencias se regalaban el optimismo de la belleza y la generosidad. Ni siquiera se podía criticar por gozar de una femineidad tonta, usualmente adjudicada a las mujeres de su clase. Estaba por encima de todo eso. Su conversación, ágil, amena, su físico natural y atractivo por la movilidad de su expresión, cautivaban, entretenían, por el simple hecho de ser honesta y crear por la gracia del protector invisible, el sabor en la comidas, sin alarde, disfrutando más bien de frugalidad, y al mismo creándose su propia felicidad en medio de un mundo hostil, sucio, admirador de la riqueza deslumbrante y afectación social. Al verla con su exquisito, sencillo encanto, se comprendía que se estaba ante alguien cuya reflexiva capacidad humana la inclinaba a amar más los lirios, las rosas, que las joyas y los armiños.

Alfonso soltó el periódico anonanado, boquiabierto, como un niño bueno al que la madre despótica le da una bofetada sin haber hecho nada. Durante un cuarto de hora se quedó inmovilizado en el asiento, y lo único que brotó de su boca fue una exclamación cuya invocación recordó a Dorina. "¡Santo Cielo! ¡Enma ganó la apuesta!"

Desde ese momento, su tranquilidad por la crónica halagadora a Vita, se convirtió en pura zozobra. ¿Cómo veían los demás a su mujer? ¿Era así? Cierto, era así, ¿porqué, entonces, su convivencia con ella se le hacía irritante? ¿Cuál era la base de su descontento? ¿Le desagradaba su desenvoltura para hablar nimiedades, contar historias de gente desconocida, extravagantes o estúpidas en su manera de vivir?

Trató de recordar si en el pasado, cuando el matrimonio marchaba bien y se comunicaban con entusiasmo, Vita había sido la misma, sacando historias como cualquier pintor saca pintura de los tarros plenos de colores. Pudo haber sido así, ni siquiera lo recordaba. Su memoria se había desprendido del hogar. Amaba su trabajo de juez, a pesar de aportar la realidad humana en su peor aspecto, y callaba sus ambiciones. En una o dos ocasiones, ella lo acusó de ser juez en la casa y tal cosa le repugnó. Vita se fue recogiendo en sí misma, sumisa, y él se sintió contento. Pero no, había fallado. ¿En qué?

Se asustó del curso que tomaban sus pensamientos. Saltó del asiento, tocó la computadora, el corta-papel, se frotó las sienes, contempló el periódico a los pies de la butaca, y cayó en cuenta de su fracaso, la idea equivocada de que Godínez se riera de ella empleando el sarcasmo envuelto en una delicia poética, o en la cita de un filósofo. Si la charla de Vita con Godínez lo había puesto al borde del asiento, ansioso, y mucho más cuando le negó la receta, todo ese trastorno mental, llevándolo a apelar a Enma, lo convirtió en un doble fracaso al Enma defender a Vita y apostarle todo lo contrario de sus temores. Salió sulfurado de su entrevista. Un fuego interno lo consumía, comenzaba a sentirse solo, agobiado por todo lo incomprensible que estaba sucediendo en su hogar, con su mujer, con la perra, cuando fue él mismo quien se la llevó para establecer la paz entre ellos. Todo había salido a pedir de boca, y no obstante, experimentaba un cierto terror, ¿de qué? Vita leería la crónica. ¿Cómo reaccionaría?

Su mente se dislocaba, partía de un punto, entraba en otro, y una sensación de invalidez, de culpabilidad, lo poseyó hasta tal punto que golpeó las patas del escritorio, sintió un fuerte dolor en el dedo gordo del pie, y exclamó fuera de sí. "¡Maldición!"

Al salir de la oficina, tomando su investidura de calma, ya Vita había preparado la mesa con el desayuno. Su eficiencia increíble también lo trastornaba. Hacía las tareas del hogar como si fueran bendiciones por las que adquiriría una medalla (¿otorgada por quién?) para darle más sabor a su vida. Alfonso se sentó a la mesa, después de darle los buenos días, con el periódico debajo del brazo. Lo colocó doblado al lado de su plato. Vita lo vio.

-Oh- dijo- Con razón lo fui a buscar y no lo encontré.

Notaba la falta del diario en el esencial ritual de todos los días. Por lo demás, no le interesaba echarle una ojeada y buscar la entrevista con Godínez. Eso había salido de su mente.

-Ya lo leí- dije él- Me levanté temprano y lo recogí. ¿Sabes que Godínez ha publicado la entrevista? Ahí está en las páginas centrales, con las fotos.

-¿Sí?

No se lanzó a abrir el periódico.

-No sé porqué pensé hoy que deseabas comer huevos hervidos en lugar de fritos- fue su respuesta.

No se sentó a la mesa con él. Salió en busca de Paz.

Alfonso se preguntó de qué material estaba hecha. Mientras él se angustiaba esperando la publicación, ella trataba con indiferencia todo el asunto. Regresó al comedor con Paz en los brazos. Alfonso no se pudo aguantar.

-Por favor, siéntate un momento. Mira, mira...- dijo mientras abría el diario en las páginas centrales.

Vita se sentó y lo primero que comentó fue.

-No soy fotogénica. Tú si lo eres, Alfonso. Siempre lo fuiste. Estás muy guapo, pero yo no, no es mi cara.

-Yo te encuentro muy bien.

-Lo dices para contentarme. Paz ha salido primorosa. Mi Dios, tiene los ojos muy abiertos. Lo sé, estaba asustada.

-Lee, lee al final lo que Godínez ha escrito sobre ti. Comienza aquí.

Vita leyó seria primero y sonriente después. Alfonso examinaba su rostro. Estaba convencido que se alegraría mucho con los elogios del periodista y saltaría contenta del asiento y le echaría en cara su equivocación por el miedo de que Godínez no fuese amable con ella. No fue así. Terminó de leer, pareció de repente confusa, alzó la cabeza y lo miró sin alegría, más bien inquieta.

-¿Y yo soy así? Uf...¿Contenta de ser mujer? Dios mío, nunca he sabido tal cosa. Que yo sepa, Natalia está contenta de ser mujer, mis amigas en la escuela lo estaban. ¿Es eso algo extraordinario?-calló, volvió a leer algunos párrafos, todavía más intrigada, frunciendo la frente- ¿Cómo él sabe que prefiero lirios a joyas? No se habló de nada de eso. ¿Y cómo sabe que soy flexible? Bueno- añadió suspirando- Te lo dije, es un hombre encantador, pero yo no me veo así. Alfonso, no es fácil verse uno mismo, ¿sabes? Sin embargo, comprendí que Godínez es muy buen observador.

-¿En qué lo notaste?

-En que calla y escucha con interés y tiene los ojos muy abiertos. La mayoría de la gente no escucha, pasa por encima de las cosas, pero cuando se presta atención...Lo veo en Paz, tan pequeñita, y ya entiende muchas cosas. La veo acercarse a un juguete, olerlo, no está segura de qué se trata. Los animalitos, como las personas, tienen miedo de lo nuevo. Se pregunta, ¿me va a atacar? Tira la patita, lista para salir corriendo, y como el juguete no se mueve, entonces vuelve a él, más segura. Oh, es divertidísimo.

Alfonso, consternado, se dio cuenta que ahí estaba la clave de su disgusto con ella. Le daba un ejemplo ahora. No se concretaba a responder una pregunta con la seriedad, la idea exacta de explicar o indagar el problema. Indudablemente acertaba con frecuencia, su intuición sagaz la expresaba sin escatimar una palabra. No derivaba nada de la inteligencia empírica enfocándose en un punto. La perrita no era un objeto, la humanizaba observándola, comparaba sus reacciones instintivas a las humanas, se reía descubriendo algo formidable, sin tener noción de que escribiendo sobre ella, como lo había hecho Godínez, se elevaba a una altura competitiva con la suya, sin haber hecho nada notable, simplemente ser una mujer, y hela aquí, asombrada de tal detalle, tan común, trayendo a su amiga Natalia, a la que acababa de conocer, al grupo de las mujeres como ella, sin extenderse a pensar en que la palabra escrita por un hombre del calibre de Godínez era algo para tomarse en cuenta, así como el galardón de sus encantos intrigarían a muchas personas. Vivía en su propio mundo, simple, sencillo, ¿en qué lugar residía su ego?

No pudo aguantarse, comenzó a doblar el periódico diciendo.

-Dejemos a Paz a un lado, Vita, y entremos en otro asunto más serio. Mencionaste el poder de observación de Godínez. Admito, lo tiene, pero yo también lo tengo y encuentro en ti una inclinación a ocupar tu mente en cosas más bien insípidas, tontas. No te falta inteligencia, no, no es eso. No le das la importancia que tienen las palabras de Godínez. Desvías el tema para hablar de las reacciones de Paz, como si fuese una persona. Y aquí está la persona- dijo agitando el periódico.- Si Godínez es un buen observador, yo también lo soy. Callo y escucho.

¿Adónde pretendía llegar con sus palabras? Lo comprendió enseguida. Deseaba que Vita lo viera como un hombre excepcional, un miembro del Supremo, con cualidades superiores, las que ella parecía pasar por alto.

Su risa, alegre y fuera de control, lo turbó completamente.

-Oh, sí, tú callas y escuchas. Eso hacen los jueces, ¿no? Pero tú escuchas todo lo referente a tu trabajo, posición, fuera de eso, dime, honestamente, ¿qué te interesa? Alfonso, te tomas demasiado en serio y vas siempre hacia lo alto, lo grande. Todo lo que yo digo y hago es demasiado pequeño y absurdo para ti. ¿No es por eso que llegamos al acuerdo de ser socialmente como cada uno es y separar las habitaciones y las camas? ¿Qué queda de los que fuimos un día? Nada. ¿Y por qué? Oh, simple de explicar. Yo gozo mirando, queriendo a la gente, observando las reacciones de Paz, de mis amigos, me nutro del aire, y encuentro belleza en muchas cosas. ¿Y dónde tú ves belleza? ¡Pobre del que no la ve! Tienes tu caracol, y ahora estás en el Supremo. Cada uno de tus gestos, tu actitud, dice. "Tómame en serio. Soy un gran hombre." Pues no, eres una buena persona, educado, generoso, respetas la institución de la familia, ¿pero un gran hombre? ¿Te has olvidado de lo que hizo el sacerdote cuando debía comenzar la liturgia de la muerte en el entierro de Soler? Dejó la liturgia a un lado. Estoy seguro que conoció a Soler y apreció en él por lo que valía: <u>un buen hombre</u>. Y así lo dijo y dejó el libro a un lado y se fue. No sé si lo castigarían por su libre albedrío, pero todos comprendimos, incluso Enma, y hasta la propia Dorina que no sale, la mojigata, de sus casillas. Y eso quisiera yo que dijeran de mí, de Vita: fue una buena mujer. Oh, tú no quieres eso, demasiado pequeño. "He aquí un gran hombre". Eso es lo que te gusta, lo que entiendes. Godínez perdió el tino hablando de mí, tú eras el personaje, yo soy un apéndice en tu vida y lo disfruto porque me conviene tanto como a ti. Mi suerte es, claro está, que puedo continuar libre, viendo mucho, queriendo mucho, y la tuya es de que estás en el Supremo más serio y grave que nunca. ¡Dios mío, hace un siglo que no sonríes, no bromeas! Oh, ya he hablado demasiado. ¿Y para qué? Tú no vas a cambiar ni yo tampoco. Mi flexibilidad, porque la tengo y la he demostrado durante muchos años, no va a someterse de nuevo, oh, no, fíjate qué cosas lindas, exageradas, ha dicho Godínez de mí, y todo porque yo soy yo, y tan simple como Paz. Mírala cómo escucha, jadeando, ¿ves? Ahora mueve la colita y ladra. ¿Entiende lo que digo? No, pero lo siente como algo bueno y lindo para ella. Ven, preciosa...

La tomó en sus brazos. Alfonso estaba bajo un estupor, fuerte, profundo, tratando de entender su acusación por no sonreír,

En ese momento sonó el teléfono del vestíbulo. Vita fue a responder la llamada.

Alfonso abrió el diario, estudió atentamente las fotos, su rostro enjuto, la afectación en su postura, los brazos cruzados, mirando la cámara con firmeza, tan seguro de sí mismo que ni un terremoto lo hubiese hecho cambiar de posición. ¿Por qué debía un hombre de su posición sonreír? ¿Hacer bromas? ¿No era una cuestión de carácter? Obviamente, Vita le recordaba que no fue siempre así. Y si no lo fue, ¿había perdido las ilusiones? ¿Cuándo y cómo? Su tormento, ahora, no lo podía compartir con nadie y volvió a ser atacado por la súbita depresión de sentirse perdido entre sus cuatro paredes.

34

Natalia estaba conversando con sus suegros, esperando por Victor para llevarlos a una visita a la catedral aprovechando el <u>tour</u> de los domingos, en que el guía relataba la historia de la creación y la procedencia de las imágenes de santos, las pinturas, el costo de la obra, y sobre todo, los milagros que habían acontecido en el lugar sagrado, cerca de la fuente de agua bendita, donde se hallaba la sepultura de Santa Elena.

Victoria irrumpió en el salón y se dirigió a su mamá con un periódico en mano, abierto, diciendo.

-Mira, mamá, aquí está tu amiga, la que vino a comer. Sí, es ella. Me acuerdo perfectamente.

-¿Cuál amiga?

Victoria le extendió el diario. Natalia contempló las fotos, leyó por encimita la historia, se rió llegando al final y exclamó asombrada, mirando a sus suegros.

-¿Han visto? Mi nueva amiga es la esposa de un miembro del Tribunal Supremo. Nunca me lo dijo, y está aquí, con su marido y Paz, la perrita, de la que me habló hace unos días. Ah, la tengo que llamar, atacarla por su secreto.

Era una mujer decidida, estaba acostumbrada a hacer las cosas en su momento, no dejarlas pasar, y le tocó a Victoria quedarse con sus abuelos.

Esa fue la llamada que recibió Vita. Habló más de veinte minutos con ella, riendo, dando explicaciones, sin comprender su excitación por la posición de su marido, de la que ella misma estuvo ignorante hasta casi el momento en que llegó el periodista. "Oh, no", exclamó cuando Natalia le dijo que Godínez había hecho un perfecto retrato de ella. Naturalmente no conocía su casa, su comida, pero muchas cosas la hacían sospechar de su sinceridad en cuanto a su arte culinario, su casa, y el marido, Vita rió preguntándole cuál era esa sospecha. "Tus frecuentes y cortantes comentarios sobre ti misma, de que eres...oh, oh, Vita, no me tomas el pelo. Tienes más por dentro que por fuera."

Discutieron el tema, no condujo a ninguna parte, estaban divirtiéndose con las palabras, Natalia haciéndose la ofendida por no conocer la verdadera posición de su marido, Vita proclamando su inocencia, alegando la validez de su pequeño mundo. ¿Acaso había oído sobre la importancia de la esposa de algún general? Así la retó. Mucha gente se impresionaba con eso de las posiciones y los títulos, su marido era arquitecto, tenían una bella residencia, y a pesar de todo eso, lo que sentía por ellos no tenía nada que ver con la casa, la arquitectura, los dos comedores. Quizás, se aventuró a decir, le interesaría más el jardín y no lo vió. Rieron. Natalia le dio las gracias por la invitación a la galería.

Después que colgó el teléfono, regresó adonde estaban sus suegros con Victor, y exclamó fascinada por la absoluta inocencia de sus pensamientos al declarar.

-¡Y yo me creía que tenía un marido fantasma!

Roberta Castillo desayunaba en la cama como las ricachones mimadas por los amantes y las sirvientas socarronas y chismosas. En su caso, la sirvienta no trabajaba los domingos, y el amante era su marido. El viajaba casi constantemente, se aburría de los hoteles, estaba a punto de retirarse del tropel de actividades sintiendo el peso de los años, cuando su labor de asegurar la sólida economía de la familia estaba en completo orden. Si coincidía en estar entre la familia los domingos, le preparaba el desayuno a su mujer imitando las escenas de las película, la bandeja, el jugo, el plato de huevos revueltos, el florero fino de plata con una rosa, añadiendo una nota cubriendo la taza de café: <u>Te amo</u>. Preparaba todo eso con esmero en compensación a su ausencia, y por otro motivo todavía más importante, recordarle que el amor estaba vivo, y escribirlo, aunque fuese escuetamente, sostenía en buen equilibrio las relaciones entre ellos.

Roberta se estiró contenta, incorporándose en la cama, acomodándose en la posición conveniente para que le fuese fácil manejar la bandeja.

-¿Y Pepito?- preguntó.

Vasilio respondió.

-En el cuarto con su amiguito jugando con un rompecabezas de una batalla histórica. No me preguntes qué batalla es. Tal me parece que esos muchachos saben más que yo. Lo ven todo en el ordenador. Es mejor el rompecabezas. El nombre lo dice.

-Es destructor- rio Roberta- rompe... ¿Y Juanita?

-Con su amiguita viendo la televisión. Ya todos desayunaron.

-Eres un tesoro.

-Quisiera creerlo.

Lo creía, se consideraba un excelente marido y mucho más fiel cuando le salía al paso, en sus viajes, una aventura, una de las tantas chiquitas preciosas que buscaban sexo más que dinero. Así iba el mundo. ¿Podía ir en contra de lo que no había creado y no se podía parar? Era sensible a sentirse culpable. Siempre pensaba en familia, en su mujer, a la que amaba sinceramente, porque con nadie conversaba como con ella. A veces le parecía estar unidos por una amistad de las irrompibles, cuya perdurabilidad estaba garantizada por estos gestos de cariño y cortesía.

Vasilio leía la prensa del domingo y también se la llevaba. Roberta se interesaba por las cuestiones de arte y algún otro artículo interesante. La política le resbalaba por el cuerpo como una crema de olor desagradable irritante para su piel. Los deportes le daban la sensación de ser un mito legendario, existiendo para que los hombres no formaran más guerras de las que ya había por todo el mundo. La competencia los convertía en una tribu de rufianes y los fanáticos eran descendientes de todos los hombres y mujeres brutales que a través de los siglos se divertían, ya fuese viendo a los hombres luchar con los leones, matar toros, o cortar cabezas con las guillotinas.

Vasilio se acomodó a los pies de su cama con las rodillas encogidas. Comenzó a echarle una ojeada al diario.

-¿Algo interesante? No, no menciones más guerras o derrumbes económicos. Dame un amanecer agradable- dijo Roberta.

-Buena tarea me das, por todas partes, un desastre.

-¿Es que la humanidad sólo quiere guerra, Vasilio?

-Así ha sido siempre.

Roberta comía lentamente, lo escuchaba anunciarle los titulares, hacía un ademán de que pasara a otro asunto. Así llegaron a las páginas centrales.

-Un nuevo miembro del Tribunal Supremo. Sacaron a Valdéz como una papilla caliente en camino de tambalear a nuestro carismático presidente.

-¿Y a quién le interesa eso?

-Este tiene un tipo muy digno, pero fuera del tipo, ¿qué diablos hará? Todos son cortados por la misma tijera. La mujer, ah, tiene una expresión simpática, Vita Vidal.

Roberta masticaba un trocito del pan tostado.

-¿Cómo? - preguntó- Déjame ver las fotos.

Con una avidez que sorprendió a su marido, Roberta cogió el periódico, contempló las fotos, sonrió exclamando. "Es Vita, es Vita". Le pidió a su marido que le leyera lo que Godínez había escrito. Conocía la pluma de Godínez, fina y cortante como el filo de la navaja. Le recordó a su marido.

-¿No te acuerdas que leímos sus artículos sobre nuestros tiempos? Ah, cómo me reí cuando dijo. "La virtud en nuestra época es una mala palabra, y Dios un sujeto tan innecesario y ridículo como un tricornio" Por favor, léelo, Vasilio.

-Dime al menos qué te ha impresionado? ¿Quién es Vita?

-La vecina de Gustavo, el chico pintor, ya te hablé de él. Son vecinos, la conocí en su casa y luego nos encontramos en cualquier otra parte y charlamos mucho. Una mujer encantadora. Lee, por favor.

Y por supuesto, la descripción de Godínez, hizo exclamar a Roberta.

-La retrata de pies a cabeza. Es tan fácil para conversar y su sinceridad es algo que flota por encima de ella... ¿Así que es el marido el miembro del Supremo? Claro, me dijo que era abogado. En cuanto me levante y me arregle, la voy a llamar para felicitarla.

-Por favor, Roberta, ella no es el miembro del Supremo.

-Quisiera ver, si tú lo fueras, no me cesarían las felicitaciones. Después de todo, Vasilio, conocemos la vida, y para estar casada con un patán o un pobre diablo, ¿no es mejor un miembro del Supremo?

-Sí, sí, nombrado por un político: el presidente.

-Está ya dicho: son un mal necesario, pero una mujer a la que Godínez ha captado con tanto acierto, nunca puede corromperse, creémelo. ¿Por qué se corrompería? Es un ser natural, sumamente agradable, y no tiene joyas ni pretensiones.

Vasilio respondió en un tono donde se filtraba la incredulidad.

-Esperemos que sea como tú dices.

A las diez de la mañana, antes de hablar con Vita, Roberta llamó a Oscar para ponerlo al día de la noticia. "Tienes vecinos muy importantes", le anunció.

Oscar no recibía el periódico. Estaba en pijama tomándose un expreso en medio de la cocina, cuando lo llamó Roberta Castillo. Palideció, su disgusto fue profundo, la alegría de Roberta la respondía con una voz animada, completamente falsa. Le dijo que iba a comprar el periódico inmediatamente.

No llamó a Gustavo. Se había acostado muy tarde, él le había sugerido que se tomara un somnífero para que pudiera dormir a pierna suelta, calmara sus nervios, y todavía Gustavo estaba durmiendo. Se prometió no despertarlo y salió con el sobretodo encima del pijama para comprar el periódico en un kiosco, no lejos de la casa.

Después de leer la entrevista y la adorable intervención de Vita sentando a su marido y a Godínez a la mesa, él, que nunca había puesto los pies en su casa, experimentó la nostalgia de sentirla una amiga tan querida, y al mismo tiempo tan distante. Muchas cosas frustaban en la vida y ésta era una de ellas. Recordaba un día haber visto un vestido sencillo y adorable. Vita vino a su mente. Se lo hubiera regalado con mil amores, pero el amor estaba prohibido en tales demostraciones de afecto. Releyó todo lo concerniente a Vita, y ya estaba terminando la segunda vuelta en la lectura, cuando Gustavo se acercó a él. Oscar se asustó, brincó en la silla. No lo había sentido llegar.

Sin perder un minuto de tiempo le mostró el diario, las fotos. Gustavo todavía amodorrado, preguntó.

-¿Es Vita?

-Sí, sí. El marido ha sido nombrado miembro del Supremo.

-¿Importante?

-Muy importante.

-¡Dios mío!- exclamó Gustavo llevándose la mano a la cabeza.

No atinó a leer nada. Oscar le leyó la parte que se refería a Vita. Gustavo abría y cerraba los ojos asombrado. Concluida la lectura, hubo un largo y triste silencio entre ellos.

Oscar no le había contado a Gustavo su encuentro con el juez Vidal, mientras hablaba con Vita en el muro. Todo fue rápido, cuestión de segundos en los que ambos se cruzaron una mirada de tremendo estupor. Oscar, acobardado, se dio a la fuga y lo que pasaría entre el matrimonio por razón de este encuentro, no quería ni pensarlo. Le comprimía el corazón ser el causante del drama de Vita con el marido. En su fuero interno no estaba convencido de la defensa de Vita para él y Gustavo frente a las demandas del juez, ahora miembro del Supremo. Conocía ese tipo de hombre intransigente, endemoniadamente arrogante, que con cada palabra y gesto traslucía su virilidad y odio por los de su clase, y por resultado de su actitud visiblemente despreciativa, se había ganado su odio, como no conocía otro igual, el odio maldito preñado de deseos aciagos para él, y he aquí que como le sucedía a su madre con Don Bosco, el demonio se burlaba de él y ascendía al enemigo.

Desde ese día, ni siquiera se había asomado al pabellón, no había regado las plantas. Creía que otro encuentro con Vita lo pondría en una situación difícil para los dos, ninguno atreviéndose a acercarse el muro (dando, sin haber intercambiado ninguna otra palabra que no fuese afectuosa) la muerte de una preciosa amistad.

No podía culpar a Vita. Había pensado mucho en la situación con su marido y llegaba a la conclusión que él y Gustavo estaban equivocados. El juez Vidal no la sometía ni la maltrataba. Vita, con su radiante personalidad y encanto, hacía de su vida un poemita de amor, y el juez era amado por ella. No debía de amarlo, pero, ¿quién podía comprender los sentimientos humanos? El mismo no podía comprender sus pasiones, porque era cómo era, y mientras había luchado por cambiar de carácter y de inclinaciones, la lucha se había convertido en aceptación, una conformidad que entraba por fogosos períodos de profundo descontento, ira, y volvían a aplacarse con estoicismo, y por breves días un exuberante júbilo gratificaba su manera ser, despreciaba a aquellos que no eran como él, y se sentía único en el mundo, por encima de muchos, como el juez. La marea de su vida lo hundía en olas furiosas y siempre sobrevivía.

Dejó de pensar para mirar a Gustavo. Tenía la cabeza hundida casi en la letra imprenta, observaba a Vita en las fotos, leía una y otra vez los párrafos dedicados a ella, y súbitamente, con una expresión de intenso dolor, dijo.

-¡Oscar, Vita no vendrá a la galería! ¡No vendrá!"

Oscar tuvo la intención de animarlo, y en una explosión de ardiente fastidio, todo le salió al revés. Gritó dando un golpe en la mesa.

-¡Puñeta! ¡Ahora el marido levantará una pared en el muro!

35

Oscar, crucificado en la ineptitud de avanzar, con la mente trastornada por sufrir tantos días en silencio con el desasosiego y la negatividad de Gustavo, caminaba, escuchaba, sonreía, todo a su entorno lo impresionaba y se veía que súbitamente hablando con una persona desconocida, sus ojos hurgaban ansiosos por la galería, y cuando vio a Vita acompañada de una mujer elegante, vestida de negro con un solo adorno, un camafeo con perfil de nácar, su asombro fue tal que dejó a su interlocutor con la palabra en la boca y cambiando su desaliento por alegría fue hacia ellas. Abrazó a Vita efusivamente. Esta eufórico y con un aspecto desconocido. El pelo echado hacia atrás, muy corto y brillante, un traje bien entallado, camisa y corbata exquisitas. Su actitud era sobria, más bien tímida, típica del hombre bullanguero vigilándose, conteniendo sus movimientos, en un nuevo ambiente, deseoso de comportarse a la altura de los demás.

En cuestión de pocos minutos, Roberta se unió a ellos, y la señora Valverde, una mujer de gracia mundana y ficticia, cuyo ojos expresivos se fijaban en todo, intentando adivinar la impresión que tenían del nuevo pintor, y de paso, los candidatos a compras. Como un galo cazador corría hacia alguien a quien por experiencia o por instinto consideraba importante para su negocio. No era joven ni bonita, pero mantenía una excelente figura y una vivacidad artificial, no menos encantadora que su risa. Recibía a todo el mundo con un calor afectuoso, como si cada uno de ellos fuese lo más importante de su vida en ese momento. Había nacido para vender arte, el más difícil de los negocios, pero no podía verse en ningún otro. Poco importaba, era rica. De alguna manera tenía que entretenerse.

Estuvo muy poco tiempo entre ellos. Antes de alejarse, les sugirió que fuesen a la lindas mesas, dos de ellas, con manteles bordados de lino, a tomar champán, "del bueno" murmuró añadiendo, "aquí todo es bueno." Un alarde permitido en cualquier parte donde se ofreciesen bebidas gratis,

Roberta le anunció a Oscar la gran noticia: un amigo suyo, el hacendado Izquierdo, amante de los caballos, con soberbios establos, se había emocionó mucho con un dibujo de caballos, habló con la señora Valverde para que el artista le pintara los mismos caballos del dibujo, pero en un un mural de óleo. El encargo requería un avance del precio total, y como si nada, Izquierdo había hecho un cheque. Terminado el trato, partió enseguida. Había visto lo que deseaba, el resto le importaba tres pepinos.

-¿Ven?- comentó Roberta- Izquierdo no ve ni le interesa el arte, pero si le dices que hay caballos se excita, sale de la granja a echarles una ojeada, y mira, como no puede mantener un caballo dentro de la casa, sólamente en los establos y a la intemperie, pues ahí lo tienes, un mural para verlos todo el día. La apreciación al arte: nula. Sin embargo, me hizo un comentario que me gustó y hasta me sorprendió. El dibujo de Gustavo tiene tres caballos furiosos entre sí, en una pelea casi sanguinaria, bestias crueles, echando la baba de la ira. Izquierdo no los ha visto nunca así, le pareció algo muy original. Vengan a ver el dibujo.

Los llevó frente al cuadro. Natalia y Oscar, agradándose, hablaban en un tono bajísimo. Roberta se colgó del brazo de Vita, hizo alusión de nuevo a su posición. Vita riendo, le preguntó. "Mírame, ¿qué ha cambiado en mí?" "Nada y eso es lo sublime. Una obra de arte" Otra broma para tomarse en serio.

Frente al dibujo, todos admitieron que tenía una fuerza, violencia, colosal. Vita ya había preguntado por Gustavo varias veces.

Oscar lo había visto poco. La galería estaba abarrotada de público, y con el volumen de las voces, las risas, pocas personas se quedaban observando seriamente las pinturas o haciendo comentarios entre ellas en el tono de voz de los asistentes a la iglesias de antaño, no de ahora.

No dijo nada del sufrimiento de Gustavo, convencido de que ella no asistiría a su exhibición. La franqueza tenía un límite si iba a conducir a explicaciones desagradables, pero su alegría lo había hecho soltarse, reír. Le contaba a Natalia, que como vecina, Vita era una joya.

-¿La vio en el periódico? Y dígame, ¿no es así? Natural y afectuosa. ¡Oh, vivimos en un mundo de tantas pretensiones!

-¿Y tú que haces, Oscar?- inquirió Natalia.

Simpatizaban, se hacían preguntas sin ninguna formalidad. Había un ambiente cálido entre los dos, luego de Roberta ser llamada por la señora Valverde, que estaba con un grupito cuya apariencia correspondía a los que se mantienen al tanto de los eventos artísticos, saltando de un lugar a otro, y entre echar un vistazo al arte, hablaban de la última moda, de la palabrota sucia que dijo ante las cámaras, el conductor del programa "En Busca de un Idolo," lo serio y lo trivial se intercalaban, también con el placentero gozo de las críticas malsanas. ¿Quién ha dicho que la vida se detiene en un punto? Gira como un trompo.

Eso mismo le decía Oscar a Natalia. Se había fascinado con ella. Estaba ante una mujer madura, completa, de esas que llaman al pan y al vino, vino. Lo presentía, lo comprobaba. No tenían el mismo origen, pero Oscar sentía que estaban destinados a ser buenos amigos.

-Somos trompos, Natalia, es la verdad. Vamos de un lado a otro meneados por nuestras propias cuerdas. Me sorprendo con Vita, siempre la misma. Quizás entiende más la vida que nosotros, y no lo parece. Nunca la he visto enojada

-Eso es asombroso. Yo tengo mejor carácter ahora. Me casé con un hombre muy calmado, pero todavía no he aprendido a callarme, a decir lo que pienso sin rodeos.

-¿Y qué mal hay en eso?

-Hay peligro. Quizás también tenga algo bueno. Pocas amistades escogidas que aceptan mi carácter. Confieso que a menudo soy maliciosa. Pero también sé amar con profundidad al que lo merece.

-Siempre es así, ¿no?

-No, no siempre es así. Hay quienes aman a los que no deben amar y se van disparados al precipicio. El problema comienza con una demostración de virtudes que no tenemos, y cuando se llega al matrimonio, a la verdad desnuda, ¡hecatombe! Mi única ventaja y suerte con mi marido, es que fui con él, desde el primer día, la mujer que soy. No hubo juegos ni engaño. ¿Por qué se quedó conmigo siendo un hombre tan suave? El misno no puede explicárselo.

Vita no participaba en la conversación. Hacía tantos años que no se hallaba en medio de una multitud tan bonita, divertida, mientras buscaba a Gustavo con la mirada, por todas partes. Oscar y Natalia la seguían, entregados como estaban en la conversación. No era fácil acercarse a las pinturas colgadas bajo reflectores de luces tenues. La galería no era muy grande, pero obviamente bien planeada. Para aproximarse a los cuadros había que meterse entre los grupos, no se atrevía a hacerlo, y estaba preocupada y deseosa por encontrarse con Gustavo. Hacía mucho tiempo que no lo veía. Lo que ella no sabía era que Roberta le había avisado que Vita y una amiga habían llegado, él se turbó, sonrió, sus pupilas cobraron un brillo inusual; caminó entre los invitados, pero no avanzaba, lo detenían, tenía que ser cordial con todos, aunque torpemente asentía porque no sabía qué decir.

Fue un rato después de comenzada la búsqueda, que vio a Vita con aire un poco alelado, al lado de Oscar y una extraña. Se dirigió a ella con pasos precipitados, sin mirar a su entorno.

Oscar, que en ese momento, después de agachar la cabeza para escuchar bien lo que decía Natalia, la alzó, pudo ver a Gustavo viniendo hacia ellos. Enseguida alertó a Vita.

-Vámonos a aquel riconcito. Ya le he echado el ojo, allí podremos estar fuera de esta multitud.

El conocía las emociones de Gustavo, no eran muchas con la mayoría de las personas, casi siempre guardaba para sí un espacio, como un mirador exclusivo para ver y escuchar, no se sentía seguro y anhelaba ofrecer una figura de control y madurez de carácter, cuando todavía estaba formándose en lo que Oscar llamaba "el vendaval de la vida." Pero con Vita, todo cambiaba. La sentía como parte de la naturaleza. Nunca olvidó el día que la vio por primera vez, canturreando, regando las plantas, ágil y graciosa. El estaba en el pabellón, intercambiaron un saludo y ella se quedó en el muro, esperando que se acercara, y entonces su saludo fue otro, efusivo, dándole la bienvenida como vecino, sonriente, y él creyó contemplar el sol, el amanecer del campo, la radiante armonía de todos los astrros unidos bajo un aroma de mujer limpia, al natural, cuya sonrisa valía un millón, porque era verdadera, amorosa, y cuando supo que desobedecía al odioso marido para conservar la grata amistad con ellos, y fue a su casa a comer buñuelos y a recibir a Roberta Castillo, su amor por ella creció, y con la noticia de lo que se había convertido su marido, y aparecer en la prensa, su desilusión fue tremenda. La perdería. Ahora, caminando agitado y alegre hacia ella, (¡Dios, había venido, había venido!) el corazón le palpitaba. El goce que experimentó lo hizo lanzarze a sus brazos, no pudo mirarla, la emoción le estrangulaba el aliento y abrazándola, bajando la cabeza humilde, repetía. "Has venido, has venido".

Natalia se quedó sorprendida por la manera en que el pintor, jovencito, hermoso y bastante enmperifollado, más que elegante para la ocasión, dejó caer su cabeza sobre el pecho de Vita. Fue una escena de entrega maternal, sin carecer de un liviano roce de excitación más que maternal, cuando el joven, vestido con levita roja de pana, pantalones negros de terciopelo, y un rostro sonrosado, un tanto artificial por las perfectas mejillas con el color parejo y brillante, dando ocasión de especular si no tenía un excelente maquillaje, levantó la cabeza y miró a Vita. Se hubiera podido creer que el brillo de su mirada húmeda contenía las lágrimas del amor enlazado a la gratitud. Oscar estaba emocionado. La presencia de Vita aportaba para Gustavo el colofón de su éxito, le aseguraba que no se levantaría ninguna pared entre ellos. De todas maneras, para cortar la escena conmovedora, todavía escuchando a Gustavo susurrar con una inocente excitación. "Estás aquí, Vita, una mujer importante como tú," dijo.

-No se muevan, voy a buscar al fotógrafo para una foto entre nosotros cuatro sólamente.

Partió agitado, casi con pasos frenéticos, anunciando con su actitud el olvido de la ropa, del papel que representaba para entrar en el goce de la fotografía que haría historia entre ellos. ¿Cómo se iba a dejar pasar un momento tan divino?

Vita tuvo noción de la inquietud de Gustavo. No se habían visto. Oscar lo pondría al tanto de su encuentro con Alfonso. El pobrecito estaba inocente del gran cambio en su vida, y su importancia, mal interpretada por Gustavo, y había de dejarlo así, no radicaba en la posición de su marido, sino en su libertad de ser Vita y querer a sus vecinos y hablar con ellos cuantas veces le viniera en gana.

Por tal razón, exclamó.

-Hubiera venido, Gustavo, aun si un león me hubiese salido al encuentro en el camino. ¿No lo sabes? Soy una mujer de palabra y tu triunfo también es mío. Dime, Natalia- agregó trayéndola a la conversación- ¿Quién es más importante? ¿Una ama de casa o un artista? Perdón, no los he presentado. Este es Gustavo.

Fue entonces que Gustavo la vio. Sonrió tímido, esperando como Vita por su respuesta.

Entre la espalda y la pared, Natalia, fiel a temperamento, prefirió la espada.

-Depende del artista y de la ama de casa. Se puede ser artista sin público, como tú. Y para ser más clara, me sospecho, Vita, que tienes alma de artista, escondida, anónima, y esto, Gustavo no rebaja su valor creativo. ¿Comprende? Hay amas de casa aburridas y artista aburridos. ¿Entonces?

Gustavo estalló en un risotada salida del alma en el preciso momento en que Oscar regresaba con el fotógrafo. Estaba sudado, impaciente por cumplir su misión. Al ver a Gustavo riendo, se emocionó de nuevo. Era un niño, un niño confuso y triste, al que Vita había hecho reír.

Fue hacia ellos instruyendo al fotógrafo sobre la posición que iban a tomar. Gustavo y Vita juntos, Natalia y él serían la comparsa. Dos fotos diferentes tomó el fotógrafo. Partió. Todos comenzaron a charlar al mismo tiempo, y pasaron así un rato, el suficiente para el salón irse despejando.

Enfilaron por una parte de la galería para ver los dibujos y los pequeños óleos. Al parecer, Gustavo tenía una fiera y un ángel dentro de sí. Había paisajes sutiles, rostro duros, una pintura pequeña, en particular le agradó mucho a Vita. Una mujer de apariencia sobria, que parecía caminar por un salón con muebles pesados y cortinas de cretona, se detuvo, escuchando algo que la intrigaba. ¿Sería una conversación de otras personas no muy lejos de ella? Su rostro tomó una expresión magnífica por ser confusa. Apoyó una mano en la cortina, una mano crispada por la sorpresa de la dicha o el terror. Esa era la confusión. Nada definitivo se podía percibir. Vita, al lado de Natalia comentó su impresión. Natalia asintió diciendo, "muy interesante."

Gustavo ya no estaba entre ellos. Alguien se lo había llevado a un pequeño grupo. Desde lejos lo observaron más animado, menos sobrecogido y asustado que cuando llegó a la galería y comenzó a ser el punto de interés.

-¡Qué hermoso cuadro, Oscar!- exclamó Vita- Aun si lo miro cien años no podría decir lo qué pasa por esa mujer. ¿Susto, remordimiento, goce? ¿Qué piensas, Natalia?

-No soy experta en arte, Vita.

-Yo tampoco.

-¿Y quién espera aquí expertos? Nos gusta lo que vemos o no nos gusta. -intervino Oscar.

-A mí me gusta mucho. Tiene un sabor muy especial ese cuadro. Pero mientras más lo miro, y aquel otro y otro también, me pregunto. ¿Puede un hombre tan joven expresar crueldad y belleza de esta manera? Llego a creer que no somos una persona, sino muchas y el arte las saca y por eso nos sorprende- comentó Natalia.

Oscar permaneció pensativo por un momento. Recordaba su encuentro con Gustavo. Este pichón de artista, ya levantando el vuelo, fue su descubrimiento. Lo sacó de la tierra, de una choza y mira en lo que se había convertido. No obstante, su lengua, larga y explosiva no revelaría a voces esa verdad. Sería demasiado hiriente, y si a juzgar por sus desafueros y rabietas, intimidaba, sólo él sabía cuán triste y desoladora era a veces su existencia. Gritaba como un desesperado, amenazando, y se guardaba miles de secretos que se llevaría a la tumba.

Prosiguieron viendo pinturas sin ser acosados por la gente y disfrutaron mucho de lo que veían. Oscar las invitó a cenar con él y Gustavo para continuar charlando. Natalia le recordó con una voz suave.

-Oscar, tenemos maridos que nos esperan. Somos libres, cierto, y también atadas al deber conyugal. ¿No es un juego perverso de la vida? Libertad y atadura, juntas, y vaya, no me quejo. ¡Tiene que ser así!

Nadie puso más énfasis en la afirmación con una fuerte sacudida de cabeza que Vita.

No volvieron a ver a Gustavo de nuevo. Roberta y la señora Valverde se habían encerrado con él en la oficina conferenciando sobre sus asuntos.

Oscar las acompañó a la salida. Miró a Natalia profundamente a los ojos, como si fuese su deseo que lo recordase siempre y hasta fuera posible convertirla en su amiga. Deseos de tal naturaleza pocas veces lo asaltaban.

-Natalia, usted me ha impresionado mucho. Es un placer conocerla, hablar. Quiera Don Bosco que nos encontremos de nuevo.

-¿Don Bosco?

-Oh, yo conozco la historia- intervino Vita riéndose- Fue el santo de su madre, y no quiero decir, y lo digo, que nunca respondió a sus plegarias.

Resignado, Oscar bajó la cabeza.

-Me confundí. El pasado se lleva encima, a veces sale y no hay perdón para tales errores.

Así se cerró la noche.

36

Era uno de esos días, en la víspera de la entrada del invierno, de una temperatura fría, descendiendo a medida que moría la mañana. El cielo, repleto de nubarrones anunciaba agua, y en efecto, llegaron las lluvias con el salvaje entusiasmo con que la naturaleza, algunos piensan, se divierte mortificando a los hombres.

Alfonso, después de una larga conferencia con sus colegas sobre una ley a la cual habían apelado los comerciantes, se fueron a almorzar. Alfonso y Suárez compartieron una mesa ellos dos solos. Por costumbre, se llamaban por los apellidos. Suárez era el miembro más accesible a la simpatía de Alfonso. Se definía así mismo como un pájaro viejo, sin otra implicación más allá de su experiencia en la política, las leyes y los hombres. "Complicado asunto, el hombre", solía decir. Tenía una buena disposición de carácter y la actitud (al menos eso parecía) de ser sincero sin ir demasiado lejos. A veces su expresión simpática adquiría una muda vigilancia, asemejándolo a un buho; por suerte, no ocurría a menudo. Le gustaba comer bien, disfrutar de un chiste, y en general, era un hombre bastante agradable.

La conversación giró sobre Marcelo Jústiz.

-Tu entrevista con Godínez lo puso en candela viva. Odia a Godínez, uno más en el capítulo de sus rencores. La razón, creo, aunque no estoy seguro, fue algo que escribió Godínez sugiriendo, sin nombrarlo, sobre las mentes decandentes del Supremo, con el líder mayor alzando la cabeza mojada, como un gallito de pelea -dijo Suárez-Al no mencionar nombre, Jústiz tomó la indirecta contra él. Ahí tienes. Al leer la cortesía de Godínez contigo y con tu mujer, supuso que te rendiste a él dándole miel empalagosa. ¿No te lo ha dicho?

-Me habló con cinismo enfocando un sólo punto: el signo de interrogación que dejó caer Godínez sobre mí.

-¿Te ofendiste?

-¿Por qué? Todo hombre que comienza un cargo como éste, nuevo y desconocido, con ciertos antecedentes de otro no muy íntegro, tiene que dársele tiempo. El signo de interrogación es el futuro, no la actualidad.

-Se desbordó con tu mujer. ¡Suerte tienes, Vidal! La mía no me da ni un vaso de agua. ¿Qué quieres? Me enamoré con un loco, que a esta edad mira atrás y se da cuenta que fue un soberbio berraco. Mi mujer es deportista y a la edad que tenemos su única preocupación es mantener los músculos fuertes, el rostro sin arrugas. ¡Qué delirio tienen las mujeres con vivir en eterna juventud! Eso quiere decir, desde mi punto de vista, que no comprenden lo que es madurar, desarrollar la mente, en fin, algo fuera....¿Cuánto gasta la tuya en maquillaje?

Alfonso se desconcertó con la pregunta.

-Pues no sé. Vita no se maquilla, creo que usa polvo, alguna crema, pero, Suárez, mi mujer es sencilla.

-La mía, complicada. Comienza con su libertad de hacer lo que le gusta y no puedo preguntarle nada. Bueno, déjemos eso. Mira, Vidal, ahí afuera hay un temporal. Menos mal que tendremos el mes que viene una semana de vacaciones. Hay que alejarse de este ambiente, irse al campo, no sé, a cualquier parte.

Alrededor de las tres de la tarde, Marcelo Jústiz irrumpió en la oficina de Alfonso con su estilo frenético, lo que se llamaría en término amables, un profesional culto incorporado vigorosamente a la chusma. Cada vez que entraba en la oficina ya traía en el bolsillo el tema de la conversación que iba a imponer.

-Y bien- dijo, sin más rodeos- Siendo tu mujer tan buena cocinera, ¿por qué no me invitas a tu casa a comer?

Tal idea disgustó a Alfonso. Fingió recibirlo con beneplácito.

-Está invitado, Jústiz. Podemos arreglar el día y la hora.

-Bien. Necesito saber el menú de antemano.

-Tiene alguna enfermedad? ¿Comidas prohibidas?

-No, hombre, ¿por qué se te ocurre eso? Siempre que me siento a una mesa tengo que saber lo que voy a comer.

-Se lo diré a mi mujer.

A las seis de la tarde, al entrar en su casa, Alfonso experimentó el placer del calorcito acogedor. La temperatura había bajado fuera de lo usual. Llovía menos, pero todavía el agua retrasaba el tráfico dándole un trabajo incesante a los parabrisas.

Apenas abrió la puerta, Paz lo recibió. La perrita no desistía en ganárselo, era más impertinente que cualquier ser humano bobo y pegajoso. Paz, tímidamente, comenzó a jugar con los dobleces de su pantalón. La primera reacción de Alfonso fue decirle. "Lárgate de aquí, no me molestes", pero al mirarla vio sus ojitos ansiosos. Era hembra, tenía sus recursos para hacerce la modosita, y flirtear con él. ¿Qué daba para merecer su amor? Atravesó el zaguán, Paz lo siguió, pero frente a la puerta de su habitación, reculó un tanto asustada y se echó a correr.

El aroma que brotaba de la cocina era delicioso. Sin cambiarse la ropa fue a ver a Vita. Estaba trajinando con su habitual agilidad. Tenía un pequeño radio, escuchaba música suave, la tarareaba. El la saludó. Ella dijo sin volverse. "¿Comemos a las siete?" El respondió. "Bien, voy a tomar un baño, cambiarme" Le enojó completamente la brevedad del diálogo y el que Vita no lo hubiera mirado. Su enfado duró poco tiempo, el calorcito y el aroma del pollo en cazuela eran suficientes para levantar el ánimo y perdonar la arrogancia de cualquier pecador.

Al sentarse a la mesa, Vita sirvió vino, el día lo merecía. No habló. Pero Alfonso tenía que hablar.

-Un colega, Vita, del Supremo, me dijo que le gustaría que lo invitaramos a comer.

Aunque su mente estaba en otra cosa, Vita lo escuchó. No le molestaba la proposición, al contrario, veía con buenos ojos que las puertas de su casa se abrieran para los invitados.

-No hay problema. ¿Es encantador como Godínez?

-Oh, no. Este es duro de complacer. Viejo y malhumorado. Me pidió que le dieras de antemano el menú. No se sienta a la mesa de nadie si no conoce lo que va a comer.

-¿Tiene una dieta especial?

-No.

-Entonces, es un capricho.

-Supongo.

Alfonso escrutó su rostro. Era interesante observarla reflexionar y no le tomaba mucho tiempo. La expresión de su rostro no se alteraba, los pensamientos no la atosigaban, más bien se aburría de mantenerse dentro de sí misma, vacilando, mientras alguien esperaba por su respuesta. Lo suyo consistía en una veloz reacción saliendo del fondo de su sencillez y naturalidad.

-Esta es mi casa, ¿no?- preguntó de pronto.

-Por supuesto. También la mía- le recordó Alfonso, bastante lastimado.

-De acuerdo. Pero yo soy la que cocino y te digo algo y escúchalo bien, Alfonso. Ya estoy cansada del orden severo de las cosas. Tu colega no está enfermo, pero es caprichoso, ¿y por qué tengo yo que someterle un menú que rechazará o no? Piensa, ¿soy la cocinera de una fonda, un restaurante? Una casa es un lugar de amor, de alegría, y se sientan a la mesa los amigos. Ese hombre quiere entrar aquí como un enemigo, pedirme cuentas de este ingrediente, el otro, o sabe Dios qué. Dile que está invitado con mis condiciones. Ningún menú. Si está acostumbrado a eso, que se vaya a un restaurante. ¡No faltaba más!

Ahora fue Vita quien escrutó su rostro. Alfonso sonreía. Le iba a dar un enorme placer comunicarle a Jústiz las palabras de su mujer. El se limpiaba las manos del asunto. Tuvo que aguantar los deseos de reírse, continuó comiendo con un gran gusto. Sólo respondió.

-Se lo diré mañana mismo.

-Si te enojas, lo siento, pero no puede ser de otra manera.

-¿Enojarme? Oh, no, el hombre es un tarado, más pesado que... bueno, ahí lo tienes. Este pollo está mejor que nunca. La botella de vino se está acabando. Compraré dos mañana.

Al día siguiente, al entrar Marcelo Jústiz en su oficina, Alfonso lo esperaba con un placer nuevo y delicioso. Se frotaba las manos por la respuesta que le enviaba Vita. Algo se había transformado en su mundo, agradable, increíblemente sensato por venir de ella. ¿Quién le hubiera dicho que llegaría a sentirse bien esperando la hora de convertirse en el legítimo mensajero de Vita? Se relamía de contentura anticipando la ira de Marcelo Jústiz y de la cual él mismo aparecería inocente.

Jústiz entró en su oficina, en el instante en que estallaba un trueno.

-Lo siento, Jústiz. Mi mujer no está dispuesta a darle el menú. Lo invita a comer con mucho gusto, pero en la cocina tiene su orgullo, sus secretos.

-¡Eso es una majadería! -exclamó Jústiz. De pie parecía un bufalo.

-Le informa que su casa no es un restaurante, y si esa es su costumbre, un restaurante colmará sus deseos - agregó Alfonso.

-¿Y quién manda en la casa? Dime, ¿tú o ella?

-Hasta hace poco, creía que era yo. Pero no es así, Jústiz. En el hogar manda mi mujer y luego la perrita. ¿Quién manda en el suyo? Si es usted, lo felicito.

Jústiz rezongó, dio un paso adelante y otro atrás. Cuando un hombre se cree saberlo todo y no puede responder a una simple pregunta como ésa, el odio le revienta las entrañas y siente la necesidad de huir.

-La invitación sigue en pie, Jústiz. Será muy bienvenido bajo esas condiciones - dijo Alfonso para darle valor a balbucear algo. -Puede venir solo o con su esposa- agregó- Repito: será bienvenido.

Jústiz no contestó. Enfiló rápidamente hacia la puerta. Lo dominaba el vengativo deseo de ir contra este nuevo mequetrefe, ¿pero por dónde lo iba a atacar?

-Veremos. Veremos- dijo al llegar a la puerta.

"querido amigo: mi abandono no ha sido insolencia, aburrimiento, ni olvido. Te trituré con mis penitas, me albotoré y me sacié con los cambios. Llegaron suaves y sigiliosos, los butacones y la cama de derecha e izquierda desaparecieron, regresé al celibato con mi propio dormitorio. Mi marido fue nombrado Miembro del Tribunal Supremo. Supongo que fue su gloria y vino a mí con nuevas reglas de conducta, más severas de las anteriores, poniéndome al borde del automatismo, borrando mi persona, diseñando su nueva creación. Fue demasiado lejos, y hay algo en mí, y creo que en todos los humanos, latente, invisible, trabajando por dentro como el pájaro carpintero o la gota de agua que llena la palangana, la compulsión de romper la cadenas, o vaciar el balde y erguirse en la creación propia, que debe de ser la verdadera obra de todos nosotros. Ser quienes somos y enfrentarnos al vendaval. Puedo asegurarte que no me inmuté para nada. Escuché la lección de mi marido, me pregunté, tal vez sin darme cuenta. "¿Y qué me puede ocurrir en el futuro sin él? Aquí estoy en mi ambiente, mi linda casa, todo lo que amo, y sola, con el ser humano, el compañero silente y agresivo con sus miradas de soslayo o de frente." Para concluir: puse mis reglas con la más bendita calma, de separanos, dividir la casa como fue el juicio en que así lo ordenó, y seguir cada uno su rumbo. Y no es que lo detesto, el dilema es apreciar, como las aprecio, sus excelentes cualidades, pero grandes virtudes frías, inexpresivas, sin un roce de emoción, más bien de disgusto, ¿qué valor tienen? No dudo que muchas personas prefieran la seguridad y la fuerza de carácter por encima del sabor humano, pero yo no soy así, ¿y por qué? volví a preguntarme, ¿he llevado tanto tiempo de impostora de mí misma y ahora voy a seguir siéndolo peor? ¿Qué vejez me esperaba? Un alma muerta en vida es tan patética como un millonario sufriendo y quejándose continuamente de su pobreza, y yo aborrrezco ambas cosas. Final: puse los puntos sobre las íes. La reacción de Alfonso fue bastante calmada también. Quizás nos teníamos miedo, no sé de qué diablos. ¿Representó algún peligro para él mi determinación de ser yo, Vita, y no un producto manufacturado por él? Seria cuando tenía deseos de reír, silenciosa cuando tenía deseos de hablar, ¡basta! Para mi sorpresa él accedió, hablamos otro día y me otorgó la libertad, a mi manera, a mi estilo, y desde entonce la pongo en práctica, y te digo, Vita es una más en el mundo, morirá como todos, pero mientras haya salud y sandunga, ¿se debe dejar pasar?

Todo ha cambiado. Para cerrar la paz entre nosotros me trajo a una perrita adorable. La amo locamente. No quiero decirte que es coqueta, inteligente y muy graciosa, porque eso dicen los padres tontos de los hijos. Bueno, no dejo de ser tonta.

Mi vida, en estos momentos, sigue una marcha adorable; me sorprendo, llegan nuevas amistades de diversos temples, me enriquecen con su conversación, aprendo y desaprendo, en esas estoy. Mi vecino Gustavo tuvo una exhibición de sus pinturas y dibujos. Claro, mi marido supo de eso, no me impidió ir, de haberlo hecho, roto el acuerdo. La pasé divinamente, me encantó un cuadro, mi amiga Natalia y yo lo comentamos. Oscar estaba sirviéndonos de guía. Y hace tres días llegó un mensajero con un paquete para serme entregado personalmente. Y cuando lo abro, ¿qué veo? La pintura intrigante de la mujer con las manos crispadas en las cortinas, escuchando. Me lo enviaba Oscar, con unas líneas explicativas. Lo había comprado a nombre de otra persona, porque si Gustavo se entera que era para mí, se hubiera ofendido, quitándole el privilegio de regalármelo. Además venían las fotos. Yo quedé horrible como siempre, pero a Natalia, Dios mío, le sale una personalidad imponente, de tal manera me la imaginé de soprano en una ópera y escena, en particular, cantando el aria más difícil y magnífica. Sólo que no escucharía nunca los aplausos.

Me conmovió el regalo. ¿Ves lo qué he logrado? Una entrada muy suave, no alardosa ni mezquina del amor. Así se alcanza el amor, suave y sutilmente y me rio. Pienso que en lo sutil hay un gran peligro. Es una dominación sin aparente fuerza, que confunde, que arrastra, sin saberse porqué demonios lleva de la mano.

¿Te acuerdas de Enma, la viuda de Soler? La amo, no podría dejar de verla nunca. ¿Puedes creer que a su edad tiene sentido del humor? Nos reímos una barbaridad, y ahora quiere que la lleva mañana al jardín de té. Esa es otra historia, que será contada después de nuestro paseo, si me das un poco de tiempo. Al lado de Enma, según dice ella, soy una niña, (por los tantos años que nos separan) pero mejor amiga que ella no la hay. ¿Ves? Voy contra la corriente del mundo, como lo veo y lo describen por ahí. Veo en Enma la experiencia de la vida, su valor, dignidad, inteligencia. Algo tiene la vejez muy sabio y como éste no es un mundo sabio, nos asusta, y ahora, entre la ciencia y la tecnología, todos queremos quedarnos en físico y mente en los quince años. No Vita, te lo juro, sácame de ese festival de cretinos. En otras cosas seré cretina, sin duda, pero no en ésa.

En cuanto a mi hogar, en estos momento, todo marcha bien. He notado un pequeño cambio en Alfonso. Ahora viene a la cocina, destapa las ollas, pregunta, intenta iniciar una conversación, ¿por qué? Un periodista vino a entrevistarlo, preparé algo de comer y lo invité a la mesa. Alfonso se preocupó por mi conversación espontánea, temía que escribiera algo desagradable sobre mí. Bien, no lo hizo. Alfonso estaba contento, pero yo, conociéndolo, me pregunto. ¿Está satisfecho su orgullo? Temía la humillación de tener a una esposa imbécil que fuera descrita por Godínez con cierto cinismo. Si no me equivoco insinuó algo de eso y se calmó cuando no sucedió. Mi marido tendrá excelentes cualidades, lo admito, pero el orgullo y el egoísmo es la cuerda que lo tira. ¿Y se puede erradicar, cortar la cuerda? Nunca. Sigue siendo el mismo. Soy feliz, soy Vita, y estoy también alerta.

Prometo volver a ti, me digo que pronto, y no sé cuando tendré el tiempo para hacerlo. Ten calma, la vida es parte de las promesas incumplidas, tanto como las plegarias jamás respondidas.

Hasta luego."

37

Dorina estaba desolada por comprender lo que estaba ocurriendo. Vita se llevaba a Enma a tomar té en un salón cualquiera de la ciudad, no la invitaron, no podría atender las necesidades de Enma; había dos conspiradores contra ella, el doctor López, viejo malvado, poniéndole inyecciones que abrían el apetito, le daban energía, y Vita, llevándola a galope en sus visitas diarias, y si un día no iba a verla, la inquietud de Enma, su desesperación, atolondraban a Dorina, quien se tenía que contener para no desafiarla diciendo. "¿Y no estoy yo aquí?" Ya instalada en el auto, Dorina le arreglaba la bufanda, cerraba un botón de su abrigo. "Hace frío, no deberías de salir" Era la primera vez que Enma ponía los pies en la calle desde la muerte de Bienvenido, y aun estando su primo vivo, tampoco los ponía.

-Dorina, alma mía, estoy bien cuidada, nada va a pasar- le decía dulcemente Enma- No quiero que vengas porque la casa no se puede quedar sola, y piensa, esta será tu casa, toda tuya, tu propiedad. ¿No es correcto cuidarla desde ahora?

Dorina no contestó, entró en <u>su casa</u> hablando sola, abstraída, bajo una fuerte emoción convulsionándole todo el cuerpo. ¿Cómo una persona extraña entraba en la casa y se posesionaban de Enma? No podía entenderlo, se lo había preguntado a Dios, pero he aquí la verdad: Dios no hablaba, no respondía. Por primera vez, sin suceder ninguna horrenda desgracia, levantó la cabeza e interrogó de nuevo a Dios. Silencio, y tal silencio, amargada como estaba, la hizo decir. "Tú nos mandaste a este mundo asqueroso y te limpiaste las manos. No te importamos nada". Dios estaba ciego y sordo. A ella no le interesaba la propiedad de la casa, sino salvar el alma de Enma y cada día se le hacía más difícil.

-¿Apreciaría Dorina un lugar como éste, Enma?- le preguntó Vita

-No lo sé, aunque me sospecho algo. Dorina ve sólo que quiere ver. ¿Y qué podemos hacer? Cada uno lleva su carga de ignorancia y limitaciones.

Acababan de apearse del auto. Tenían frente a ellas una reja abierta, un sendero empedrado rodeado de bellas flores, el colorido era fantástico, la vista, en total, resultaba armoniosa, serena, y si se iba más lejos podía verse una vegetación frondosa de helechos eucalíptos, jazmines, algunas rocas elevadas, y pequeños vericuetos indicando la exploración de un lado a otro. Enma se sorprendió al ver hermosos árboles de magnolias, y camelias, geranios, claveles, hortensias. Se respiraba un aroma grato de belleza y libertad.

Allí, lo primero que se encontraron fue un asiático de alta estatura y fornido, que no era usualmente el representante de su raza. Les sonrió con gran dulzura. ¿Sería koreano, chino? No podían ubicarlo en un país determinado. Se acercó a ellas, llevaba en las manos una enorme tijera de jardinería.

-Bienvenidas, señoras.

Colocó la tijera en el suelo y las llevó a un saloncito no muy grande, con pocas mesas, cada una con una flor diferente. Les preguntó dónde deseaban sentarse. Eran las primeras en llegar y podían escoger. Vita caviló, dio unos paso, y finalmente señaló una mesa ubicada en una parte que cubría con la mirada la extensión del jardín, dando la impresión de que nada se escapaba de las pupilas.

Se acomodaron. Chang, dijo su nombre, se ausentó por un momento, y en su lugar llegó a saludarlas una señora que estaría iniciando los sesenta años, todavía fuerte, con un rostro simpático, pelo blanco, sin ningún afeite, a no ser su simpatía y dulce expresión. Hacía sentirse a cualquier visitante como una parte del jardín y de su vida.

-Mi nombre es Ramona- dijo y al escucharlas decir los suyos, alabó con entusiasmo verlas por primera vez en su salón de té.

La invitaron a sentarse con ellas. La mujer no vaciló en complacerlas. Su interés se volcó en Enma. ¿Y cómo no iba a ser así? ¿Cuántas veces visitaba el jardín una ancianita adorable, cargada de peso para su edad, todavía alerta, con la mente afilada y una disposición para disfrutar de este día?

Vita se distrajo mirando un pedazo de madera pulida colgando de una cadena, con una frase grabada al relieve. Decía. "Si sabes que eres mortal, ríe." Se preguntó intrigada lo que significaba la frase, no pudo preguntarlo a la señora Ramona porque la mujer estaba contándole a Enma la tragedia que dio origen al jardín de té, cuando ella y su marido ya estaban retirados de la circulación de la vida.

-Fue muy duro, señora, tanto que me quedé sin habla, no podía decir una palabra, pero resistí más que mi marido.

-Sí, entiendo. Los hombres reaccionan de otra manera, se tragan el dolor y es peor. Yo perdí a mi hijo a los dieciocho años, el único. ¿Cree que lo he olvidado? Dígame, Ramona, ¿qué olvida una madre? ¿Qué olvida?

Las dos se miraron con profundo amor. Estaban unidas por la misma pena, se la comunicaban sin lágrimas, y Vita las escuchaba como un eco desgarrador, que por el ambiente que las rodeaba, adquiría un significado especial. La tragedia se transformaba en parte de la deliciosa naturaleza, rodeándolas de fragancia y el paradigma de la eternidad, nacer y morir, y viceversa, en siglos incontables. ¿Moría una rosa para siempre? ¿Los árboles cesaban de echar hojas por el cansancio de vivir? ¿Por qué en el mismo sendero que atravesaron, de pequeñísimas ranuras surgían florecillas, hierbas? El espacio se aprovechaba. La naturaleza era diligente y le decía a su creación. "No morirás. Te irás por un rato, pero no morirás"

Las dos mujeres hablaban justamente de la muerte, sin angustia, resignadas, asintiendo a las palabras de cada una, almas gemelas en un encuentro ocasional.

-Mi hija y mi yerno salieron felices a asistir a la boda de un amigo. Mi marido y yo nos quedamos con los niños, y tres horas más tarde, señora, perdimos la alegría para siempre. Habían tenido un choque y muerto los dos en un instante.

-¡Santo Dios!

-Y tres niños, señora, tres niños. ¿Cómo anunciar la muerte de la madre? ¿Qué entienden? ¿Qué llevarán consigo el resto de la vida? Yo, destrozada, y aun así comprendiendo, haciendo el esfuerzo de vivir para ellos. Los niños no saben, sienten el dolor, miran atontados, algo pasa que no entienden, y si me veían llorar, lloraban. Oh, no, me dije, estoy matando a mis nietos. Traté de hablar con mi marido, y él, señora, estaba fuera del mundo. Yo creo que se culpaba del accidente. En su mente, eso lo martirizaba, lo puso en un estado sonámbulo. Gracias a Chang, los niños fueron atendidos. Chang fue un empleado de mi marido en sus negocios de construcción, y Chang no tiene familia. Nosotros somos su familia. Y yo un día me fui al jardín, abandonado, recordando que mi hija de niña adoraba, sí, adoraba las mariposas, y las mariposas, escúcheme, venían a ella, revoloteaban a su alrededor y ella reía. "Mamá, quiero ser mariposa", me dijo un día. Y escuche, señora, muerta de dolor un día vine al jardín, caminé, lloraba desconsolada, preguntaba mirando por todas partes. "¿Dónde estás hija mía?" Y fue entonces que una mariposa se posó en mi brazo y la miré asombrada. Las mariposas son bellas, inquietas, no se posan en ninguna parte y menos en un ser humano, las flores, su alimento, es otra cosa. Pero ésta se quedó en mi brazo, moviendo las alitas y después dejó de moverlas, y yo la miré, y en ese momento supe, señora, que era mi hija la que estaba en esa mariposa, diciéndome que todo estaba bien, que la mirara sin lágrimas, y la miré, y así estuvimos quince minutos. ¿No es increíble? Pero lo más increíble fue la paz, la paz que entró en mi mente, mi cuerpo, no dejó ni un poro de la piel fuera de su protección. Desde ese día fui otra persona. Me despertaba, ayudaba a Chang a preparar el desayuno de los niños, jugaba con ellos, me reía. Mi marido me miraba sin hablar creyendo que me había vuelto loca.

-¡Increíble, increíble!

-Espere, ahora viene la otra parte.

-Señora, usted es extraordinaria-dijo Enma extendiendo la mano, acariciando la suya. Sus ojos húmedos expresaban piedad, admiración- Volvió a la vida con el mensaje de su hija.

-Se lo conté a mi marido. No me hizo caso, no decía nada, ¿y sabe lo qué ocurrió? Una noche se levantó así, sigiliosamente, ¿Es así como se llama al que se escurre de la cama? Era una noche de luna llena, clara, brillante. Se fue al jardín. Chang, que estaba despierto, lo vio meterse entre los árboles. Asustado, lo siguió, sin mi marido darse cuenta, y lo vio sentado en una roca y allí estuvo más de tres horas. Chang creía que se había vuelto loco, pero no, señora. Al día siguiente, me dijo. "Tenemos que arreglar el jardín, renovarlo, hacer algo. Los niños tienen que vivir felices, nosotros lo seremos si ellos lo son."

-¿Y de ahí surgió el jardín? ¿Quiere decirme que esta preciosidad fue para los niños?

-No necesitamos dinero, necesitamos vida y alegría, señora. Mi hija no puede volver. Mi marido sintió algo en el jardín, le pregunté qué era, qué había visto, soñado. Nunca me lo ha dicho, y ahora es otra persona. Hoy, se ha llevado a los niños al mercado. Disfruta de ellos todo el tiempo, ríe, y creo que me ama más que antes. Es una idea.

-¿Entonces este jardín está encantado, Ramona?

La mujer hundió los hombros sonriendo, no afirmó nada, suspiró, su rostro sereno y simpático miró a lo lejos, deleitándose en el paisaje.

Enma, emocionada, exclamó.

-Este es un lugar maravilloso, sí, emana un gran encanto, hay algo en esto, ¿verdad, Ramona? ¿Qué es? Yo misma siento...Mire, cuando perdí a mi marido, una semana más tarde lo vi...

Vita, con los codos apoyados en la mesa, las escuchaba, fascinada por las confidencias, la manera de entenderse, la credulidad mutua, la necesidad de un desahogo casi místico, con el rostro de Enma radiante con este encuentro que tocó las fibras más profundas de su ser. Vita comprendió que la valentía humana, la capacidad para sobrevivir, inventar, darle la vuelta al dolor y transformarlo en la esencia de una nueva vida destinada a tres niños, cuyo jardín y alegría con los abuelos sería una memoria imperecedera, melancólica, nostálgica y bellísima, del potencial vital del ser humano. Ella, sin tragedia física, había hecho lo mismo. Su hogar resplandecía de encanto, paz, borrada la hostilidad de Alfonso, se dijo, si vivir es un deber porque estamos aquí, hagámoslo hermoso, aunque nos tiren piedras y tengamos que luchar con dolores, lo que sea, es parte de la vida, ¿no?

Había dejado de escucharlas y su mirada se enfocó en la vegetación distante, y viendo el movimiento de las hojas por el aire que iba y venía, su alma sintió un estallido de emoción, como si palpara algo más allá de su propio entendimiento y se unieran a la naturaleza. En ese estado hipnótico estuvo largos minutos, y salió de él por un gran bullicio de voces infantiles. Entonces vio por el sendero, el desfile de tres niños preciosos, y un viejo calvo, fuerte, muy alto, reprendiéndolos por el comportamiento, Habían corrido demasiado en el mercado, Felipe derrumbó un banco, Mario destapó una botella que no habían pagado y se tomó el jugo. La única modelo de corrección fue Elenita.

No habían ordenado el té. Chang traía una bandeja para ellas. El aroma del té impregnaba hasta las paredes. Había hecho galletitas, salidas del del horno, de vainilla, canela, anís, grosella, almendra. Enma probó el té, sin sentir el alboroto de los niños, y se quedó encantada.

-Delicioso, delicioso- exclamaba.

Probó las gatetitas, hizo la misma exclamación. Vita no se quedó atrás.

Ya los niños habían entrado, saltaban. Tenían los cabellos revueltos, hacía frío y sudaban, las caritas rojas por la salud, la edad y la alegría de vivir. Elenita se tiró en los brazos de la abuela, quien le pidió que hiciera lo mismo con la señora Enma. La niña negó con la cabeza, la hundió en el pecho de la abuela, y sorpresivamente, para asustarlos a todos, saltó y se prendió del cuello de Enma, besándola. Otra vez la emoción de Enma llegó al tope. Los varones desaparecieron enseguida siguiendo a Chang, quien quizás iba a mostrarles algo dentro de la casa. El señor Bidón, el abuelo, fue a la mesa de ellas. Gentilmente las saludó.

-Encantado de tenerlas en el jardín, señoras.

Había dejado sus compras en el camioncito. Chang salió de pronto a traer los paquetes, seguidos de sus dos imitadores. Los niños tenían ocho, seis, cuatro años.

-¿Nos hace el honor de sentarse con nosotros? El té es maravilloso, y su esposa es realmente extraordinaria - lo invitó Enma.

-Lo es- admitió él.

Enma se dirigió a Ramona.

-¿Cómo se llaman los niños? ¿Creen en los Reyes Magos? ¡Vaya qué pregunta! Pero hace tanto tiempo que no ando por el mundo, que ya no sé, mi querida Ramona, en qué creen los niños de hoy.

Vita se dirigió al hombre, que en ese momento la estaba mirando sonriendo.

-¿Qué quiere decir ese letrero?- preguntó señalándolo.

El respondió con gran gusto.

-¿No es obvio?

-Sólo una parte, todos sabemos que vamor a morir.

-¿Todos? ¿Incluyendo a los poderosos de este mundo?

-Como yo no conozco a ningún poderoso, ni siquiera sé, señor, quién es dueño del mundo.

-Bien, ¿Si usted sabe que es mortal, llora?

-¿Yo? ¿Por qué? Ah, ese letrero tiene un significado profundo, ¿verdad? No lo he captado. Bueno, no soy profunda, trato de figurarme el mensaje. ¿Es eso? Y creo que entiendo, pero no, no entiendo. Estoy confusa.

El rio divertido, evitando hacer ruido para no interrumpir la conversación entre su esposa y Enma Soler. Cuando dejó de reír, examinando gravemente su rostro, dijo.

-Cuando se es joven no se entienden ciertas cosas.

-Yo no soy tan joven.

Vita lo vio inclinarse, vacilar, meditando si agregar algo más, y lo hubiera hecho, pero ocurrió que atravesando el sendero, una pareja mayor de edad, con cuatro jóvenes detrás hacían señales. El las vio, pidió disculpas y fue a recibirlos. Conocía bien a la pareja, pero no a los jóvenes.

Chang apareció como llamado por un cuerno misterioso. Ayudó a acomodar a los recién llegados. Elenita, de pie al lado de Enma fruncía el ceño con expresión inquisitiva, hasta que dio un salto, se frotó los ojos, miró a su abuela.

-¿Quieres dormir, eh? -dijo Ramona.

La niña dio una explicación enredada, Ramona la entendió y llamó a Chang para que se la llevara. Los recién llegados tenían un espíritu alegre. Tres mesas se ocuparon. Ramona, poniéndose de pie, tenía también que atender el negocio, inventado para la alegría de vivir de tres niños y consuelo de dos viejos, todavía fuertes y luchadores.

-Señora Enma, conocerla, pues, ¿qué quiere que le diga? Nunca había hablado así con nadie. Usted es una santa, se le nota por encima de la ropa- dijo Ramona.

Enma, de gran buen humor, replicó.

-Oh, no. La santa es mi prima Dorina. Yo sigo de lejos el cortejo de los angeles, queriendo estar dentro, pero retenida afuera.

Las dos rieron. Ramona no permitió que pagaran nada. Chang les preparó dos paquetitos con las deliciosas gatellitas, diciendo con humildad.

-Diferentes sabores.

El señor Bidón las vio partir, pero algo quedó fijo en su mente, y caminó, cuando estaban cerca de la salida, hacia ellas. Se dirigió a Vita, susurrando, "la pregunta tiene respuesta, si usted piensa, la encuentra"

Enma ni se dio cuenta de su presencia, no escuchó sus palabras. Se hallaba en la gloria. Había tenido una experiencia vigorizante, pura delicia, comparando su pérdida con la de esta pobre familia. Cuanto el señor Bidón se alejó de Vita con pasos firmes y apurados, exclamó.

-Oh, Vita, ángel mío, me has regalado uno de los días más bellos de mi vida. Ese jardín pleno de armonía, la vegetación fresca, la mariposa pegada a los poros de Ramona, inmóvil, como un símbolo...Vita, en el futuro tenemos que volver, y hablar mucho de esto, porque yo sentí allí una presencia.

-¿De quién Enma?

-Ahí está el problema. No lo sé. Tenemos mucho qué hablar en el futuro, Vita. No me abandones nunca, criatura, no me abandones.

38

De alguna manera había que rendirse a la persistencia de Paz. Alfonso la evadió mucho tiempo, hasta que un día, al dejar la puerta abierta de su dormitorio, la perrita entró, como dicen todos en una analogía un poco siniestra, como perro por su casa. El salía del baño y la vio tranquilita a los pies de su cama. Pedía sin ladrar la intimidad. Se miraron en absoluto silencio. Paz, dispuesta a escapar al menor ademán de agresividad, Alfonso consternado por la invasión a su territorio. Paz jadeaba suavemente sacando la lengua. El fue hacia ella y la levantó con su mano derecha, y con ella en el aire, sin saber si era un juguete, la estampa de un intruso o simplemente una criatura que pedía amor, la estrechó contra su pecho. Olía bien. Vita la mantenía como una linda muñequita. Paz jadeó visiblemente emocionada. Le gustaba su calor, había esperado por tan largo tiempo este acercamiento que comenzó a ladrar de júbilo. Alfonso se asustó y la puso en el suelo, y Paz corrió hasta donde estaba Vita, en el pabellón, para anunciarle que había vencido y estaba loca de contenta.

Ese día era diferente a cualquier otro. La temperatura continuaba fría, pero no podía pedirse ni en sueño un cielo más claro, emitiendo la luz de tenues reflejos dorados, demasiado tímidos, inestables, para calentar la piel, aun cuando continuaba existiendo. Desde temprano, Vita había preparando la comida. Alfonso la ayudó a pelar las cebollas, los ajos, estaba ansioso por ser útil, enviándole el mensaje de su incorporación total a la vida doméstica. Vita lo observaba furtivamente, y por su mente, con deplorable malicia, atravesaba la idea de que estas inesperadas virtudes y devoción a la rutina hogareña, tenían un objetivo, ¿grave o sano? Con él nunca estaba segura de su humildad. Hacía un esfuerzo para dar tal impresión, mientras ella estaba convencida de que un hombre de su carácter no se doblegaba, lo impulsaba alguna idea con un propósito fijo, cuya naturaleza no podía adivinar.

No se sospechaba la verdad. En su nuevo puesto, más descansado, su fracaso y éxito con la opinión que tuvo Godínez de Vita, porque en la contradicción de errar y el triunfo de su mujer, que también hizo a Enma ofrecerle una apuesta de que Vita ganaría, una ansiedad extraña se apoderó de él, no trágica ni de una severidad que le quitara el sueño natural que perdió y encontró de nuevo, pero lo pusieron a examinar su propia conducta y carácter, entrando Vita en su examen. ¿Qué tipo de mujer era? ¿Se había equivocado al postergarla y dejarle de prestar atención? Admiraba su firmeza de mantener al dedillo el acuerdo. No hacía nada con disposición solapada de mostrarle ahora su fuerza sobre él. Vivía, canturreaba, amaba a Paz, se divertía ella sola, como siempre. El no se entretenía consigo mismo. Su interior era pesado, vacío, insuficiente para unirse a los que trinaban de felicidad en la vida. ¿Quienes eran esos sujetos que pasaban por el mundo con buen humor, sin detenerse a ver las amenazas que acorralaban cada día, el desastre de vivir en un mundo con bombas atómicas y una moral que se arrastraba por el suelo con un banderín de orgulloso dominio?

El ejemplo lo tenía en Vita. Bueno, era una mujer simple, cualquier cosa la distraía, la divertía. ¿Era así o se equivocaba? Pues no había acertado. Vita respondía a los estímulos externos, aunque no los necesitaba para reír. ¿Era condenable su buen humor? Teniendo que tratar diariamente con Jústiz, se horrorizaba de ser un día como él. Tenía el arte de hacerse indeseable, odioso. Soler tuvo el arte de cautivar

Ahora él la miraba como si la viera por primera vez, intrigado por su alegría. Nunca se había quejado. ¿Era la felicidad algo factible para los seres humanos o sólamente Vita la había encontrado?

Había decidido pasar por la última prueba, sería la definitiva. Vita hablaba a menudo con Natalia, la mujer que encontró en la calle, y una tal Roberta, quien la invitó a una pequeña cena en su casa, con los vecinos. Alfonso se sintió a punto de estallar, viéndola entre los dos pajarracos, y se contuvo. Vita regresó alegre y sonriente, pero no hizo comentarios de nada. Había separado su vida de la suya. Su actitud lo hacía sentirse desosegado y triste.

Decidió conocer a la tal Natalia y el marido. Se formaría una idea con qué clase de gente se rozaba su mujer en estos momentos. ¿Quién que valiera la pena se encontraba en la calle, bajo la lluvia, y después se entablaba una amistad de llamarse, ir a la casa de la mujer, asistir con ella a la galería donde estaban los vecinos? Su impresión de la pareja le diría por las claras quién era su mujer, su estado mental, si se dejaba llevar por cualquiera, y en su espontánea alegría capturaba personas de una talla social y moral completamente repulsivas. Tenía dudas. A veces se decía que juzgaba a Vita con ligereza, se arrepentía, entraba en un período de inseguridad sobre lo que veía, pensaba y sentía.

Por no quedarse con los brazos cruzados, ayudó a Vita a decorar la mesa. Salieron las bandejas y platos de la vitrina, la elegancia secuestrada, y la insípida Lámpara de Aladino, un velón nunca prendido. El cortó cuidadosamente las flores que eligió Vita para los cuatro pequeños búcaros, correspondiente a cada uno de ellos. Se sacó el fino mantel, otra joya estrangulada en una gaveta. El resultado fue perfecto. La casa embriagaba con el aroma de la comida, estaba cálida, muy bonita.

Alfonso se puso su traje favorito de tono carmelita y escogió una corbata muchas veces usada, pero combinaba muy bien con su atuendo en general. Vita admitió, sin mirarla con atención, que estaba preciosa. El fuego de la cocina le ponía siempre las mejillas rojas. Paz llevaba un lacito en el centro de la cabeza. Esto era su hogar, una exhibición de los personajes atildados para recibir a la extraña encontrada en la calle. El mismo no podía creer que estaba participando, de buena voluntad, en esta situación improbable poco tiempo atrás.

La pareja llegó con una hora de retraso, pidiendo disculpas, ofreciendo todo tipo de explicaciones. Ambos detestaban no estar presente a la hora de la invitación, ¿pero qué hacer con lo imprevisible? Su hija había traído a la casa a su profesor de anatomía. Se vieron en la necesidad de compartir con él al menos quince o veinte minutos. Para compensar por la espera, traían dos botellas del rosé portugués que tanto le gustó a Vita.

A simple vista, Alfonso se dio cuenta que la pareja era atractiva, simpática, de un nivel social alto, nada de los vagabundos que se creó en su mente con la idea de confirmar la estupidez de su mujer, incapaz de notar diferencias y saber escoger. Pensó siempre, y ahora más que nunca, la importancia de una buena selección, en todo, ropa, comida, amigos. Sería mucho más tarde que descubriría desenvoltura y gracia en la conversación de ambos, y como tal, no faltaba un tema de conversación y una exposición clara por parte de ambos.

Vita se llevó a Natalia a hacer un recorrido rapidísimo por la casa. La verdad era que deseaba hablar con ella aparte y enseñarle la pintura de la mujer y las fotos de la exhibición.

Natalia encontró la foto muy bien, aunque se quejó de ser la única que salía con una cara seria, fea. Vita protestó. La confundía con ella misma. No discutieron el punto. Dos mujeres nunca llegan al acuerdo de ser o no fotogénicas. En cuanto al cuadro, Vita le contó la historia.

-Debo de informarte que mi marido no los aguanta, no le gustan ese tipo de hombres, de relaciones. Ahora no me impide que los trate, pero fuera de la casa. Hay algo en él que resiente...¿me comprendes? Yo no lo entiendo; mientras las personas sean buenas y se conduzcan con diginidad, ¿por qué hay que rechazarlas? Yo rechazaría al criminal, la ladrón, al que abusa de otro ser humano, pero en este caso...

-Escucha, Vita, la mayoría de los hombres sienten y reaccionan como tu marido. Nosotras no. Me imagino que nos sentimos bien con ellos porque entran en nuestro género. Hablamos como si fuéramos amigas. Tienen un sentido de arte, de plasticidad, operan en la transformación de ser lo que no se es, y eso siempre creará un conflicto. Yo me sentí estupendamente bien con Oscar. Es el fuerte en la relación, ¿no? Ahí lo tienes: es un alma sensible, ubicado en otro género, y Gustavo, bueno, un caramelito delicioso. Me asombró cuando vino a ti, y como soy franca, te digo, me pareció que encontraba en ti la madre, el pecho acogedor, y también se deslizaba, cuando te miraba, un elemento que no era tan maternal pero era más bien triste, como se queda el amor platónico que no puede llegar más allá, y uno se pregunta, ¿por qué no puede llegar más allá? Pero olvídate, querida Vita, el amor platónico, a la larga, es más fuerte, sobrevivirá siempre, el otro, tú y yo lo conocemos bien, pasa por miles de transformaciones y batallas. ¿Estás de acuerdo o me tiras por la ventana? En un bello cuadro, Vita. Y tu casa es un encanto y tu marido un perfecto caballero, muy atractivo, además...

-Sí, sí, lo es. ¿Y qué me dices de Paz?

Ya Natalia había jugado con ella, pero Paz estaba fuera de ambiente, no tenía idea de quienes eran esta gente que estaban en la casa, y hasta vagaba buscando su lugar en la cocina, en su cestita, sin parecer encontrarlos. Antes de sentarse todos a la mesa, Vita la dejó con sus juguetes en su cuarto para que se entretuviera.

Mientras ellas charlaban, Alfonso y Victor hablaban con la seriedad de dos profesionales. Alfonso lo llevó a la biblioteca. El preguntó frenta al retrato de Soler.

-¿Este fue el Ministro de Justicia?

-Sí, también mi mejor amigo.

-Mi abuelo lo conoció, yo también, pero de él tengo una vaga idea. Ocurrió cuando yo tenía siete años. Mi abuelo fue el administrador del hospital donde estaba el hijo de Soler enfermo. Un día se encontraron en el pasillo del hospital. Yo estaba ese día con papá, era el cumpleaños de mi abuelo y fuimos a dejarle un regalo. Caminábamos y el Ministro estaba por allí y habló con mi abuelo y me tocó la cabeza risueño, y luego mi abuelo me dijo. "Es el Ministro de Justicia, un gran hombre." Creo que fue así, pero en los detalles no estoy seguro. Tenía una gran reputación. Vi en la televisión parte de su funeral.

Después hablaron de otras cosas relacionadas con la carrera de cada uno. Alfonso escuchó más que habló, como era su costumbre, pero le agradó Victor Torres desde los primeros momentos. Era un hombre educado, de buenas maneras, de voz y actitud suaves. Todavía muy bien puesto para su edad. Ninguno de los dos eran niños, y era bueno que los hombres se vieran y se respetaran por la madurez, más que por el éxito en la profesión.

Vita, por su parte, le dijo a Natalia que le daría el sobre con sus fotos (Oscar le enviaba a ellas las suyas) antes de partir, para no traer a la mesa, al mostrarla, el tema de los vecinos. Mientras menos se tocara mejor.

-Acepto todo lo que impongas, mientras me des una comida de primera, Godínez habló de tu arte culinario, y Victor y yo nos acordamos de tu historia, cuando quemaste una olla y tu mamá te prohibió entrar en la cocina, y tu triunfo final. Y aquí estás, famosa por cocinar bien.

-¡Vaya fama! ¿Acaso es envidiable? No me hagas reír. Para mí cocinar en combinar muchas cosas, ponerlas a la candela y que se hagan solas. Si eso es arte, el mundo, Natalia, está completamente perdido.

En el pabellón, Alfonso y Victor disfrutaban de un martini, el cual prepararon los dos de mutuo acuerdo. Lo saboreaban cuando llegaron las dos mujeres. Vita preguntó.

-¿Listos para ir a la mesa?

Asintieron. Se llevaron consigos las copas casi vacías de martini.

-Este pabellón es delicioso. Está decorado con gran simplicidad, con los faroles chinos, esa cómoda exquisita, los asientos. ¿Qué sucede cuando llueve? ¿No entra el agua?- preguntó Victor.

-Sí-contestó Alfonso- Por supuesto, se moja el piso, puede haber un día una gotera en el techo, pero el material de las butacas y el resto está a prueba de agua, aunque Vita, precavida, si está en la casa los cubre con un nailón.

-Esas flores son bellísimas, -dijo Natalia.

-Compro las que me gustan, y el problema es que todas me gustan.

-¿Las riegas por la mañana o por la noche?

-Con preferencia por la mañana, pero algunas veces, por cualquier inconveniente durante el día, pues lo hago por la noche.

Victor comentó que su apetito era voraz. Fue una broma. No comía tanto, pero tenía el paladar de un "gourmet" y para él, poco, era la busquedad del sabor cautivante. Describir una deliciosa comida, siempre le había parecido una tarea casi imposible. Bastaban los adjetivos y los gestos.

Vita no permitió que nadie la ayudara. Llevó a la mesa la sopera, sirvió los platos. Victor le sugirió a Alfonso que abriera el rosé. A Vita le gustó mucho cuando estuvo en su casa.

Se hizo el primer brindis.

-¡Salud!- dijeron al unísono alzando las copas.

39

Se sintieron relajados y felices después de la cena. Los comentarios de Godínez fueron más que acertados, por lo cual le enviaron una palma de oro, con un brindis en ausencia, por mencionar el gran talento de Vita. Ella se divertía escuchándolos emplear los adjetivos. Miró a su marido de refilón. Una vez Alfonso había mencionado con desprecio los adjetivos, pero ahora usaba varios, no tan portentosos como los de Victor, ni tan femeninos como los de Natalia. El postre exigió la verdad. No lo hizo Vita. Alfonso lo compró en una dulcería recién abierta, cerca del Supremo. Como resultó delicioso, los invitados tomaron nota de la dirección.

Las dos botellas del rosé portugués se consumieron sin darse cuenta. La conversación variaba. Tanto Victor como Alfonso, por su lado, se ocupaban escrupulosamente de atender las copas de vino de las damas. La cordialidad era absoluta y agradable.

Victor trajo a la mesa, dirigiéndose directamente a Alfonso, el caso de Agustino Alvarez, el gerente del Banco Nacional, que había dado un rudo golpe con una estafa de 40 millones y su huida del país. Míentras ellos deliberaban el caso, trayendo a colación el carácter del personaje siniestro que ambos conocían; Vita le contaba a Natalia sobre su visita a Roberta. Su hijo, un adolescente delicadísimo de salud, tocaba el piano de una manera casi hipnótica. El genio le brotaba a esa criatura por cada uno de los poros, pero la salud, un tipo de leucemia, lo condenaba a la debilidad y el reposo.

-¿Es posible, que tal injusticia exista en el mundo? Figúrate, genio y miseria en una misma persona. ¿Por qué? Resulta incomprensible, ¿verdad? Tantos adolescentes endrogados, guapos y saludables, por el momento, y este chico, ya ves. Su conversación es grata, suave, y también lo cansa mucho la gente, no por la mala salud, sino por la conversación pueril, ¿se dice así, no? Es como si en su retiro obligatorio, las ilusiones muertas de la juventud sacaran de él una profundidad a la que no llegamos, al menos yo, no llego ni en puntilla de pie.

La cafetera, en la cocina, emitió el ruido alarmante de que el café estaba listo. Vita se levantó ágilmente. Sirvió el café. El tema de la conversación varió, se hizo general, y un rato después, Vita mencionó su visita al jardín. La boca de Natalia se desencajó. ¿Era posible que le hubiera hecho caso a Antonio y Eugenia? En ese asunto los hallaba tarados, perdidos en una madeja creada por ellos mismos, de misticismo, algo que le parecía, en todo momento, un salvavida para borrar la realidad de la vida. Las añoranzas inútiles sobre un más allá, cuando se estaba en plena guerra terrenal, no las toleraba, le disgustaban, y con ellos, evadía el tema. Estaba cansada de discutirlo, y a pesar de eso, le preguntó a Vita qué le pareció toda esa fantasía.

-No me pareció ninguna fantasía, Natalia.

-Es un simple jardín ¿no? -intervino Victor.

-Simple, hermoso, pero tiene algo.

-¿Qué es ese algo?

-Oh, no estoy segura que pueda decirlo, dar en el clavo.

-¿Ves?- dijo Natalia exaltada- Ahí nos quedamos varados. No entiendo ese lenguaje inconcluso, Vita. Te impresionaron Antonio y Eugenia. Lo sé.

-Pues no, ni me acordaba de ellos.

Alfonso miraba a uno y otro perplejo. Nada había más detestable que escuchar hablar de algo que se desconocía, y su expresión de descontento hacia los invitados, captada por Victor, lo hizo comprender su malestar y enseguida lo puso al día del asunto del jardín.

-Se trata de unos amigos, Vidal - lo llamaba por su apellido, como hacían todos en el Supremo- Se conocieron en un jardincito de té. Ambos estaban sufriendo por diferentes razones, y como siempre sucede, un hombre y una mujer en celibato obligado por los avatares de la vida, se trataron, según ellos descubrieron el amor y ahora le otorgan al jardín del té cierta magia que los llevó a amarse, ¿no es descabellado?

-¿Y tú fuiste a ese jardín, Vita?

-Sí, pero no pensaba hacerlo como se suponen ustedes. Simplemente, hablando con Enma, le conté lo que dijo Antonio sobre el jardín, y ahí mismo me respondió que deseaba visitarlo. ¿Y qué podía yo hacer? Tampoco me disgustaba la idea, primero, porque amo a Enma y complacerla es mi placer, segundo porque yo no veo nada del otro mundo en darse una vuelta por un lugar donde hay cierta reputación y buen té.

-Mi hija dijo que allí no había nada de particular. Puro invento.

-No lo hay y lo hay.

-Vita, no me exasperes- anotó Natalia.

Alfonso, asombrado, preguntó.

-¿Quieres decir que llevaste a Enma al jardín?

-Fue su deseo.

-¿Quién es Enma?

-Una gran amiga nuestra. Tiene noventa años y la adoro.

-¡Dios mío!

-Increíble- dijo Alfonso sacudiendo la cabeza, pero ahora, por estar ella por el medio, le interesaba la fantasía o lo que fuese, que había despertado la curiosidad de Enma- Vamos lentamente, Vita. ¿Qué hay en ese jardín? ¿Le gustó a Enma? ¿Se arrepintió de haber ido?

-Oh, no, estaba tan contenta como una niña de quince años. Ella también sintió algo.

-¿Es bueno el té?- preguntó Victor alzando las cejas, con la suspicacia de algo siniestro rondándole la cabeza.

-Delicioso.

No vaciló en preguntar, serio, frunciendo el ceño.

-¿No echarán cierta droga en el té para hacer a la gente sentir cosas extrañas?

-Victoria no sintió nada y tomó el té- dijo Natalia, en defensa de la lógica.

-No, no, lo que yo sentí, todo eso ocurrió mucho antes de tomar el té. Por supuesto, la historia de esa familia...

Narró los mejor que pudo la conversación entre Enma y la señora Ramona Bidón, la entrada de los niños, el abuelo, la belleza de las flores, el ambiente cálido, no había nada superfluo ni preparado para impresionar. Surgió por la trágica historia de la joven pareja muerta, dejando a tres niños huérfanos. Había un letrero que decía. "Si sabes que eres mortal, ríe".

Natalia, expresiva como una enloquecida bruja de Salem, levantó el dedo índice, acusador. No bromeaba. El que Vita, tan natural y adorable cayera en las garras del jardín, le parecía algo deplorable, inaudito; no sabía porqué no podía verla como Eugenia. En Vita había un suave control, lo manejaba muy bien, era franca y también sutil, una combinación difícil de explicar que como toda conducta humana tenía sus momentos en que salía una u otra. Naturalmente, acompañada de una pobre anciana de noventa años se había dejado influir por la probable demencia a que llevaba la avanzada edad de su amiga. La mencionó, preguntando quién era.

-La esposa de Bienvenido Soler, el ministro- declaró Alfonso con un gran esfuerzo.

Ahora fue Victor el que se quedó perplejo.

-Pero, bueno, los que la conocen dicen que fue una mujer muy inteligente.

-Lo es todavía- respondió Alfonso no sabía si contento o vencido por el extraño asunto que deliberaban.

-Entonces- susurró Victor con aire desolado- Este asunto del jardín tiene su triquiñuela.

-Ahí llegamos. Por lo tanto, Vita, quiero preguntarte. ¿Esa historia de la mariposa fue suficiente para convencerte de que allí ocurrían milagros? ¿No has pensado lo sensato, lo que se cae del árbol, que esa mujer Ramona se creó la historia con un fin? - inquirió Natalia.

-Tuvo un fin: se llenó de paz. Una paz absoluta, de manera que desde ese momento volvió a entrar en la vida y cesó el llanto, la miseria. Pero ella no fue la que tuvo la idea del jardín. Fue el marido, el señor Bidón. Según Ramona, vivía como un sonámbulo, se consideraba culpable por la muerte de su hija y su yerno. Estaba volviéndose loco, hasta una noche de luna llena en que se fue al jardín y estuvo, en la parte frondosa, sentado en una roca durante tres horas. Chang lo vio. Se asustó. Pensó que había perdido la razón. ¿Y sabes lo que ocurrió? No lo vas a creer.

-¿Creer, Vita? Estoy fuera ya de la razón. ¿De donde sacas tantas historias? Ni siquiera Antonio, a quien tomo más en serio, contó nada de eso.

-Oh, pero fue una confesión que le hizo Ramona exclusivamente a Enma.

-¿Y por qué?

-Pienso que se cayeron bien y sin casi hablar se identificaron. Enma perdió a su hijo de dieciocho años. ¿Sabes? Le dijo a Ramona. "¿Es que una madre olvida?" Se miraban con tanto cariño como si hubieran sido amigas de siempre, de toda la vida, compartiendo alegría y pesares. Y yo estaba callada y escuchaba. Se aprende escuchando, Natalia, de otra manera, nos quedamos huecos.

-No entiendo- se dio por vencida Natalia mirando a los dos hombres perpleja- Soy tres o cuatro años mayor que Vita, y no tengo tan intenso repertorio de historias. Vita, no te creo. Toda esa historia es un invento.

Alfonso intervino.

-No es posible, y estoy de acuerdo con Natalia, que todos esos enredos de mariposas y rocas tengan un ápice de verdad.

-Mi hija no vio ni sintió nada. Y es una chica sensible- anotó Victor.

-Si no me crees, Alfonso, pregúntale a Enma y prepárate para escucharla.

-¿Y qué pasó en la roca con el hombre?- preguntó Natalia a pesar suyo, sintiendo que si ya habían llegado tan lejos en la historia, había que arribar al final- ¿Qué pasó? ¿Le salió un hada madrina o esta lámpara de Aladino?- concluyó su pregunta con obvio sarcasmo.

Vita sacudió la cabeza. Todos esperaban ansiosos por su respuesta, identficándose con la fantasía, curiosos por conocer el episodio siguiente. Y porque Vita pensó, seria y silenciosa, todos los ojos se clavaron en ella.

-Nadie ha sabido lo que le pasó en esas tres horas de meditación solitaria en la madrugada, pero el resultado fue que al día siguiente era otro hombre, animado, con planes de hacer un pequeño salón de té para que jugaran los niños, llegaran visitantes, se escucharan risas, volvieran a darse la alegría de vivir.

-¡Dios Santo!- exclamó Natalia desesperada- Victor, dame algo de beber. Estoy atolondrada.

Alfonso se levantó diligente, fue a la despensa y trajo una botella de vino, la abrió de pie, con manos no muy firmes. En el silencio que sobrevino en la mesa, el salto del corcho los hizo brincar a todos, y Natalia, exhausta, exclamó.

-Vita, escúchame. Te conozco desde hace algunos meses, y sé que eres generosa, sincera, y sobre todo, modesta, sin pretensiones ni artificio, pero estoy confusa, pienso...

-¿Qué soy tonta?

-Oh, no, no me tires ese anzuelo. No tienes un pelo de tonta, envuelves en humildad un buen cerebro. ¿No es así, Victor?

Completamente desolado por la extraña conversación, Victor asintió sin mucha convicción. Alfonso estaba sentado en la punta del asiento, y como Natalia, bebió vino apurado para seguir, ¿qué cosa? ¿Qué estaba sucediendo en la mesa que todos se hallaban en ascua, pendientes de las palabras de Vita? Ahora, otra mujer atractiva, de temple, y con experiencia de la vida, negaba las tonterías de Vita. Su desconcierto lo hacía estirar el cuello, la intensidad de sus emociones, que desconocía con un tema de tal banalidad, hizo mirar a Vita y Natalia sin comprender, la tensión entre todos ellos.

¿Se comportaban como niños o adultos?

-Lo que quiero decir, en pocas palabras, que te has dejado impresionar por la historia...

-¿Historia, Natalia? ¿Y cómo no iba a impresionarme? No tienes setenta años, no has perdido (ni perderás nunca a tu única hija, Dios la salve) pero ellos la perdieron. En pocas horas se quedaron destrozados, y con tres niños que si los ves, son como ángeles. El estaba retirado, la vida era buena, ordenada, y de pronto, ¿qué? La nada, y ese jardín sea como sea, lo volvió a la vida.

-Sí, sí, va bien, pero acepta que se crearon la magia.

-Y si fuese así, ¿no son admirables? Suponte que se ataron a algo que les ha dado el valor para seguir viviendo y tener a los nietos felices,

¿No vale muchísimo más la fantasía que la realidad? Pero no es fantasía. Enma sintió algo, y yo, ¿quieres escucharme o te vas a reír de mí?

-No, no me voy a reír- prometió Natalia seria.

-Pues bien, lo que yo sentí fue muy extraño. Estábamos en la mesa, Enma y Ramona hablaban, y por varios segundos yo salí de la mesa, digo, mi mente, miré allá en la distancia del jardín, y voy a explicarlo...si puedo, no es fácil porque es...bueno, me sentí parte de todo aquello. Vita un trozo de naturaleza, feliz, incorporada a lo que me rodeaba, siendo yo y no siendo yo, ¿lo puedes entender? Porque ni yo misma lo entiendo.

-Sí, entiendo. Se reduce a una visión subconsciente, porque el subconsciente es también mentiroso al ponerte a tono con la conversación, con lo abstracto. En ese sentido, no te culpo.

-¿Y qué pasó con el letrero? "Si sabes que eres mortal, ríe,"- preguntó Victor

-Ah, se lo pregunté al señor Bidón. ¿Y sabe lo que me respondió? "¿Si sabes que eres mortal, lloras?" No, no, respondí. Pero el significado, Victor, es profundo, eso lo creo con los ojos cerrados, y cuando ya partíamos el señor Bidón nos siguió y me dijo que si pensaba bien en la frase obtendría la respuesta.

-¿Y has pensado?

Alfonso había hablado poco, seguía la conversación, observaba a la pareja de amigos de Vita y ahora suyos también. Su mente atravesaba por un remolino de ideas confusas. Enma en el salón de té llevada por Vita, entregada a su mujer con un cariño, que si le faltase, se moriría. Godínez, impresionado con Vita por ser una persona auténtica y hermosa. Y esta pareja Torres, suspendida en la intriga, como lo estaba él mismo, con su narración.

Se estremeció cuando Natalia protestó diciéndole a Vita que no era tonta y escubría un buen cerebro bajo su modesta apariencia. Eso lo obligó a mirarla mientras hablaba, y fue entonces que capturó su encanto, tal y como nunca lo había visto. Hablaba con una pausa en la que mezclaba la intensidad de sus emociones. Su rostro de complexión impecable, sonrosado y fresco, sin ser una belleza, irradiaba inocencia, y sobre todo, felicidad. Si había vivido una fantasía, la aceptaba por buena, siendo una mujer que cocinaba, lavaba platos, mantenía la casa inmaculada, iba al mercado, era buena administradora, no se distanciaba de la realidad, y muy bien podía ponerse en la piel de otra persona, entenderla, y así lograba el milagro de hacer de su vida una porosidad de sublimes emociones, vivas en la compasión, siempre con el deseo de dar, escuchar y también hablar, jamás simulando lo que sentía, fiel como una roca y etérea como el aire. En ella se combinaban los elementos más distantes, como cielo y tierra, para amoldarlos a su manera de vivir y hacer arte de los que otros hacían guerra.

Y fue en un instante que su amor por ella le explotó como una bomba que llevaba escondida en el pecho. Su líbido se alteró. Tuvo la extraña sensación de que renacía, se entregaba a algo con pasión, salía de su hermética ecuanimidad. Nunca entendería a Vita y dudaba de entenderse a sí mismo, pero tenía bajo su techo a una mujer ingenua, sí, lo era, que integraba un todo, y ese todo, visible y también absurdo, creaba la verdera armonía, no la que él le había impuesto. Desde ese momento, su vista se nubló, miró a su entorno, y vio en los rostros de los visitantes una exasperante ansiedad, incontenible, al escuchar a Vita decir.

-No puedo explicarlo bien....todavía estoy pensando, pero si el señor Bidón encontró la paz, como su mujer, y ahora viven felices con su tres nietos, ¿se debe a que descubrieron la mortalidad? ¿Pero no la descubrimos todos al nacer? Yo me digo que no, que la echamos a un lado. Ellos no pueden echarla, entonces, la elevan, ¿será por eso que ríen? Oh, no estoy segura de nada, de nada.

Natalia, impulsivamente, dio un blando golpe en la mesa, mirándolos a todos.

-Yo no me rindo, voy a ir al jardín, a verlo con mis propios ojos, y entonces, Vita, ya me oirás hablar.

Alfonso, saliendo de su sublime estupor, dijo.

-No, vamos ir todos al jardín. Hay que echarle una ojeada. Natalia póngase de acuerdo con Vita para la fecha y la hora.

-Bueno, si es así, iremos, pero compórtense bien- dijo Victor mirándolas - Vamos a observar en silencio y terminar con esta historia de una vez y para siempre.

Vita se levantó bruscamente con cara de susto. Victor creyó haberla ofendido, pero se calmó cuando la escuchó decir.

-Dios, mi pobre Paz está arañando la puerta. Se siente en una prisión, tengo que ir a buscarla.

Su ausencia por dos minutos dejó la mesa vacía y triste. Natalia jugaba con un medrugo de pan. Victor estaba rabioso consigo mismo, le importaba un pepino el salón de té, y aún así se impresionó cuando Alfonso Vidal les presentó la invitación. Algo bueno tenía el asunto. Dos hombres podían soportar mejor los embelecos de las mujeres. El no creí nada del jardín y sus embrujos. Natalia tampoco, pero ahí estaba pensativa, disolviendo los mendrugos de pan.

Con el regreso de Vita, la mesa se animó. Paz ladró asustada, se calmó enseguida, y mientras Vita fue a prepararle un platito de leche, la dejó en los brazos de Alfonso. El miró a Paz con sorpresa. Ya no tenía el lacito, le acarició la cabeza, el vientre, la perrita se relamió de placer. Alfonso comprendió que era encantadora.

Despidieron a los invitados en la acera. Natalia besó y abrazó a Vita, reprochándole con simpatía.

-Uy, uy, que noche nos has dado. ¿Verdad, Victor? Como para no olvidarla, y que me maten si puedo decir por lo claro, excepto por la comida, porqué ha sido inolvidable.

Cuando entraron en la casa, Vita le preguntó a Alfonso.

-¿Te gustaron mis amigos?

-Bellas personas.

-¿Y quieres ir al jardín? No estás obligado.

-Sí, sí, quiero ir. Ponte de acuerdo con Natalia, invítalos de paso a cenar. Escojan ustedes el restaurante. Y mañana tú y yo saldremos.

-¿Salir? ¿Para qué?

Como nunca había oído, en tantos años, tal proposición, estaba sorprendida.

-Para qué? Pues para salir, cenar, encontrar alguna buena aventura. Vita, hablar es importante. No lo olvides- respondió.

-Sí, claro, cuando hay de qué hablar.

-¿Sugieres un tema? A mí me sobran. Por amor a Dios, se puede hablar de la luna, de salones de té misteriosos, del mundo que nos rodea y de tantas, tantas cosas, que es interminable el asunto. Bien, vamos a dormir. Debes de estar muy cansada.

Mientras entraba en su dormitorio, Alfonso le echó una ojeada a su lecho, contento, pensando en un cercano futuro. "Volverá aquí, volverá" se dijo.

Vita, apretando a Paz contra su pecho, enfiló por el largo pasillo. No cesaba de acariciarla mientras le susurraba. "¿Lo escuchaste, Paz? Ahora quiere hablar, disolver la pared, y para eso comienza a imitarme, porque si lo conozco bien, tiene un plan, una estrategia. ¿Tendré en la casa una copia de mí misma? Sería magnífico, si yo por mi parte, comienzo a comportarme como él, también con un plan, la estrategia de darle a probar su propio veneno."

Se rio, puso a Paz en la cestita, entró en su habitación contenta, invadida por una suprema sensación de delicia ante la posibilidad de un intercambio de carácter, lo que constituiría un nuevo juego entre ellos y cuyo resultado no estaba escrito en ninguna parte, todo dependía de la resistencia en la chanza para llegar a lo que Enma le había dicho un día de los seres humanos. "Al final, todos los adultos nos volvemos niños." A lo que Dorina agregó, "amén."

Sí, la suerte estaba echada.